有爱的青春陪伴者

温柔予你

池木栖 —— 著

花山文艺出版社
河北·石家庄

图书在版编目（CIP）数据

温柔予你 / 池木栖著. -- 石家庄 ： 花山文艺出版社，2025.2
ISBN 978-7-5511-6774-1

Ⅰ．①温… Ⅱ．①池… Ⅲ．①长篇小说－中国－当代
Ⅳ．①I247.5

中国国家版本馆CIP数据核字(2024)第025144号

书　　名：温柔予你
WENROU YU NI

著　　者：池木栖

责任编辑：于怀新
特约编辑：年　年
封面设计：颜小曼
内文设计：唐卉婷
图片绘制：遐屿璐
美术编辑：陈　淼
出版发行：花山文艺出版社（邮政编码：050061）
　　　　　　（河北省石家庄市友谊北大街330号）
销售热线：0311-88643299/96
印　　刷：长沙鸿发印务实业有限公司
经　　销：新华书店
开　　本：880mm×1230mm 1/32
印　　张：11
字　　数：405千字
版　　次：2025年2月第1版
印　　次：2025年2月第1次印刷
书　　号：ISBN 978-7-5511-6774-1
定　　价：45.80元

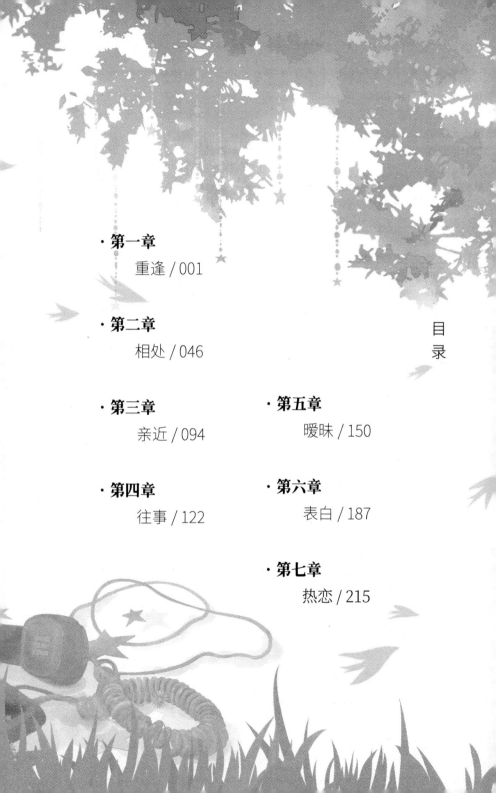

目
录

目录

第一章
重逢

四月底的潭州，雨淅淅沥沥。

窗外的雨滴有规律地砸在玻璃窗上，雨雾朦胧间，似乎要弹唱出一首钢琴曲来。细细碎碎的雨借着窗户的缝隙飘落进来，隐约还能闻到空气中泥土清新的味道。

曲歆苒别过头，盯着右手边留出来的窗缝隙看了几秒，然后伸出手把窗户关死。

大约又过了半个小时，曲歆苒终于停下了手上的动作。她揉了揉微微发酸的手腕，看了眼时间，发现已经是下午五点五十四分了。

外头的天黑沉沉的，大雨下得正起劲儿，没有半点儿要停歇的意思。

曲歆苒皱起眉，纠结片刻，最终还是决定背上自己的包离开办公室。刚走出办公室，点点滴滴的雨便从走廊外飘了进来，迎面吹到了脸上。

她提了提肩上的包，靠走廊里边走。

在经过自己管理的二年级三班时，曲歆苒注意到门没关。

她垂下眼，主动走过去想带上门，但手指刚握上门把，余光就瞥到了坐在门口第一排的连宇远。

七岁的连宇远正低着头在本子上画画，他的睫毛又长又翘，眼睛一眨一眨的，模样十分认真。

曲歆苒稍稍愣了愣，还没来得及做出什么反应，对方便看到了她。

两人目光才一对上，连宇远就瞬间把小身板坐直，乖乖地叫了声："曲老师好。"

想起连宇远妈妈给自己发的"要晚点儿来接远远"的短信,曲歆苒弯了弯唇,靠近桌前蹲了下来,跟他平视,轻声问道:"远远,你妈妈还没有来接你吗?"

连宇远迟疑了会儿,然后点头应道:"嗯,还没有。"

"那你今天中午离开家的时候,妈妈说什么时候来接你吗?"

"没有。"

连宇远摇了摇头,他望着曲歆苒脸上的浅浅梨涡,眨了眨大眼睛,刚张开嘴想说些什么,一道散漫的声音打断了两人。

"小鬼,回家了。"

听到男人的声音,曲歆苒下意识地站了起来。她偏过头,看着眼前有些熟悉又有些陌生的脸庞,神情一怔。

男人身形高大,有一米八多。他鼻梁高挺,五官轮廓分明,眉眼低敛着,身上穿着简单的黑色外套,衬得他肩宽腰窄的,也不知道是不是头发留得比较短的原因,看起来干净又利落。

外头雨势渐大,如银河倒泻般。

曲歆苒呼吸一顿,心跳也莫名随着雨势久违地加快了。

"你妈今天……"

连昀鹤抬眼,看到表情呆愣的曲歆苒,话音戛然而止。他皱着眉,反应了几秒后,又重新带上了笑容。

"曲歆苒?这小鬼的班主任是你啊?"

坐在座位上的连宇远听到这句话,默默地瞥了自家舅舅一眼。

曲歆苒不知道要怎么回答,她向来是不善言辞的人,只好点头轻轻"嗯"了一声。半晌,她似乎是觉得自己这个反应有点儿冷淡,又生硬地补充道:"挺巧的。"

空气有些凝固,这个话题好像还是被她聊死了。

曲歆苒抿了下唇角,低下眼,遮住眼底的尴尬。

站在中间的连宇远目光一直在两人身上来回流转,注意到曲老师不太愿意跟舅舅说话,于是他拿上书包,扯了扯连昀鹤的衣角:"我们不回家吗?"

"回家。"

连昀鹤把视线从曲歆苒身上收了回来。

他接过连宇远手中的书包,像是不经意般说道:"曲老师也要回家吗?一起吧。"

高中的时候,曲歆苒就知道连昀鹤的声音很好听,特别是这种随口一问的情况下,尾音带着他独特的慵懒调调。

嗓音温柔,又有几分冷淡。

曲歆苒的耳郭有些发麻，她大失方寸，胡乱地应了句："嗯，好。"

瓢泼大雨中，走廊有一半被雨水淋湿。

曲歆苒走在后头，跟连昀鹤和连宇远两人保持了一截儿距离。她抬眼，看着走在前面一大一小的人儿，迅速移开视线。

连宇远，连昀鹤。

曲歆苒抿了抿唇，想到了什么，心里忽然之间有点儿郁闷，潭州连姓这么少，她早该想到的……

前头的"父子"两人停下脚步，曲歆苒用余光注意到了，也跟着停下脚步，恰好维持着刚才的距离。

他们侧过身子，望向曲歆苒。最后，是连宇远率先开口问道："曲老师，你带了伞吗？"

曲歆苒摇了摇头："没有。"

"那正好。"

连昀鹤接过话茬，他笑了笑："我开了车，先送你回家吧。"

闻言，曲歆苒皱起眉，纠结起来。她是有些抗拒这件事的，毕竟连昀鹤是她暗恋了多年的人。

而这些年来，曲歆苒见过形形色色的人，也见识过更广阔的世界。

时间带走了她的青春稚气，却唯独没有带走她对连昀鹤的喜欢，相反，这股深藏于心底的情愫在重逢的这一刻，喷薄而出，变得一发不可收拾。

那些记忆碰不得，甚至也忘不掉，似乎印证了那句话——年少时不能遇见太惊艳的人。

她从来没有想过自己有一天会跟连昀鹤重逢，更没想到会是在他成家已经有小孩儿的情况下。

连宇远今年七岁，这也就意味着连昀鹤在二十岁那年就跟他的太太生下了连宇远。

大二那年？

曲歆苒拧了拧眉，好早。

"曲歆苒，你在想什么呢？"

连昀鹤的声音带着疑惑，一下将曲歆苒从思绪里剥离出来。她看着眼前的两人，迈开脚步跟了上去。

"那就麻烦你了。"

连昀鹤眉梢微扬，表情有些散漫："客气。"

曲歆苒没敢跟连昀鹤对视，她站到连宇远的旁边，三个人并排往楼下走，安安静静地听着他们有一搭没一搭地说话。

"我们今天晚上吃什么啊？"

"问你妈。"

连宇远抬眼，表情疑惑："你无缘无故骂人干吗？"

"我哪骂人了？"连昀鹤低下眼望向一脸哀怨的连宇远，他嗓音懒懒的，"我叫你问你妈去。"

连宇远不乐意地瘪了瘪嘴："那你话都说不明白。"

"你这小鬼。"连昀鹤轻轻"啧"一声，"最近很猖狂啊，你妈又三天没打你了吧？"

越听两人的谈话内容，曲歆苒便越觉得不对劲。

她偏过头，目光在两人的脸上来回流转，这才发现两个人其实长得不是特别像，想了想年龄好像也不对，于是试探性地问道："刚才忘了问，远远是你的小孩儿？"

还没等连昀鹤开口，七岁的连宇远便抢着回答："老师，这是我舅舅，他连女朋友都没有呢，怎么可能是我爸？"连宇远尾音拖长，声音有些稚嫩，顺带还挑衅般地看了自家舅舅一眼。

曲歆苒表情一愣，她抬头看见连昀鹤无奈地笑了笑，然后坦然地承认："嗯，还是单身。"

出了教学楼，连昀鹤先撑着伞把连宇远接到车上，这才又回过头去接曲歆苒。

两人并排着共撑在一把伞下，曲歆苒都不需要偏头，余光中便全是连昀鹤。他侧脸线条流畅，拿着伞的手指骨节分明，手背上的青色血管清晰可见。

离得近了些，曲歆苒还能闻到他身上淡淡的薄荷味，混杂在清新的空气中，清冽又好闻。

临近车前，曲歆苒下意识地抬脚往后排走，撑着伞的连昀鹤却径直走向副驾驶。

曲歆苒擦干淋在自己左手臂上的雨水，抿了抿唇，只得跟了上去。

连昀鹤把伞靠近车顶，怕曲歆苒磕着脑袋，于是又腾出右手，抵在车顶帮她挡着。车门被连昀鹤轻轻关上，而刚才那些细节，也全被曲歆苒收进眼底。

连昀鹤家教很好，这是她在高中便知道的事实。

当时整个年级所有的男生里，连昀鹤不仅成绩好、样貌出众，就连谈吐都比其他男孩子要优秀突出，从不说脏话。

也正是这样的连昀鹤，让曲歆苒望而却步。

连昀鹤的父亲、爷爷都是警察，能教出他这样的小孩儿似乎也在情理之中。

想到这里，曲歆苒难免有些好奇起来，问他："你大学毕业后，就回潭州发展了吗？"

"嗯。"

连昀鹤目不斜视地开着车，回复道："家在这边。后来想想，还是回来比较好。"

"那你现在在——"

"在潭州市公安局当特警。"

曲歆苒抿了下唇，没再说话。

雨刷器刮在车玻璃上发出摩擦的声音，车内安静下来。

连昀鹤侧头，往曲歆苒那边瞥了一眼。

曲歆苒的发色比较浅，从连昀鹤的角度能看见她挺翘的鼻子和清晰的下颌线。她今天穿的是件杏色的雪纺泡泡袖上衣加一条酒红色的工装半身裙，此时正偏头欣赏着窗外的风景。

不知道是不是他伞没打好的缘故，曲歆苒左肩膀袖子那儿被雨水淋湿了一大片。

连昀鹤皱了皱眉，伸手打开了暖空调。

热风拂面，车子驶出育才学校门口时，连昀鹤放慢了车速，问她："家住哪儿？"

曲歆苒快速接上："仁德中路锦泰家园。"

连昀鹤眼神一愣，随即握住方向盘的手松了松，语气漫不经心地道："住这么远，每天上班岂不是要早起两个小时？"

"嗯，"曲歆苒点了点头，坦诚道，"那边房租便宜。"

连昀鹤不再说话，车内再次安静下来，只剩雨刮器和空调的声音。

曲歆苒倒没觉得有什么大不了的。

她没钱是事实，那边房租便宜也是事实。

想起家里的事情，曲歆苒低下头，望着自己红润的指尖，发起呆来。

约五十分钟后，连昀鹤把她送到了锦泰家园小区门口。

正值下班高峰期，路上有些堵才费了这么长时间。

原本连昀鹤坚持要送她到楼下，但雨已经渐小，何况时间也不早了，于是曲歆苒婉拒了。

见状，连昀鹤只好把车上多出来的一把伞递给了她。

等看着曲歆苒走进小区，身影消失在淅淅沥沥的雨中，连昀鹤这才启动车子离去。

路况好些，没来时那么堵。

坐在后排的连宇远撕开一包饼干吃了起来，车内顿时弥漫起一股淡淡的香味。

曲歆苒似乎一直是这样。从高一开始，她的性格就比较内敛安静，总是独来独往，对谁都是一副不冷不热的模样。

想起刚才的事情，连昀鹤抬头瞄了后视镜一眼，忽地来了一句："小鬼，帮个忙？"

听见舅舅叫自己，连宇远百忙之中抽空抬头看了过去。他发现，舅舅这会儿笑容张扬又放肆。

在淅淅的雨声中，连昀鹤的声音格外清晰，他用极其正经的语气说出了一句不那么正经的话："帮我追下你们班曲老师。"

连宇远小脸一沉，果断拒绝："不可能。"

他就知道这个不正经的舅舅嘴里吐不出一句好话，像曲老师这样漂亮、温柔、还负责任的老师，舅舅怎能配得上？

连昀鹤倒也没在意，他挑了挑眉："我听你妈说，你特别想要一个新的平板电脑……"

连宇远沉默下来。

"但你妈不给你买是吧？"连昀鹤笑得一脸得逞的样子，"帮我追到你们班曲歆莉老师，我就给你买，怎么样？"

连宇远眼底浮现丝丝挣扎和犹豫，曲老师很好，但平板电脑他也真的很想要……

"不是吧，小鬼，这样你都不心动？"连昀鹤眉梢微抬，还在继续诱惑着他。

连宇远看着神情漫不经心的舅舅，决定吓唬吓唬他："曲老师有男朋友了。"

前头的连昀鹤安静了一秒，然后慢吞吞地应道："哦，这个简单，他们分手就好。"

连宇远瞪大眼睛，显然被舅舅这种无耻的行为给惊到了，说话都口齿不清起来："什么分手就好，你你你，你这叫'小三'了！"

连昀鹤抬眼瞥向吃惊的连宇远，低笑道："年纪轻轻的，懂得的词汇倒不少。"

连宇远白了连昀鹤一眼，不知道是不是他的错觉，自从舅舅听到曲老师有男朋友之后，情绪都不太对了。

想了想，连宇远清清嗓子，还是决定澄清这件事。

"我骗你的。"

"嗯？"连昀鹤尾音稍稍上扬，"骗什么？"

"曲老师没有男朋友。"

车内再次安静下来，连宇远似乎看见连昀鹤松了口气，然后眯起眼睛从后视镜跟他对视上。

"小鬼，是我最近管你太松了？"

连宇远无语了，他实在想不通，为什么他的舅舅今年都二十七岁了，还跟个小孩儿似的。

坐在驾驶座上的连昀鹤紧绷的心情放松下来，他往后靠了靠："平板电脑到底要不要？"末了，连昀鹤又补充，"不要我就找别人了。"

连宇远一咬牙，不管了："好，成交。"

算了，只能先委屈一下曲老师了。

在雨再一次下大之前，连昀鹤带着连宇远回到了家。

刚进门，连昀鹤的姐姐连楚凝便蹲下来检查起连宇远的情况。这一检查，发现连宇远不仅鞋子湿透了，左半边袖子也湿了。

连楚凝皱着眉，语气责备："连昀鹤你今天抽什么风？平时忙得见不着人，今天下这么大雨说什么也要去接远远，我五点下班，你要是早让我把远远接回来，你看你们俩还会淋成落汤鸡吗？"

连宇远抬头瞟了一眼倚在门边、模样懒散的连昀鹤，抿了抿唇，他知道自家舅舅抽什么风。

自从上次舅舅知道他的班主任叫曲歆苒之后，就一直想方设法找机会去学校，一会儿说要送他上学，一会儿说要接他放学的。

今天好不容易见到一面了，就变得奇奇怪怪起来。

连宇远撇了撇唇……

"知道你们文物局闲，"连昀鹤贫了一嘴，"我看出来了，不用刻意强调。"

连楚凝瞪了连昀鹤一眼，把手上的毛巾扔到他的脸上，拉着连宇远往卧室里走："行啊，连队长，我看您明儿感冒了怎么去上班。"

连昀鹤随手把毛巾搭在脖子上，换掉鞋子走了进来。他径直走到厨房，从冰箱里拿出了一罐冰可乐，半罐子下肚，才走到连宇远的卧室门口。

连昀鹤声音懒道："感冒是不可能的，我才没某个男子汉那么娇气。"

说完，他笑着望向正在换衣服的连宇远，调侃道："是吧，小男子汉？"

闻言，七岁的连宇远立马目光哀怨地望向连昀鹤，他咬牙切齿的，小脸上满是不服输。

"上次掰手腕是个意外，我状态不好，要不然不可能会被你一根手指扳倒！"

连昀鹤挑了挑眉，轻飘飘地回了句："哦，是吗？"

还没等连宇远有什么反应，连楚凝就率先转过头来，骂道："连昀鹤，你有完没有？突击队中队长现在都这么闲？不用备勤？"

连昀鹤弯了弯唇，嬉皮笑脸道："刚备勤完，今天轮休呢。"

连楚凝沉默一会儿，火气瞬间噌噌噌往上涨。

眼看着脾气暴躁的亲姐要冒毛了，连昀鹤识相地终止了这个话题："我去煮饭。"

等连昀鹤走后，连楚凝也帮连宇远换上了一身干衣服，转身进了厨房。

连宇远乖乖地待在卧室里写作业，连昀鹤走了进去，大刺刺地往床上一躺，问道："小鬼，你妈有没有跟你说奶奶什么时候回来？"

认真写作业的连宇远头也不抬："没说。"

连昀鹤撇了撇唇，没再打扰连宇远写作业，他盯着天花板发起呆来。

某些时候来说，他姐还是很厉害的。

前年老公出轨，连楚凝便果断离婚，独自带着连宇远当起了单亲妈妈，甚至去年因为受不了前夫的品性，两人协商后，直接让孩子改姓连了，对姥爷、姥姥的称呼也改成了爷爷、奶奶。

简单、粗暴、雷厉风行，不愧是他姐。

"可是舅舅……"

连宇远的声音打断了连昀鹤的思绪，连昀鹤坐起身子，手撑在身后，等着，连宇远继续说："你要是去上班，我怎么联系你，告诉你曲老师的事情？"

听到这个问题，连昀鹤哼了一声，他还以为是什么大事……

"你妈不是给你买了电话手表吗？"

连宇远呆呆地眨了眨眼睛："噢，对哦。"

房间里安静了一瞬，接着连宇远的声音再次响起："要是我帮了你，你还追不到曲老师，那你还会给我买平板电脑吗？"

连昀鹤睨着他："你说呢？"

虽然已经预料到结果了，但连宇远还是接受不了。他皱起了眉，跟连昀鹤争辩道："可我已经帮了你。"

"可我没追到。"

"没追到是你的问题。"连宇远顿了顿，一本正经地说，"你应该好好反思一下自己，为什么曲老师看不上你，而不是把这个责任怪到我身上。"

连昀鹤无言以对，现在的小鬼歪理真多。

楼道里的声控灯坏了好几天都没人维修，曲歆苒拿出手机打开手电筒，慢慢爬到六楼。回到出租屋，曲歆苒先洗了个澡，换上舒适的睡裙，才简简单单吃了点儿东西。

潭州的天气阴晴不定，大雨停了不到半个钟头，现在又下了起来。

雷声轰鸣，黑沉沉的天空划过一道白光。

曲歆苒擦头发的动作一顿，走到厨房把窗户关了，留下一条小缝。头顶的白炽灯亮着，曲歆苒把毛巾搭在肩头，任由发尖的水珠滴落。

厨房里烧的热水已经开了，她拿出倒立的蓝色小熊瓷杯，给自己泡了杯咖啡。

热气拂脸，曲歆苒走到客厅，脱掉脚上的拖鞋，踩上白色的绒毛地毯，顺着小沙发坐了下来。

她租的这间房子很小，不到四十平方米，但胜在卧室有个阳台，采光还算不错，经过改造后倒也还算温馨，一个人住刚刚好。

雨声噼里啪啦，曲歆苒默默地盯着小桌子上的笔记本电脑，双手捧起咖啡喝了起来。

热咖啡喝了大半杯，她这才打开电脑，点开桌面上名字为《藏匿》的文档，入眼的第一句即是——

我会将你永远藏匿于心底，不被任何人发现。

文档里字数已经超过二十万，曲歆苒抿了抿唇，面露犹豫。

从高中开始她就喜欢写小说，前年签约网站后，平时会利用空闲时间写稿，到现在为止，已经发上去四本了。

但她是个小透明，文章只有几千的收藏。

可曲歆苒不在乎这些，她只是喜欢写一些自己爱写的东西，加上有正经工作，写小说赚不赚钱也无所谓。

只是这本《藏匿》，曲歆苒一直在纠结，纠结的原因是……这本书男主人公的原型是连昀鹤。

曲歆苒吐出一口气，握住鼠标的手动了动，点开小说网站，发现自己的旧文时隔一个月后收到了几条新的评论，她认认真真地看完，并一一回了个颜表情。

像她这种默默无闻的小透明作者，基本上没有读者会在乎，但曲歆苒乐得自在，下班后能沉浸在自己的一小方天地里，是件很浪漫的事情。

这样，她心底空虚的那一角才会被填满。偶尔跟现实剥离，或许会有种自己这样生活也挺幸福的错觉。

外面又响起了一阵雷声。曲歆苒垂下眸，她眨了下眼睛，然后把《藏匿》的第一章发了出去，在文案上标注有原型之后便合上了电脑。

不知道是今天白天工作太累还是天气的缘故，这还不到晚上八点她就困了。曲歆苒摸了摸还在滴水的发尾，打了个哈欠。

吹干头发后，曲歆苒利索地爬上床睡觉了，但她明天的教案还没写，于是把手机上原本六点的闹钟改成了四点，便安稳地睡去。

睡意蒙眬间，曲歆苒好像做了一个悠长的梦。

梦里烈日高照，头顶的风扇吱呀吱呀地转着，耳边是书本翻动的声音，怎么也驱散不了的炎热，以及怎么也写不完作业的焦虑……

"大家把这个卷子分一下，历史老师说晚自习下课前要写完交上来。"

吵闹的教室安静了一霎，随后响起此起彼伏的哀号声。

"什么啊，明天交不行吗？还有其他作业啊，我们一个晚自习怎么可能写得完？"

"就是，我们才高一就这么多作业了！"

"天哪，这种日子什么时候是个头呀！"

讲台上的历史课代表正在分发试卷，坐在座位上的曲歆苒感受到肩膀被人碰了碰，她回过头，猝不及防对上少年狭长的柳叶眼。

"曲歆苒，卫生委员让我告诉你，今天晚自习之后的卫生轮到你了。"

连昀鹤的眼尾微微上挑，他明明没笑，眼底却好像老是带着笑意，总给人一种深情的感觉，看久了容易陷进去。

"我知道了。"曲歆苒回正身子，没再继续看他。

晚自习很快结束，班上有人飞奔而出，有人还在慢悠悠地整理书籍。等人散得差不多了，曲歆苒这才从教室后面的卫生角拿起扫把扫地。

一般来说，晚自习下课都会安排两个人搞卫生。

曲歆苒跟班上的人都不太熟，没问另外一个搞卫生的人是谁，于是决定自己先扫一半，扫第一二大组，把剩下的留给另一个人。她脑子里想着晚自习没解出来的数学题，扫地都是心不在焉的。

班上的人陆陆续续走光，教室里寂静下来。

曲歆苒抬起头，看到了在默默扫第四大组的连昀鹤。

教室里的风扇还开着最大挡在转动，穿着蓝白色校服的少年又瘦又高。

曲歆苒眨了眨眼睛，下一秒连昀鹤便径直走到第二大组的后面，他低着头，眉眼低敛，模样十分认真。

过了几秒，见连昀鹤没察觉到什么不对劲，曲歆苒有些忍不住了，小声说道："这是我扫的区域。"

听到这句话，连昀鹤停下了手上的动作。他站直身子，笑了笑："帮你扫还不乐意？"

曲歆苒抿起唇，沉默片刻，又接着扫了起来。

晚间的风稍稍带上了凉意，没白天那么燥热了，耳边只剩下扫帚的摩擦声以及风扇转动的声音。

曲歆苒低着头，余光却不自觉地往连昀鹤那边瞟。

不到十分钟，他们便把教室扫干净了。晚自习的卫生只需要扫地，高个子的连昀鹤已经站到了门口，一副随时要走的样子。

"曲歆苒，我要关灯了。"连昀鹤站在原地，耐心地等着慢吞吞地整理书包的曲歆苒。

"你先走吧，我来关。"

连昀鹤挑了挑眉，倒也没推辞："行，那我走了。"

脚步声渐远，头顶上的风扇速度也降了下来。曲歆苒望着没写完的作业，长长地吐出一口气，认命地把东西整理好背回去。

整层楼的灯都已经熄了，她伸出手关掉灯，刚转身，便跟迎面过来的人撞了个满怀。

鼻息间全是一股清淡好闻的味道，曲歆苒抬头，望向比自己高出一截儿的连昀鹤，眼底满是错愕。

连昀鹤朝她笑道："忘拿东西了，我来关灯，你先走吧。"

曲歆苒抿了下唇角，扯着书包带走了。

夏日的晚间多蝉鸣，她沿着树下走，刻意放慢了脚步，至于是不是在等连昀鹤，曲歆苒自己也不是很清楚，也许只是想欣赏欣赏天上的星星而已。

身后响起慢悠悠的脚步声，曲歆苒扯着书包带，脚步放得更慢了。忽然，她的书包被人一拉，身子惯性往后倒。

连昀鹤好看的笑颜闯入她的视线里，顺带着还有他低笑调侃的声音。

"苒苒，你走这么慢，是故意在等我吗？"

"铛铛铛！"

一阵闹钟声响起，床上的曲歆苒皱了皱眉，睁开了眼睛。她偏头望向床头柜上的时钟，恰好凌晨四点整。

想起刚才梦里的情形，曲歆苒无奈地扯了扯唇，还挺真实，居然梦到了跟当初一模一样的事情。

除了最后连昀鹤搭在自己肩膀上那一幕。

高中那会儿，她跟连昀鹤压根儿没什么交集，别说叫她小名，连搭肩膀这样稍微亲昵的行为都不可能。

曲歆苒轻轻地吐出一口气，有些头疼地揉了揉太阳穴。

想起教案的事情，曲歆苒并没有在床上多浪费时间，她起床洗漱完、蒸好包子、热好牛奶，便坐在沙发上开始写教案。

六点过十分，她准时出门乘坐地铁，在八点前赶到了育才小学。

曲歆苒先去了趟办公室拿东西。办公室里其他几位没上课的老师坐在一起闲聊，声音也时不时飘到了她的耳朵里。

"哎，我们学校今天是不是要新转来一个数学老师？"

"好像是的，叫郑什么意，听说很年轻，才二十三岁呢。"

"二十三岁不是才毕业吗？她跑来实习？"

"才不是嘞，人家是'985'毕业，正式考编通过了的。只是对之前那个学校不满意，才转到我们学校来的。"

"'985'毕业跑过来当小学老师？图什么啊？干吗不选择考研啊？"

"小曲不也是'985'毕……"

"嘘，别说了别说了，人家小曲在办公室呢！"

听到这句话，曲歆苒的眼睫毛颤了颤，没再听下去，捧起教材往自己班走去。

来到教室门口，里面叽叽喳喳吵成一片，曲歆苒抿了抿唇，脸上丝毫没有生气的迹象。

二年级的小朋友正处于多动时期，她完全能理解。

左脚刚踏进教室，吵闹的小朋友们立马安静下来。班长连宇远起身带头喊了句"起立"，接着便是整齐的一片："曲老师好——"

小孩子说话喜欢尾音拖长，声音格外稚嫩。

曲歆苒弯了弯唇，笑着说："大家早上好。坐下来吧。"

从最开始教学时的手忙脚乱，到现在的游刃有余，其实也不过短短三年而已。

她上课会很严苛地对待班上的小朋友，但平时跟他们相处会比较温和，所以大部分时候说话都管用，班上的小孩儿也都愿意听。

曲歆苒扫了教室一圈，确认班上四十几个学生都到了之后，便开始了第一节课的教学。

四十分钟后，曲歆苒的课程全部结束。她抱着资料和语文课本，回了办公室。前脚刚在座位上坐了下来，后脚年级主任便带着一个人来到她办公桌前，站定。

"小曲啊。"年级主任赵克勤挺着他圆滚滚的肚子，稍微侧身让出跟在身后的女生，然后介绍着，"这是郑佳意。小郑，以后就会代替小刘教你们二年级三班的数学了。我现在手上有些事情要处理，你先带小郑熟悉一下。"

曲歆苒点头"嗯"了一声。

得到她的回复，赵克勤便转身走出了办公室。

眼前的郑佳意穿着灰蓝色的衬衫外面配上一件淡粉色的马甲，浅浅的蓝色阔腿裤也掩盖不住她的细腿。她长鬈发披着，脸上带着点儿婴儿肥，圆圆的杏眼微微弯起，笑道："曲老师你好，我叫郑佳意。"

曲歆苒望着开朗活泼的郑佳意，抿了抿唇，垂下眸，规规矩矩地回道："你好，我叫曲歆苒。我们班数学课今天是第四节，我先把班上的花名册给你一份，然后带你熟悉一下工作环境吧。"

"好。"

二年级三班第二节课是体育课。

今天阴天，没下雨，几十个小朋友没有一个留在教室里，全跑出去上体育课了。曲歆苒先带着郑佳意在办公室转了一圈，然后才下楼。

室外时不时刮过一阵凉风。

班上的小朋友在操场上玩得不亦乐乎，曲歆苒路过操场时，顺手给郑佳意指了指班上的一些班委让她认识。

第三节上课铃响过十分钟后，曲歆苒已经带着郑佳意熟悉一圈了。

她们从底下的楼梯口穿过，打算回办公室。郑佳意跟在她身边，偶尔问些问题，聊两句天。

"歆姐，我今年二十三，你多大呀？"

曲歆苒抿了抿唇，面对这么健谈的郑佳意，感觉有些不自在，但还是耐心地回道："我二十六。"

闻言，郑佳意惊讶地望向她："歆姐，你只比我大三岁？那你教书几年了呀？"

曲歆苒："四年。"

"四年？"郑佳意算了算，然后抬起头，"歆姐你二十二岁就工作了，这么早？"

"嗯。"

曲歆苒点点头，解释道："读书读得比较早。"

"难怪。"郑佳意嘟囔了一句，"我刚才听其他老师说歆姐你是复大毕业的，是真的吗？"

曲歆苒眼神一滞，沉默半天，最后还是说了一句："真的。"

郑佳意"哇"地感叹了一声，她眼睛亮晶晶的，满是好奇。

"歆姐你是为什么来当小学语文老师啊？当时没有想过追求更高的学历，去初高中或者大学当老师吗？"

曲歆苒偏头，迎上郑佳意纯粹的眼睛，里头没有半点儿恶意，似乎只是单纯地好奇而已。

当时家里那个情况下，根本不会给她考研的机会，而且……

曲歆苒低下眼，沉默着没说话。

"歆姐？"

郑佳意的声音把曲歆苒叫回了现实。曲歆苒朝她笑了笑，不动声色地岔开话题："那你呢？你为什么没有提高学历，跑来当小学数学老师？"

"当然是不想异地恋啦。"郑佳意撇了撇唇，语气随意，"我跟我男朋友是青梅竹马，他读完大学就回潭州工作了。加上我自己老家也是潭州的，我父母都特想要我回来，我就回来啦。再说应用数学也挺无聊，什么微分几何、泛函分析，我都没有那些数学大神的脑子，再不放弃，我年纪轻轻头就要秃成'地中海'了。"

曲歆苒被郑佳意逗笑了，她弯了弯唇，整个人的情绪也被热情的郑佳意给感染了，调侃了一句："'地中海'不至于，秃头倒是真的。"

　　看见曲歆苒终于笑了，郑佳意心里的成就感油然而生，尤其是曲歆苒笑起来的时候唇边有浅浅的梨涡，特别治愈人。

　　"苒姐，你的梨涡很漂亮哦，要多笑笑呀！"

　　曲歆苒扯了扯唇，她不擅长与人交际，正不知道该回些什么，恰好她们上了楼。于是曲歆苒在班级教室门前站定，顺带结束了这个话题。

　　"还有不到十分钟下课，我第四节课有课，需要准备一下，可能……"曲歆苒没把话说得太死，郑佳意却已经明白了。

　　郑佳意挥挥手，不在意道："你去吧，苒姐，我昨天才跟小刘老师对接完，也需要准备一下才行。"

　　"好。"曲歆苒点了点头，转身进了办公室。

　　郑佳意望着曲歆苒清瘦的背影，眨了眨眼。

　　这个小曲老师什么都好，就是太内敛安静了些，而这份内敛安静里，莫名还带着股疏远和对生活的消沉。她好像把自己困在了围墙里，尽管里头的生活枯燥无味，平静得像一潭死水，也不愿走出来。

　　不仅不愿走出来，更不愿让别人走进去。

　　可直到后来，郑佳意才知道，困在围墙里的曲歆苒无时无刻不在渴望有人能朝她走去。

　　曲歆苒下午没有课，所以上完第四节后她打算先去吃个饭，下午到附近的图书馆泡几个小时再回学校。

　　刚走到学校大门，天上砸下来几滴豆大的雨点，顷刻间，暴雨如注。

　　曲歆苒躲在保安室门口，正准备从包里拿出伞，耳畔传来喇叭声。她侧头望去，看到了一辆宝马车，视线往上，看到了坐在驾驶室里，笑靥如花的郑佳意。

　　郑佳意朝她招手："苒姐，你要去哪儿？我送你吧。"

　　曲歆苒抿了抿唇，眼底浮现出丝丝纠结。

　　"潭州四五月雨很多的，估计一时半会儿停不了。"郑佳意继续劝着。

　　闻言，曲歆苒低头望了眼自己脚上的鞋子，然后打开副驾驶的门坐了上去。等曲歆苒坐稳后，郑佳意才启动车子离开。

　　走出学校大门，郑佳意便问："苒姐，你要回家吗？还是去吃饭？"

　　"吃饭。"

　　郑佳意眼睛亮了亮："那正好啊，我也要去吃饭，咱们一起吧。"

　　"好。"

　　这次，曲歆苒没有拒绝。毕竟都坐人家的车上了，再加上郑佳意这么活泼开朗，对她又热情，只是习惯独来独往的曲歆苒，多少有点儿招架不住她这份热情。

"歆姐，这附近有家饭馆辣椒炒肉特别好吃，你要不要跟我一起试试？"

听着郑佳意这一口一个"歆姐"，曲歆苒无奈地扯了扯唇，提醒道："我们年龄差不多，不用在后面加个'姐'。"

郑佳意看了曲歆苒一眼，刚想说句什么，后座突然响起一阵欢快的手机铃声。她望了眼被扔在后座的黑色香奈儿包包，正为难着，曲歆苒便侧身帮她拿了上来。

接过曲歆苒递过来的手机，郑佳意轻声道了谢，看到来电显示"高瑾词"这三个字，脸上的笑容瞬间垮了下来。

郑佳意歪着头，肩头微微耸起，把电话卡在耳边，没好气地接了起来："喂？"

"小意儿，你生气了？"电话那头传来高瑾词小心翼翼的声音。

郑佳意板着一张小脸："我没生气啊，我生什么气？"

见郑佳意是跟自家男朋友打电话，曲歆苒侧过头，把注意力转移到窗外的大雨中。

"你别生气，我知道错了，但我前几天工作太忙，请不到假。"

郑佳意拧起眉，显然不是很想听高瑾词解释。过了半分钟，她嫌歪着脖子太累，干脆打开扬声器，直接把手机扔到了扶手盒里。

"你别生气了，原谅我好不好？"男生嗓音清澈明朗，语气里带着讨好。

曲歆苒看了一眼明显已经消气了的郑佳意，忍不住弯了弯唇。看得出来，郑佳意跟她这个青梅竹马的男朋友感情很好。

郑佳意瘪了瘪嘴，眼底满是不高兴。

其实她能理解高瑾词特警的工作很忙，这也是自己为什么会选择回潭州工作的主要原因。但她就是有一点点儿不高兴，而这一点点儿的不高兴，在高瑾词耐心哄她之后，全都消失了。

高瑾词还真是，把她吃得透透的。

郑佳意张了张嘴，正想说些什么，电话那头传来一阵窸窸窣窣的声音，随即响起高瑾词严肃的话语。

"连队。"

副驾驶上的曲歆苒听见这两个字，呼吸一顿，全身心的注意力都转移到了手机上。

接着，曲歆苒便听见一个熟悉的声音，只是比平时，更正经了些。

"坐。"连昀鹤嗓音淡淡的，带着一股慵懒劲，"在跟女朋友打电话？"

那头静默了会儿，然后传来"嘟嘟嘟"三声，电话被高瑾词挂断了。

高瑾词匆匆忙忙挂断电话，郑佳意倒也没生气，反而有点儿担心他会被队长训斥，但在开车，又不好给他发消息。她正要收回思绪，却听见身旁的曲歆苒问道："你男朋友的工作是特警？"

　　郑佳意脸上有些惊讶："你是怎么猜到的？"

　　"听到他叫队长的声音了。"曲歆苒弯唇解释。

　　"这样啊。"郑佳意恍然大悟，接着说，"我听小词子说，他们突击队的这个中队长虽然年轻但很严厉，好像叫连什么鹤吧。哦，对，我记起来了，叫连昀鹤。"

　　听到"连昀鹤"这三个字，曲歆苒抿了抿唇，突然想起之前连昀鹤随口说的那句"在潭州市公安局当特警"。

　　曲歆苒轻轻垂下眸，他跟高中那会儿，还真是没差别。一贯的低调谦虚，才二十七岁就当上了突击队中队长……

　　雨水打湿了玻璃窗，雾蒙蒙一片。

　　曲歆苒抿了一下唇角，心底有股说不出来的难受。

　　注意到曲歆苒情绪不高，郑佳意还以为自己这个话题戳到了她的伤心事，于是连忙打住，转移了话题。

　　"苒姐，你下午是不是没课？你打算去干什么啊？"

　　"泡图书馆。"

　　"那太可惜了。"郑佳意有些遗憾，"我要是下午也没课就好了，就可以跟你一起。"

　　曲歆苒笑了笑："没关系，下次可以一起。马上不是要五一放假了吗，可以先借书回去读。"

　　"算了吧。"郑佳意果断拒绝了，"放假是不可能读书的，休息它不香吗？而且，"郑佳意顿了顿，笑脸盈盈地说，"我得去光一广场看我家小词子武装巡逻呢。"

　　曲歆苒表情微怔，随后调侃道："再秀恩爱我可就当场跳车了。"

　　"别别别，苒姐，你跳车我就得上社会新闻头条了。"

　　车内气氛融洽，被郑佳意这一打岔，曲歆苒的心情都愉快了不少。

　　樊山训练基地。

　　"挂了干吗？"连昀鹤瞥了高瑾词一眼，他表情懒懒，"现在是休息时间，我没那么不近人情。"

　　高瑾词撇了撇唇，完全不敢回话，没那么不近人情？整个潭州市公安局特警支队谁不知道连昀鹤是最凶的中队长？

　　别看连队长平时性格好像很随意的样子，只要到训练和执行任务的时候，翻脸不认人的速度那叫一个快，仿佛之前随和的性格都是装出来的一样，满脸写着"别跟我套近乎，谁跟你嘻嘻哈哈"。

他们第一大队的训练强度本就是最大的，再加上有连队这个中队长，堪称魔鬼训练队，谁见了连昀鹤都只想绕路走。

"行了，不跟你们闹了。"

连昀鹤眉梢微扬，站起来往另外一个中队长邹向毅那边走了。

高瑾词看着连昀鹤走远的身影，绷直的身体瞬间放松下来。他吐出一口气，低下头给郑佳意发了条信息，解释了一下刚才的情况。

"哎，分到连队手下也太难了，这么久了我根本摸不准他的心思。"

旁边的魏凌洲叹了口气，话锋一转，问道："你们说，连队这么凶，以后能找到老婆吗？"

另一名队员陈卓羽瞥了他一眼，冷嗤一声："就连队这颜值、这能力，轮得到你替他瞎担心吗？我们局里喜欢他的女同志还少？"

"也是。"魏凌洲默了几秒，赞同道，"毕竟连队可是我们局的门面担当啊！"

"我听说连队的妈妈好像在人民检察院工作，是真的假的啊？"第三个人王睿寒也加入了这个话题。

陈卓羽扒了一口饭，含混道："这谁知道，不要乱传。"

魏凌洲紧跟着说："对，连队没有亲口承认的事情，最好不要乱传。"

"我觉得十有八九是真的，连队这么低调根本不会说。但连队是不是今年七月才满二十七岁啊？是有史以来我们第一大队年龄最小的中队长了，会不会是因为家里……"

没等王睿寒说完，另外两人便冷着脸打断了他。

陈卓羽目光冷冷的："饭可以乱吃，话不能乱说，这个道理你不懂吗？"

"连队工作的第一年就立了个人二等功，这几年来立过的功两只手都数不清，不要乱传，望周知。"魏凌洲轻轻"啧"一声，端着托盘站了起来，嘴里嚷嚷着，"今天的饭菜不是一般的难吃。"

看两人的身影走远，王睿寒的脸色有些不太好看："随便聊聊，洲哥他们也太当真了，没必要啊，你说是吧高瑾词？"

听到王睿寒叫自己，高瑾词扯了扯唇，没搭腔。

封闭式训练结束后，他被分到连昀鹤手下才不到一个月，连队很严格，工作的时候更是一丝不苟。

虽然魏凌洲、陈卓羽两位师兄说话直白了点儿，但高瑾词更不喜欢王睿寒这种爱嚼舌根的。好好一个大老爷们儿，这么八卦多嘴干什么？

可偏偏王睿寒又比他先入队，高瑾词就算想说些什么，也不好开口。

"我也就是猜测一下而已嘛，他们也太敏感了。我看啊，他们就是想巴结连队才这么护着他。有什么用呢，还不是……"

王睿寒还在继续念着，高瑾词有些听不下去了。

他站了起来，朝王睿寒笑了笑："我吃完了，先走一步。"说完，也不管对方什么反应，直接转身走了。

身后的王睿寒叫了一句："哎，你等等我啊。"

高瑾词没搭理他，继而加快脚步离开。

另一边，邹向毅跟连昀鹤还在吃饭。

邹向毅看见连昀鹤手底下的几个人跑了，笑他："连队，您可不是一般的厉害啊。刚才对他们说了什么？一个个全跑了，怕你怕成什么样子？"

闻言，连昀鹤掀起眼皮往高瑾词那边看了一眼，然后收回视线，吊儿郎当道："我还不够平易近人？除了关心他们的生活，能说什么？"

邹向毅看着没个正形的连昀鹤，无奈地摇了摇头。他至今都没想明白，连昀鹤是怎么做到平时吊儿郎当，一到训练就跟换了个人似的。

"看你今天心情不错，有什么喜事？找女朋友了？"

连昀鹤挑了挑眉，给了个模棱两可的答案："算是。"

"什么叫'算是'？"邹向毅面露嫌弃，"有就是有，没有就是没有，哪儿来的'算是'。"

想起曲歆苒的事情，连昀鹤低下眼没答话，见着一面了，四舍五入，就等于是女朋友了吧？

看到连昀鹤沉默下来，邹向毅顿时便明白是怎么回事了，多半是单向暗恋，还没追着呢。

"不容易啊，什么样的女孩子能让咱连队忘了初恋啊？"

连昀鹤修长的手指蹾了蹾筷子，夹起盘里的青椒炒肉吃了一块，默默地说了一句："她俩是一个人。"

邹向毅疑惑地抬起眼，他抽了抽嘴角："那你'算是'个什么？这叫哪门子喜事？"

暗恋人家女孩儿十多年都没追到手，就这也好意思说算是？

"感情才刚起步，要慢慢来。"连昀鹤说，"你们'80后'不懂，跟我们有代沟。"

邹向毅："哈哈，追到现在您都快要奔三了，够慢啊。"

"您老慢慢吃吧。"连昀鹤瞬间意兴索然，他"啧"了一声，"今天的饭菜真难吃。"

连昀鹤长得高又瘦，身材比例很好，尤其是穿着特警服时，是让他们这群大老爷们儿见了都觉得帅的程度。

邹向毅无奈地摇了摇头。这倒让他有些好奇，能让连昀鹤喜欢了这么久的女生到底是什么样的，估计比他们的警花唐昕还要优秀好看吧。

下午还要训练，连昀鹤回到宿舍后正打算睡一觉，房门就被敲响了。

他打开门，看见门口的魏凌洲和高瑾词站姿笔直。

"连队。"魏凌洲说，"局里办的五四青年实践活动开始了，我跟小高可能接下来几天都不在基地。"

连昀鹤插着裤口袋，点点头表示理解："好，我知道了。"

"等会儿。"

魏凌洲、高瑾词两人正要离去，又被连昀鹤叫住了。

连昀鹤表情淡淡的，看起来只是随口一问："你们那个实践活动有什么流程？"

"报告连队，有集市走访交流、学校走访等。"

连昀鹤眼神一亮："学校走访？哪几所学校？"

"回连队，我们俩负责的是长雅、育才、铭德三所学校。"

"育才小学也去？"

"是的，为小学上安全知识课。"魏凌洲偷偷瞄了连昀鹤一眼，完全不知道这是怎么回事。

连昀鹤沉默了半晌，轻飘飘地扔出一句："魏凌洲，要不然你别去了，换我去？"

魏凌洲诧然抬头，他看着表情正经、看起来一点儿不像开玩笑的连昀鹤，蒙了，还有顶替名额这一说吗？

"这……"魏凌洲迟疑道，偷偷观察着连昀鹤的表情，"应该不能随便换的吧？"

"行了行了，你能不能歇会儿？"路过的邹向毅忍不了了，插嘴道，"实践活动不能随便顶替换人，你们连队逗你们玩的。"

"戳穿我干吗？"连昀鹤轻轻"啧"了一声，"没意思。"

邹向毅瞪了连昀鹤一眼，刚想让魏凌洲、高瑾词两人离开，连昀鹤又开口了："不过我确实有个忙想让你们俩帮一下。"

连昀鹤嗓音慵懒，瞥了高瑾词一眼，话锋一转，突然问道："我听说你女朋友今天刚转到育才小学当数学老师？"

高瑾词不明所以地"嗯"了一声，随后听见连昀鹤漫不经心道："那正好，到育才小学有机会见到一个叫曲歆荨的老师帮我捎句话。"

连昀鹤含着笑："叫她加下我微信，把之前借给她的伞还我一下。"

高瑾词、魏凌洲两人面面相觑。连昀鹤这是穷疯了吧？一把伞也要人家女生还？

星期六这天要补上五一假期的课，作为班主任，曲歆荨像往常一样起早来到学校。她早上第一节课没课，工作上暂时也没什么事情需要解决，这会儿竟闲了下来。

曲歆苒偏过头，她望着自己办公桌小书架上的十几本书，抿了抿唇。

放在办公室里的书曲歆苒都看过了，想到今天早上出门急，忘记把昨天从图书馆借的新书带过来，她不禁有些懊恼，最后伸出手，从书架上拿出了一本《飞鸟集》，认真地看了起来。

郑佳意一来，便看到曲歆苒坐在椅子上看书。

今天天气挺好，出了太阳。而曲歆苒的办公桌在窗边，外头的阳光洒在她的身上，形成一圈圈光晕，看起来恬静又美好。

"早啊，歆姐。"

听到郑佳意活泼的声音，曲歆苒抬头望去。她的视线停留在郑佳意明媚的笑容上，弯了弯唇，回道："早。"

郑佳意边整理着办公桌上杂乱的书本，边问道："歆姐，我们年级今天是不是有一个转学生要来？"

"嗯。"曲歆苒抿了抿唇，补充道，"分到我们班。"

郑佳意手中动作没停："再过两天就放五一假了，我要是这小孩儿得难过死，就不能放完假再来学校上课嘛。"

曲歆苒笑了笑，没回话。

"那歆姐我先去上课啦。"

"好。"

等到曲歆苒的回复，郑佳意便捧着教材走了出去。

上课铃声响起，其他有课的老师纷纷走了出去，办公室里寂静下来，只剩下书本翻动的声音，窗外绿意盎然，树木被微风吹得簌簌作响。

曲歆苒撑着下巴，认真地翻看着手上泰戈尔的《飞鸟集》。

其实《飞鸟集》她看过好几遍了，但每次看都有不同的感受，并且每一次都会被那句"使生如夏花之绚烂，死如秋叶之静美"惊艳到。

泰戈尔的诗很美，翻译的人更厉害，用中文翻译过来更美。曲歆苒盯着书上的诗久久没有移开视线，心中感慨万千。

"请问曲老师在吗？"

清脆的敲门声传来，曲歆苒循声望去，看到了站在门口的年轻母亲。

她后头跟着的小孩儿怯生生地露出一双乌黑明亮的眼睛，观察到有人看自己，于是连忙把头缩了回去。

曲歆苒站了起来，手上《飞鸟集》的书页随着她的动作落下几页，落在第三十五页，停了下来。

"您好，我是曲歆苒。"

年轻的母亲立马腾出手来回握住曲歆苒："曲老师您好，我是周诺的妈妈。"

曲歆苒点点头，语气温和地道："诺诺妈妈您好。诺诺入学的手续之前都办理好了，今天是可以直接上课的。"

"好，那就麻烦曲老师您了。"

"不麻烦，这是我的工作。"

周诺妈妈看着眼前温柔亲和的曲歆苒，张了张嘴，欲言又止。

曲歆苒带着周诺先去班上，第一节课恰好是郑佳意的数学课，她当着全班的面介绍完周诺，并给周诺安排好座位后，便又回到了办公室。

办公室已经没了人影，周诺妈妈似乎已经走了。

曲歆苒倒也没太在意，正打算坐下来，门口再次传来敲门声。周诺妈妈提着几袋干果走了进来，她弯着腰，边往曲歆苒手里塞边说道："曲老师，麻烦您平时多关照关照周诺，辛苦您了。"

曲歆苒拧着眉，并没有接受这些东西，语气也淡了下来："不辛苦，这是我的工作。"摆明了一副拒绝收礼的态度。

周诺妈妈顿时急了："曲老师，您还是收下这些东西吧！不需要您做什么特别的事情，诺诺他性格有点儿孤僻内向，我就希望您平时能多注意一下他就行。"

听到"孤僻内向"这几个字，曲歆苒眼神一滞。她抿了抿唇，解释道："诺诺妈妈，关心学生的心理健康也是我应该做的工作，这些东西您拿回去吧。"

看到曲歆苒坚决的样子，周诺妈妈提着礼品的手渐渐放了下来。她眼眶有些发红，唇瓣哆嗦了两下，然后提着礼品满脸怅然地离开了。

周诺妈妈的身影消失在办公室门口，曲歆苒松了一口气。她转过身，看到桌上《飞鸟集》停留在了第三十五页。

曲歆苒垂下眼，睫毛颤了颤，坐下来继续看着书。

第一节课下课铃刚响完，郑佳意便走了进来，她拿起自己办公桌上的保温杯，喝了口热水，这才开口说道："歆姐，新来的那个叫周诺的学生好像有点儿不对劲。"

曲歆苒抬起头来："哪儿不对劲？"

"就……"郑佳意拧起眉，回想起刚才课上的事情，斟酌了会儿，然后说，"我叫周诺起来回答问题，他光站着不说话。而且我一走近他，他好像很排斥我的靠近，是有点儿害怕的那种。"

曲歆苒抿着唇，没说话。

郑佳意以为是自己表达得不够准确，曲歆苒没理解她的意思，于是又补充道："给我的感觉，不像是单纯地害怕我骂他责怪他的。我的直觉告诉我，这件事情没有这么简单……"

这时，郑佳意桌上的手机响起，打断了她的话，她收到了高瑾词的信息。

词不达意：小意儿，后天下午我来你们学校进行实践活动哦。

看到这句话，郑佳意面上一喜，随即故作冷漠地回复。

意不达词：哦，我知道了。

词不达意：那你来见我吗？

意不达词：你有什么好见的，不来。

等了几秒，高瑾词的信息又发了过来——

词不达意：我来见你也一样。

郑佳意挑了挑眉，唇角忍不住上扬，笑得眉眼弯弯的。

她抬头望向曲歆苒那边，开口问道："歆姐，我们学校后天有实践活动吗？是不是有特警要来？"

曲歆苒愣了一下，老实回答："这个我不太清楚。"

"哦。"郑佳意鼓了鼓腮，声音有些遗憾，"那好吧。"

曲歆苒望了郑佳意一眼，正犹豫着要不要再说些什么，第二节上课铃声响起，她只好捧着书走进了二年级三班。

"今天我们来学习《我是一只小虫子》，大家翻到课本第五十一页……"大半节课过后，曲歆苒留了八分钟给班上的小朋友们讨论交流。

走下讲台，她发现周诺坐在自己的位置上一动也不动。他低着脑袋，缩在墙边，看起来根本不想跟其他小朋友有任何交流。

曲歆苒在周围来回走了好几圈，观察着周诺。

她发现周诺确实跟郑佳意说的一样，他不仅排斥老师的接触，甚至连其他小朋友跟他说话，他也是无动于衷。

下课铃声响起，曲歆苒默默地把这个情况记到心底，布置完作业便走出了教室。

接下来的两天，每次曲歆苒上课的时候都会时不时地往周诺那边看。

她发现周诺上课大部分时间都是低着头在画画，叫他他也不搭理，并且每节课下课都安安静静地坐在位置上。

这种情况在这几天也有不少任课老师向她反映。

明天就要放五一长假了，曲歆苒想了想，最后还是给周诺妈妈发了条信息：

诺诺妈妈，今天下午接诺诺放学您能提前一个小时来学校吗？有关于诺诺的事情需要跟您交流一下。

信息发过去没几秒，曲歆苒很快收到了回复：

是诺诺出了事吗？

曲歆苒抿了抿唇，打字解释：

没有，您别担心，只是有些事情我想了解一下。

周诺妈妈回复过来：

好的，谢谢曲歆苒老师。

曲歆苒的目光落在最后这句话上，她眨了眨眼，放下了手机。

"歆姐！歆姐！"郑佳意高兴地走了进来，她站定在曲歆苒面前，笑容明媚，"小词子真来我们学校做实践活动了，你陪我一起去校长办公室看看吧。"

"可能不行。"曲歆苒解释道，"我约了诺诺妈妈要谈一下关于诺诺的事情。"

郑佳意"啊"了一声："现在吗？"

曲歆苒抬起手腕，看了一眼手表上的时间，回答："大约四十分钟后。"

"那还早啊。"郑佳意挽住曲歆苒的手臂，撒娇道，"歆姐你就陪我去嘛，我一个人不敢。"

曲歆苒移开跟前的电脑，笑了笑："还有你不敢的事情？"

"哎呀，你就陪陪我嘛，就一小会儿就好啦。"郑佳意瘪着嘴，朝曲歆苒眨了眨眼睛，"好不好嘛！"

面对郑佳意的撒娇策略，曲歆苒可以说是无可奈何，她站了起来："走吧，陪你去。"

"哈哈，你真好，歆姐。"郑佳意笑嘻嘻地跟了上去。

下了教学楼，两人穿过中间的平地，来到对面的办公楼。

校长办公室在三楼的尽头，透过门缝，郑佳意看到穿着便服的高瑾词坐姿笔直，一脸严肃地跟校长在交谈着什么。

她笑了笑，后退几步，跟曲歆苒站成一排。

这两天潭州难得晴天，微弱的阳光照在她们身上，让人惬意无比。平地上有学校的小朋友在玩耍，曲歆苒望着欢声笑语的小孩子们，弯了弯唇。

等了不到十分钟的样子，他们的谈话终于结束。

校长把高瑾词和来的另外一个特警送了出来，几人客套了几句，便朝她们走了过来。

"好啦，你等到你家小词子了，我就先回办公室了。"见任务圆满完成，曲歆苒转身便打算走，却被郑佳意拉住了。

"别走啊，歆姐。"郑佳意意味深长地笑了笑，朝曲歆苒眨了眨眼睛，"小词子的队长好像有话托他带给你。"

听到这句话，曲歆苒表情一愣，然后就听见走到跟前的高瑾词问道："您好，您是曲歆苒曲老师吗？"

曲歆苒轻声应道："嗯，我是。"

高瑾词望着眼前气质温柔安静的曲歆苒，纠结地摸了摸后颈，那句还伞的话怎么也说不出口。他求救似的望向身侧的魏凌洲："洲哥……"

闻言，魏凌洲马上装作听不清，他往前凑了凑，拔高音量道："啊？你说什么？你在喊我吗？"

高瑾词："……"

郑佳意皱起眉，她看着扭扭捏捏的高瑾词，一脸莫名其妙："小词子你在干啥呢？有话就说啊，我都帮你把歆姐叫过来了。"

听见郑佳意的催促，高瑾词干脆豁出去了，直白道："曲老师，连队叫您把之前借给您的伞还给他。"

郑佳意感觉莫名其妙。就这？就为了这事前两天打电话给她，问她认不认识一个叫曲歆苒的老师？她还以为什么不得了的事呢。

樊山训练基地。

连昀鹤看了一眼桌上的粉红色兔子图案的伞，又看了看站在一起的高瑾词两人，头疼得厉害。他之前只是随口一提，也没想到高瑾词真能想办法找到曲歆苒。

但……

连昀鹤的目光落在粉红色的遮阳伞上，抽了抽嘴角，谁要他们带把伞回来的？他要的是曲歆苒的微信。

"连队，曲老师说之前那把伞在家里，用这个还给你。"

迎上魏凌洲的笑脸，连昀鹤深吸一口气，问道："你们怎么跟她说的？"

"回连队，我当时说——"高瑾词顿了顿，重复了一遍当时的话，"曲老师，连队叫您把之前借给您的伞还给他。"

连昀鹤抬眼："没了？"

"没了。"

"加微信的事情呢？"

"喔，对。"高瑾词眼底有些懊恼，他挠了挠头，"我给忘了。"

房间里安静下来。

魏凌洲小心翼翼地瞥了一眼表情严肃的连昀鹤，然后凑到高瑾词那边，轻声问道："伞不是已经还回来了吗？连队还在生什么气？"

高瑾词抿了下唇，说："会不会是连队不喜欢这把伞的颜色，喜欢他原来的？"

魏凌洲看了一眼桌上粉嫩嫩的兔子图案伞，又把视线移到连昀鹤那张严肃的脸上，心中越发笃定。

对于连昀鹤要还伞这件事，确实是在曲歆苒的意料之外的，但后来一想，曲歆苒又觉得自己确实是有点儿疏忽了，便也没把这件事放在心上。

这天下午，周诺妈妈临时有事，没能来成，最后是周诺爸爸来接的人。

五一假期到了，曲歆苒也只好先把这件事搁置了。

放学前，郑佳意还因为还伞的事八卦了许久，最后曲歆苒大概叙述了一遍前几天的事情，她才作罢。

假期的第一天，曲歆苒一整天都泡在家里修文。《藏匿》有很多地方都要修，而且她还差个结局没有写完。

在家待到第二天，曲歆苒收到了连宇远打过来的电话。

电话那头是连宇远稚嫩的声音："曲老师，你在家吗？我有很多题目不会，可以去找你吗？"

连宇远说话有个习惯，喜欢拖长尾音，听起来有点儿奇怪又可爱。

曲歆苒没忍住笑了笑："在家。"说着，她便抬头望了一眼阴着的天，回道，"但是我去你家找你吧，外面天气不太好。"

才过谷雨不久，潭州又多雨，天气阴晴不定，一会儿出太阳一会儿下暴雨的。曲歆苒租的房子地理位置比较偏，她不放心让年仅七岁的连宇远独自过来。

"不、不用了曲老师。"连宇远有些慌张，赶忙解释，"我舅舅有车，他能送我过去的。"

曲歆苒愣了一下，接着电话那头传来一个女声，听着像连宇远妈妈的声音，她毫不留情地拆穿了连宇远："你舅舅要巡逻，假期忙得人影都见不着，哪来的车？"

"妈妈！"

连宇远的声音有些委屈又带着丝丝慌乱，连楚凝还在细心地教育着他。

"再说，好好在家放假的，你干吗要麻烦曲老师？放完假去学校再问不行吗？"

连宇远轻轻地哼了一声，没回话。

曲歆苒笑了笑："没关系的，我在家也没事。"

"不用，不用，不麻烦曲老师您了。这小子就是事多，您别理他，不用过来了。"

"没事，不麻烦的。"

曲歆苒最后还是坐着地铁来到了连宇远的家。

连宇远他们家住在一片老城区，小区的房子比较老旧，但好在物业管理还可以保障。刚进门，连楚凝便热情地给她沏了一杯茶，而后转身进卧室叫连宇远去了。

曲歆苒坐在沙发上，手中的茶水滚热，她默默观察起连宇远家来。

他们家住的是三居室，装修风格很常见。

客厅是原木色的木地板，墙上挂着几幅书画，整个房子看起来有些年头了，但因为住户的用心布置，看起来温馨又舒适。

没等几分钟，连宇远便抱着书从房间里走了出来。

"麻烦曲老师了，我们家远远有点儿不懂事，叨扰您了。"

闻言，曲歆苒抬头望向连楚凝。

今年已经三十三岁的连楚凝保养得很好，她的皮肤跟连昀鹤一样天生偏白，脸上一点儿细纹也没有。

以前在学校里，曲歆苒也不是没有见过连楚凝，只是现在知道连楚凝是连昀鹤的姐姐后，感觉又完全不一样了。

她突然感觉自己以前挺笨的。母子俩无论是眉宇之间，还是给人的感觉都很像，但她这一年多来，却一直没有任何感受，之前还误以为远远是连昀鹤的小孩儿……

"曲老师？"见曲歆苒傻愣住了，连楚凝只好又喊了一声。

"我在。"

连楚凝被曲歆苒这个反应给逗笑了，她指了指门口，说道："曲老师，我先出去接下我妈，远远就麻烦您了。"

曲歆苒点头："好的。"

门被带上，客厅里只剩下连宇远用卷笔刀削笔的声音。曲歆苒耐心地等着连宇远削完笔，这才跟他讲起书上的难题。

半个小时后，连宇远书上的难题基本上解决了，曲歆苒看着他工整的字迹，抿了抿唇。

看连宇远这字迹就知道，肯定学过书法。

曲歆苒思绪有些飘远，她想起了高中的时候，班主任在班上大肆夸赞连昀鹤作文写得好的事情。

连昀鹤的字迹工整清隽，洋洋洒洒一篇作文看下来，确实令人赏心悦目。

手机响动，曲歆苒收到了连楚凝发过来的信息：

曲老师，我们在这附近的超市买菜，晚上留下来一起个饭吧。

一看到这句话，曲歆苒连忙回了句"不用了"，然后赶在连楚凝他们回来之前离开了，离开前，她还反复嘱咐连宇远在家不要乱开门。

看着曲歆苒离去，连宇远立马用手腕上的电话手表给连昀鹤打电话。

等了几分钟，电话还是没人接听。连宇远望着之前没接通的电话记录，小脑袋晃了晃，表情十分无奈。他可是努力争取了机会的，是舅舅不中用，把握不住机会。

不能怪他。

晚上，连昀鹤结束巡逻后，回到了基地宿舍。

这一看手机才发现连宇远这小鬼给他打了好几个电话。连昀鹤想了想，最后还是给他拨了回去。

"嘟嘟嘟……"

电话响了很久才被接起，那头传来连宇远哀怨的声音："你怎么才回电话？"

连昀鹤挑了挑眉，"小鬼，我有工作的，不是闲人。"

"那你工作吧，忙完我再告诉你有关曲老师的事情，拜拜，舅舅。"

"等会儿。"连昀鹤不自在地咳了咳，"我已经工作完了。"

连宇远安静了几秒，小声"喊"了一声，然后连昀鹤的声音响起："说不说？"

"说了也没用。"连宇远瘪瘪嘴，"曲老师已经走了。"

"走了？"

连昀鹤微微一愣，很快反应过来了："她今天来我们家了？"

"对啊，曲老师来我们家教我题。本来想打电话叫你回来一趟，谁知道舅舅你没时间呀。"

电话那边的连昀鹤安静下来，连宇远以为是信号不好，疑惑地"喂"了一句。

"喂什么喂？"

连宇远听见自家舅舅的声音凉凉的，还带着点儿不高兴："今天天气明显要下雨，你还麻烦曲老师跑来跑去，你好意思吗？"

面对连昀鹤的谴责，连宇远只觉得荒唐，他深吸一口气，平复一下心情，决定跟连昀鹤讲道理。

"首先，舅舅，我是为了帮你；其次，我才七岁，我今年才七岁！"

"七岁怎么了？"连昀鹤说，"我七岁都能自己坐飞机出国了，你走个路都不行吗？"

"……"

"娇气。"连昀鹤又哼了一声。

长这么大，连宇远从来没见过连昀鹤这么不讲道理的人，到底谁才是七岁的小孩儿？

假期的最后一天下午，曲歆莳因为换季的衣服比较少，终于决定出门了。她来到光一广场，在商场里买了两件衣服，便打算回家。

走出商场的大门，天空又飘起了雨，风里带着一股凉意，夹着细碎的雨直往人脸上来。

曲歆苒从包里掏出预备的雨伞，撑着走进雨中。转过拐角，她径直朝地铁口走去，一排持枪的特警闯入曲歆苒的视线。

　　带队的连昀鹤头上戴着头盔，下颌被头盔的带子包住，身着防弹背心。黑色的护目镜架在他高挺的鼻梁上，正微微侧身跟旁边的人说着什么。

　　连昀鹤的脖颈修长，靠近下颌的地方有颗显眼的痣。

　　这张英俊的脸配上这套帅气的衣服，令街上不少女生侧头看来。

　　"哇，快看那个特警小哥哥，好帅！"

　　"看见了，看见了，这么帅的特警小哥哥有没有女朋友啊？"

　　"你想什么呢？这么帅，还能单着不成？再说，就算单着也轮不到我们啊。"

　　…………

　　周围讨论的声音清楚地传进曲歆苒的耳里，她垂下眼，握住伞柄的手指动了动。

　　连昀鹤和她只有不到十步的距离，可曲歆苒却觉得，这距离好像是不可逾越的鸿沟。

　　不远处的连昀鹤似乎是跟身边的人交代完了，他们一排四五个人，顺着这条街继续武装巡逻。

　　望着朝自己走过来的连昀鹤，曲歆苒抿了抿唇，撑着伞往前走。连昀鹤的队伍从她身边路过，两人之间没有任何交集，好像从来不认识。

　　如同街上任何一个陌生人一样。

　　虽然知道连昀鹤在工作不方便打招呼，可曲歆苒的心里还是莫名一阵委屈，甚至她自己都觉得这种情绪来得太过荒唐矫情。

　　毕竟他们除了高中同学这层关系，其实什么也不是。

　　回到家，曲歆苒第一时间就趴在小沙发上休息。头顶灯光明亮，她打开手机进到微信里，翻动着好友列表，才后知后觉地发现自己通讯录里的人不是学校的老师，就是学生的家长。

　　一点儿关于高中、大学同学的消息都没有。

　　曲歆苒抿了抿唇，拿着手机的手臂自然垂到沙发边，盯着洁白的天花板，出了神。

　　关于她喜欢连昀鹤这件事，开始得很简单，结局也挺仓促的。

　　曲歆苒记得，高二上学期的冬天，寒风刺骨，格外冷。

　　那个学期她的座位被安排到了连昀鹤的前面，因为她性子沉闷不主动，刚开始的一个星期，两个人一句话都没有说过。

　　曲歆苒从来不是一个看皮相的人，所以在看到外班的人下课围在窗户前，只为了看一眼连昀鹤时，她觉得十分不能理解。

有这些时间多做两道题不好吗？

直到有一天，曲歆苒家里闹了矛盾，她晚上睡不好觉，白天心情不愉快，上课老走神。那时窗外飘着大雪，曲歆苒就算在温暖的教室里也依旧被冻得手脚冰凉。

又困又冷的。

下了课，她原本想眯一会儿，身后的连昀鹤却突然给周围的人发起了巧克力。

曲歆苒想着，自己装睡，连昀鹤应该就不会管她，但当上课铃声响起时，曲歆苒起身，指尖竟触碰到了课桌上的巧克力。

她当时愣了愣，然后下意识地拿着巧克力转过身。

连昀鹤迎上她的视线，朝她笑了笑，解释道："前几天作文比赛拿了一等奖，请大家吃巧克力。"

曲歆苒环顾一圈周围，果然发现好几个人都有巧克力。她轻声道谢，便回过了身。

现在想想，其实那天的白巧克力除了甜点儿，并没有多特别的味道，可曲歆苒好像被鬼迷心窍了般，一下觉得冬日并没有想象中那么寒冷漫长，而那块白巧克力，也终是甜进了她的心底。

之后的高中两年，曲歆苒都很好地把这份感情藏了起来。

她会在路过篮球场时刻意放慢脚步，费尽心思让自己的视线移到连昀鹤身上时显得正常些；也会在后来很多年，只买那个牌子的巧克力。

这些暗恋连昀鹤的小心思，都被曲歆苒深深藏匿于心底。

楼上传来刺耳的凳子拖地的声音，曲歆苒无奈地扯了扯唇，明明连昀鹤给她的和给别人的都一样，也不知道自己当时在偷乐什么……

曲歆苒眨了眨眼睛，换了个姿势躺着，她侧过身，把手机放到茶几上，手枕在了头后。

其实喜欢本身就是不需要理由的，就像连昀鹤其实什么也没做，只给了一块巧克力就让她记到了现在。

其实，一开始曲歆苒并不相信小说里那些暗恋十年的故事，她太过现实，并不觉得有人会念念不忘一个人将近十年，也不觉得这份爱意能藏起来长达十年。

直到这件事发生在她自己身上，曲歆苒才恍然发现，十年其实并不长。

高中过后的日子，每一天都如同白驹过隙，而这份被偷偷藏起来的爱意，原来并不会随着时间的流逝逐渐消失。

曲歆苒还记得大四毕业那年回潭州的时候，她在火车上丢了一次手机。当时，她并没有选择找回手机号码，只是重新买了手机然后注册了一个新的。

她的性格向来比较孤僻，高中、大学都没交到真心朋友，原来手机的通讯录里也没几个人，换手机后便跟以前的人彻底失去了联系。

曲歆苒一直是个生活不太顺利的人。她原本以为把手机号和微信号全换成新的，她也能开始不一样的生活，可那些不顺似乎像一个魔障，始终包围着她。

曲歆苒轻合下眼睑，眼底没什么情绪，自己好像从来就不是一个嘴甜讨喜的人，所以连昀鹤不喜欢她，本来就是件正常得不能再正常的事情。

曲歆苒把脸埋在抱枕里，企图赶走心底难受的情绪，真不知道她今天在委屈个什么劲儿……

下午武装巡逻结束后，连昀鹤摘下护目镜，表情淡淡地背靠在特警巡逻车旁玩手机。

"请你们喝的奶茶，巡逻辛苦啦。"郑佳意的声音甜美，她手上提着奶茶，一杯杯分发给队员们。

魏凌洲喝了口手上的冰奶茶，举起来笑道："谢谢小郑老师。"

"谢谢，我们真是托小高的福啊。"

其他三个人紧跟着道谢。

郑佳意笑脸盈盈道："不用客气，几杯奶茶而已。"

手上留下最后一杯奶茶，郑佳意想了想，最后还是决定留给他们的队长连昀鹤。

看着郑佳意朝连队走去，魏凌洲撞了撞高瑾词的肩膀，调侃道："你小子艳福不浅啊，就你这性格，哪来这么好的姑娘对你死心塌地？"

高瑾词不好意思地挠了挠后颈，解释道："我跟佳意是青梅竹马。"

"啧啧啧。"陈卓羽咂巴咂巴嘴，"羡慕了，羡慕了，这样甜甜的爱情什么时候轮到我啊。"

"羽哥你别想了，下辈子吧。"

陈卓羽瞪了一眼魏凌洲："怎么说话的呢？会不会说话？不会说话你就闭嘴，咒我找不到对象呢？"

"咱说实话啊，你看——"魏凌洲跟陈卓羽细细分析起来，"羽哥你长得没连队帅吧？又没有小高这样的青梅对吧？加上你还憨不会撩人，只会说土味情话，可不就下辈子再说了嘛。"

"嘿，我说你今天是不是讨打？"

"怎么，听不得实话？"

"你过来，有种别跑。"

听着两人打闹的话语声，高瑾词无奈地摇了摇头，视线却不自觉地放到了郑佳意的身上。他看见郑佳意把手上的奶茶递给连昀鹤，而连昀鹤只是淡淡地看了一眼，似乎颔首道了谢，并没有伸手接过去。

很快，郑佳意便提着奶茶返回来了，而连昀鹤已经开着车离去了。

郑佳意撇了撇唇，然后对高瑾词说道："我算是见识到了，小词子，你们连队是真严肃啊，脸上简直一点儿笑容都没有。"

高瑾词愣了一下："连队跟你说了什么话吗？"

"倒也不是。"郑佳意表情苦恼，"他只是没接我的奶茶，然后叫我跟你们说他先回基地了。"

"没事。"

魏凌洲说："连队工作的时候是这样，他对待工作一向比较严苛，小郑老师你不要在意。"

王睿寒没忍住，插嘴道："但我感觉连队今天下午心情好像不是很好。"

"是有点儿。"魏凌洲喝了口手中的奶茶，突然一拍大腿，"我知道了！我知道连队为啥不高兴了。"

陈卓羽朝他投去目光："为什么啊？"

"我们今天巡逻的时候，遇见曲老师了！"魏凌洲侧过身，激动地拉住高瑾词，"就是还伞的那个曲老师，小高你还有印象吗？"

高瑾词点了点头，怎么可能没印象？

"这就是了啊！"魏凌洲语气笃定，"连队肯定是想起那把粉红色伞的事情了，毕竟咱连队训练执行任务的时候多爷们儿啊。"

魏凌洲感叹地"啧"了一声："那身材那肌肉，但私底下用一把粉红色的伞，你们觉得合适吗？"

空气死寂，众人无奈地看着魏凌洲。

魏凌洲感受着几人的眼神，慢吞吞地说了一句："干吗啊，我说的没有道理吗？"

陈卓羽翻了个白眼："魏凌洲，你是不是有毛病？连队看起来像是那么小心眼儿的人吗？"

"那前几天连队还让我们叫曲老师还伞呢。"魏凌洲不服气地嘟囔着。

"说不定那把伞对连队意义非凡呢？你能不能动动你的脑子，别再让它继续当摆设了成吗？"

"我这脑子还不够聪明？瞧不起谁呢？"

郑佳意望着几人上车，满脑子想的都是他们刚才说连昀鹤的话，她自动把连昀鹤那张表情淡漠的脸和曲歆菲的脸匹配到一起，然后摇了摇头。

还是算了吧。虽然连昀鹤长得帅了点儿，又跟歆姐是高中同学，但看起来太严肃，不太适合歆姐，她觉得歆姐就应该找个温柔点儿的。

郑佳意重重地点点头，嗯，没错，温柔体贴点儿的。

车子平稳地行驶在马路上，天边夜色渐浓。

连昀鹤握着方向盘的手指修长而骨节分明，他轻轻吐出一口气，想以此缓解心中的郁闷。他郁闷为什么今天在街上，曲歆苒能那么淡定地路过他，好像他们从来不认识一样。

想到曲歆苒那淡淡的表情，连昀鹤不高兴地抿了抿唇，好歹也是高中同学，没那么不熟吧？

"算了，"连昀鹤想，"反正曲歆苒一直是这样，从来没有对谁上心过……"

带着这种心情，连昀鹤一路回到了基地宿舍，他简单地冲了个澡，没管正在滴水的发尖，打开手机开始搜索——

什么样性格的男生更容易招人喜欢？

连昀鹤点击搜索，出来了一个答案：洒脱，大方，风趣幽默。

连昀鹤皱着眉，他撑着脸颊，盯着这个答案看了良久。最后他又觉得有些不靠谱，在搜索框里删掉，一个一个字地重新输入：

安静内敛的女生喜欢什么样的男生？

答案出来了好几条，连昀鹤顺着看了下去——

1. 风趣幽默。

2. 安静。

3. 有才华。

4. 温柔体贴。

连昀鹤蹙着眉，盯着那条风趣幽默看了好久，还是觉得第四条比较靠谱。于是打开中队的群聊，群里的几人聊得热火朝天，连昀鹤默默地发了一句：

你们觉得我怎么样？

连昀鹤看着发过去的这条信息，想了想，又补充：

够温柔体贴吗？

群里安静了一霎，随后传来两条消息——

陈卓羽：什么？

魏凌洲：连队被盗号了？

连昀鹤蹙眉，刚想回句什么，宿舍门却被人敲响，他起身去开门，看到了站在门前的邹向毅。

邹向毅举着手机屏幕上的聊天截图，问道："你这是抽什么风？"

连昀鹤撇撇唇，转身走进宿舍在椅子上坐了下来，懒散地回复道："随口问问。"

"随口问问？"邹向毅说，"魏凌洲那群臭小子以为你号被盗了，又不敢来问，火急火燎地给我打电话。"

连昀鹤动了动唇，没回话。

邹向毅瞥了一眼情绪不对劲的连昀鹤，拉了把椅子在他面前坐了下来："失恋了？"

"……"连昀鹤望向幸灾乐祸的邹向毅。

邹向毅缓慢地眨了下眼，迟疑道："表白被拒了？"

连昀鹤声音凉凉的："这两个有什么区别吗？"

见连昀鹤没否认，邹向毅乐了："表白真被拒了啊？"

"可能吗？"连昀鹤扯出一个难看的笑脸，"我微信都没加到，上哪儿表白去？"

邹向毅愣了一下，嘲笑起来："连昀鹤你到底行不行啊？一星期了你连微信都没加到？"

连昀鹤不服气地哼了一声，没说话。

"我现在是越来越好奇了。"

听到邹向毅的话，连昀鹤抬眼看去，邹向毅笑了笑接着说："那女生到底有多好啊，把你迷成这样？"

连昀鹤表情一怔，想起了第一次跟曲歆苒见面那天的事情，抿唇笑了笑。

邹向毅看着光傻笑不回答的连昀鹤，无语地翻了个白眼。行，连昀鹤是彻底没救了。

"喜欢就表白啊，大老爷们儿的，你在磨磨叽叽什么？"

连昀鹤剜了邹向毅一眼，反问："能表白成功还要你说？"

"那万一人家正好对你也有好感，然后成功了呢？"

"不可能。"连昀鹤眼神淡淡的，曲歆苒不可能对他有好感，要是有好感，当年她也不会当众说自己不喜欢他。

连昀鹤低下眼，脸上的笑容收敛了几分，本来他情书都写好了，打算毕业后表白的……

"怎么不可能，不怕一万就怕万一呢。你尿什么？这像你的风格吗？"邹向毅顿了顿，又说，"表白成功不就在一起了吗？失败了大不了换一个呗。"

连昀鹤沉默了会儿，突然话锋一转来了句："要不然明天早上的训练你带吧？"

邹向毅想也没想，脱口而出道："为什么？"

连昀鹤："我看你好像挺闲的。"

迎上连昀鹤哀怨的眼神，邹向毅站了起来，随便找了个借口开溜："我突然想起衣服没洗，先走了啊。"

门被邹向毅带上，房间归于寂静。

连昀鹤垂下眸，长叹了口气。他想起高中那会儿，突然有人开始传，说曲歆苒课间总盯着他看。

传着传着，三人成虎，最后变成了曲歆苒喜欢他。

当时连昀鹤身边还有个狗头军师帮他瞎分析，觉得肯定是真的，还怂恿他高考后去表白。那个时候连昀鹤已经喜欢曲歆苒快两年了，经不起怂恿的他，在狗头军师的"帮助"下，选择了一种最土的方式表白，那就是——写情书。

结果写好情书的第二天，曲歆苒便当众澄清了这件事，表示当时她只是在发呆，没有盯着连昀鹤看，也并不喜欢他。

因为这一澄清，最后表白也泡汤了。

想起这些事情，连昀鹤眉宇间尽是沮丧，他唇角绷直，曲歆苒就不能……有一点点儿喜欢他吗？一点点儿就行啊……

假期很快结束了，周末要补上一天课。曲歆苒早上第一节课有课，便早早地来到了学校。走进办公室，却发现郑佳意也到了。

"苒姐早。"郑佳意脸上带着笑容，朝气蓬勃的。

"早。"

曲歆苒有点儿惊讶，随后开口问："你今天早上不是没课吗，也来这么早？"

"是啊。"郑佳意笑嘻嘻地说，"向苒姐学习看齐。"

"少打趣我。"

郑佳意吐了吐舌头："实话啊。"

"我先去上课。"曲歆苒无奈地笑道。

"好的。"

等曲歆苒上完课回来，办公室已经没了郑佳意的人影，她倒也没在意，开始认真整理教案。

不知过了多久，办公室里突然传来一道尖锐的男声，语气带着很明显的愤怒。

"曲老师，你们班新转来的周诺真是太不听话了！"

闻声，曲歆苒抬头望去，不出意外地看到了教美术的王老师。

王老师气得脸都青了："上次上课我叫他，他就不理我。这次我想看他画的画，他倒好，直接咬了我一口。"

说着，王老师就把胳膊伸了出来。

曲歆苒望着他胳膊上两排整齐的牙印，不由得皱起眉。

"这已经不是我第一次向你反映了，小孩儿性格孤僻我能理解，但你作为班主任怎么能放任不管呢？"王老师上下扫了曲歆苒一眼，嘀咕道，

"之前还听别人说曲歆苒你是个负责的班主任，现在这样也太不负责了吧……"

曲歆苒抿了抿唇："是我的失职，还有二十分钟才下课，我先跟您一起去班上把周诺带出来。"

面对如此坦荡不推脱的曲歆苒，王老师也不好再说什么。

两人来到三班门口，王老师径直走回了讲台上。

曲歆苒站在门口，朝周诺座位那边望去，看到了坐在座位上始终低着头的周诺，她轻声喊道："周诺。"

周诺坐在座位上，依旧是一动也不动，甚至连头都没抬。

曲歆苒放柔了声音，耐心道："老师有事找你帮忙，可以占用一下你的时间吗？"

听到这句话，周诺慢吞吞地抬起脑袋，他眼睛红了一圈，小心翼翼地看了曲歆苒一眼，这才攥着手上的画走了出来。

看着周诺走了出来，曲歆苒下意识地想伸出手牵住他，周诺却往里边移了一小步，躲开了。

注意到周诺很排斥她的接近，曲歆苒只好放弃了这个想法。

回到办公室，曲歆苒在自己的办公椅上坐了下来，一扭头，发现周诺怯生生地站在门口。曲歆苒抿了抿唇，把隔壁郑佳意的办公椅搬了过来，拍了拍说道："诺诺，坐到这个椅子上来，老师有话想问问你。"

闻言，周诺猛地抬起小脑袋望了过来，他眼里满是惊慌，攥着画的小手更紧了，满是局促不安。

曲歆苒眨了下眼，正感到疑惑，就见周诺泪水盈眶，豆大的眼泪瞬间从他眼里掉了出来。他小声呜咽着："我想要妈妈，我想回家！"

曲歆苒心一慌，连忙走过去。

可周诺却连连往后退，手中的画被攥出皱褶，他的表情惊慌失措："对不起曲老师，是我做错了，我不应该咬王老师，都是我的错，你别生气。"

曲歆苒表情一愣，她望着哭得上气不接下气的周诺，停下了脚步。

"我想回家，想要妈妈……"周诺死死地抱住手上的画，还在不停地掉着眼泪。

面对眼前这个情况，感到困惑的曲歆苒长长地吐出一口气，声音也软了下来："老师给妈妈打电话，叫她来接你，诺诺你先不哭了好吗？"

周诺点了点头，慢慢地停止了哭泣。

曲歆苒给周诺妈妈打了个电话，大概说明完情况后，便坐在办公室里等着周诺妈妈来接人。

"诺诺，你妈妈在来的路上了，我们坐着等好吗？"

周诺摇了摇头，站在原地没动。

曲歆苒张了张嘴，还想劝说几句，郑佳意却在这个时候走了进来。郑佳意先看了一眼站在墙角的周诺，又看了看表情无奈的曲歆苒，然后凑到曲歆苒耳边，小声地问道："歆姐，你在罚站周诺吗？"

"没有。"

曲歆苒抿了抿唇，也压低了声音解释道："美术课上发生了一些事情，诺诺要回家，我们在等他妈妈，但是跟他说什么也不愿意坐着等。"

郑佳意扭头看了看周诺，立马反应过来是怎么回事，于是也加入了劝说的队伍。

半个小时后，两人嘴皮子都说烂了，周诺还是一句话没说，仍然站在墙角没动。

曲歆苒拧了拧眉，终于意识到这件事比她想象中的要严重。

"曲老师。"周诺妈妈小步走进办公室，气喘吁吁的。

周诺一看见自己的妈妈，连忙躲到了她身后。

"对不起曲老师。"周诺妈妈平复了一下气息，这才又开口，"给您添麻烦了。"

"不麻烦。"曲歆苒的目光移到藏起来的周诺身上，"诺诺情绪很不稳定，您先带他回家吧，晚些时候我们微信上聊。"

周诺妈妈连忙应下："好的，好的，辛苦曲老师了。"

随着上课铃声响起，周诺妈妈拿着请假条带着周诺离开了学校。郑佳意上课去了，办公室里的其他几个老师也没在，一下倒清净了不少。

曲歆苒的视线落在桌上的教材上，眼神有些呆滞。当她整理好心情，从刚才的事情中走出来时，年级主任赵克勤却在这个时候走了进来。

"小曲啊，我刚从王老师那儿听说了周诺的事情。"赵克勤顿了顿，叹了口气，"周诺这小孩儿比较特殊，他在幼儿园经历了那样的事情，要走出来确实挺困难。他有心理阴影，平时又排斥老师们的接触，还是要辛苦你多花点儿时间啊。"

曲歆苒愣了愣，然后听见赵克勤接着说："要我说那老师太不是人了！怎么能对小孩儿做出这种事情，简直变态！"

"您说的是？"

对上曲歆苒疑惑的神情，赵克勤有些惊讶："周诺妈妈还没跟你说过那件事吗？就是有关周诺在幼儿园被老师虐待的事情。"

听到这句话，曲歆苒只觉得脑袋嗡的一声，说话都磕巴起来，不敢相信地回道："您说什么？"

"上网搜搜你就知道了，前几年小天使幼儿园事件。"赵克勤叹了口气，又道，"周诺这小孩儿不容易，当初学校把他安排到你们班也是因为知道小曲你负责，我相信小曲你能开导周诺。别的话就不多说了，我手头上还有工作，先走了。"

曲歆苒点了点头，办公室的门被赵克勤带上。

办公室里安静无比，曲歆苒却心乱如麻。她想起转学第一天周诺妈妈说的那番话，眼里满是自责，她怎么也没想到周诺会是这种情况……

在办公椅上坐了好几分钟，曲歆苒打开电脑想要搜索一下，才打出"小天使"这三个字，搜索词条里便出现了"小天使幼儿园事件"。

曲歆苒抿了抿唇，点了进去，看到"小天使幼儿园虐童事件"这几个字，她拧着眉，心情复杂。

上面写着：

2016年10月11日晚，幼儿家长反映小天使幼儿园小一班的两名男童遭到班上男幼师李某的虐待，其中一男童左手手臂上有瘀青，疑似被牙签扎过……

看到"牙签扎过"这四个字，曲歆苒莫名感到一阵恶心。她移动着鼠标，慌忙地想要退出去，谁知视线往下移，却看到了当时的监控录像。

因为在连着无线网络的情况下，小窗口自动播放了。

曲歆苒看见那个男幼师抱起正在熟睡的男童，走了出去，视频字幕上写着：

刘某把幼儿抱进了监控死角进行虐待。

曲歆苒气得手指发抖，她伸出手合上了电脑屏幕，可刚才视频里的那一幕怎么也挥之不去，仿佛一直在她眼前循环播放，想起今天下午周诺过激的反应，以及那句——"我想要妈妈，我想回家……"

曲歆苒垂下眼，心里越发难过，而这份怒火和难过勾起了曲歆苒小学的回忆，虽然她经历的事情远比不上周诺这么严重，却依旧在之后的很长一段时间里，不可避免地影响到了她的生活。

所以周诺的心理阴影有多严重，是她永远无法想象的。

曲歆苒撇了撇唇，打开手机微信，找到周诺妈妈的微信。她纤细的手指在屏幕上打着"诺诺妈妈，很抱歉，我并不了解诺诺以前的事情，是我的疏忽"。

打完字，曲歆苒盯着这一长串话看了半晌，最后又默默删掉，发了一句"诺诺情绪好些了吗？"过去。

很快，周诺妈妈的信息便回了过来：

好很多了，麻烦您了曲老师。

曲歆苒删删打打好几分钟，结果什么也没发过去。

不知道是不是太生气的原因，她感觉到丝丝烦闷，于是用手边的皮筋把头发扎了起来。

手机被曲歆莳摆在桌上，她下巴撑在桌上，盯着周诺妈妈的头像发起呆来。

没过几分钟，响起一阵高跟鞋的声音，曲歆莳抬头看见了急急忙忙跑回来的郑佳意。

郑佳意拿起办公桌上的教材，不好意思地吐了吐舌头，解释道："我书忘拿了。"

曲歆莳趴着没动，朝郑佳意笑了笑表示理解。拿到教材的郑佳意正欲转身，目光却瞥到了曲歆莳后脖子上的印记。

浅浅的咖啡色，有两节指头那么大。郑佳意把视线移到曲歆莳脸上，她长长的睫毛垂着，眉头轻蹙，气质温柔淡雅，看起来像是有什么烦心事。

"歆姐，你脖子上这个是胎记吗？"

闻言，曲歆莳立马坐直了身子。她唇角绷直，默默地点点头，没说话。

气氛有些凝固。

郑佳意看着表情有些僵硬的曲歆莳，立马意识到自己说错了话，突然有些懊恼，只好补充道："这很酷啊，说明歆姐你是独一无二的存在。"

迎上郑佳意的笑脸，曲歆莳弯了弯唇，轻轻"嗯"了一声。担心她多想，曲歆莳又笑着摆了摆手，说道："你快去上课吧。"

"好嘞，歆姐，我走啦，不要太想我哟！"

听着郑佳意活泼可爱的话，曲歆莳无奈地摇了摇头。等郑佳意一走，坐在办公椅上的曲歆莳便把头上的皮筋取了下来，头发散落下来，重新遮住后脖子上的印记。

曲歆莳绷直的身体瞬间放松下来，仿佛这个动作给了她无限的安全感。

下午上课，周诺没来学校。

曲歆莳回到家时，在锦泰家园大树底下偶遇了房东苏素。苏素就住在隔壁一栋楼，平时有事没事都待在小区里。

小区的大树底下总围着一圈老年人一边下象棋一边聊天，年过五十的苏素一看到曲歆莳便开口叫住了她，脸上带着笑容。

"歆歆，我听说最近远恒路那边有些不太平，你晚上回家的时候小心点儿啊。"

"对对对。"其他老人也跟着附和，"女孩子家家的要小心点儿，实在不行让你男朋友来接你。"

"歆歆还没男朋友呢！"苏素脸上带着笑。

"小曲老师这么好的姑娘还没男朋友？"老人惊讶的声音响起，"那考虑考虑我儿子啊！我儿子是海归呢！"

曲歆苒尴尬地笑了笑，不知道要怎么回复。

"一边去！"苏素注意到曲歆苒有些尴尬，连忙帮她解围，"你儿子那颜值哪配得上我家歆歆，自己找儿媳妇去，少来祸害歆歆！"说完，又转头对着曲歆苒说，"歆歆你工作累了吧？赶紧上楼好好休息。"

看着亲切友好的苏素，曲歆苒朝苏素点了点头，颔首道谢："好，谢谢苏姨，那我先走啦？"

苏素摆摆手："去吧，去吧。"

望着曲歆苒离去的背影，坐在树下的苏素长长地叹了口气，眼中情绪复杂。

第二天早课，曲歆苒透过窗户看着乖乖坐在位置上的周诺，总算松了口气。

上午三班有节体育课，大家自由活动后，周诺又回到了教室。偌大的教室里空荡荡的，只有周诺坐在座位上，拿着油笔在纸上画画。

曲歆苒站在门口观察了许久，最后还是抬脚走了进去。

听到脚步声，周诺警惕地抬起了小脑袋。他小嘴抿紧，死死地盯着曲歆苒，什么话也没说。

曲歆苒没在意，她走到距离周诺两排的位置，弯下腰，展开一个笑颜。

"诺诺，老师可以跟你一起画画吗？"

周诺瞄了曲歆苒一眼，迅速低下头，依旧是不开口。

"我也喜欢画画，可以跟你一起吗？"曲歆苒耐着性子，去掉了"老师"这两个字，想要解除周诺对自己的戒备。

"我就坐这儿画。"曲歆苒顺势在身边的椅子上坐了下来，跟周诺的距离维持在两排内，"画完给你看一眼我就走啦，可以吗？"

周诺微微抬头，乌黑明亮的眼眸又望了她一眼，然后慢吞吞地把纸和两支油笔放到了前排的课桌上。

曲歆苒弯了弯唇，伸手把桌上的画纸和油笔拿了过来。她看了眼手里黄色和绿色的油笔，什么也没说，转身认真地画起画来。

十五分钟后，曲歆苒停下了手上的动作，她把纸和油笔放回原来的课桌上，便起身离开了。

留在教室里的周诺目送着曲歆苒离去，他看了一眼桌上被留下来的油画，抿了下唇角，没动。在原地坐了好几分钟，周诺抬头望了眼窗外，确定曲歆苒不会再折回来，这才慢吞吞地把桌上的油画拿了回来。

小小的画纸上画了一片向日葵地。黄灿灿的向日葵惟妙惟肖，一片片花瓣也被画了出来，不用看都知道花了心思。

周诺的目光落在画面右上角的笑脸上，他迟疑地眨了下眼，然后从盒子里掏出蓝色的油笔，把纸张空白的地方涂上一片蓝天。

下午回到家，曲歆苒简单地给自己做了份晚餐。

吃完晚餐，曲歆苒觉得自己最近吃得有点儿多，过了一会儿，她换上运动服，打算出门跑几圈。她戴上蓝牙耳机，跑出小区。

锦泰家园离市中心比较远，十分僻静，很少有车往这边走。

耳机里放着纯音乐，曲歆苒的思绪逐渐飘远，满脑子都在想，要用些什么办法才能让周诺不那么排斥她。

单纯地画画估计起不到什么作用，但是除了画画，她也不知道周诺其他的爱好了……

曲歆苒皱起眉，还是觉得需要抽个时间找周诺妈妈交流一下。

有小轿车从身边经过，曲歆苒回过神来，她抬头一看，这才发现自己在往远恒路那边跑。想起昨天苏素对她说过的话，曲歆苒抿了抿唇，擦拭掉额间的汗水，立马掉头往回跑。

拐到刚才走过的那条小道上，只见人群稀疏，只有三三两两的人走在树底下。

曲歆苒抬头往前看了一眼，发现了一对情侣和三个穿着校服并肩走在一起的女学生。

她拿出手机，取下耳朵上的蓝牙耳机，正准备关掉手机里的音乐，前头突然传来尖叫声。

曲歆苒抬起头，便看到那对情侣中的女生倒在血泊中。

女生跟前有一个男人正持刀疯狂地往她身上砍，旁边的三个学生被吓得缩成了一团，而被砍女生的男朋友已经不知所终。

曲歆苒看着脸色蜡黄的消瘦男人，既紧张又害怕。她稳住情绪，决定先把跌坐在地上的三个学生扶起来。

"快站起来。"曲歆苒走上前，搀扶住其中一个腿软的女学生。

女学生带着哭腔："姐姐，我腿软，它、它不受控制。"

"我扶着你。"曲歆苒冷静地道，"现在情况紧急，我们需要先离开这里。"

曲歆苒跟其中一个女学生把另外两个腿软的女学生扶了起来，刚站稳，持刀的男人便停下了动作，扭头盯着她们四人。

地上的女生奄奄一息，殷红的鲜血不断地往外流，三个女学生被吓得小声哭了起来，僵在原地完全不敢动。

对上男人凶狠的眼神，曲歆苒心跳有些加快，手心里满是汗。她拉着三个女学生慢慢往后退，视线紧紧地锁在持刀男人的身上。

脑袋里闪过无数种可能，曲歆苒甚至已经考虑到了最坏的一种，她看着持刀的男人从地上站了起来，呼吸顿时一滞，手指不由得攥紧了女学生的校服外套。

突然，一道阴影从前方投了下来。

鼻间是熟悉的淡薄荷味，挡在她们身前的人微微偏头，表情是从未有的严肃。

"带着三个学生离远点儿，然后打急救电话。"连昀鹤顿了下，抬起眼盯着她，"曲歆苒，你能做到吧？"

穿着灰色卫衣的连昀鹤声音淡淡的，曲歆苒望着他的侧脸，心底紧张害怕的情绪突然得到了缓解。

听着曲歆苒她们离去的脚步声，连昀鹤瞬间松了口气，眼前消瘦的男人还站在原地，他手里握着刀，刀尖正在往下滴血。

男人一副神志不清的样子，再加上他蜡黄的脸色，连昀鹤几乎可以断定，这人是吸毒致幻了。

连昀鹤的视线往下，瞥见了倒在血泊里奄奄一息的女生，他眯了眯眼睛。

注意到男人暂时没有下一步动作的打算，连昀鹤掏出手机，迅速拨通了一个电话："远恒路往仁德中路这边走的小道上有情况，你们赶紧过来。"

话音刚落，连昀鹤就见眼前的男人拿着刀朝自己袭来，他快速侧身躲过，顺势抓住男人持刀的右手手腕。

刚想往后一拧，但他没料到眼前消瘦的男人力气比较大，挣脱了。

连昀鹤抿了下唇，看着男人手中的刀，往后退了几步，决定先隔开点儿距离。

"去死！给我去死！"男人恶狠狠地瞪着眼睛，又朝着他砍了过来。

连昀鹤站在原地没动，等到男人离自己只有两步时，他抬起脚往男人的膝盖上踢了一下。

猝不及防，男人随惯性往下跪去。

连昀鹤眼疾手快地握住他持刀的右手，用力往后一拧，刀掉在地上发出清脆的响声。连昀鹤按住男人的肩膀，把那人的手转到身后，紧紧压住了他。

一系列动作下来，一气呵成，干净又利落。

被压住的男人不断挣扎着想要站起来，喉咙里发出撕心裂肺的叫喊声，连昀鹤蹙眉，果断地抬起脚踏在男人背上，以防他站起来。

这时，连昀鹤回过头，看见了躺在地上的女生身上不断漫出来的鲜血，再看了看脚下蠕动的行凶者，眼神更冷了。他掏出手机，又打了一个电话。

电话被接通，那头的魏凌洲说道："喂，连队，我们还在来的路上。"

连昀鹤抿了下唇角，声音冷冷道："没长腿？不知道跑过来？跑过来听得懂吗？谁告诉你们出来执行任务可以这么慢悠悠的？你们是大爷出来遛街的吗？就两条街的距离快三分钟了还不能赶过来？平时训练少了是吗？"

"……"听到连昀鹤严厉的声音，电话那头的魏凌洲完全不敢说话，只得加快了脚步。

小道上少有门面，曲歆苒带着三个女学生往前跑，边跑边打急救电话。

拐过一道弯，来到大路上。曲歆苒看到了一家便利店，她把女学生们送进去，从货架上拿了几块毛巾，跟店员简单地说明情况后，又对女学生们嘱咐道："你们先跟店员待在这里，报警、打急救电话。"

看见曲歆苒转身打算出去，其中一个女学生连忙拉住了她："姐姐，你要回去吗？"

曲歆苒"嗯"了一声："我要回去。"

"可是太危险了，你还是跟我们一起吧。"

另外两个女学生附和："对啊姐姐，太危险了。"

她们拉着曲歆苒的衣角，不愿意让她回去冒险，毕竟刚才那么危急的情况下，是眼前这个漂亮姐姐帮了她们。

"姐姐，你跟我们一起等警察叔叔来吧，就别去了，真的很危险。"

曲歆苒举起手上的毛巾，语气平静地拒绝道："不行，刚刚受伤的人需要止血，我必须得回去。"

而且……

曲歆苒转过身，在心底默默补充了一句，连昀鹤还在那儿。

不顾学生和店员的劝说，曲歆苒一路狂跑了回去。隔着老远，她就看到了被连昀鹤踩在脚下的行凶者。

曲歆苒稍微缓了口气，但想到受伤的女生，她又迈开步伐，跑了过去。

刚过去，曲歆苒便看到连昀鹤一脸严肃，隐约有些生气的样子，似乎是注意到了自己的靠近，连昀鹤看向她。

看见曲歆苒，连昀鹤表情微微一愣，随即他眉头皱得更紧了，声音也冷冷的："你跑回来干吗？"

曲歆苒抿了抿唇，往前走了两步，刚打算解释，然后就看见连昀鹤眼神沉了沉，语气好像有些着急地叫了她一句："曲歆苒！"

看到曲歆苒还敢往前走，连昀鹤一下就联想到了倒在血泊中的女生。他顿时一阵后怕，被吓得心惊胆战，语气也不自觉地凶了起来。

曲歆苒迟疑地眨了下眼，被连昀鹤的这声吓得有点儿蒙了，完全没理解他为什么突然发火。

曲歆苒的目光转移到女生的身上，又往前走了一步，她举起手上的毛巾，再指了指地上的女生，开口解释："我只是想帮她止血。"

说着，曲歆苒不再管连昀鹤什么反应，直接越过他，在女生面前蹲了下来。

血腥味涌入鼻腔，曲歆苒看着女生苍白的脸色，以及身上鲜红的伤口，连忙把毛巾拆封，使用压迫止血法按在正在流血的伤口上。

站在一旁的连昀鹤目光落在曲歆苒染上鲜血的手指上，他眉头紧锁，观察了一下周围，并没发现有其他可疑人员，他才松了口气，然后踩着行凶者的脚更用力了。

没过半分钟，高瑾词他们便从前头的路口跑了过来。

警笛声和救护车的声音依稀传来，连昀鹤的脚一松开，魏凌洲和高瑾词自觉上前架住地上发疯的男人。

陈卓羽刚从地上捡起毛巾，想把包装撕开，却被连昀鹤抢了过去。

曲歆苒手上的白毛巾已经被鲜血染红了，连昀鹤撕开包装，拿出毛巾盖在曲歆苒的手上，薄唇轻启。

"松开，我来。"

曲歆苒睫毛颤了颤，然后乖乖松了手。

气氛有些冷淡。

高瑾词几人你看我，我看你，完全不敢说话，毕竟他们也是第一次见连队发这么大的火……

救护车率先到达现场。

医护人员小心翼翼地把受伤的女生挪上救护车，这个时候女生的男朋友不知道从哪里冒了出来，跟着上了救护车。

曲歆苒的目光追随在那个女生的男朋友身上，看着男生伤心欲绝的表情，眼底的情绪淡了下来。

警车在他们眼前停下，从车上下来了两位民警和一位穿便服的男人。曲歆苒看见高瑾词他们迎上去，叫了一声："邹队。"

两位民警把那个行凶者带走了，邹向毅在跟陈卓羽还有高瑾词交流。

邹向毅抬头望了曲歆苒一眼，目光触及她满手的鲜血。他又看了一眼表情淡漠的连昀鹤，低头问起身旁的魏凌洲。

"这是报警的人？"

"好像不是。"魏凌洲不好意思地挠了挠后颈，"我也不知道曲老师为什么在这里。"

邹向毅惊讶地抬起头："她就是曲歆苒？"

"嗯，对。"魏凌洲点点头。

面对着一直保持沉默的连昀鹤，邹向毅撞了撞他，问："怎么回事？倒是说说看啊，别跟个木头似的杵在那儿。"

连昀鹤动了动唇，没好气地回答道："目击证人。"

邹向毅看着蹙眉的连昀鹤，偏头疑惑地问道："连昀鹤这是怎么了，发什么疯？"

站在旁边的魏凌洲小心翼翼地瞄了连昀鹤一眼，默默地摇头，完全不敢说话。这个时候说话不就是往连队枪口上撞吗，谁敢回答这个问题啊……

"把人家姑娘晾那儿干吗？带回去做笔录啊。"邹向毅踢了踢连昀鹤的鞋尖。

连昀鹤睨了他一眼，态度有些恶劣："这又不是我的工作，不去。"

邹向毅倒吸一口气，满脸郁闷。

嘿，连昀鹤这是什么脾气？经历刚才的事情，曲歆苒肯定受到了不小的惊吓，不安慰就算了，还冷眼旁观？

邹向毅白了连昀鹤一眼，活该追不到人家。

想着，邹向毅无奈地叹了口气，朝曲歆苒走去，他主动开口介绍："你好，我是潭州市特警支队第一大队中队指挥员邹向毅。"

听到邹向毅的声音，曲歆苒微微颔首："你好。"

"听说你是目击证人，方便跟我们回警局做个笔录吗？"

"方便。"曲歆苒顿了顿，"但那边便利店还有三个女学生也是目击者，她们呢？"

"我们会安排，你先跟我们走吧。"

"好。"曲歆苒抿了抿唇。

见曲歆苒答应下来，邹向毅把视线从她身上的运动服上移开，转过头朝连昀鹤就是一句："开车来了吧？把曲老师送到和晴派出所去。"

听到"曲老师"这三个字，曲歆苒一愣。

前头的连昀鹤侧身，刚想来一句"自己送"，他的目光落到曲歆苒满是鲜血的手上，心软了，生硬地说道："车在远恒路那边，走吧。"

曲歆苒看了连昀鹤一眼，然后收回视线，闷头往远恒路的方向走。

看着曲歆苒清瘦的背影，连昀鹤轻轻地叹了口气，他正要跟上，手腕却被人拉住。

邹向毅笑了笑，调侃道："我算是知道，这次远恒路的任务你怎么这么积极地向汪队申请了。"

连昀鹤心虚地别开眼，他清了清嗓子，一本正经道："我是警察，为人民服务是应该的。"

"是吗？"邹向毅挑了挑眉，"但这任务本来是汪队安排我对接的啊，你难道不是因为曲歆莴家住这边才申请的吗？"

连昀鹤喉结滚了滚，他紧张地咽了下口水，甩开邹向毅的手，小声反驳："胡说什么，我不是这种人。"

"哦。"邹向毅笑着应了声，然后意味深长地瞥了连昀鹤一眼，不咸不淡地加了句，"是吗？"

连昀鹤："……"

第二章
相处

晚间凉风拂面，树枝在风中摇动。

旁边的墙面上爬满了青藤，曲歆苒走在前头，隐约能感受到连昀鹤跟在身后。

手上的鲜血已经干涸，但那股浓重的血腥味好像依旧没有散去。

曲歆苒垂下眸，呆呆地望着手指缝里残留的血渍，眼底满是困惑。她不明白为什么连昀鹤今天晚上会生气。

认识这么久以来，曲歆苒还真没见过连昀鹤生气的样子。

想起之前郑佳意说过的那句"这个中队长虽然年轻却很严厉"的话，再加上之前光一广场巡逻时连昀鹤一脸严肃的样子，曲歆苒不由得拧了拧眉，心中揣测着："难道连昀鹤没有生气，只是工作的时候就是这样？"

目光瞥到停在路边的特警车，曲歆苒停下脚步。她转过身，耐心地等着身后的连昀鹤。

两人的距离本就隔得不远，连昀鹤看到曲歆苒停下来，大步迈了过去。

曲歆苒侧着身站在路灯底下，背对着他，光影缭乱。

连昀鹤别开眼，掏出车钥匙解开门锁。手刚扶上驾驶室的门把，连昀鹤便看见曲歆苒默默打开后排的门坐了上去。

他抿了抿唇，什么也没说。

车子启动。

不知道是不是曲歆苒的心理作用，她总觉得自己身上萦绕着一股挥散不去的血腥味，于是伸手把车窗按了下来。

晚风灌进车内，空气流畅了不少。

曲歆苒轻轻呼出一口气，她视线往下瞥，慌张紧绷的情绪平复下来后，这才发现自己素着脸，身上穿的是套十分随意的运动服。

那刚刚她在连昀鹤面前……

前面的连昀鹤一直没说话，车厢内安安静静的，一时倒让曲歆苒感到窘迫。这种尴尬的情绪不知持续了多久，连昀鹤终于开口说话了。

"曲歆苒，"连昀鹤顿了顿，接着说，"像今天晚上那种情况，你不应该冒险跑回来。"

闻言，曲歆苒抬起头往驾驶座望去。

她坐在后排，从这个角度只能看到连昀鹤白净的左耳，连侧脸都看不到。

"我只是想帮她止血……"曲歆苒抿了抿唇，又重复着解释了一遍。

曲歆苒声音温柔甜美，似乎还带点儿小委屈。

连昀鹤舔了舔唇，不自觉地放柔了语气："我知道你是出于好心，可是在这种情况下你根本保证不了自己的安全。你能担保附近没有其他的歹徒突然跑出来伤害你吗？你最应该做的是保证自己的安全，不给我们警方添乱，知道吗？"

曲歆苒唇线绷直，她低下眼，这下总算明白连昀鹤为什么生气了。

手指上的血液已经变成了深褐色，曲歆苒翻过手掌，把注意力转移到窗外掠过的楼房上，她给连昀鹤添麻烦了……

在和晴派出所做完笔录后，曲歆苒借用了派出所里的洗手池，想清理掉手上的血渍。

隔着一条廊，连昀鹤看见曲歆苒在低头认真地洗手，他的视线移到曲歆苒那张偏白素净的小脸上，站直了身子朝办公室走去。

坐在办公室的民警易恩看见连昀鹤进来，抬了抬头，边忙着手上的事情边说道："连队，你还没走呢？"

"没。"

连昀鹤环顾了一圈办公桌，没发现洗手液。他挠了挠额角，开口问道："你们这儿有洗手液吗？"

易恩愣了一下："你要洗手液干吗？"

"洗手啊。"

"不是，"易恩满脸不可思议，"你一大老爷们儿什么时候这么讲究了？"

连昀鹤把胳膊搭在办公桌上，漫不经心地道："刚才的目击证人洗手要用。"

易恩恍然大悟地"啊"了一声："原来是这样，谢娅莩那儿有吧。"

易恩话语一顿："不过……"他意味深长地看了连昀鹤一眼，抬了抬下巴调侃道，"喜欢人家姑娘啊，这么上心？"

连昀鹤沉默了下，眉梢微抬："有这么明显？"

"不然呢。"易恩笑道，"哪个警察莫名其妙地给目击证人送洗手液？"

"……"连昀鹤转身离开。

看着连昀鹤离去的背影，易恩无奈地摇了摇头，想他连昀鹤是特警队公认的反应速度最快的，训练时枪枪中靶心，谁料一开始谈恋爱，反应能力就这么慢了。

易恩"啧"了一声，大概是单恋中的男人智商都为负数吧。

曲歆苒有轻微洁癖，她在洗手池里洗了三遍手，闻了一下，确定没味道后这才关掉水龙头。

刚转身，便撞上了连昀鹤。

曲歆苒本来以为他早走了，这会儿见到不由得愣了愣。回过神后，她连忙侧开身子，打算让出位置，而连昀鹤只是看了曲歆苒一眼，然后把手上全新的洗手液放到了洗手台上。

"拿洗手液洗。"

就在连昀鹤抽回手的瞬间，曲歆苒眼尖地发现了他虎口处的伤口。伤口是新的，不大，还没结痂，应该是今天晚上制伏行凶者的时候留下来的。

"你的伤口。"曲歆苒抿了下唇角，话音一止。

连昀鹤眼神微滞，他垂眼，看了一眼虎口处的伤口，淡淡道："小伤。时间太晚了，快洗完我送你回家。"

说完，连昀鹤便转身走了。

曲歆苒的视线一直跟随在他身上，注意到迎面走来的警官，她又匆忙收回视线。

出了长廊，连昀鹤一路来到和晴派出所的大厅。

邹向毅站在门口跟派出所的其他警察在闲聊着什么，一看见他，便立马对着他说："经过今天晚上这么一出，远恒路那边的毒贩可能会收敛点儿。这样一来老杨他们几个可能更辛苦了。"

闻言，连昀鹤眯了眯眼睛。

老杨是和他们特警配合这次打击毒贩行动的缉毒警察，本来这次任务不需要用到星辰突击队，可据老杨他们打探到的消息，这些毒贩手上很可能有枪，于是向上级申请，汪队这才根据指示派出一队人协助他们完成任务。

原本汪学军是打算让邹向毅去，但连昀鹤在知道这群毒贩的窝点在远恒路后，主动申请加入这个任务，他们队便跟邹向毅一起完成这次任务。

今天晚上，连昀鹤本来是带着高瑾词他们几个去远恒路踩点探风的，没想到会遇到这起瘾君子砍人事件。

"我今天晚上去远恒路那边隐约觉得有些不对劲。"连昀鹤表情严肃，"上次老杨他们抓到的那个毒贩，上线恐怕不止一个。最好还是提醒一下老杨，让他再打探清楚，有没有跨市贩毒的情况。"

邹向毅愣了一下，语气也跟着严肃了不少："如果真的是跨市贩毒就会棘手很多。行，我等会儿跟他说一声。"

"嗯。"连昀鹤点了点头，说道，"你顺路带高瑾词他们回去吧。"他话音一顿，接着说，"我先送曲歆苒回家。"

邹向毅张了张嘴，还想说什么，曲歆苒却在这个时候走了出来，她往高瑾词他们那边看了一眼，然后在连昀鹤面前站定。

"我自己打车回去吧。"

"……"

连昀鹤低下眼，他散漫地瞥了曲歆苒一眼，眉心微蹙，显然对于曲歆苒这副客套疏远的态度感到不悦。

他搞不懂，自己身上也没什么传染病吧？曲歆苒高中着急跟他撇清关系，现在又这么避而不及是什么意思？

连昀鹤张了张嘴，那句"行啊，那你自己打车回去"都到嘴边了，结果被邹向毅抢先开口了："没事，曲老师，叫连昀鹤送你。女孩子大晚上回去不安全，而且保护人民安全是我们警察应该做的。"

连昀鹤睨着他。

邹向毅则朝连昀鹤眨了眨眼。

曲歆苒拧着眉，她不想麻烦连昀鹤，也不想打扰他工作，正在想要怎么拒绝，站在原地的连昀鹤率先抬起脚，他的语调拖长，听起来漫不经心的："走，我送你。"

曲歆苒抿了抿唇，只得跟上。

车上，两人一路无言。

开到锦泰家园门口，连昀鹤转动着方向盘，刚想把车开到曲歆苒楼下，坐在后排的曲歆苒开口拦住他。

"就停这儿吧，我自己走进去。"

曲歆苒声音淡淡的，连昀鹤却听得莫名有些郁闷。面对曲歆苒今天晚上的第二次拒绝，他这次索性依着她，把车熄火了。

"谢谢。"曲歆苒轻声道谢，然后开门下了车。

透过玻璃窗户，连昀鹤看见曲歆苒快步朝小区门口走去。他扯了扯唇，把玻璃窗按下来，手臂自然垂在车窗外。

"等会儿。"

听到连昀鹤的声音，曲歆苒困惑地转过身。

"易恩叫我加下你微信，后续可能有些事情需要联系一下你。"连昀鹤顿了顿，故作坦然道，"就给你做笔录的那个警官，有印象吧？"

曲歆苒面上一怔，回过神后便掏出手机走了过去。在连昀鹤的注视下，她打开了自己的二维码名片。

连昀鹤望着曲歆苒手机屏幕上的二维码，瞥到左上角"Q"的名字，垂下眸，扫了二维码。

没过多久，曲歆苒便收到了好友验证，她没打备注，直接通过了。

"谢谢，麻烦了。"曲歆苒微微颔首，这才抬起头看向连昀鹤，"那我先走了。"

连昀鹤"嗯"了一声，没什么表情："不客气。"

曲歆苒眨了眨眼睛，转身进了小区，回到家的第一件事，她直奔厕所洗去一身疲惫。

洗完澡已经快一点了。原本曲歆苒的计划是跑半个小时再回来做课件的，但没想到会遇到这样的事情，直接把晚上的计划给打乱了。

面对着电脑上还没做完的课件，曲歆苒不禁有些头疼。她窝在沙发上，看了眼微信，发现并没有收到易恩警官的好友申请。

这会儿静下心来想才发现事情不对劲，她今天晚上做笔录的时候，不是留下了联系方式吗？

曲歆苒皱起眉，再次刷新了一下聊天界面，但依旧没有好友申请。

难道是今天晚上笔录有什么地方出了问题？

曲歆苒点开了连昀鹤的对话框，他的头像是一只卡通丹顶鹤，色调偏浅，看起来可爱，跟他工作时严肃的样子完全搭不上边。

曲歆苒弯唇笑了笑，手指摸上键盘准备打字，她的目光掠过一行字：你已添加了野鹤，现在可以开始聊天了。

曲歆苒反复盯着这行字看了良久，都觉得有种不真实感。

她始终记得高中时，自己犹豫了将近一个小时，最后也没有勇气主动去加连昀鹤的联系方式。

其实同班同学之间交换联系方式，本就是一件很正常的事情，可因为心底的爱意作祟，曲歆苒觉得突然主动加对方的联系方式太过刻意。

她需要一个名正言顺的理由，比如，有什么事需要麻烦连昀鹤。

好像有了这个理由，她就能假装心安理得地去加好友，也能心安理得地告诉自己：你看，是因为有事情才必须要加，很正常啊，他肯定不会联想到喜欢上面……

殊不知，最后也只是安慰了自己而已。

僵持了好半天，曲歆苒也没想到要怎么开口跟连昀鹤打招呼，她反反复复打了又删，然后叹了口气，有些懊恼。

连昀鹤问微信的时候，她脑子都蒙了，根本没细想，就把微信给了出去，早知道当时就应该问仔细点儿，避免现在这么尴尬。

曲歆苒视线往上移，落在连昀鹤的头像上，她点进去，看着展开页面上朋友圈那三个字，心头一动，然后点了进去。

连昀鹤的朋友圈只有一条动态，并且还停留在四年前，那条动态他只发了个太阳的小表情，然后配了两张图。

第一张图画质比较模糊，背景是潭州三中。照片里的连昀鹤穿着宽松的蓝白色校服，脸蛋要比现在年轻稚嫩很多，头顶的太阳光夺目，年少的他朝着镜头在笑，笑容比阳光还要明媚耀眼。

不用看都知道是拍毕业照那天拍的。

而第二张照片背景依旧是潭州三中，但画质要好很多，同样的背景角度，他穿着自己的常服，应该是后来抽空回母校拍的。

曲歆苒抿了抿唇，忽然想起高中那年拍毕业照的时候，班上好多男生女生都找连昀鹤合影。

连昀鹤长得好看，成绩好，性格也招人喜欢，当时班上好多人都想跟他合影，他身边围了一堆人，只有曲歆苒站在人群外，不敢上前。

最后留下来的，也只有那张毕业大合影，而且因为连昀鹤长得高，他拍毕业照时在最后一排，跟曲歆苒所在的位置相差很远。

曲歆苒垂眸，收回思绪，退回了聊天界面。

纠结无果，曲歆苒干脆息屏，决定耐心地等着易警官来加自己。她看着电脑上未完成的课件，轻轻地叹了口气，忍着困意，开始动手把剩下的课件做完。

在凌晨三点半的时候，终于上床睡觉了。

隔日早上，曲歆苒几乎是踩着点来到学校的。

隔着一个班的距离，曲歆苒便听到二年级三班吵闹的声音，她皱了皱眉，加快脚步走进教室。

刚走到门口，曲歆苒就听到小男孩大声嚷嚷的声音。

"有本事来打我啊！"

话音刚落，一股力量便撞上她。曲歆苒低头一看，看到了他们班上最能闹腾的王虎。

王虎一看见曲歆苒，瞬间低下脑袋，乖巧地叫道："曲老师早上好。"

教室里的其他人还在继续闹着，曲歆苒拧起眉："老师是不是说过不能在教室里打闹？"

"说过了。"王虎瘪着嘴，一脸委屈。

"既然说过了，那你说一下为什么不能在教室里打闹。"曲歆苒板着一张脸，并没有因为王虎委屈的表情而心软。

"因为……"王虎吸了吸鼻子，明显带着不服，但最后还是乖乖说道，"教室里桌子椅子多，容易摔跤磕伤。"

"回答正确。所以下次不能在教室里打闹了，明白吗？马上要上课了，回自己位置吧。"

闻言，王虎连忙一路小跑回了自己的座位，曲歆苒这才走上讲台。

二年级的小孩儿玩心大，有时候玩疯了根本不会注意场合，底下叽叽喳喳的声音吵得曲歆苒脑仁疼，她轻轻叹了口气，出声组织着纪律。

这么组织了两次后，班上总算安静了下来。

第一节课的铃声响起，数学老师郑佳意捧着书本走了进来。

曲歆苒朝她点点头，走回了办公室。昨天晚上熬得太晚，加上早上又起得早，曲歆苒不仅眼睛酸，头都是昏昏沉沉的。

她揉了揉太阳穴，整理好桌面上的书本，打算先睡一觉。

直到第一节课下课铃声响起，曲歆苒才醒过来。

办公室的老师下课了，三三两两地走了进来，外头走廊上也响起小孩儿嬉笑打闹的声音，这下，曲歆苒算是彻底清醒了。

她拧开桌上的保温杯，润了润干燥的嗓子，刚放下杯子，穿着浅粉色休闲西服的郑佳意便闯入曲歆苒的视线。

"歆姐，昨天晚上远恒路那边发生了一起砍人事件，你知道吗？"郑佳意感叹地摇了摇头，"太可怕了，现场砍人的视频都在微信群里传遍了，我妈还特意单独发了我一份。"

郑佳意顿了顿："但那太血腥了，我没敢点进去看。"

曲歆苒抿了抿唇，听见郑佳意又接着说："我家小词子昨天晚上还给我打了个视频电话，啰唆了半天。"郑佳意不高兴地瘪了瘪嘴，小声嘟囔，"他就只会嘴上说，要我多注意，要我小心点儿，有本事来接我上下班啊……"

闻言，曲歆苒抬起头，她看着郑佳意眼底明显藏不住的爱意，挑了挑眉："当众秀恩爱？"

郑佳意笑了笑，她双手撑着下巴。

"所以歆姐你也赶紧找个男朋友呀，这样我们四个就可以一起出去玩，或者旅游什么的，多好。"

曲歆苒无奈地笑了笑，停下手上的动作，随口说道："你跟你男朋友两个人也能出去约会旅游。"

"那不一样啊。"郑佳意笑脸盈盈的，"一对情侣旅游那叫幸福，两对就能得到双倍幸福啦。"

对于郑佳意的胡说八道，曲歆苒完全没放在心上，双倍幸福？亏她想得出来。

郑佳意趴在桌子上刷起手机，她点进微博的同城热搜，砍人事件还挂在热搜上，热度还没散下去，听说被砍的那个女生今天早上从手术室里出来，转进重症监护室了。

不用想都知道，这个热搜下面的评论肯定是一片骂声。

郑佳意叹了口气，毒品真不是个好东西啊，吸了害人害己，多少缉毒警察兢兢业业在自己的岗位上工作，就为了换得民众生活的一片安宁。

再往下划，郑佳意看见了热搜上"糊图也挡不住见义勇为小哥的颜值"的话题。

不用看都知道是关于昨晚事件的热搜。

郑佳意不想看见那些血腥的画面，即使打了码，她也依旧感到恶心，浑身起鸡皮疙瘩。但架不住好奇，她想知道这小哥能有多帅，所以最后还是点了进去。

第一条微博写着：

不知道大家有没有注意到，昨天晚上那个见义勇为的小哥好帅！

微博文字后面附送了三张照片，郑佳意粗略地瞟了眼，确定没有血腥的画面，这才敢放大点进去。

图片应该是视频截出来的，看拍视频的角度，当时这个人应该是在楼上。

郑佳意定睛一看，看着照片上有点儿熟悉的脸，脱口而出就是一句："这砍人事件见义勇为的小哥，怎么长得好像连昀鹤啊？"

正在写字的曲歆苒笔尖一顿，她没抬头，装作一副事不关己的样子，继续忙着手上的事。

忙着认人的郑佳意丝毫没注意到曲歆苒的反应，她点进评论，一条条看了起来。

哇，真的好帅！是糊图也挡不住的帅气啊！

只有我觉得这身手不像路人吗？小哥会不会是警校的啊？

这是咱们漳州市星辰突击队最年轻的中队长连昀鹤，之前上过某台综艺的，在综艺上科普他们特警的工作，特别优秀！

上次好像看见连队在光一广场武装巡逻，但他们大部分时候都在执行任务，要么就在基地训练，姐妹趁早断了这个念想吧。

夸一下积极帮忙的救人小姐姐呀！

对！小姐姐也特别美！

看到这句话，郑佳意好奇地打开了图片。

图片上穿着运动服的女人蹲在地上，头发被扎成了高马尾，正在用压迫止血法帮被砍的女生止血。

郑佳意的目光移到那张素净白皙的脸上，蒙了，这不是她家歆姐吗？

郑佳意傻愣了会儿，又回过头去看了眼穿着卫衣的连昀鹤，脑子里突然多了个荒谬的想法。她抬起头，脱口而出道："歆姐，你昨天晚上跟连队在一起约会吗？"

曲歆苒："什么？"

迎上曲歆苒疑惑的眼神，郑佳意边把手机递给她边解释。

"网上有你们两个昨天在现场的图片。"郑佳意顿了顿，好奇地说，"你们俩难道不是在一起约会散步的时候恰好遇到砍人事件的吗？"

曲歆苒看着手机上的照片，沉默了会儿，又觉得郑佳意太异想天开，不禁被逗笑了。

"我跟连昀鹤怎么可能在一起约会？他执行任务路过而已。"

"真的假的？"郑佳意狐疑地看向曲歆苒。

曲歆苒表情平静："真的。"

"好吧，那你们还挺有缘的。"郑佳意撇了撇唇，暗自心想，潭州也没那么小啊，有十二个区呢，这是不是有点儿太巧了……

第二节上课铃声响起，曲歆苒跟郑佳意说了一声，便拿着书去教室上课了。

上午结束两节语文课，直到中午放学，曲歆苒跟郑佳意到学校附近的饭店吃饭，才有时间看手机。

她先把群里家长的信息全部看了一遍，这才注意到被压在下面的连昀鹤的消息。

曲歆苒看着那个"1"的小红点，名字下面显示连昀鹤发过来的是一张图片。她抿了抿唇，以为连昀鹤发的是易恩警官联系方式的截图，于是点了进去。

但是，连昀鹤发过来的是他朋友圈的那张照片，曲歆苒有点儿蒙了。

看到曲歆苒愣愣的样子，郑佳意好奇地瞥了一眼，结果这一瞥，就看到了照片上穿着校服的连昀鹤，年轻又稚嫩。

"这不是连队吗？"郑佳意眼底满是不可思议，"不会吧，连队年轻的时候这么清秀的吗？跟现在的感觉太不一样了吧！当特警原来还有这种作用的吗？那我家小词子以后会不会也变得更帅啊？"

曲歆苒眨了眨眼睛，看着聊天界面上的照片，实在是有点儿傻了。

"不过……"郑佳意顿了一下，"连队无缘无故给歆姐你发他的照片干吗？"

曲歆苒抿了抿唇，这个问题，她也想知道。

"大概是有事吧。"

注意到当事人都有些蒙，郑佳意适时地止住了这个话题。

正好这个时候她们点的煲仔饭也上来了，曲歆苒也不知道该回什么，于是放下手机，认真吃起午餐来。

直到下午曲歆苒下班，连昀鹤也没再发什么信息过来。

晚上回到家，曲歆苒洗完澡，边擦着头发边看着连昀鹤发过来的那张照片，此时已经晚上八点，距离这张照片的发送时间已经过去九个多小时了。

曲歆苒抿着唇，眼底满是不解，完全没弄懂连昀鹤这张照片是什么意思，原本还想等着他发消息，可这么久过去了也没有下文。

曲歆苒咬了下唇角，面露纠结，她这么久不回消息，是不是有点儿不好？

这么想着，曲歆苒便动手发了三个字过去。

樊山训练基地，魏凌洲他们正在训练，连昀鹤则站在旁边，一脸冷漠地看着他们，然后时不时批评几句。

"高瑾词，你索降速度太慢。"

"十枪只有六枪中靶心？王睿寒你今天怎么回事？"

"魏凌洲、陈卓羽，你们俩今天早上没吃饭吗？闹着玩呢？"

…………

几个小时后，等高瑾词他们把狙击、索降、攀登等特战技能训练完一轮，连昀鹤终于愿意让他们休息十五分钟。

魏凌洲他们几人站在一旁休息，魏凌洲灌了半壶水，才让快要冒烟的嗓子好一点儿。

王睿寒抱怨道："潭州连着下了这么久的雨，怎么偏偏我们昨天犯了错，今天是一个阴天啊！太倒霉了吧。"

"别提了。"陈卓羽跟着搭腔，"谁叫我们昨天晚上跑那么慢？"

高瑾词："天气预报显示就今天是阴天，接下来的一个月全是雨。"

"可这也不能怪我们吧，"王睿寒一脸不满，"我们昨天踩点两两一对，离连队所在的位置那么远啊。相差两条街，起码六百米呢！而且今天罚一下就算了，一直揪着我们不放是为什么啊……"

王睿寒还在继续抱怨，旁边陈卓羽他们不由得皱起了眉。

他们能理解王睿寒的心情，却不赞同他这种说法。毕竟今天的训练除了比平时力度更大点儿，连队嘴巴毒了点儿，并没有其他过分的地方，而且训练本身就是他们日常需要做的事情，训练得更好，也是为了能在实战的时候发挥得最好。

魏凌洲睨了王睿寒一眼，默默地说了一句："你忘了吗？去年我们跟连队执行任务，他一分二十秒就跑了六百米。"

王睿寒："……"

陈卓羽挑了挑眉，没回话，他望向穿着黑色特警服，站在不远处低头看手机的连昀鹤。

这还不止。他们连队长不仅工作第一年就立了个人二等功，当时每月考核在整个星辰突击队里也是第一；在后续五年特警工作中，他又拿过一次一等功、两次二等功。

连昀鹤和邹向毅两个人，当初在星辰突击队就是最有默契的搭档，基本上每次的任务都能完美完成，光人质劫持案，他们就已经处理过六七起了。

说是全国特警的标杆都不过分，要不然为什么这么年轻就能当上中队长，全凭实力的啊！

自从连昀鹤当上中队长，魏凌洲和陈卓羽跟着他的这一年多来，真的学到了很多东西。

虽然大部分时间连昀鹤对他们很严厉，但人们都能看出来这是为了他们好。别的不知情的人只知道训练的时候连昀鹤特别严格、铁面无私，却不知道连队私底下根本不会刻意为难队员，特别好相处。

至少陈卓羽和魏凌洲他们俩是这么觉得的。

"今天晚上我们出去吃点小龙虾吗？"高瑾词这一提议，话题立马被岔开了。

"可以啊，我这段时间都没吃过好肉了。"魏凌洲附和道。

陈卓羽疑惑地抬眼："你昨天晚上从我这儿抢过去的那么大一块牛肉，是喂狗了？"

"能一样嘛，都不够塞牙缝的。"

"魏凌洲你可真是的。"

"……"

几人聊天的声音落入连昀鹤的耳中，但他没有抬头，依旧皱着眉，苦恼地盯着跟曲歆苒的聊天界面。

昨天晚上他要微信还真是脑子一热，回去后一想才发现漏洞百出。

先不说做完笔录后续会不会再联系的事情，一般民警要跟他们目击证人联系，也是通过笔录留下来的手机号码啊！

所以他要怎样才能把这个谎圆回来、不让曲歆苒误会呢？连昀鹤盯着曲歆苒的头像看了有足足三分钟。

他抿了抿唇，还真是道难题。

想着想着，连昀鹤点进了曲歆苒的朋友圈，然后发现曲歆苒的朋友圈干干净净，一条动态也没有。

连昀鹤扯了扯唇角，并没有感到意外。突然，他好像想起了什么，慌忙退出去，点进了自己的朋友圈。

连昀鹤望着自己那条动态上的第一张照片，不由得一慌。

那年拍毕业照，连昀鹤想找曲歆苒合照，但是又不敢。于是刻意等曲歆苒背过身之后，站在离她比较远的地方，让别人帮他拍了这样一张所谓的"合照"。

其实单从照片上来看，很少有人会注意到右上角那个穿着校服背过身的女生，或许连曲歆苒本人看了这张照片都未必能注意到。

可连昀鹤还是心慌，就怕曲歆苒发现，想到她昨天晚上那么晚回家，今天又有工作，估计还没有看到这张照片。

连昀鹤点开想设置成私密，他低着眼，望着手机屏幕上那"设为私密"的四个大字，刚想点击，耳边突然传来邹向毅的声音。

"你干吗呢？"

洪亮的声音把连昀鹤吓得抖了两下，他手指触碰到了屏幕，侧过头的连昀鹤丝毫没注意到自己误点成了"发送给朋友"，就这样，他把照片发给了曲歆苒。

他睨着神出鬼没的邹向毅："你走路怎么没声啊？"

"谁说的。"邹向毅十分不赞同，"明明是你自己太入神了好不好，我这么大的走路声都没听见。"

连昀鹤把视线重新移到手机上，懒得搭理他。

邹向毅看了看连昀鹤手机上的照片，调侃道："我还以为你刚才在干吗呢，搁这儿自我欣赏呢？"

"你以为我是你？"

说着，连昀鹤就当着邹向毅的面，把他朋友圈唯一的一条动态设为了私密。

邹向毅表情一愣："你好端端地设私密干吗？"

连昀鹤抿了下唇角，言简意赅地解释道："加曲歆苒微信了，不想让她看见。"

"哈哈。"邹向毅笑着拍了拍连昀鹤的肩膀，"不错啊连昀鹤，你有长进了，居然能要到曲歆苒的微信了啊！"

"……"连昀鹤看了眼时间，默默地收回手机。他看着不远处聊天的魏凌洲几人，站直了身子。

"十五分钟到了，再去练一轮射击、索降、擒拿，你们就可以吃午饭了。"

听着连昀鹤严肃的语气，他们几人的欢声笑语戛然而止。

魏凌洲叹了口气，认命地跟在陈卓羽身后去训练了。他们刚走出没多远，身旁的邹向毅手机便响了起来。

连昀鹤把视线投过去，他看见邹向毅接起电话，不知道对面说了什么，表情立马变得严肃起来。

挂断电话，连昀鹤还没来得及问什么，就看见邹向毅边走边说道："叫他们别训练了，现在出任务。"

晚上八点，一群人顺利完成任务回到了基地。

如连昀鹤上次猜测的一样，远恒路那边确实是跨市贩毒的团体，他们持的枪是自制的，用的钢珠弹。

不过有邹向毅和连昀鹤在指挥，这次任务没有任何伤亡，圆满完成了。这个案子归市公安局管，他们会派警察去其他市和当地警察联合打击这个团伙。

基本上可以说，案子跟他们星辰突击队没有关系了。

连昀鹤脱下头盔和防弹衣，拿起手机才发现曲歆苒给他发了消息。他看着那"挺帅的"三个字，面露疑惑，然后视线往上移，看到了自己发过去的照片。

连昀鹤面上一怔，脑子轰的一声，眼前曲歆苒发过来的三个字在他耳边不断回响——

挺帅的。

出租屋内，曲歆苒的目光落在连昀鹤发过来的消息上。

野鹤：抱歉，原本是发给我妈的，发错人了。

隔着屏幕，曲歆苒都能感觉到连昀鹤的尴尬，她失笑着，打字回了句"没事"。

那头没反应，曲歆苒也没在意，动手给连昀鹤改了个备注。回到聊天界面，她发现连昀鹤回复了"挺帅的"那句话，说了句"谬赞"。

曲歆苒的目光落到那张照片上，她抿着唇，纠结了会儿，最后还是把照片保存到了手机里。

为了缓解连昀鹤的尴尬，曲歆苒主动转移了话题，想到连昀鹤工作应该挺忙，于是她委婉地提了一句。

Q：关于笔录的事情，易恩警官后来有找过我吗？

野鹤：笔录没什么问题，后续事情发展也很顺利。

曲歆苒刚想回复，手机响动，连昀鹤的消息又进来了。

野鹤：是我的问题，我今天执行任务忙到现在，应该早点儿告诉你。

看到连昀鹤那句"执行任务忙到现在"，曲歆苒不由得有些出神。

Q：没关系，你忙一天了，早点儿睡吧。

打完发过去，曲歆苒望着聊天界面，想了想，又补充了一句：

晚安。

半分钟过去，连昀鹤没回消息。

曲歆苒看着最后那句晚安，突然内心忐忑起来，有些后悔发了过去，正纠结着要不要撤回，消息过来了。

野鹤：嗯，你也早点儿睡，晚安。

曲歆苒目不转睛地盯着这句话，她几乎都能想象到连昀鹤会用什么样的语气说出这句话。

蓦地，曲歆苒耳根一热。

她捧着手机，截了图，修剪到只留下了最后一句话。

曲歆苒反复盯着这句话看了几遍，眼底是藏不住的笑意。

之后差不多一个星期，曲歆苒跟连昀鹤在微信上几乎没有交流，就好像又回归到了以前的生活。

因为当班主任，曲歆苒大部分时间都很忙碌充实，但到了闲下来的时候，她也不是没有想过要主动给连昀鹤发消息。

可该发些什么呢？又或者，能发些什么呢？

办公室里，郑佳意正被几个学生围着问数学题，稚气的声音落到曲歆苒的耳中，她把视线收回来，叹了口气。

他们这么久不见，根本没有共同话题，曲歆苒甚至都不知道连昀鹤有什么爱好……

"曲老师。"

连宇远的声音打断了曲歆苒的思绪，她偏过头，听见连宇远说："你可以把桌上的那些书推荐给我吗？"连宇远把手上的纸放在桌上，补充了一句，"我也想看。"

曲歆苒愣了一下，她惊讶地回道："远远，我这些书都不太适合你看哟。"

这句话确实是实话，毕竟她办公桌上的书，不是《飞鸟集》这类的书，就是关于历史的书，对于二年级的连宇远来说，这些都太难了。

连宇远抿了抿唇，倔强地说："我可以查字典。"

"那好吧。"

面对连宇远的坚持，曲歆苒笑了笑。

她接过纸张，把桌上所有的书籍都写了上去，并把稍微适合连宇远阅读的书籍，做了个小标记。

"谢谢曲老师。"接过纸张，连宇远便小跑出了办公室。

离上课还有八分钟，连宇远想了想，还是给连昀鹤回了个电话。

电话很快被接通，连宇远找了个相对来说比较安静的角落，抢先说道："我要到曲老师喜欢看的书的名字了。"

"可以啊小鬼，你离你的平板电脑梦又近了一步。"连昀鹤的声音带着笑意，他尾调上扬，"念给我听听。"

连宇远望着纸上面的字迹，皱着眉头："但这上面有些字我不认识。"

连昀鹤倒也没说什么："那行，我有时间回来拿。小曲老师还有其他爱好吗？或者说她平时都喜欢干什么。"

"我不知道。"连宇远撇撇唇，老实回答道。

"行，我挂电话了。"

听到这句话，连宇远立马把自己心中的疑惑问了出来："可是舅舅，你要知道这些干什么啊？"

连昀鹤的嗓音懒懒的："找共同话题啊。"

电话那头的连宇远沉默了会儿，他似乎站在走廊上，周遭环境有些嘈杂。

随即，连昀鹤听见连宇远嫌弃地说了句："那你好笨哟，聊天都不会聊，还要找话题。"

"……"连昀鹤直接挂断了电话，不再跟这小鬼聊天，没什么好聊的，已经聊崩了。

下午下了班，连昀鹤正打算回家一趟，谁知刚走出宿舍，就撞上了邹向毅。

"你干吗去？"

"回家。"

邹向毅面上一怔："魏凌洲他们不是说今晚要去吃龙虾吗？你不去？"

连昀鹤笑了笑，十分有自知之明地反问道："你觉得他们会想跟我共进晚餐吗？"

"那还不是怪你自己，"邹向毅说，"谁叫你平时那么严。哦，对，你前两天是不是还给他们加大训练力度来着？"

连昀鹤"嗯"了一声。

"啧啧啧，"邹向毅感慨地摇了摇头，"连昀鹤，老实交代，你是个变态吧？"

连昀鹤瞥了邹向毅一眼，绕开了他。

邹向毅也不恼，他跟上去调侃道："稀奇啊，连队，您不是很少回家吗？天天跟黏在基地了一样，今天怎么突然想回家了？"

"回家拿个东西，然后去书店。"连昀鹤声音淡淡的。

邹向毅无语了："我还以为你改性了呢。"

连昀鹤扯了扯唇，想到自己工作起来确实很少顾家，大部分时候都是姐姐叫他回趟家。

"都快五月中旬了，你想好你生日怎么过没？"

"还能怎么过。"连昀鹤抬眼，语气有些散漫，"七月的事情还早着呢。"

看着连昀鹤无所谓的表情，邹向毅欲言又止。

维持了一阵子的安静，邹向毅最后还是忍不住了，他开口劝道："你工作这五年来从来没回去跟家人过过生日，要不然今年请假回去吧？"

连昀鹤抿着唇，没说话。

邹向毅叹了口气，满脸无奈："连昀鹤，你爸爸牺牲的事情跟你没有关系的，你不要……"

"我知道。"连昀鹤打断了邹向毅接下来的话，轻声道，"我就是，过不去这个坎儿。"

气氛有些凝固，过了好半天，邹向毅突然来了句："要不你干脆跟曲歆苒表白，然后生日跟她过也不是不行。"

连昀鹤表情一顿，睨着邹向毅："是你在白日做梦，还是我在白日做梦？"

邹向毅"喊"了一声，正想说些什么，高瑾词的声音打断了他们。

"连队，邹队。"

连昀鹤"嗯"了一声，他瞥了一眼独自一人的高瑾词，问道："你没跟魏凌洲他们去吃小龙虾？"

"回连队，没有。"高瑾词不好意思地挠了挠头，"我打算跟我女朋友去约会。"

邹向毅："传说中的小郑老师？"

"是的，邹队。"

闻言，邹向毅脸上带上笑容，他抬起手，刚要说一句"去吧"，连昀鹤抢先开口了："正好，带上我一起。"

邹向毅不理解了，连昀鹤是不是有毛病？人家情侣约会他去掺和一脚干吗？

"啊？"高瑾词傻了，这……还能带上一起的吗？

"顺道去接我小外甥。"连昀鹤淡定地解释。

邹向毅秒懂了，连昀鹤还真是不放过任何一个能见曲歆苒的机会。

下午放学，曲歆苒按照习惯回到办公室，想备完课再回家，但出乎意料，她在办公室里看到了在追动漫的郑佳意。

"歆姐。"郑佳意看到走进来的曲歆苒，率先打招呼。

"你下午最后一节课不是没课吗，怎么没走？"曲歆苒感到奇怪。

"是啊，没课。"郑佳意傻笑道，"在等我家小词子来接我呢。"

曲歆苒无奈地笑了笑，显然对郑佳意这种秀恩爱的行为已经习以为常了。一个小时后，曲歆苒结束了手头上的工作，她合上笔帽，边整理着包边问道："你家小词子还没来？"

"嗯。"郑佳意语气有些郁闷，"十分钟前，他说他在来的路上。"

曲歆苒笑了笑："那我先走啦？"

郑佳意关掉手机上的动漫，也跟着站了起来："我跟你一起吧，歆姐，我去校门外等他。"

"好。"

两人整理好东西，关上办公室的门，往楼梯口走。

今天没下雨，晚霞西沉，在天边铺成一幅画，路过二年级三班的门口时，曲歆苒又注意到独自留在教室里的连宇远。

她愣了愣，正要走进去，前方传来了脚步声，接着身旁传来郑佳意兴奋的声音。

"小词子！"

曲歆苒抬起头望过去，果然看到了高瑾词，只是高瑾词身旁还站着一个人。

那人表情淡淡的，夕阳的余晖打在他的侧脸上，衬得他棱角分明的五官温柔了不少。连昀鹤看了一眼站在门口的曲歆苒，没进门，直接朝里面喊了一句："小鬼，回家了。"

没过多久，整理好书包的连宇远走了出来，他满脸哀怨地看着连昀鹤："舅舅，你好慢。"

"慢？"连昀鹤的语气漫不经心，"我一下班就过来了好不好。"

连宇远看了一眼面前的两对情侣，不乐意地"哼"了一声，然后背着书包独自一人倔强地走到了最前头。

曲歆苒弯唇笑了笑，也迈开脚步跟上去。

下楼梯的时候，不知道怎么，曲歆苒就跟连昀鹤走到了一排。

两人沉默着走下一层楼。

连昀鹤的视线不自觉地往曲歆苒那边瞟，他喉结滚了滚，组织好语言，主动开口："你是回家吗？等会儿我先送你吧。"

听到这句话，曲歆苒偏头望向比自己高一截儿的连昀鹤，抿了抿唇："不用，太麻烦了。"

看着曲歆苒这么客气疏离，连昀鹤眼底的情绪淡了下来："不麻烦，顺道往那边走。"

站在后面的郑佳意目光一直在曲歆苒两人之间流转，她盯着他们的侧脸看了好久，不由得"啧"了一声。

这么一看，连昀鹤跟曲歆苒还挺般配。

郑佳意抬起头："小词子，你们连队有女朋友吗？"

"没有。"高瑾词想了想，如实答道。

"那正好。"

对上郑佳意明媚的笑容，高瑾词不明所以："正好什么？"

"正好我家歆姐也是单身。"郑佳意粲然一笑，小声说道。

高瑾词刚想说些什么，就看见天不怕地不怕的郑佳意直接挤在了连队跟曲老师的中间。

"歆姐、连队，晚上大家正好没事，一起吃个晚饭吧？"

闻言，身后的高瑾词忽然紧张了起来，他才跟连队不久，但也听魏凌洲说过，连队不喜欢跟他们一起吃饭。

听到这句话，曲歆苒眼神一滞。她看了连昀鹤一眼，然后又迅速收回视线，抿着唇，没说话。

空气有些安静。

郑佳意却丝毫没感到尴尬，又问了一遍："可以吗？"

时间停滞了几秒，随即两人的声音一齐响起。

"好啊。"

"好。"

郑佳意意味深长地看了两人一眼，这两人默契得真像一对情侣。

他们五个人开着两辆车，前后来到了光一广场附近的自助餐厅。找到合适的位置，郑佳意便拉上连宇远跟着高瑾词跑去拿牛排了，识趣地留给连昀鹤跟曲歆苒独处的时间。

"一起吗？"几乎是鼓足了所有的勇气，曲歆苒才把这句话说出口。

连昀鹤率先站了起来，他笑着应道："行，一起。"

曲歆苒把包放在最里面的位置，然后走了出来，径直往水果区域走。

台子上水果很多，她先给自己盛了一碟西瓜。这个季节的西瓜不会特别甜，但曲歆苒爱吃西瓜，所以觉得无所谓。

盛满一碟，曲歆苒刚想再拿个碟子装哈密瓜，手中的碟子却被身旁的连昀鹤接了过去，伴随着的还有他慵懒的嗓音："给我吧。"

曲歆苒抬头看了连昀鹤一眼，没拒绝。

等到她盛完水果，两人又往热菜区去。

看到一道香菜牛肉，曲歆苒眼里藏不住的喜悦，她边往碟子里夹边问连昀鹤："你吃吗？你吃我就多夹点儿。"

闻言，连昀鹤把视线投到绿油油的香菜上，他眉头一皱："我不太爱吃香菜。"

曲歆苒夹菜的动作一顿，慢吞吞地回了一句："好吧。"

和连昀鹤相反，曲歆苒最喜欢吃香菜、葱这类的配料，夹完香菜牛肉，两人正要离开，被一道清朗的男声给叫住了。

"歆歆？"

曲歆苒抬起头，看到了戴着眼镜的刘亚文。她微微颔首，还没来得及说什么，就听见刘亚文笑道："好巧，你真回潭州工作了啊！"

连昀鹤视线落在眼前这个男人身上，他穿着奶咖色的工装外套，下面配着简单的牛仔裤，比自己矮一点儿。

五官端正，算不上长得特别帅的那种，但也不错。

"这是你……"刘亚文眼神闪了闪，试探道，"男朋友吗？"

曲歆苒紧张地抿了下唇，解释道："这是我高中同学连昀鹤。"说完，又转身给连昀鹤介绍，"他是我大学学长，刘亚文。"

"不是男朋友啊，那误会大了。"刘亚文率先伸出手，"你好，我是刘亚文。"

连昀鹤低下眼，看着那只手，轻轻握了一下，眼神淡淡的："幸会。"

"歆歆，你毕业之后是换手机号码了吗？"

曲歆苒"嗯"了一声，她的目光落在手中装满香菜牛肉的碟子上，满脑子想着吃的，说话的兴致不是很高。

"怪不得，我都联系不上你了。"刘亚文脸上带着笑容，"那我们现在加个微信？"

曲歆苒反应了几秒，被身旁的连昀鹤抢先了："这些事吃完饭再说吧。"

"加个微信很快的。"刘亚文说，"实在不行，我可以跟你们一起吃，边吃边聊，反正大家都是朋友。"

连昀鹤不高兴地扫了刘亚文一眼，谁跟他是朋友？

曲歆苒抿了下唇，刚想好要怎么拒绝，眼前的刘亚文却自顾自地往前走，边走边回过头说道："你们是在那一桌吗？我先过去等你们好了。"

刘亚文一走，气氛顿时凝固下来。

曲歆苒脸上有些尴尬，她在心里组织着措辞，正要开口，连昀鹤率先说道："走吧，苒苒。"

听到这个称呼，曲歆苒下意识地"啊"了一声。

"不喜欢这个称呼？"连昀鹤垂眼看着她，眼底带着笑，"那我跟刚才那个学长一样，叫你歆歆？"

对上连昀鹤的眼神，曲歆苒胡乱地摇了两下脑袋："不用，挺好的。"

郑佳意牵着连宇远拿了一堆东西回来后，发现位置上多了一个陌生男人，她第一时间偏过头问高瑾词："你认识的？"

"不是。"高瑾词摇摇头。

就在郑佳意不明所以时，陌生男人主动站起来介绍道："你们好，我是曲歆苒大学的学长刘亚文，应该不介意我跟你们一起吧？"

面对这个所谓的大学学长刘亚文，郑佳意表面上笑着握手说了句"你好"，心中暗暗道："介意，十分介意，尤其这个人还特别没眼力见儿地坐在了歆姐旁边，把连队给隔开。"

还真是，丝毫不把自己当外人。

郑佳意不高兴地瘪了瘪嘴。

她看着坐在连昀鹤对面的高瑾词，突然心生一计，大声喊道："小词子，要不然你和歆姐换个位置吧，我想挨着歆姐坐。"

高瑾词转过头，看着对自己使眼色的郑佳意，立马懂了，他拿起自己座位上的碟子，站了起来。

"这太麻烦了吧。"坐在中间的刘亚文笑着反驳道，"就这样挺好的，吃个饭嘛，没那么多讲究。"

"啊……"郑佳意故作遗憾，朝曲歆苒撒起娇来，"可是我就想跟歆姐一起坐嘛，我吃到好吃的就想第一时间分享给歆姐，这样隔得太远了，我都不能跟歆姐说话了。"

曲歆苒无奈地笑了笑，郑佳意还在继续撒娇："好不好嘛，歆姐，就麻烦你们让一下位置嘛。"

高瑾词垂眸，他的视线落在郑佳意的小表情上，唇边有收不住的笑意。

"来吧来吧，连队，你坐在最外面先让一下嘛。"

嫌撒娇还不够，郑佳意甚至直接起身走到了连昀鹤的身边，而正有此意的连昀鹤巴不得曲歆苒换位置，便配合地站了起来。

迫于无奈，刘亚文跟着起身，眼睁睁地看着曲歆苒从他身边换走。

高瑾词坐到了曲歆苒的位置，站着的刘亚文看了一眼旁边的连昀鹤，提议道："你先坐进去吧，咱俩换个位置。"

"不了。"连昀鹤果断拒绝了，"我习惯坐外面。"

场面僵持着，几乎所有人都能看明白这个刘亚文是喜欢曲歆苒的，他就差把"我喜欢曲歆苒"这几个大字刻脸上了。

埋头吃饭的连宇远抽空抬起头，他小脸仰着附和道："对，我舅舅因为工作，随时会出任务，还是让他坐外边比较好。"

坐在最里面同样是特警的高瑾词不禁苦笑，那他是什么？

高瑾词抬头，望着对面一大一小撮合连队曲老师的二人组，满脸无奈，行，他算是明白了。一桌子六个人，除去当事人，剩下的四个有三个是一伙儿的。

高瑾词同情地看了一眼身旁的刘亚文，还是换个人喜欢吧。

因为有刘亚文的加入，这顿饭吃得比较安静。除了郑佳意会跟曲歆苒讨论哪个好吃，剩下的四个人基本上是零交流。

"歆歆，你现在在哪儿高就啊？"刘亚文停下筷子，努力想跟曲歆苒说话。

曲歆苒："在当小学语文老师。"

"真去当小学语文老师了啊？"刘亚文笑笑，"我还以为你大学开玩笑的呢，不过你那么喜欢历史，怎么没考虑去考研？"

曲歆苒抿了抿唇，还没回答，郑佳意惊讶地说道："歆姐你喜欢历史？那你跟连队高中读的是文科吗？"

"不是。"曲歆苒弯了弯唇，"我们是理科。"

"说来还挺巧的。"连昀鹤说，"我跟曲歆苒高中文理分班还能分到一个班。"

曲歆苒垂下眼，没搭腔，才不巧，她就是为了连昀鹤特意选的理科。

"哈哈哈哈，那我跟歆歆也挺巧的。"刘亚文笑着插嘴，"我跟她都特别喜欢文学，加入了学校的文学社，然后你们知道有多巧吗，我跟歆歆……"

听着刘亚文一口一个"歆歆"，连昀鹤眉心一皱，他把面前挑干净骨头的鱼推到曲歆苒面前，头一次不顾礼貌，打断了别人的话。

"苒苒，这个鱼好吃。"

曲歆苒抬眼，望着连昀鹤眼底的笑意，有一瞬的失神。

旁边的刘亚文见了，立马语气得意地抢先说道："歆歆吃鱼过敏，你不知道吗？"

"吃鱼过敏"这四个字，不知道为什么格外刺耳，连昀鹤眼底的笑意敛去，他低着眼，十分不是滋味地把鱼盘子拖回来。

"现在知道了。"

后来的半个小时里，连昀鹤保持沉默地吃完了这顿饭。

吃完饭，刘亚文主动提出要送曲歆苒回家，但在郑佳意的一顿搅和下，最后还是连昀鹤开车送她。

车上，连宇远坐在后排，小脑袋垂着，昏昏欲睡。

风景从窗外飞逝而过，车厢内气氛沉闷。

坐在驾驶室里的连昀鹤偏头望了一眼旁边安安静静的曲歆苒，主动打破了沉默。

"今天晚上的事情，很抱歉。"连昀鹤顿了顿，"我不知道你对鱼过敏。"

听到这句话，曲歆苒笑了笑，故作坦然道："没关系，我也不了解你的喜好。"

连昀鹤沉默了会儿，故作轻松地试探着："那个刘亚文好像很了解你的样子，你们俩……"

曲歆苒抿了抿唇："他跟我表白过。"

连昀鹤没吭声。

"我拒绝了。"曲歆苒话音一顿，补充道，"我不喜欢他。"

连昀鹤笑了笑："人家海外名校毕业的，长得也还行，年纪轻轻又比较优秀，为什么不喜欢？"

"没有原因，就是不喜欢。"曲歆苒眨了下眼，声音轻轻的。

连昀鹤松了口气，他往曲歆苒那边看了一眼，又迅速收回视线，故作不在意地问："这都不喜欢，那你喜欢什么样的啊？"

听着连昀鹤带笑的声音，曲歆苒垂下眸，遮住眼底的落寞，悄悄在心里说道："喜欢你这样的。"

不知道过了多久，就在连昀鹤以为她不会回答时，他听见曲歆苒淡淡地说了一句：

"我也不知道。"

"……"

两人之间再次沉默下来。

曲歆苒其实很想解释，她想解释自己跟刘亚文没有任何关系，刘亚文知道她吃鱼过敏，只是因为在部门聚餐时偶然了解到的。

迎面开来的车辆打着远光灯，晃了晃曲歆苒的眼，她的喉间有些发涩，想说的话全被埋在了心底，根本说不出一个字。或者说，她有什么必要解释清楚这些事？也许连昀鹤根本就不在乎，也不想知道。

后车窗被醒来的连宇远打开了一半，舒适的凉风吹进来，倒给了他们俩独立冷静思考的时间。

今天晚上的事情，让曲歆苒和连昀鹤深刻地意识到，横亘在他们之间的问题，远不止对方是否喜欢自己这一个。

当重逢的喜悦被冲淡之后，他们才恍然意识到，原来自己已经缺席了对方人生将近十年。

十年说长不长，说短不短，却足够将两人的距离拉到最长，甚至他们对彼此的兴趣爱好完全一无所知。

喜欢她，却无法融入她的生活，甚至连最基本的饮食习惯都需要通过别人了解。

连昀鹤眸色淡淡，他握住方向盘的手紧了紧。这种无力不安感促使他往下坠，坠到看不见底的深渊，把他层层困扰住，让他动弹不得。

其实连昀鹤很明白，曲歆苒不喜欢刘亚文，他也没必要计较，可这股情绪肆意席卷他的内心，根本不受控制。

说得再准确些，他害怕自己成为下一个刘亚文。

四十分钟后，车子停在了锦泰家园门口，曲歆苒轻声说了句"谢谢"，随后便伸出手想解开安全带。

但不知道是不是她注意力不集中的原因，按了几次都没按到。

曲歆苒偏过头，把碎发别到耳后，看到安全带的卡槽，她伸出手想去按，视线里却闯入一只骨节分明的手，毫无征兆地，两人的指尖相碰了。

她抬头，对上连昀鹤寡淡的神情，默默把手缩了回来。

安全带咻的一声被卷了进去，连昀鹤也坐正了身子。

"谢谢。"曲歆苒再次道谢后，便下了车。

目送着她的身影消失在小区门口，连昀鹤这才启动车子。

后座的连宇远已经差不多清醒了，他睁着蒙眬睡眼，看了看空空如也的副驾驶，再看了看前头的道路，打了个哈欠。

"舅舅，我们还要多久才能到家啊？"

连昀鹤声音淡淡的："不知道。"

感受到连昀鹤的心情不太好，连宇远屁股往前挪了挪。他把手搭在前头的靠背上，歪着头，认真地说道："舅舅，你吃醋和喜欢都要再明显点儿才行啊。像刚才那个学长一样，这样曲老师才能感受到啊。"

连昀鹤掀起眼，透过后视镜凉凉地看了他一眼："谁吃醋了？"

"舅舅你啊。"

"我没吃醋。"

"噢，是吗？那眼神要是能杀死人，那个刘老师都不知道被舅舅你千刀万剐多少次了。"

"……"

连宇远笑嘻嘻道："吃醋就吃醋呗，我又不会笑话你。但我想了想，你最好不要学那个学长。他不会说话。"

连昀鹤唇角绷直，没回话。

"你看，曲老师不喜欢他。"连宇远振振有词，"那他说的那些话就不叫撩人，如果你不确定对方喜不喜欢自己，你只管对她好就行啦，不要说那些油腻的话，特别败好感。"

"嗯，有点儿道理。"连昀鹤点点头，乐了。

道路两旁路灯昏暗，前方路线笔直，看不见尽头。

连昀鹤长长地叹了口气，好像他跟曲歆苒的未来一样，也望不到结局。

接下来的很长一段时间，连昀鹤因为任务和封闭式训练，每天不是在执行任务的路上就是在基地，根本没时间去见曲歆苒。

他在基地备勤的时候，偶尔也会看一些关于历史的书籍，想要更加了解曲歆苒的生活，但连昀鹤心底的顾虑并没有因此减少，反而因为工作的忙碌加重了。

他害怕，害怕这段感情会跟高中毕业时一样潦草收场。

六月中旬，趁着轮休的间隙，连昀鹤的妈妈蒋青云打电话叫他回家一趟。刚回到家，连昀鹤鞋子还没脱，就被蒋青云推着出门去看他的父亲。

母子两人一路相顾无言，来到了连国耀所在的墓地，蒋青云率先蹲下来，把白色的菊花放到墓碑下。

不远处的墓碑前有一对母女在小声哭泣。

连昀鹤垂眸，看着满脸带笑的蒋青云，也跟着蹲了下来，倒上一杯素酒。

"还没到爸的忌日，怎么突然想着要来？"

"想你爸就来了呗，哪有那么多讲究。"蒋青云瞪着他，语气埋怨，"哪像你，一年到头见不到人。"

连昀鹤低着眼，表情淡淡的，没反驳。

蒋青云把带来的水果摆好，随口问道："你最近不开心？"

"没有。"

对于连昀鹤的否认，蒋青云并没有表示什么，反而自顾自地问："因为苒苒的事情？"

连昀鹤愣了一下："您是怎么知道曲歆苒的？"

蒋青云笑道："原来你暗恋了这么多年的小姑娘，全名叫曲歆苒啊。"

"……"

"你大学那年，我清理你房间的时候发现了一封信，用粉红色信封装着——"蒋青云一脸揶揄，"写给苒苒的情书……"

闻言，连昀鹤表情瞬间一僵："您打开看了？"

"怎么可能，"蒋青云不高兴地瞪了他一眼，"你妈我看起来像是那种人吗？"

连昀鹤无奈地笑了笑，没回话。

"我本来想帮你整理出来，结果从里面掉出一张字条。先说好啊，"蒋青云顿了顿，认真地解释道，"是不小心掉出来的，你那上面就一行字，然后我一瞥呢，就看见了。"

连昀鹤长叹一口气，他一下就反应过来那张字条上写的是什么了。

当时高三上学期，班主任发了一张纸和信封下来，叫他们写信给一年后的自己，然后班主任帮忙保存，毕业后再发给他们。

那时，连昀鹤在落款的最后写了一句话——

希望世界无灾无难，苒苒永远开心健康。

但是因为心虚，连昀鹤后来还是把这句话撕了下来。

"我倒不知道你高中挺浪漫的啊？"

迎上自家妈妈调侃的眼神，连昀鹤不自然地别开眼。

"今天日子不错，要不跟你爸还有我讲讲你跟苒苒的故事？"

"没故事。"连昀鹤抿着唇，"都没在一起，哪儿来的故事。"

"没谈恋爱不代表没故事啊，就算是暗恋，你的高中生活也必然是酸酸甜甜的。"蒋青云顿了一下，"酸的就别说了，年纪大了，就爱听些甜甜的小故事。"

连昀鹤无奈地笑了笑，他眼神微滞，思绪开始飘远。

升高一前，每个学校都会有差不多一个多星期的军训时间。连昀鹤那会儿跟曲歆苒并不是一个连的，而且就算是一个连的，以他当时那种状态也不可能认识。

那时，距离他的父亲连国耀中枪牺牲不到两个星期，连昀鹤整个军训的状态都特别差，对父亲的去世感到后悔自责。

究其原因，其实是他跟父亲打最后一通电话时发生了争吵，连昀鹤年少又是叛逆期，根本不听劝，两人在连国耀工作的事情上产生了分歧。

连国耀工作忙，经常不顾家，他是缉毒警察，工作性质让他也没法儿顾家。

那时连昀鹤其实没为难他，只是想让自己父亲多回趟家，但连国耀每次都承诺得好好的，到最后却完成不了。

那次，在气头上的连昀鹤率先挂断了电话，但谁也没想到，这个电话会是最后的话。

因为这件事，连昀鹤军训注意力不集中，总是被教官罚做蛙跳，在军训的最后一天被罚蛙跳的时候，连昀鹤把他跟父亲唯一的合照弄丢了。

在连国耀去世的将近半个月的时间里，他没有掉一滴眼泪。

连昀鹤谨遵连国耀的教导，认为他作为家里唯一一个男人，理应承担照顾妈妈、姐姐的责任，所以在妈妈和姐姐特别伤心难过的这段时间里，年纪最小的连昀鹤却是一滴眼泪也没掉。

但在唯一的合照丢了之后，他顿时慌了。

连昀鹤记得那天下了一场暴雨，他沿着教室走廊一路找到操场，在操场上找了一圈，然后撑着伞的曲歆苒走到了他跟前。

经历过军训的曲歆苒被晒成了小麦肤色，她指尖红润，把合照递到他眼前，轻声说道："同学，你在找这个吗？"

被淋成落汤鸡的连昀鹤颤颤巍巍地接过合照，照片被曲歆苒保存得很好，没受到一点儿损伤。

原本连昀鹤应该感到高兴才是，可接过照片后，他却再也压抑不住心底的情绪，当着曲歆苒的面掉起眼泪来。

那会儿他沉浸在自己的情绪里无法自拔，现在想想，当时的曲歆苒应该挺尴尬的。

毕竟曲歆苒也不知道发生了什么，连安慰都不知道要怎么开口。

想到这里，连昀鹤笑了起来，所以当时的曲歆苒站在他面前，沉默了好久最后说出一句——

"同学，你要听个笑话开心一下吗？"

没记错的话，连昀鹤记得当时自己忙着伤心，根本没空搭理她，但曲歆苒自顾自地说着："一根火柴棍的头很痒，于是它一直挠啊、挠啊、挠啊，这样挠了很多次之后，你猜怎么样了？"

连昀鹤的注意力成功被转移，他抬起头，配合地问："怎么样了？"

曲歆苒乌黑明亮的眼睛弯成一道月牙儿，声音温温柔柔的。

"然后它的脑袋着火了，最后把自己烧死了。"

"……"

空气死一般的寂静，当时的连昀鹤甚至僵在原地，不知道是该笑还是该继续哭。

"啊，我儿媳妇原来这么不会安慰人的，居然给你讲了个冷笑话。"蒋青云惊讶的声音把连昀鹤的思绪拉了回来，他挑了挑眉，没吭声。

"你也挺奇怪的，居然受用了？那后来呢？"

"没后来了。"连昀鹤声音淡淡的，"分到一个班后，便如您所见，我暗恋到了现在。"

"那我知道了。"蒋青云说，"你最近是在担心，你已经错过苒苒这么多年，怕这场盛大的暗恋最后还是要以悲剧结束吧？"

连昀鹤扯了扯唇，没回话。

蒋青云回正视线，她看着眼前的无字碑，弯唇笑了笑。

连国耀是缉毒警察，无法立碑，所以这块墓碑是她用遗物给立的，上面没有连国耀的照片，也没有名字。

可这么多年来，这却成了蒋青云思念丈夫的一个寄托。

"你知道我跟你爸是怎么认识的吗？"

听到蒋青云的话，连昀鹤抬起头，他望着表情柔和、眼底满是爱意的蒋青云，回道："您说过很多遍了。"

蒋青云不在意："那我就再说一遍。你爸那个时候情商很低，你说哪有安慰别人直接说'没事，旧的不去新的不来'的？也就你爸说得出口。"

"而且跟他结婚之后也没见对我多好。"

蒋青云声音有些哽咽，她眼里泛着泪花："我现在想想，真是不明白为什么那么喜欢你爸……"

连昀鹤愣了一下，他伸出手，刚想要抱一抱蒋青云，却被妈妈一掌挥开了，她瞪着眼睛，不让眼里的泪掉下来。

"哎，别安慰我，我才不会为了一个冷漠无情的男人掉眼泪。"

知道蒋青云在说反话，连昀鹤无奈地摇了摇头。

安静了一瞬，蒋青云平复好情绪后，她侧过头，长叹了口气："有机会就要抓住，不要等到错过了才知道后悔。"

连昀鹤眼神微滞，他垂下眼，没吭声。

蒋青云看了他一眼，然后站了起来："你跟你爸多待会儿，我到外头等你。"

蒋青云："哎哟喂，我这真是上了年纪了啊，这么容易感动……"

说话声渐远，余光中那对小声哭泣的母女也手牵着手一块儿离去。

连昀鹤抬眼，目光落在墓碑上，弯唇笑了笑，刚才蒋青云的话让他想起了宫崎骏的动漫。

《虞美人盛开的山坡》里面有一句话："我说不出为什么爱你，但我知道你是我不爱别人的理由。"

连国耀没有什么特别之处，却能成为他妈妈这么多年来从未考虑过再婚的理由。

连昀鹤的手指抚了抚连国耀的墓碑，声音轻轻地说："爸，您觉得，莘莘会喜欢我吗？"

墓园里静寂无声，没有人能给连昀鹤答案。忽地，天空飞过几只叽叽喳喳的麻雀，似乎在回应他的问题。

连昀鹤笑了笑，站起来说道："我下次再来看您。"

从墓园回来后，连昀鹤跟蒋青云还有连楚凝一起吃了个午饭，下午刚回到基地，他就被汪学军叫去了。

连昀鹤推开门："汪队，你找我？"

"对。"

埋头工作的汪学军看了连昀鹤一眼："上个月远恒路那个瘾君子砍人事件的受害者你还记得吧？"

"嗯，记得。"

"这个月月初那个受害者从重症监护室出来了，她恢复得不错，但还不能出院，又想当面感谢一下我们特警队。既然是你救的人，就派你作为代表去。"

连昀鹤脸上没什么表情："是。"

"没其他事了，你去吧。"

"是。"

连昀鹤刚转过身，又被汪学军叫住了："我听邹向毅说，你有那个积极救人的老师的联系方式是吧？"

连昀鹤一愣："嗯，我有。"

"那正好，受害者也想当面感谢她，你问问人家，没空就算了。"

"是。"

"行了，你去忙吧。"

走出房门，连昀鹤掏出手机。微信上跟曲歆苒的聊天信息还停留在上个月，他抿了抿唇，打字发过去。

收到连昀鹤信息的时候，曲歆苒恰好上完下午的课。她低头看着信息上的内容，面露纠结。

虽然最后一节课曲歆苒已经没课了，但还有一个多小时才放学，二年级的小朋友年龄还小，她要在岗保障他们的基本安全。

Q：我可能要下班之后才能去。

野鹤：你几点下班？

Q：四点过十分。

野鹤：没事，我从基地过来也需要时间。但你如果实在忙，不去也行。

曲歆苒盯着那句"不去也行"看了半晌，打了又删，不知道该怎么回。

这时，连昀鹤的消息又进来了：

我到了给你发消息？

曲歆苒弯了弯唇，打了个"好"字发了过去。

下午四点半，曲歆苒看着班上所有的小孩儿离去后，收到了连昀鹤的消息。

她走下教学楼，沿着走出去一段路，看到了连昀鹤的车。车子是黑色的，连昀鹤穿着常服站在车边，看到曲歆苒来了，他主动绕到副驾驶给她开门。

云边的落日与晚霞交缠。

这一系列的举动，让曲歆苒产生了一种男朋友来接自己下班的错觉，背对着暖阳的连昀鹤朝她笑着："过来呀苒苒，傻站着干吗呢？"

曲歆苒表情一愣，不知道是不是那个称呼的原因，心跳陡然漏掉一拍。

见曲歆苒呆呆的，没有反应，连昀鹤含着笑又叫了声："苒苒？"

"哦，来了。"

曲歆苒回过神，走到副驾驶坐了上去。她紧张地攥着手指，视线都不知道该往哪儿放。

没过半分钟，连昀鹤也坐到了驾驶座上。他拉过安全带系上，正欲开车，余光瞥到没系安全带的曲歆苒，俯下身。

对于连昀鹤的突然靠近，曲歆苒方寸大乱，她看着近在咫尺，连脸上的茸毛都能看清楚的连昀鹤，往后缩了缩，警惕地望着他。

"躲什么？"连昀鹤的手从她眼前穿过，径直去拉安全带。

他好笑道："帮你系安全带，又不会吃了你。"

曲歆苒别开眼，抿了抿唇，别扭道："你跟我说就行，我可以自己系，又不是小孩子……"

连昀鹤眼底带着笑，他轻轻地"嗯"了一声，嗓音温柔："苒苒当然不是小孩子。"

曲歆苒耳根一热，她不自在地偏过头，擅自结束了这个话题。

车外树影模模糊糊地往后退。

曲歆苒眼底有些困惑，明明她跟连昀鹤已经快一个月没见过面了，也不是那么熟，但自从上次吃自助餐他改掉称呼之后，"苒苒"这两个字就老是给她带来一种亲昵暧昧的感觉，搞得他们好像在谈恋爱一样。

可实际上他们顶多算是朋友，清清白白，什么也没有，如果真的能有些什么……曲歆苒眨了下眼，试图把这个荒诞的想法从脑海里赶出去。

人果然是贪心的。见了一面就无比期盼第二次见面，称呼稍微亲昵点儿，就想发生些什么。

曲歆苒垂下眸，微不可察地叹了口气。

如果最后的结局注定是不如意的，她宁愿一开始就没有重逢，没有见到连昀鹤，她或许还能压抑住这份感情。

曲歆苒眼中浮现丝丝挣扎，她原以为这么多年都过来了，自己已经能控制好对连昀鹤的感情了。

可直到现在她才恍然大悟，连昀鹤其实什么也不需要做，他只需要靠近一点点儿，自己的所有克制就会自动分崩离析。

曲歆苒不高兴地抿紧唇，心底有些郁闷，这一点儿也不公平。

还没到晚高峰，路上不堵车，他们开了四十多分钟便来到了医院。

知道病房号的连昀鹤在前面带路，曲歆苒就跟在他身后。

进了病房，曲歆苒看着穿着病服脸色红润的女生，弯唇笑了笑。

接下来的十分钟里，这位受害的女生一直在表达谢意。

临走前，纠结了很久的曲歆苒最后还是走到了女生的病床前，对上女生含笑的眼眸，她又犹豫了。

曲歆苒知道自己不应该多管闲事，毕竟这是人家两个人感情的事情，但是一想到那天女生男朋友落荒而逃的行为，曲歆苒又有点儿心疼眼前的这个女生。

她共情能力向来比较强，根本不敢代入想象，那把刀砍在女生身上的时候，女生心里的感受是什么。

"你的男朋友……"

曲歆苒才说了五个字，眼前的女生仿佛一下猜到了她要问什么，提前打断了她。

"已经分啦。"

女生脸上洋溢着笑容，看起来好像已经走出来了，一点儿也不悲伤。

"刚醒来的时候我确实难以接受，但是后来想想，曲老师你和连警官都愿意伸出援手来帮我。生活这么美好，我干吗要为了一个不值得的人消极呢？"

曲歆苒眼神一愣，不知道她想到了什么，反应了半晌，才说了一句："那就好，我们先走啦？"

"好的。"女生挥着手，格外热情，"曲老师、连警官再见。"

出了病房，鼻间消毒水的气味依旧还在。曲歆苒低着头，满脑子都在想女生刚才说的那番话，眼底不自觉流露出羡慕。

羡慕女生的豁然，也羡慕她积极生活的态度。

站在身旁的连昀鹤看到心情低落的曲歆苒，以为她在想受害女生被男朋友抛弃的事情。他抿了抿唇，开口安慰道："都过去了，而且不是所有男的都这么没担当。"他笑了笑，然后肯定道，"苒苒以后肯定能找个有担当的男朋友。"

"你怎么知道呢？"曲歆苒忍不住反驳。

连昀鹤停下脚步，他眼睑轻合，尾音上扬，表情很自信。

"我就是知道。"

"……"

看到曲歆苒无奈的眼神，连昀鹤赶忙抬脚跟了上去，提议道："这样吧，你到时候找男朋友我帮你把关。我说可以，你再跟他谈恋爱怎么样？"

听着连昀鹤十分自然的语气，曲歆苒抿了抿唇。这两个月来，他们见面比较频繁，相处的机会多了，就好像自然而然变成了朋友。

曲歆苒垂下眼，朋友，也比什么关系都没有要好。

"不行。"

没想到曲歆苒会拒绝，连昀鹤愣了一下，心也跟着揪了起来："为什么啊？"

"这不公平。"

连昀鹤蒙了："怎么不公平？"

"我也要帮你把关。"曲歆苒看了连昀鹤一眼，害怕自己的小心思被看穿，又连忙补充，"要礼尚往来。"

连昀鹤眼神微滞，他轻笑一声，说道："行，咱俩互相把关。"

曲歆苒张了张嘴，正要说些什么，连昀鹤的电话响了。

"喂，汪队。"

听到连昀鹤瞬间严肃的声音，曲歆苒别开视线，她低下头，盯着自己的脚尖，心情有些低落。

本来她打算找个借口请连昀鹤吃饭的，但是现在看来他好像有任务要执行……

　　还没等曲歆苒多想，身后传来嘈杂的叫喊声，紧跟着，肩膀传来一道推力，没有任何防备的曲歆苒身子直接往前倾。

　　她的膝盖重重地摔在地上，下意识撑在地上的手掌心也传来疼痛感。

　　事情发生得很突然，撞人的男人已经跑了。站在一旁打电话的连昀鹤慢了半拍，没能抓住曲歆苒的手腕，他皱着眉蹲了下来，目光瞥到曲歆苒膝盖上的擦伤，眼神不由得一冷。

　　身后传来人们的讨论声。

　　"刚才有个医生是不是被打了？"

　　"好像是的，医闹吧？"

　　"他干什么了？"

　　"说那个医生乱开药，具体的我在外面也听不清楚啊。"

　　…………

　　连昀鹤托着曲歆苒的手肘，把她扶了起来。

　　曲歆苒挥了挥自己两只手掌，还没来得及说什么，手腕就被连昀鹤抓住。连昀鹤的手指修长，温柔地包裹住她的手腕。

　　两人还未开口说话，不远处传来尖叫声，接着，持长刀的男人气势汹汹地走了过来。

　　走廊上停留的人纷纷跟男人拉开距离，没人敢上前阻挡。

　　连昀鹤把曲歆苒往后一拉，下意识地挡在她前面。

　　曲歆苒望着被牵住的手腕，傻愣愣地眨了眨眼睛，然后抬头看着连昀鹤高大的背影，心跳不由自主地加快。

　　持刀的男人离他们越来越近，大部分人都害怕地躲进了病房里，留下来的几个人也不敢轻举妄动。

　　男人很壮，他脸上的肉堆在一起，显然很愤怒。

　　曲歆苒看着男人的衣着，发现是刚才推她的那个人。

　　持刀的男人目不斜视，对其他人都不感兴趣，看起来好像早已有目标了。

　　曲歆苒灵光一现，她扯了扯连昀鹤的衣角，小声提醒道："可能是那个医闹。"

　　连昀鹤眯了眯眼睛，如果曲歆苒的猜测是对的，那就代表其他人暂时是安全的。

　　脚步声渐近，连昀鹤松开了牵住曲歆苒的手，在男人离他们只有两步远的时候，连昀鹤迈开腿，上去一把抓住了男人握刀的手腕。

　　持刀的男人显然没料到这种情况下还有人敢拦他。而连昀鹤没给男人反应的机会，他用左臂揽住男人的脖子，用力把男人甩在了地上。

刀子掉落在地上发出清脆的响声。连昀鹤把男人的手臂扭过来，膝盖直接压在他的肩膀上，简简单单的一个动作就把男人制伏了。

曲歆苒看着被制伏的男人，心里松了口气。她走上前，把掉在地上的刀子往另外一个方向踢远。

不远处走来一个少年，连昀鹤没感受到，他注意力全在脚下的这个男人身上。

少年表情很冷静，曲歆苒以为是过来一起帮忙的人，便也没在意，直到少年走近了，弯下腰，猛地一推把连昀鹤推到墙上。

没有防备的连昀鹤肩膀撞在墙上，传来一阵刺痛。

连昀鹤微微皱眉，眼看着刚刚的男人要跑，便迅速站起来追了上去。

他锁住男人的喉，接着扣住他的肩膀，然后又转体把男人摔倒在地。

站在后面的曲歆苒紧张地看着这一幕，当她看到那个少年走过去时，也不自主地往前走了一步，想上去帮连昀鹤。

可想到上次连昀鹤的话，曲歆苒又犹豫了，她眼眶有些发红，突然开始懊恼自己什么也不会。

好在这个时候病房里的其他男人走了出来，人多力量大，没过几分钟，那两个人就被他们一群人给围住制伏了。有人找来绳子，持刀的男人被连昀鹤用绳子绑住，一起的少年则被两个男人给架住。

连昀鹤拍了拍手，在曲歆苒面前站定。他低下眼，望着眼睛有些发红的曲歆苒，轻声问道："吓到了？"

曲歆苒没吭声，也不敢说是担心连昀鹤才这样的。

"怕什么。"连昀鹤笑了笑，"有我在，你不会受伤的。"

曲歆苒抿了抿唇，对上连昀鹤带着笑意的眼眸，匆忙别开眼。

连昀鹤愣了一下，正想说些什么，两位民警走了过来，打断了他的思绪。

之前打人的时候就有人报警了，附近的派出所迅速出警赶来了，可惜还是慢了一步。

两位民警和连昀鹤沟通完之后，他们便带着两名闹事者离开了。

连昀鹤看了一眼一直沉默的曲歆苒："走吧苒苒，我送你回家。"

"你不用执行任务吗？"曲歆苒抬头问。

连昀鹤愣了一下，反应过来曲歆苒说的是刚才汪队那个电话，于是开口解释："不用，只是基地有些事，晚上需要回去而已。"

曲歆苒慢吞吞地"哦"了一声："那走吧。"

走出医院，连昀鹤开车把曲歆苒送回家。

医院跟锦泰家园不在一个区，路途有点儿远，需要花点儿时间。等红绿灯时，连昀鹤偏头望了一眼从医院出来后格外沉默的曲歆苒，试探道：

"不开心？"

闻言，靠在车窗边的曲歆苒轻轻地摇了摇头。

不是不开心，她只是觉得自己太笨，刚才那种情况下，什么忙也没帮上。

"那，"连昀鹤轻顿一下，"要听个笑话开心一下吗？"

曲歆苒张了张嘴，刚想说不用，就听见连昀鹤说："一根火柴棍的头很痒，于是它一直挠啊、挠啊、挠啊，这样挠了很多次后，苒苒你猜它怎么样了？"

看到连昀鹤这么有兴致，曲歆苒配合地转过身子，面对着他。

"怎么样了？"

连昀鹤笑道："然后它的脑袋着火了，最后把自己烧死了。"

"……"

曲歆苒眨了下眼，莫名觉得这个笑话有点儿耳熟，但又想不起来在哪儿听过，于是不确定道："你这是冷笑话吧？"

"是吗？"连昀鹤挑了挑眉，不问反答。

"是啊。"曲歆苒弯唇，被连昀鹤一本正经的表情给逗笑了，"你跟远远学的吗？"

"不是。"连昀鹤否认了，他看着身旁的曲歆苒，低头笑了笑。

跟某个忘性大的小笨蛋学的。

直到最后，曲歆苒也没得到连昀鹤的回答。

在靠近锦泰家园时，连昀鹤把车停在了路边，临时跑到药店去买了瓶碘伏，他把手上的袋子扔给曲歆苒，看似随口地提了一句："伤口记得先清洗再涂药。"

曲歆苒望着袋子里的碘伏和棉签，抿了抿唇，然后点头回答："知道了。"

面对着如此乖巧安静的曲歆苒，连昀鹤唇角扬了扬。

"那我回家啦？"

连昀鹤"嗯"了一声："走吧。"

看着曲歆苒下车，连昀鹤没着急走。

六月的晚风已经带上了一股热意，想到今天下午曲歆苒的反应，连昀鹤不由得笑了起来，能让苒苒对他多说几句话，也算是一种进步了吧？

回基地前，连昀鹤去了趟静城区的派出所。

医院持刀的男人还被关在审讯室里，一直大吵大闹，说什么也不配合民警的工作。

"那个庸医开药害死了我妻子，你们凭什么不抓他？"男人眼眶发红，不服气地大喊着，"凭什么他还可以好好的，我的妻子却只能长眠于地下！"

连昀鹤打开门，听到的便是这样一番话。

正在审讯的两位民警头疼地看着眼前情绪激动的男人，开口打断他："你先冷静点儿。"

"我怎么冷静！"男子铐着的手激动地拍在审讯椅的板子上，"我妻子被人害死了！被害死了你们明不明白？"

审讯的李警官长叹了口气，他偏头，注意到了站在门口的连昀鹤。

"小连，你怎么也来了？"

连昀鹤愣了一下，刚想问为什么是"也"，李警官率先开口了："噢，是你制伏了这个人是吧？"

连昀鹤点了点头。

李警官干脆站了起来，跟他出去说话。

审讯室的门被关上。两人走出一段距离，李警官掏出口袋里的烟盒，递了一根烟给连昀鹤。

"谢谢，我不抽。"

李警官倒也没在意，他叼着烟，点燃了。

早两年，连昀鹤跟这位李警官有过交集。他从警几十年了，是静城派出所有名的老民警。

烟雾缭绕间，连昀鹤撇了撇头，问道："这人什么情况？"

"挺简单的。"李警官吐出一口烟，"他坚持是陶医生开药害死了他的妻子……据陶医生所说，之前报过警，药被其他派出所的警察检查过，没有任何问题。"

想起那个帮忙的少年，连昀鹤的眼神闪了闪："他儿子怎么说？"

"他儿子闭口不谈。"李警官又叹了口气，"什么也不说。那人又坚信是陶医生花钱找了人掩盖了罪行，我们只能再重新查一遍了。"

连昀鹤点点头，表示自己了解情况了。

李警官："对了，小邹不是来我们派出所有事吗？你在医院没跟他一起吗？"

"没……"

连昀鹤话还没说完，肩膀就被人一拍。

感受着突然传来的疼痛，连昀鹤微微皱眉。他偏过头，看到了神采奕奕的邹向毅。

邹向毅面露疑惑："你怎么没回基地来这儿了？"

"有事，过来一趟。"连昀鹤声音淡淡的。

"那你现在回去吗？咱俩一起啊。"

"行了，行了。"李警官摆了摆手，"你们两个快回基地吧，我手上正忙，也没工夫理你们。"

邹向毅道："那李哥我们走了啊。"

"好。去吧，去吧。"

说完，李警官没再管他们，转身进了审讯室。

邹向毅松开搭在连昀鹤肩膀上的手，两人一起往门口走去。

"我刚也了解了一下，这事你怎么看？"

"能怎么看？"连昀鹤睨着他，语气吊儿郎当的，"我又不是当刑警的。"

邹向毅白了他一眼："你当时不是在医院吗？多少有点儿耳闻吧。"

"没耳闻。"

邹向毅沉默了会儿，开始发表自己的看法："其实他们父子俩也是可怜人，药的事情暂且不提，最亲的人突然离世肯定会接受不了。"

连昀鹤沉默了会儿，突然开口说："可不可怜暂且不论，伤及无辜就是他的不对了。"

邹向毅皱起眉："不是说他未遂吗？伤了谁？"

想到曲歆苒膝盖上的伤口，连昀鹤不高兴地眯起眼："曲歆苒。"

"曲老师受伤了？"邹向毅有些担心，"严重吗？"

"不严重，过段时间就能好。"

邹向毅又问："是刀子伤到她了吗？"

"没。"连昀鹤顿了顿，眼神淡淡的，"推了一把，膝盖破皮了。"

"不是，这就是你说的伤及无辜？"

"是啊，受伤了不算？"连昀鹤反问。

邹向毅忍无可忍了："你不说，人家曲老师明天伤口都愈合了呢！"

"擦伤怎么可能明天就愈合？"连昀鹤反驳，"起码要三天。"

"……"

邹向毅开了车来，两人走到门口，便分道扬镳了。因为再不分道扬镳，邹向毅都要忍不住想暴打连昀鹤一顿了。

坐上驾驶座，连昀鹤没着急开车，他打开微信，给曲歆苒发了句：

伤口涂好药了吗？

等了几分钟，那头的曲歆苒没回消息，连昀鹤这才开车回基地。

回到基地，连昀鹤先去找了趟汪学军，把事情全部处理完才回宿舍。

打开宿舍门，连昀鹤抬手开灯，开灯的动作牵动了肩膀，肩膀处再次传来疼痛。

连昀鹤蹙眉，脱下衣服走到厕所镜子面前。他侧过身，看到肩膀上那一块将近拳头那么大的瘀青时，不由得皱起眉。

应该是撞到墙上的时候磕到个硬物导致的。

连昀鹤动了动肩膀，确定没伤到骨头后才回到房间，从抽屉里拿出活血化瘀的药。

瘀青在肩膀处，连昀鹤歪着头，费力地擦着，刚用棉签擦了点儿药，桌子上的电话就响了。

连昀鹤看了一眼来电显示，把电话接起来，按下了扬声器。

"喂，妈。"

"你七月的生日会回来吗？"

连昀鹤抿了抿唇："看到时候有没有任务。"

"别拿这个借口敷衍我啊。"蒋青云冷哼了一声，"你以前还说你爸不顾家呢，现在你看看你自己。"

连昀鹤沉默下来，没回话。

他那个时候年纪小，完全体会不到连国耀的难处。在那会儿连昀鹤的世界里，他总认为时间是海绵里的水，只要连国耀愿意，就能挤出时间陪他们。

可从事警察这份工作后，连昀鹤才明白，有些人的时间就是挤不出来的，他们用小爱换了大爱。就像他从事特警这份工作，每逢过节是他们最忙的时候。

想抽出时间，都不可能。

一般家里人过生日，连昀鹤都会抽空回家一趟。除非那天在执行任务，真的腾不出时间。

可唯独自己的生日，连昀鹤不想浪费时间在这件事上。

他是一名警察，过不过生日其实无所谓。

再加上，连国耀的牺牲确实给连昀鹤带来了影响，这么多年来，连昀鹤也渴望成为父亲那样的人。

蒋青云叹了口气："你们这是虎父无犬子是吧？"

连昀鹤张了张嘴，发现不知道要怎么反驳。

蒋青云也没说话，一时间沉默下来。

门外的邹向毅注意到连昀鹤宿舍房门没关紧，便直接走了进来。他看到连昀鹤背上的瘀青，拧起眉问道："你这瘀青是今天下午跟曲老师去医院抓人的时候弄的吗？"

闻言，连昀鹤迅速偏过头看了邹向毅一眼，他扬了扬下巴，示意自己正在打电话。

邹向毅看见来电显示，立马噤声。

可惜蒋青云还是听见了。

"你受伤了？"蒋青云的声音有些严肃，"严重吗？"

连昀鹤哀怨地看了邹向毅一眼，这才回道："一点儿小伤。"

"没伤到骨头就好。"蒋青云语气放松下来，又问，"那苒苒受伤了吗？"

"膝盖破皮了。"

"你们怎么搞的？苒苒为什么会跟你在一起啊？"

连昀鹤抿了抿唇："这件事情说来话长，就是有个人拿刀医闹，苒苒被推了一把，摔在了地上。"

蒋青云的声音有些埋怨："你好歹当了这么多年的警察，怎么连苒苒都护不住？"

连昀鹤"嗯"了一声，坦然承认："我的错。"

"那苒苒知道你受伤的事情吗？"

"不知道。"

电话那头的蒋青云沉默片刻，然后无奈地叹了口气："连昀鹤，苦肉计你会不会用？你这样怎么追到苒苒啊？"

连昀鹤语一噎，就这么点儿小瘀青，难道他还要跑到曲歆苒面前去撒娇装柔弱吗？

"妈，我是个男人，这么点儿小伤明天就能好了。"

"男人怎么了？有谁规定男人不能撒娇吗？"蒋青云说，"要想追到苒苒，你首先就得放下面子知道吧？你装个苦肉计，苒苒说不定就心疼了呢！"

连昀鹤："……"

旁边的邹向毅憋着笑望着连昀鹤，让连昀鹤这个一米八五有八块腹肌的硬汉撒娇？他想都不敢想。

见连昀鹤没有反应，蒋青云摆了摆手："算了算了，随你便吧，我挂电话了。"

"嘟嘟嘟"三声，电话被蒋青云挂断。

身旁的邹向毅瞬间哈哈大笑起来，他笑得直不起腰，边拍着连昀鹤的肩膀边说道："连队，妈妈都是过来人，听妈的准没错。"

连昀鹤白了他一眼，懒得搭理他。

撒娇？下辈子都不可能。

接收到连昀鹤信息的时候，曲歆苒刚洗完澡。

伤口被水泡得发白，有一点点儿刺痛，但这些对于不怕痛的曲歆苒来说，根本算不了什么。

可当看到连昀鹤发过来的消息，她还是心虚地涂好碘伏，这才回道：

涂好了。

手机响动，连昀鹤的消息又进来了：

嗯，伤口结痂前不能进水这些常识不需要我提醒你吧？

曲歆苒有些心虚：

不需要。

她又看了一遍连昀鹤发过来的话，刚想说些什么，有电话进来了。曲歆苒看着来电显示是母亲，她抿了抿唇，按下接通键。

"喂，苒苒啊。"母亲杜琳的声音传来，"你最近过得怎么样？"

"还行。"曲歆苒眼神淡淡的。

面对着如此冷淡的曲歆苒，杜琳尴尬地笑了笑。

一阵短暂的沉默过后，电话那头杜琳的声音又响起了："你爸最近下楼梯摔到了腿，在医院住了一个星期了，我都没敢告诉你。唉，这人老了就容易多病多灾啊！存着的钱，只要生场病就都花掉了。"杜琳顿了下，试探道，"苒苒你看你手头上有没有空闲的钱给我们？"

曲歆苒一时没回答。

见曲歆苒沉默，杜琳又连忙补充："借也行，我们以后还你。"

"借"这个字一出来，曲歆苒已经失去了聊天的欲望："我微信发给您，还有别的事吗？"

"没了，没了。"杜琳笑道，"你去忙吧，我不打扰你了。"

曲歆苒"嗯"了一声，果断把电话挂了，点开微信把钱给杜琳转去，她这才看到了连昀鹤的信息：

记得照顾好自己，早点儿睡，晚安苒苒。

曲歆苒盯着"照顾好自己"这五个字，视线久久不能移开。她望着上好药的伤口，这个时候却突然感受到了伤口的疼痛。

出租房外响起小孩儿的喧哗声，她这房子正对着楼梯口，隔音效果比较差。

头顶的灯闪了闪，然后又坏掉了。

黑暗中的曲歆苒仍然坐在沙发上一动不动，她眨了下眼，发现已经记不清自己这样的生活维持多久了。

曲歆苒垂下眸，她看着自己的指尖，眼底没什么情绪。

手机屏幕自动息屏，黑暗中唯一的光亮被吞噬，连昀鹤发过来的晚安也一并被淹没。

都说暗恋像糖葫芦，吃掉外面的糖衣，才发现里面的山楂是酸的。

对于曲歆苒来说，这二十六年来，暗恋连昀鹤的高中三年是她人生最快乐的时光。又或许是她把生活过得一团糟，这才显得快乐。

第二天早上，曲歆苒出门上班前带了一片止痛药在身上。

推算一下日子，这几天确实是经期的大概时间。痛经已经是曲歆苒的老毛病了，严重的时候会呕吐，直不起腰。

以前高中读书的时候经常因此请假，大学之后，她为了不影响学习工作，都会选择服用止痛药。

在包里备好止痛药和卫生巾，曲歆苒这才出门去学校。

早上第一节课是她的课。上完课，腰酸的曲歆苒就先回了办公室，刚坐下，周诺就跑到办公室里来了。

经过这两个月的相处，周诺对曲歆苒已经没那么排斥了，偶尔还会愿意主动来找她，通过画画的方式表达自己的想法。

曲歆苒微微弯下腰，柔声问道："怎么了诺诺？"

周诺看了曲歆苒一眼，然后把手上的画递了过去。

曲歆苒接过画，发现上面画着一个长头发穿着裙子的女生。她指了指自己，问道："这画的是我吗？"

"嗯。"周诺点了点头，"送给你。"

曲歆苒脸上带着笑："谢谢诺诺，我很喜欢。"

周诺弯了弯唇角，然后跑了出去。

旁边的郑佳意看到这一幕，眼底满是佩服："歆姐，你以后肯定是个好妈妈，谁当你的小孩儿真的会很幸福啊！"

曲歆苒笑了笑："没那么夸张。"

"不夸张啊。"

郑佳意眉眼弯弯："歆姐，你对小孩儿又温柔又有耐心，以后你小孩儿肯定会很幸福。那歆姐，你厨艺好吗？"

"一般。"

"我不信。"郑佳意说，"我每次问你，你都是这么说的，歆姐你太谦虚啦。"

曲歆苒抿了抿唇，没回话。

恰巧在这时，外面走廊传来哭喊声，紧跟着，别的班的老师着急地走进了办公室。

"小曲，你们班的小孩儿在走廊上打架呢，你快去看看。"

曲歆苒拧起眉，站起来走了出去。

郑佳意一看，也跟上去了。

快到班级门口时，曲歆苒看见走廊上围了一圈小孩儿，全是她班上的。

曲歆苒比这些小孩儿高很多，一眼就看到了坐在地上哭的王虎，以及站在人群中央红着眼眶的周诺。

她扒开人群，看了眼周诺，又看了眼王虎，冷静地问："怎么回事？"

"曲老师！王虎想看周诺画的画，然后周诺不愿意就咬了他一口！"

"你别乱说好不好！"班上别的小朋友立马反驳，"明明是王虎抢周诺的画，周诺才咬他的！"

"就是！明明是王虎先欺负周诺的！"

"那谁叫周诺这么小气，看一眼都不给，我妈妈说了，要学会分享！"

围观的小朋友们七嘴八舌地发表着自己的看法。

曲歆苒大概了解了情况。她往王虎手臂上看去，果然看到了两排整齐的牙印。

"好了好了，马上要上课了，你们其他人先回教室。"曲歆苒出声打断了小孩儿们的激烈讨论，"王虎和周诺先跟我到办公室来。"

带着两个小孩儿回到办公室，王虎还在放声大哭。曲歆苒坐在办公椅上，决定先让他们两个人都冷静一下。

不知道过了多久，王虎终于停下哭声。

周诺看着脸上没什么表情的曲歆苒，主动站出来，说了句："曲老师，对不起。"

曲歆苒手上的动作一顿。

她偏过头，看着眼眶发红却一直没掉眼泪的周诺，问道："那你跟我说说，你犯了什么错误？"

周诺抿了抿小嘴，头埋得更低了："我不应该咬王虎。"

曲歆苒"嗯"了一声，又看向王虎："那王虎同学，你觉得自己有错吗？"

王虎哽咽了一声，眼泪又唰地掉了下来，委屈地说："我只是想看一眼周诺画了些什么。"

曲歆苒脸上表情淡淡的，反问道："那幅画是谁画的？"

"周诺画的。"

"既然是周诺画的，那是不是代表是周诺的东西？"

王虎看了曲歆苒一眼，然后默默地点了点头，却依然在犟着："可我只是想看一眼……"

曲歆苒抿了抿唇："可东西是周诺的，他不愿意给你，你就不能抢，知道吗？"

"可我只想看一眼啊！"王虎委屈地瘪了瘪嘴，"我看一眼就还给他了，干吗那么小气嘛……"

曲歆苒看了一眼依旧不服气的王虎，沉默了会儿，问："那周诺想要你的东西，你不给，他也可以抢吗？"

闻言，王虎梗着脖子立马反驳道："当然不行！那是我的东西。"

"既然这样，你也不能抢周诺的东西。周诺咬你确实不对，但是王虎同学你先做错的，你先抢别人东西在前。"

曲歆苒顿了顿，她的目光落在王虎不服气的小脸上，接着说："王虎你跟周诺道个歉，然后回去写个反思书，明天交给我可以吗？"

旁边的郑佳意看了一眼耐心跟王虎讲道理的曲歆苒，感慨地咂巴咂巴嘴。

歆姐真有耐心，像王虎这么闹腾的小孩儿，她一天能被气好几回，别说耐心教导了，她看都不想看见这小孩儿。

王虎扭扭捏捏了半天，最后瞄了眼一脸严肃的曲歆苒，答应了下来。

"哦，知道了。"

周诺则抬起头，眼睛亮晶晶的，一直看着曲歆苒。

曲歆苒"嗯"了一声："那你们先回教室上课吧。"

等两个小孩儿一先一后地离开办公室，郑佳意朝曲歆苒竖起大拇指，正想夸一夸她，结果曲歆苒率先开口了。

"佳佳，已经上课了，你不是有课吗？"

"哎呀。"郑佳意惊呼一声，慌乱地拿起桌上的教科书，"我光看热闹了，忘了。歆姐我先走啦，拜拜！"

曲歆苒无奈地摇了摇头。

短暂的小插曲过后，周诺和王虎下午没再发生些什么。

下午放学，一个个家长接着小孩儿离去，最后又留下了连宇远。而连宇远似乎已经习惯了，平时他妈妈连楚凝也基本上要下班才能来接他。

他干脆连书包都没清理，直接在座位上看书。

曲歆苒弯了弯唇，没打扰他，回办公室备课去了。

五点半的时候，蒋青云出现在了教室门口，连宇远愣了愣，随即脸上扬起笑容。

"奶奶，今天怎么是您来接我啊？"

蒋青云高兴地在连宇远身边的座位上坐了下来，说道："因为奶奶想你了呀。"

连宇远傻笑了两下，嘟囔道："我还以为又是舅舅来接我呢。"

"怎么会？"蒋青云顿了顿，然后环顾了一圈教室，问，"曲老师走了吗？"

"没有啊，曲老师一般都会等我走了再回家。"

蒋青云愣了一下，然后笑着说："那你等会儿帮奶奶一个忙好不好？"

"好啊。"连宇远欣然答应了。

"其实很简单的，远远你就顺着我的话说就行，我们就这样……"

曲歆苒备完课，收拾好东西往教室走去，靠近教室门口时，她听到了说话声。

"远远，我们等下回家你记得提醒奶奶买点儿药哟。"蒋青云说话声音轻柔，"我怕我忘了。"

"好的，奶奶。可是，您买药干吗呀？"

蒋青云声音有些埋怨："还不是你舅舅，他昨天下午不知道怎么受伤了，也不涂药，死耗着。"

坐在教室里的连宇远瞥到了门口曲歆苒的衣角，他清了清嗓子，夸张地"啊"了一声："那严重吗？"

蒋青云想了想，决定往严重了说："我也不知道，我们等会儿回去看看就知道了。"

"好的。"

站在门口的曲歆苒走了进来，她皱着眉，脸上有些担心。

连宇远撇了撇唇，心想，这哪是帮奶奶的忙，明明是在帮舅舅。

眼前的曲歆苒穿着及膝的裙子，气质温柔内敛。

见到了上次没见到的曲歆苒，蒋青云眼前一亮，立马上前主动打招呼："你是远远的班主任曲歆苒曲老师吧？我是连……"

蒋青云话语一顿，怕暴露些什么，于是把到嘴边的连昀鹤给咽了回去，改成了："连宇远的奶奶蒋青云。"

"阿姨您好。"

曲歆苒咬了咬唇，想到刚才蒋青云的话，心里猜测连昀鹤应该是昨天下午制伏闹事者的时候受伤的。

正纠结着要怎么开口问连昀鹤的事情比较合理，就听见连宇远抢先说道："奶奶，曲老师还是舅舅的高中同学呢。"

"啊？"蒋青云故作惊讶地瞪大眼睛，"有这么巧的事情啊！都是缘分啊。"

曲歆苒笑了笑，唇边梨涡浅浅。

"那麻烦曲老师教导我们家远远了。"

蒋青云望着笑容甜美的曲歆苒，眼底是藏不住的喜欢："这样吧曲老师，你教导远远也辛苦，又是连昀鹤的同学，晚上去我们家一起吃顿饭吧？"

曲歆苒愣了一下。

蒋青云的视线一直停留在曲歆苒的脸上，看见她这副表情，连忙又问："怎么了，你晚上有事吗？"

"没事。"曲歆苒抿了抿唇，"可是这样太麻烦您了。"

"不麻烦，不麻烦。"蒋青云十分自然地拉过曲歆苒的手，脸上带着笑，"我们家里的人你都认识，一来二去熟就是一家人了。"

听到这句话，曲歆苒不禁抬眼望了蒋青云一眼。

看到满眼真诚的蒋青云，她抿了抿唇，连昀鹤妈妈的性格可能只是比较热情开朗，是她想多了吧……

"麻烦阿姨了。"

看着礼貌漂亮的曲歆苒，蒋青云越看越满意，她得想个办法，让苒苒喜欢上连昀鹤才行。

车上。

蒋青云看着安安静静的曲歆苒，率先抛出一个话题："曲老师，你老家是哪里的呀？也是潭州的吗？"

曲歆苒轻轻"嗯"了一声："嘉汕区那边的。"

潭州市一共十二个区。以最繁华的南阳区为中心展开，嘉汕区那边已经是最外围了，从这边驱车过去也要几个小时。

"嘉汕那边的，那你们家是高中的时候搬过来了吗？"

听到蒋青云的问题，曲歆苒下意识地垂下眸："没有搬，我高中是寄宿的。"

蒋青云眼底有些意外，连昀鹤他们所读的潭州三中算是潭州数一数二的高中了，学校招生只看成绩，不管家境，也不接受任何走后门的行为。

可想而知，曲歆苒初中的时候成绩能有多好才能让潭州三中注意到她，并抛出橄榄枝。

前方路口是红灯，蒋青云踩下刹车，拉了手刹，把车停稳。密密麻麻的人群穿过斑马线。蒋青云看着穿插在人群中穿蓝白色校服的学生，眼神微滞，想起了什么。

"我记起来了。"蒋青云笑着望向曲歆苒，"我就说为什么曲老师你的名字这么耳熟，你高中成绩总是你们班上第一，对吧？"

没想到蒋青云对自己有印象，曲歆苒不好意思地笑了笑："也没有，后来文理分班，被人超过几次。"

听着曲歆苒谦虚的语气，蒋青云感慨地摇了摇头，如果她没记错的话，苒苒最后应该是考到了复大？

苒苒要是能看上连昀鹤，那连昀鹤是几辈子修来的福气啊！

绿灯亮起，车子再次启动。

和蒋青云对话，曲歆苒莫名有些紧张。她攥着手指，视线完全不知道该往哪儿放。

当车子开过十字路口时，蒋青云的声音再次响起："曲老师你最后是去复大了吗？"

曲歆苒："嗯。"

"那怎么想着要回潭州当语文老师？"蒋青云惊讶地看了曲歆苒一眼，"你们当时学的不是理科吗？"

"可能，比较喜欢小孩子吧。"

蒋青云张了张嘴，正想说些什么，后排传来电话铃声。坐在后排的连宇远便伸出小手，把手机递到了两人中间。

"奶奶，舅舅打视频电话过来了。"连宇远的声音还有些稚嫩，听起来怪可爱的，"要接吗？"

正在开车的蒋青云瞥了一眼后视镜里的连宇远，说："奶奶在开车，你帮我接一下。"

"好。"

话音刚落，连宇远就接通了电话。

曲歆苒往后靠了靠，注意力瞬间转移过去。没过几秒，连昀鹤懒懒的嗓音就从电话那边传了过来。

"小鬼，怎么是你接的电话？"

连宇远望着手机屏幕上也依旧帅气的连昀鹤，不高兴地瘪了瘪嘴，他舅舅多好一张脸，怎么就长了张嘴呢？

"奶奶在开车。"

"你们到哪儿了？"连昀鹤那边有开汽水的声音，他话音顿住，一阵咕噜咕噜的声音传来，然后他的声音才响起，"再不回来我可走了啊。"

一听这话，蒋青云就不乐意了："你走什么走？连昀鹤你是不是以为我家是客栈啊？你来去自由？"

"我不是那意思……"连昀鹤的声音有些虚。

"你不是那意思你什么意思？"

感受着连昀鹤家里融洽的氛围，坐在副驾驶上的曲歆苒忍不住弯了弯唇。

蒋青云看了一眼身旁的曲歆苒，懒得跟他废话："行了行了，我们马上就到家了，你从冰箱里拿点儿水果出来洗了摆在桌上。挂了吧，远远。"

得到自家奶奶的指令，连宇远不给连昀鹤说话的机会，毫不犹豫地挂断了电话。

他看了眼前头又跟曲老师柔声说起话来的奶奶，高兴地哼起歌来。

有了奶奶的帮忙，他离平板电脑又近一步喽！

连昀鹤望着被连宇远挂断的微信界面，表情有些呆滞，好端端地，叫他洗水果干吗？

尽管心中满是疑惑，连昀鹤还是乖乖往厨房里走去了。冰箱里右边上层塞满了水果，他也不知道该洗些什么，于是想了想，拿了几样自己爱吃的水果出来。

洗好水果，摆完盘，蒋青云跟连宇远也还没回来。

连昀鹤站在原地想了想，决定翻出家里的活血化瘀的药涂上，免得晚上回基地又给忘了。

翻箱倒柜许久，连昀鹤终于在柜子里找到了药，他双手交叉，拎着衣角，把上衣脱了，刚用棉签沾上药膏，门口便传来敲门声。

无奈，连昀鹤只好放下手上的药膏，前去开门。

敲门声越来越急促，连昀鹤边说着来了，边打开了门。

门外的蒋青云牵着连宇远，连昀鹤扯了扯唇："你们怎么……"

话语声一止，他的目光掠过蒋青云，看到了站在后面被挡住的曲歆苒。

而正好此时，曲歆苒也朝他看了过来。

两人的视线在空中交汇，连昀鹤身子顿时一僵。

蒋青云看着耳朵瞬间红了的连昀鹤，得逞地笑了笑。她转过身，把身后的曲歆苒带进来，轻轻往前一推。

没有丝毫防备的曲歆苒被推进了玄关处，两人之间的距离迅速缩短，曲歆苒的视线落在连昀鹤线条优美的腹肌上，她心跳加快，迅速埋下头。

接着，身后便传来蒋青云的惊呼声。

"哎呀，我突然想起来冰箱里没什么菜了，我带着远远去附近超市买一下。"说着，蒋青云意味深长地望向连昀鹤，"你好好招待一下苒苒啊。"经过一路的相处，蒋青云已经开始叫"苒苒"了。

她说罢，门被砰地关上。

没了蒋青云的说话声，两人尴尬地站在原地，瞬间安静下来。

一旁不知所措的连昀鹤不经意地看了曲歆苒一眼。他喉结滚了滚，然后弯腰从鞋柜里拿出一双拖鞋。

"先进来吧。"

扔下这句话，连昀鹤便逃离了现场。他一路小跑到客厅，火速套上了衣服。

门口的曲歆苒还在换鞋，站在客厅的连昀鹤心如死灰。

他如果知道曲歆苒会一起来，打死也不会脱衣服涂药。

连昀鹤垂下眼，他看着静静地躺在茶几上的药膏，心里一阵郁闷，弯下腰正要把棉签给丢了，曲歆苒的脚步声近了。

"我听阿姨说，你受伤了。"曲歆苒看了连昀鹤一眼，"是昨天在医院受的伤吗？"

"不……"

连昀鹤正要撇清关系，曲歆苒又问："严重吗？"

对上曲歆苒有些担心的眼神，连昀鹤脑子一下有些蒙，他磕磕巴巴道："不、不严重，一点点儿瘀青，很快就能好。"

曲歆苒"哦"了一声，她低下眼，目光落在茶几的药膏上："那你今天涂药了吗？"

"涂了，涂了。"连昀鹤表情一滞，连忙应道。

"那就好。"

空气有些凝固。

连昀鹤看了一眼沉默下来的曲歆苒，挠了挠脸，主动提议道："我姐的书房里有不少历史书，你想看吗？"

曲歆苒愣了一下，弯唇笑道："好。"

"那、那跟我来吧。"

四十分钟后，蒋青云悠闲地买完菜回到了家。

为了给两人独处的时间，她还刻意在超市里溜达了好几圈，结果让她万万没想到的是，连昀鹤这块"木头"居然带着苒苒在看书！

"连昀鹤，你给我出来一下。"

把连昀鹤从书房里叫出来，蒋青云拉着他来到厨房，小声说道："你怎么跟苒苒在看书？"

"您还说呢，"连昀鹤目光哀怨，"把苒苒带回家也不提前告诉我一声。"

害他光着膀子就跟苒苒见面了……

"不是，重点是这个吗？"蒋青云恨铁不成钢，"多好的一个跟苒苒独处的机会啊？你不带她干点儿有意思的事情，看什么书啊？"

连昀鹤沉默了下，没回话。

蒋青云瞅着他，正想给连昀鹤指点指点，连楚凝回来了。

"妈，你们俩在厨房干吗呢？"

见状，连昀鹤赶紧找机会溜了。

连楚凝放下包，自觉地加入做饭的队伍。

书房里的曲歆苒跟着连昀鹤一块儿走了出来，连楚凝看见站在一起的两人，不由得愣了愣。她凑到蒋青云耳边，悄声问道："妈，这是什么情况？远远的班主任怎么在我们家？"

没等蒋青云回答，曲歆苒就径直走到了厨房，她撸起袖子，声音轻轻柔柔的："阿姨，我来帮您吧。"

"不用，不用。"蒋青云立马拒绝了，"你跟连昀鹤去客厅坐着聊聊天吧，说好的请你吃饭，这里交给我和凝凝就好。"

"对对对，交给我们就好。"不明白情况的连楚凝立马附和道。

曲歆苒不好意思地笑了笑，正想说些什么，手腕被连昀鹤拉住了。

连昀鹤眼底带着笑："走吧，苒苒。"

带着曲歆苒回到客厅，连昀鹤总算松了口气。他妈眼底那欣慰满意的情绪都快要溢出来了，再不带苒苒离开，他只怕他妈会脱口而出一句"苒苒你知道吗，连昀鹤喜欢你快十年了"。

连昀鹤扯了扯唇，有些无奈。

"这样会不会不太好？"

听到曲歆苒的声音，连昀鹤偏头望去，看到了她紧蹙的眉心。

"要不我还是跟阿姨一起吧。"

见曲歆苒要起身，连昀鹤赶忙拉住了她，岔开了话题。

"苒苒，你有什么好的历史书可以推荐给我吗？我下周备勤，待在基地的时候可以翻一翻。"

曲歆苒眼神一愣，下意识地说道："你以前不是最不喜欢历史吗？"

话一出，她便意识到自己说错话了，又连忙补救："我记得你高一的时候学校组织的历史活动你都不参加的。"

"是吗？"连昀鹤笑了笑，"可能长大了爱好不一样了吧。"

曲歆苒见连昀鹤没察觉到不对劲，心里松了口气。

而连昀鹤也在偷偷摸摸观察着曲歆苒，两人都害怕自己暗恋的小心思被对方发现，完全没有注意到彼此话里的漏洞。

"那我微信发给你？"

"不用，直接记在我备忘录里吧。"

"……"

厨房里，蒋青云看着在客厅里相处融洽的连昀鹤、曲歆苒两人，高兴地笑了笑。

连楚凝凑到她身边，好奇地问道："妈，您在折腾什么呢？"

蒋青云笑了笑，"连昀鹤马上就要有女朋友了。"

连楚凝望了眼客厅里隔开距离坐着的连昀鹤跟曲歆苒，面露疑惑："您确定？"

"确定啊。"蒋青云信心满满，"有我的帮忙，你弟不得把暗恋了十多年的女孩儿追到手？"

连楚凝惊讶地抬起头："真的假的？连昀鹤喜欢了这么多年的女孩儿是曲老师？"

"对啊。"

不知道想起了什么，连楚凝无奈地笑了笑："还真是巧。"

"巧什么？"

连楚凝摇了摇头："没什么。"

只是想起了某块"木头"高中做的一些蠢事。比如以作文获奖为理由，买几盒巧克力送遍全班，就为了名正言顺地安慰一下心情不好的曲歆苒。

想到这里，连楚凝探头又看了一眼坐在客厅里气质内敛的曲歆苒，挑了挑眉。

她当时那么好的参谋，给连昀鹤又是出主意又是出钱的，连昀鹤都追不到苒苒。

这次能追上？她不信。

第三章
亲近

　　连楚凝把做好的菜端到餐厅时，看到连昀鹤跟曲歆苒在看电影。他们两人依旧维持着之前的距离，谁也没主动靠近对方。

　　连楚凝挑了挑眉，再看了看旁边笑脸盈盈的蒋青云，无奈地摇了摇头。

　　显然她妈妈不了解连昀鹤，根本不知道他有多不开窍。

　　关于连昀鹤暗恋曲歆苒这件事，当时快大学毕业的连楚凝是全部知情的。除了苒苒的名字连昀鹤死活都不愿意透露之外，里面的细枝末节，她到现在都记得一清二楚。

　　毕竟连昀鹤干的事不止巧克力那一件，多了去了。

　　连楚凝的目光落在连昀鹤的身上，恰好碰见连昀鹤偷偷摸摸看向一旁的曲歆苒，只短暂地瞥了一眼，便心虚地收回视线。

　　"连昀鹤这臭小子是真喜欢苒苒啊。"蒋青云声音低低的，脸上是藏不住的喜悦。

　　连楚凝低头摆起碗筷，没回话。

　　不然呢？都暗恋这么久了。

　　连楚凝抬头，看向连昀鹤那张五官轮廓分明的脸，无奈地扯了扯唇，但凡他能稍微利用一下自己的外貌条件，主动点儿，开窍点儿，也不至于沦落到现在还没追到苒苒的地步。

　　"妈，别看了，"连楚凝碰了碰直勾勾盯着曲歆苒的蒋青云，"可以叫他们吃饭了。"

　　蒋青云不乐意地叉起手："我多看一眼我儿媳妇不行吗？"

　　连楚凝眼底满是疑惑，这八字别说一撇了，落笔都还没落，就成儿媳妇了？

"妈，您清醒点儿。"连楚凝一言难尽地望着蒋青云，打破她美好的幻想，"人家苒苒还没跟连昀鹤谈恋爱呢。"

"我不管。"蒋青云别过头，一副蛮不讲理的样子，"反正迟早的事情，连昀鹤要是喜欢上别人我可不乐意，苒苒多好啊。"

"我就喜欢苒苒这样优秀低调的女孩子，你看你弟弟那臭脾气，在苒苒面前收敛了多少？"蒋青云接道。

"是是是，您说的都对，可以麻烦您叫那边的三个小孩儿先吃饭吗？"

蒋青云美滋滋地往客厅走去："苒苒、远远，吃饭啦。"

坐在地毯上的连宇远第一个跳了起来："好，我来啦。"

闻言，摆着碗筷的连楚凝抬起头叮嘱道："先洗手，远远。"

连宇远："好的，妈妈。"

曲歆苒站了起来，也跟着去了洗手间。连宇远的身高比洗手池高点儿，但他胳膊短，够不着洗手液。

曲歆苒弯了弯唇，主动往前走一步到连宇远的身边，帮他挤上洗手液。

"谢谢曲老师。"

连宇远声音还有点儿稚嫩，曲歆苒揉了揉他的头，笑道："不客气。"

站在门口的连昀鹤看到这一幕，望向连宇远的眼神都不太友好了。他都没这待遇，这小鬼倒好，居然在他前面体验到了？

洗完手的连宇远回过头，对上了连昀鹤哀怨的眼神，他无语地瘪了瘪小嘴，心里忍不住道："舅舅真是干啥啥不行，吃醋第一名。"

连宇远迎上连昀鹤的眼神，朝他吐了吐舌头，似乎在说："你别光吃醋，有本事表现出来啊！"

连昀鹤眯起眼，不高兴地瞪了他一眼，满脸仿佛在说："你还想不想要平板电脑了？"

连宇远瘪了瘪嘴，他拉了拉连昀鹤的衣角，故意大声地说："舅舅，你怎么不帮曲老师挤洗手液啊？"

连昀鹤哀怨的表情瞬间一收，他顺着连宇远的话问道："为什么要帮？她又不是小孩儿，跟你一样胳膊短。"

"……"

听着连昀鹤的话，连宇远真想直接不管他，但转念想到平板电脑，又"忍辱负重"道："可是你比曲老师年纪大呀。"

"年纪大"三个字被连宇远刻意强调了一番，他笑嘻嘻道："奶奶说了，年纪大的要照顾小朋友的，所以你应该要帮曲老师挤洗手液。"

连昀鹤睨着连宇远，没吭声。

曲歆苒看着吃瘪的连昀鹤，被逗笑了。她朝连宇远笑了笑，学着连楚凝的语气跟连宇远说话："远远，我可以自己来。"

"那好吧。"连宇远给了连昀鹤一个"你自己看着办"的眼神，然后溜走了。

该做的他已经做了，就看舅舅争不争气了。

看见连宇远跑开，曲歆苒沾过水的手正打算去挤洗手液，却被连昀鹤抢先了。连昀鹤拿起洗手液，他尾调上扬，也学着连楚凝说话："苒苒小朋友，摊开手掌心嘛。"

对上连昀鹤满含笑意的眼眸，曲歆苒耳根一热。她故作淡定地洗完了手，然后扔下一句"谢谢"，便火速逃离了洗手间。

两人一前一后来到了餐厅。

连昀鹤家里的桌子是方形的，恰好剩下三个位置，两个并排的，以及蒋青云对面的座位。

曲歆苒想了想，觉得坐对面不太好，于是在并排的其中一个座位坐了下来。

刚坐下，身边的凳子被人一拉，连昀鹤跟着落座。

曲歆苒抿了下唇角，想起了刚才洗手间的事情，明明连昀鹤只是顺着连宇远的话喊出口，可她却被那个称呼弄得意乱神迷……

"好了，人到齐了，可以吃饭啦。"

等蒋青云说完话夹了菜，他们几个晚辈才动筷子。

饭桌上安安静静的，没人说话。连昀鹤他们家的吃饭习惯很好，动静比较小，也没人吧唧嘴。

十几分钟后，蒋青云停下了筷子。她望着同样吃完了的曲歆苒，笑了笑，开口就是一句："苒苒，你打算什么时候谈恋爱结婚啊？"

曲歆苒表情一愣，她抿了抿唇，不好意思地答道："现在还不知道。"

"没遇上喜欢的人？"

曲歆苒"嗯"了一声，她轻合下眼，余光瞥到了身边的连昀鹤。

算是吧。

"那你觉得，"蒋青云顿了顿，脸上带上笑，"连昀鹤怎么样？"

曲歆苒眼神微滞，下意识地望向身侧的连昀鹤。

而听到这句话的连昀鹤，被吓得差点儿呛到。他慌忙给蒋青云夹虾，试图转移注意力，岔开话题："妈，这虾好吃，您多吃点儿。"

蒋青云看着连昀鹤不断夹过来的虾，不满道："我已经吃完了。"

"晚上多吃点儿对身体好。"

"谁告诉你的？我晚上吃七分饱就行了。"

连楚凝见曲歆苒表情有些不知所措，帮忙岔开话题："苒苒，远远他们什么时候放暑假呀？"

曲歆苒想了想："七月初。"

"具体日期落实了吗？"连楚凝笑了笑，"我还想暑假带远远出去旅游呢。"

"旅游？去哪儿旅游？"蒋青云跟着加入了群聊，"你要丢下我一个人守家吗？我可不答应啊。"

"连昀鹤不是在家吗？"

"他不算，眼里只有工作的男人。"

有了连楚凝帮忙，蒋青云没再继续讨论之前的话题了，连昀鹤总算是松了口气。

一顿饭吃得心惊胆战的。等曲歆苒吃完饭休息不到二十分钟，连昀鹤就找了个借口送她回家。

刚上车，才启动车子，连昀鹤就主动开口了："刚才我妈的话，苒苒你不要放在心上。"连昀鹤语气有些无奈，"我年纪不小了，我妈老希望我赶快结婚，知道你跟我是高中同学之后就变成这样了。"

曲歆苒抿了抿唇，仰头笑着说道："没关系，阿姨很可爱。"

连昀鹤笑她："算了吧，可爱不至于。"

"我说真的。"曲歆苒眼神真诚，她其实很羡慕这样美好融洽的家庭氛围。

曲歆苒紧抿着唇，垂眸遮住眼底的情绪，因为这些东西，都是她从来没有感受过的。

连昀鹤的妈妈对他们都很好，像朋友一样相处，而她的爸爸妈妈总是会把更多的爱放到弟弟曲星杰身上。从小到大对她格外疏忽，甚至可以说是不闻不问，其实就是重男轻女。

曲歆苒眨了下眼，她从小到大接受的都是打压式教育。杜琳和曲承文都一致认为，女孩子读太多书没用，有时候还会直截了当地告诉她："你这么笨的小孩儿，以后不会有什么出息的。"

起初曲歆苒还想给自己争口气，证明给他们看。可到后来，她才发现装睡的人是叫不醒的，再好的成绩单摆在眼前他们也能视若无睹，甚至还要说出一些打击她自信心的话。

例如——

你学习成绩好有什么用？嘴太笨以后也不会讨人喜欢的。

你看你其他方面没有一个擅长的，要全面发展啊，光成绩好有什么用？

苒苒，你照现在的性格发展下去，以后没有人会喜欢你的。

…………

在这样日复一日的打压中，曲歆苒考上了复大。她以为跑远点儿就能摆脱这样的困境，能让自己稍微自信一点儿。

可一句"苒苒，你要不直接出去工作吧，我们没钱"彻底打醒了曲歆苒。他们宁愿花钱让曲星杰多上几个补习班，也不愿供她上大学。

不是没钱，只是不愿意花在她身上而已。

其实曲歆苒从来不是一个特别聪明的人。她唯一值得炫耀的成绩，也是高中三年通过最笨拙地熬夜做题换来的，没人知道她用掉了多少支笔芯，也没人注意到她的草稿纸上总是密密麻麻的。

考上大学后，她每周兼职赚生活费，努力学习拿国家奖学金。

她的生活好像一直是这样，被繁杂琐碎的事堆得满满当当的。而这些辛苦煎熬，她都熬过来了。

可是熬过来后，却恍然发现自己依旧是孑然一身，什么也没有。满满当当的代价就是，让本就不善言辞的她直到大学毕业身边也没有一个朋友。

她的家庭给她施加了太多枷锁，几度让她以为，她就应该这样活着。

这样的教育下，曲歆苒每次面对连昀鹤的时候，都下意识地反问自己："你身上有什么优点值得让连昀鹤喜欢你呢？"

答案显而易见。

她嘴笨，性格又无趣，连她自己都不喜欢自己，连昀鹤又凭什么会喜欢上她呢……

车子拐过一个弯，曲歆苒的思绪被拉了回来。她看了眼熟悉的街道，开口说道："可以在前面把我放下来吗？我自己可以走回去。"

连昀鹤一愣，他原本以为今天晚上跟曲歆苒相处得比较融洽，他们之间的关系也会有些不同，但没想到她再次开口，又是这种冷淡疏离的语气。

"理由呢？"连昀鹤的声音也淡了下来。

曲歆苒抿了抿唇，知道自己这种别扭的情绪来得太突然，可还是坚持道："我要买个东西。"

客厅的灯坏了，今天晚上就不换下来，就又要摸黑了。

空气有些寂静。

曲歆苒微微偏头，看了眼直视着前方认真开车的连昀鹤，正要开口，车子停了下来。

"谢谢。"道完谢，曲歆苒刚解开安全带，连昀鹤就把车子直接熄火了。

迎上曲歆苒疑惑的眼神，连昀鹤淡淡地解释道："都送这儿来了，没有送一半的道理。"

连昀鹤顿了下："而且——"他尾音延长，瞥了她一眼，"都是老同学，不用这么客气。"

曲歆苒抿起唇，不说话了。

跟着曲歆苒买完灯管，连昀鹤这才知道她客厅的灯坏了。回到车上，连昀鹤往曲歆苒那边瞥了一眼，见她偏头不说话，连昀鹤也没说什么。

没过多久，车子来到锦泰家园门口，不给曲歆苒说话的机会，连昀鹤就直接登记，把车开了进去。

"哪一栋？"

听到连昀鹤的声音，曲歆苒抿了抿唇："前面左拐那栋。"

连昀鹤"嗯"了一声，拐进小道，找了个停车位把车停了下来。车熄火，曲歆苒再次道谢，然后下了车，她刚站稳，身后便传来一道关门声。

接着，连昀鹤便走了过来。

她手中抱着的灯管被抢走，随之响起连昀鹤漫不经心的声音："我帮你换。"

曲歆苒望着他，没动。她不想麻烦连昀鹤，而且客厅的灯不是第一次坏了，她自己也能换……

两人对峙了几秒，曲歆苒听见连昀鹤好像似有若无地叹了口气，然后说："苒苒，带路。"

曲歆苒沉默了下，最后妥协了。

带着连昀鹤上楼，家里是漆黑一片，曲歆苒换了鞋，先走进厨房打开了灯。借着光线，曲歆苒给连昀鹤倒了一杯水，头也不回地说道："家里没有其他拖鞋，你直接进来吧。"

闻言，连昀鹤偷笑了会儿，小心翼翼地踮着脚走进来一步。

曲歆苒的房子很小，但装修很温馨，空气里弥漫着淡淡的香味。连昀鹤看了一眼鞋柜上的香熏，弯了弯唇。

倒完水，曲歆苒便把杯子放在小桌子上。

连昀鹤喝了一口，开始自顾自地拆开灯管包装。

"苒苒。"

曲歆苒抬头应道："嗯？"

"灯的开关是关的吗？"

曲歆苒沉默半晌，懊恼地回道："不记得了。"

话音刚落，她就提议道："我去把总闸关了。"

等连昀鹤拆开灯管，曲歆苒就把总闸关了。

借着手机手电筒的微弱光线，连昀鹤开始给她换灯。他个子高，都不用借助凳子，就能直接站在桌上碰到灯。

窸窸窣窣间，曲歆苒看见连昀鹤重新把吸顶灯的面罩盖了上去。

"我去开灯。"说完，曲歆苒便在黑暗中摸索着想要去开灯。

身后的连昀鹤看着动作缓慢的曲歆苒，微微皱眉，迈开长腿走了过去。

曲歆苒看着越来越近的开关，正想大步走过去，后头传来脚步声。她一回头，看到了黑暗中身材高大挺拔的连昀鹤。

　　眼看着连昀鹤自己越来越近，曲歆苒不禁往后退了一步，背贴在了墙上。眼前的连昀鹤微微屈腰注视着她，眼里似乎有望不到底的深情。

　　曲歆苒委屈地抿了下唇，心想，连昀鹤这双眼睛总是这样，总是欺骗她。

　　外头的光线泄进来，连昀鹤的手摸在墙上。正要打开灯的开关，视线往下一瞥，瞥到了低着头的曲歆苒。

　　他这才发现，自己跟曲歆苒的距离有些过近了，近到连昀鹤能数清楚她的眼睫毛。

　　连昀鹤眨了下眼，视线落在曲歆苒挺翘的鼻子和红润自然的唇上。

　　暧昧气氛陡增。

　　连昀鹤喉结滚了滚，心跳顿时乱了。

　　曲歆苒低着眼，根本不敢抬头看。她感受到连昀鹤越来越近，鼻间环绕的都是他身上那股好闻的淡薄荷味。

　　余光中，连昀鹤抬起了手。眼上投来一片阴影，曲歆苒愣了一下，抬起头看到了连昀鹤挡在自己眼前的手。

　　隔了些距离，并没有碰到。

　　接着啪的一声，屋内顿时大亮。但刺眼的灯光没有如期而至，皆被连昀鹤挡了下来。

　　给足曲歆苒适应的时间，连昀鹤这才把手缩了回去。他另外一只开灯的手离开墙面，站直了身体，把两人之间的距离隔开些，恢复了平时的模样。

　　视线没了阻碍，曲歆苒一眼便看到了眼底带笑的连昀鹤。

　　"换好了。"他嗓音懒懒，然后嘱咐道，"下次灯再坏了不要自己换，很危险。找个修灯师傅，或者……"

　　连昀鹤顿住，手上把换下来的灯管放进刚买的灯管的包装盒里，好半天没吭声。

　　曲歆苒等了会儿，忍不住了："或者什么？"

　　"找我。"连昀鹤抬眼，朝她笑了下。

　　"……"

　　曲歆苒盯着不太像开玩笑的连昀鹤，抿了抿唇："你工作忙。"

　　"帮你换个灯泡的时间还是有的。"连昀鹤手上的动作一顿，他散漫地回道。

　　曲歆苒沉默了下，又反驳："可你又不是随时都有空。"

　　连昀鹤笑了起来，问："换个灯泡还讲究随叫随到服务？"

　　反应慢半拍的曲歆苒终于意识到自己说的话有些过分，但只能硬着头皮"嗯"了一声："修灯师傅就是随叫随到的。"

闻言，连昀鹤抬眼诧异地望向曲歆苒。他看着一米六多，比自己矮一个头的曲歆苒，微微弓下腰，跟她平视，低笑道："把我当修灯师傅啊？"

"……"

曲歆苒抿着唇角，没吭声。她可没说。

好半晌，曲歆苒才听到连昀鹤又说："随叫随到也不是不行，但我要报酬。"

曲歆苒没抬头："我有钱。"

"我当然知道你有钱。"连昀鹤说，"所以我不要钱。"

听到这句话，曲歆苒这才抬起头，她眼底有着淡淡的疑惑："那你要什么？"

屋内灯火通明，空气里弥漫着阵阵香气，气氛融洽。

眼前的曲歆苒正聚精会神地看着他，眼神纯粹又明亮，表情十分无辜。连昀鹤心跳加快，他紧张地咽了咽口水，心底的那个答案几乎要脱口而出了，谁知一阵敲门声打断了他。

"咚、咚、咚！"

急促有节奏的敲门声传来，随之响起的还有一个慈祥的声音："苒苒，你在家吧？"

连昀鹤闭上嘴，看着去开门的曲歆苒，松了口气。

门被打开，拿着一个西瓜的苏素走了进来。她刚想要说什么，目光触及屋内的连昀鹤，立马笑着问道："苒苒，这是你男朋友？"

曲歆苒张了张嘴，正想要解释，却被苏素抢先了。

"然然今天给我买了四五个西瓜，我一个人也吃不完，就想着给你送点儿。"苏素脸上带着笑，她意味深长地看了连昀鹤一眼，"没打扰到你们两个吧？"

然然是苏素的大女儿。苏素一共有四个女儿，这个嫁出去的大女儿每个月都会回来看她，时常带些水果、保养品，对苏素特别好。

"苏姨。"曲歆苒无奈地笑了笑，"他是我高中同学，不是您想的那种关系。"

站在后头的连昀鹤看了曲歆苒一眼，别开眼，什么也没说。他的目光落在鞋柜的手机上，看见曲歆苒的手机屏亮了一下。

上面显示发信息的人是什么什么编辑。想着偷看别人的隐私不好，连昀鹤只好把注意力重新移到说话的两人身上。他听见苏素"啊"了一声，然后说："高中同学啊？不是男朋友吗？那真是可惜了。"

说着，苏素还多看了连昀鹤一眼，这五官端正，又高又帅的，跟苒苒多般配啊。

"苒苒，西瓜给你放在这上面了啊。"苏素把西瓜放在鞋柜上，自觉地给两人留出独处时间，"我就先回去看电视了，不打扰你们了啊，你们慢慢聊。"

眼看着门就要被苏素带上，连昀鹤赶忙上前拦住了。他回过头，望向曲歆苒："苒苒，我可能需要回基地了。"

曲歆苒点了点头，没拦他："那我送你。"

"不用。"连昀鹤抿了下唇，拒绝了。他又不是女孩子，哪用得着曲歆苒送？

曲歆苒没管他，自顾自地穿上鞋。

见拦不住固执的曲歆苒，连昀鹤只好算了，毕竟他的车就在楼下，也不算远。

曲歆苒锁好门，跟着苏素、连昀鹤往楼下走去。目送着连昀鹤开车离开，曲歆苒又主动提出要把苏素送到家。

锦泰家园是老旧小区了，照明不太好，路边灯比较少，曲歆苒怕苏素路上摔跤，于是坚持把她送到家门口。

苏素拗不过她，也只好依着。

"苒苒啊，你这个高中同学是干什么工作的？"

听到苏素的问题，曲歆苒抿了抿唇，老实答道："特警。"

"警察好啊，而且你这同学一看就是有担当、能负责的好男人。"苏素毫不吝啬地夸赞起连昀鹤来。

曲歆苒笑她："苏姨，您都还没跟他相处过呢。"

"我看人很准的。"

苏素满脸得意，有条有据地分析道："我们刚才下楼，那小伙子就往前走去按那个楼道里的灯。这一看就是家里教得好啊，他爸妈做什么的？"

曲歆苒想了想，"爸爸是警察，妈妈我不知道。"

"那就是了！"苏素斩钉截铁地说，"不用考虑了！苏姨已经帮你物色过了，这小伙子不错，苒苒你可以考虑跟他谈个恋爱。但结婚另说啊，结婚还得谨慎些，要多看看。"

"苏姨，我跟他真的只是普通的同学关系，真的没什么。"曲歆苒无奈地澄清着。

"这有什么关系呢。"苏素边拿出钥匙，边说，"处着处着，就变成男女朋友啦。"

"……"

眼看着苏素越说越离谱，曲歆苒连忙接过苏素手里的钥匙帮她打开了门："那苏姨，我先回家了。"

苏素："进来坐会儿啊。"

"不了，我还有教案没写呢。"曲歆苒婉拒了，她不顾身后苏素的挽留，赶紧开溜。

再不走，她都要觉得自己有希望能跟连昀鹤谈恋爱了……

一路小跑回自己家，曲歆苒刚坐到沙发上，就看到了手机上编辑给自己发来的消息。

关于《藏匿》的一些事情。

处理完之后，曲歆苒按照往常的习惯，打开了网站。

看到文章下面那个坚持不懈给自己打赏、鼓励自己的用户，曲歆苒弯了弯唇，给这位读者发了个红包。

在网站转了一圈，买了几本感兴趣的小说后，曲歆苒便退出了。她打开微信，看着连昀鹤的头像，抿了抿唇，打算给他发条消息。

她编辑了半天，最后发过去了一句：

路上开车小心，回到基地给我报个平安。

曲歆苒盯着这句话看了半天，试图安慰自己，连昀鹤是高中同学，刚才又帮她装了灯管。而且现在这么晚了，发句关心的话意思一下，应该没关系吧？

曲歆苒拧起眉又看了一遍，有些犹豫了，要不然还是撤回？

不知道是不是太心虚的原因，曲歆苒莫名觉得这句话把她对连昀鹤的关心展现得淋漓尽致，她暗恋的心思有点儿太明显了吧……

连昀鹤原本是想直接回基地的，但开出锦泰家园，他又临时回了趟家，停好车才看到曲歆苒给自己发的消息。

撤回了一条，然后下面的是：

路上开车小心。

连昀鹤弯了弯唇，打字回了个"嗯"，可看见那条被撤回的消息，他又有些好奇，于是问道：

你撤回了什么？

没过多久，曲歆苒的信息便回了过来：

没什么，不小心点到了个表情包。

连昀鹤扯了扯唇，也给曲歆苒发了个"哦哦"的表情包过去。

那边没再回消息，他打开门走上楼。敲门等了好久，连昀鹤才等来开门的连楚凝。

连楚凝身上披着浅色外套，看到他惊讶了一下，问道："你今天晚上不回基地？"

"回。"连昀鹤走进门，没换鞋，他站在门口，往卧室的方向看了一眼，"妈和远远睡了？"

"睡了。"连楚凝看着他笑了笑，调侃道，"妈在睡前还数落了你半小时呢。"

"数落我什么？"连昀鹤眼底满是困惑，他今天又没做什么惹她生气的事情……

"还能有什么。"连楚凝瞥了他一眼，"吐槽你不开窍，追不到苒苒啊。"

连昀鹤："……"

连楚凝视线往下，注意到连昀鹤没有换鞋的打算。她说："你回来有事吗？没事我就继续看小说去了。我前两天淘到一本非常好看的小说，可惜作者还没写完，在连载。"

"言情小说？"

"对，一本关于暗恋的。这个作者写得很真实，但关注度不高，所以我过段时间就会给她打赏、鼓励她。"

连楚凝笑脸盈盈的："怎么，你要看啊？我记得名字叫《藏匿》，我转发给你啊。"

"不用了，你自己慢慢看吧。"连昀鹤的眼角抽了抽。

连楚凝横了连昀鹤一眼，正要说些什么，就看见眼前的连昀鹤递过来一张银行卡。

"姐，你能帮我个忙吗？"

连楚凝看了那张银行卡一眼，没动："什么忙？先说说看。"

连昀鹤抿了下唇，想到曲歆苒居住的锦泰家园，再联想到上次远恒路的毒贩事件，语气肯定道："我想到育才小学附近买一套房。"

闻言，连楚凝诧异地看向连昀鹤，她不用想就知道连昀鹤为什么要在育才小学附近买房。

"连昀鹤，买房不是一件小事情，这里面是你这些年所有的工资了吧？"连楚凝顿了下，"你确定要买在育才小学附近吗？"

连昀鹤眼神闪了闪，不带丝毫犹豫："嗯。"

连楚凝有些急了："那万一你跟苒苒没成，或者她不在育才教书了怎么办？"

连昀鹤握着银行卡的手紧了紧，他抿了下唇，语气轻飘飘道："那以后再说吧。"

连楚凝沉默下来，没说话。

看见连楚凝板着脸这么严肃，连昀鹤笑着逗她："反正我又不会亏，学区房只涨不降的。"

"这不是房子升不升值的问题，你……"连楚凝语塞。她垂眸，望着连昀鹤递在空中没动的手，叹了口气。

这卡里的钱，都是连昀鹤努力工作换来的，里头有工资，也有立功的奖金，虽然奖金占比不多，可那都是连昀鹤拼命得来的……

空气寂静。

过了半晌，连楚凝认命地叹了口气，接过了连昀鹤手中的银行卡。

"姐。"连昀鹤声音里带着笑，"资金有限，要是装修钱不够就麻烦你先帮我垫着。"

见连楚凝笑了，连昀鹤说："我想要温馨点儿的装修风格，最好女孩子一看就喜欢的那种。"

"行，知道了。"连楚凝白了连昀鹤一眼，什么女孩子，为了苒苒买的就直说。

见时间比较晚了，连楚凝没再跟连昀鹤多说什么，连昀鹤赶着回基地了。看着连昀鹤下了楼，她这才把门关上反锁，一转身，连楚凝便看到了从卧室里走出来的蒋青云。

连楚凝一愣："妈，您还没睡呢？"

"睡着了。"蒋青云走到餐厅，给自己倒杯水，"但被你们俩吵醒了。"

面对心口不一的蒋青云，连楚凝无奈地笑了笑，没戳破她。

蒋青云象征性地喝了口水，她的目光瞥到连楚凝攥在手上的银行卡，开口问道："连昀鹤的啊？"

连楚凝"嗯"了一声："他想在育才小学附近买套房。"

蒋青云抿了抿唇，端起水杯又喝了一口，沉默下来。

连楚凝走到蒋青云身边，把银行卡放在了桌上，问道："妈，您不劝劝他吗？"

"不劝。"蒋青云斩钉截铁地说，"他花他自己赚的钱，我管那么多干什么？"

"话是这么说，可您又不是不知道他这些钱是怎么赚来的。"连楚凝深深地叹了口气，"平时工作就已经很辛苦了，之前出任务受伤的情况也不是没有，再说那些立功的奖金也在里面。"

蒋青云低下头，她看着杯中的水，抿了抿唇。

其实她们都明白，连昀鹤受连国耀的影响很深。对于连昀鹤来说，从小到大连国耀都是他心中的英雄。

他钦佩、尊重父亲，也渴望成为像自己父亲一样的人。

连昀鹤从小优秀，基本上没有让家人操心过，唯一一次跟连国耀起争执，就是初三暑假那年。

那年，连昀鹤上了年纪的爷爷身子骨不好，老是生病。

连楚凝又在外地上大学，没有时间回来，大多数时候蒋青云要三头跑，除了去工作的检察院，就是在家和医院跑，忙得不可开交。

而连昀鹤又因为初三中考，也没有办法帮蒋青云分担。就这么看着蒋青云焦头烂额地忙了将近半年后，中考结束放暑假的连昀鹤终于有机会帮她分担了。

这一分担，才知道蒋青云每天有多辛苦。于是连昀鹤背着蒋青云偷偷给连国耀打电话，希望连国耀能关心关心蒋青云，但连国耀那会儿正好在跟进一个重大案件，分不了心，嘴上却还是应着连昀鹤的话。

因为连国耀每次承诺做不到，连昀鹤跟他产生了矛盾。最后一通电话，一向懂事礼貌的连昀鹤气得率先挂断了电话。

想到这些，蒋青云叹了口气，其实当初的事情，谁都没有错。

连昀鹤年少，不懂得连国耀工作的辛苦，可连昀鹤还是主动把这些过错揽到了自己身上。明明那会儿他也只是个刚升高一的小孩子，却在连国耀去世后，冷静地处理好所有的事情，成为家中的顶梁柱。

这么多年，连昀鹤怎么过来的，蒋青云都看在眼里。他对自己的要求很高，眼里容不得瑕疵，总是把自己往死里逼，似乎偏执地在向连国耀看齐，想成为一名优秀敬业的警察。

而这些，连昀鹤也确实都做到了，他用最短的时间成了潭州市最年轻的突击队中队长。

"你弟那倔脾气你又不是不知道，他向来有主见，认定了就不会松手的。"蒋青云顿了下，笑着补充，"其实他现在这样挺好的，至少苒苒能让他有片刻的放松，不再一门心思扑到工作上。"

连楚凝点了点头，表示赞同。

想起今天晚上的事情，蒋青云眼底满是笑："连昀鹤不会跟你爸一样，我相信他既能做一名好警察，同时也会是一个合格的男朋友。"

连楚凝调侃道："这么相信他？"

"不然呢，"蒋青云裹紧身上的衣服，指了指桌上的银行卡，"你看连昀鹤舍得让苒苒吃一点儿苦吗？"

连楚凝挑了挑眉，没否认，这倒是。

话题到这儿结束，蒋青云转身进了卧室，边走边说道："哎哟，想到他，我就来气。平时那么机灵的一个人，怎么在这件事上就这么费劲呢……"

听着蒋青云吐槽的话，连楚凝被逗笑了，她无奈地摇了摇头，把桌上的银行卡收好。

说连昀鹤不开窍吧，其实也不完全是，只是他每次为苒苒做事情都是悄悄的，比如以前送巧克力，再比如这次的房子。

连楚凝长叹了口气，吃亏在嘴上，连昀鹤要是会撩一点儿，也不至于这么费劲。

这天晚上，曲歆苒睡了个好觉。

但因为天气转热，她比平时起得更早了。吃完早餐来到学校，还没到上课时间，办公室里空落落的，曲歆苒便坐在自己的位置上刷起朋友圈来。

没过多久，郑佳意走了进来，她没像往常一样化妆，脸色也是冷白冷白的。

曲歆苒微微皱眉，目光落在她苍白的嘴唇上。

注意到郑佳意捂着肚子，无精打采地把包扔到桌上，她开口问了句："佳佳，你肚子不舒服吗？"

"嗯。"郑佳意委屈地点了点头，"生理期。"

"痛经吗？"

郑佳意摇了摇头："不是，我不痛经的，估计是昨天吃冰吃太多了导致的。"

闻言，曲歆苒眉头皱得更深了："高瑾词没拦着你吗？"

"歆姐，我昨天不是跟小词子出去吃饭的。"郑佳意鼓了鼓腮帮子，"我跟我一个朋友吃的，小词子不知道我吃了冰。"

曲歆苒沉默了下："那你有点儿活该。"

看着冷漠的曲歆苒，郑佳意眨了眨眼睛，更委屈了："歆姐，你怎么还落井下石呢……"

"我这算落井下石？"

"可不是嘛。"

曲歆苒瞥了一眼委屈巴巴的郑佳意，然后把包里的止痛药拿了出来。她走到饮水机旁给郑佳意倒了一杯热水，端到桌上，食指敲了敲桌面。

"那你把这'落井下石'的止痛药给吃了吧。"

郑佳意愣了一下，随即捧起水杯把止痛药吃了。她朝曲歆苒莞尔一笑，嘴甜道："歆姐，你对我真好。"

曲歆苒挑了挑眉，坐回自己的位置上："这会儿发好人卡我可不收。"

听到曲歆苒调侃的话，郑佳意傻笑了一下："可是歆姐，你痛经很厉害吗？那我吃了你的药，你怎么办啊？"

曲歆苒轻轻"嗯"了一声，怕郑佳意心里有负担，于是补充道："也不是很严重，怕影响工作才吃的。"

郑佳意"噢"了一声，打了个哈欠。

曲歆苒抬头看了郑佳意一眼，把垫在背后的抱枕递给了郑佳意，嘱咐道："先休息会儿吧，第一节课你还有课。"

"好吧。"郑佳意欣然答应了，"那歆姐，我要是睡死过去了，你记得叫下我。"

"嗯，睡吧。"

等到曲歆苒的回答，郑佳意这才趴在抱枕上休息起来。

离上课还有半个小时，曲歆苒一闲下来，看着连昀鹤的微信，又忍不住想给他发消息了，发一条"早上好"或者"早安"什么的，应该可以吧……

曲歆苒抿了抿唇，打字的手指一顿，把打上去的"早上"两个字删掉。

还是算了吧。

打消心中这个念头，曲歆苒便翻出两人的聊天记录看了起来。

其实她跟连昀鹤在微信上根本没聊什么，但她还是乐此不疲地拿着这几段简单的聊天记录看了好几遍。

看到"晚安苒苒"这四个字，曲歆苒不由得笑了起来，心里把这四个字反复默念了好几遍。

晚安，苒苒。

橘黄色的暖阳洒落在桌上。曲歆苒的下巴抵在手上，捧着手机乐呵呵的，头一次觉得，"苒苒"这个昵称这么好听。

那她要怎么称呼连昀鹤呢？

昀昀？鹤鹤？

曲歆苒拧起眉，猛地摇了摇头，否认了这个想法，也太难听了，而且一点儿都不自然。

就在曲歆苒纠结以后要怎么叫连昀鹤比较自然时，突然腹部传来一阵微痛。

曲歆苒抿了下唇，感受到了丝丝不对劲。她看了眼对面熟睡的郑佳意，轻手轻脚地拿出包里的卫生巾去了厕所。

几分钟后，曲歆苒从厕所走了出来。

不幸的是，她刚把止痛药给了郑佳意，自己的生理期就到了。

曲歆苒长叹了口气，早知道就多带一片止痛药了。

怕自己会痛经，曲歆苒回办公室拿了手机，打算去附近的药店买止痛药。毕竟她痛经起来真的很麻烦，不仅会肚子痛，还会呕吐。

到时候什么事也干不了。

此时离上课不到十五分钟，曲歆苒不由得加快了脚步，想在第二节课上课之前赶回来。

刚来到二年级三班门口，曲歆苒便看见教室里面围着一圈人，作为班主任的她，下意识地走了进去。

围着的人分成两派，其中一边以王虎爸妈为主，另一边只有周诺妈妈一个人，两个小孩儿则都被护在身后。

曲歆苒刚走过去，就听见王虎妈妈强势的声音。

"你家儿子咬了我们家宝贝，不应该要道歉吗？就想这么轻易地糊弄过去吗？"

周诺妈妈沉默了会儿，然后轻声说："我们家诺诺确实不应该咬王虎，但据我了解，好像是您家儿子先动手抢东西的吧？"

王虎爸爸明显有些生气，他愤愤道："抢东西不可以好好说吗？直接就上口咬，属狗的吗？"

"就是啊！乱咬人干什么？而且凭什么是我家宝贝一个人写检讨书？"王虎妈妈附和着。

曲歆苒看着气势汹汹的王虎父母，再看了看皱着眉、身形单薄的周诺妈妈，走了过去，主动说："反思书是我的处理结果，你们有什么情况跟我说吧，不要当着小孩儿的面吵架。"

王虎妈妈扭过头，看到曲歆苒来了，上下扫了她一眼，然后叉着手："曲老师，你来得正好。对于昨天周诺跟王虎吵架的事情，我们回家后都了解清楚了，觉得你的处理方式不公平。"

"对，尤其是写检讨书这件事。"王虎爸爸往前走了一步，愤愤不平道，"我认为很伤小孩儿的自尊心！"

曲歆苒看了一圈教室的小朋友们，声音淡淡的，坚持道："我们先出去说，教室里还有其他小孩儿。"

"没这个必要。"王虎妈妈皱着眉，十分不乐意，"我们又没吵架打架，当着全班的面正好把这件事情说清楚，免得以后有人以为我们家儿子好欺负，都赶着上来欺负他。"

曲歆苒微微拧眉，从之前与家长的交流中，她就发现王虎的父母不讲理，所以他们的小孩儿王虎也比较吵闹蛮横。

曲歆苒一直都想避免和家长产生这些矛盾，但想到昨天的事情，她微微叹了口气。

显然，有些矛盾不是自己想避免就能避免的。

"你作为一个老师、班主任，总要公平对待班上的每个小孩儿吧？"王虎妈妈扫了曲歆苒一眼，"总不能因为你自己喜欢周诺，平时爱跟他相处，就偏心于他吧？我们家王虎是吵了点儿、闹了点儿，但没什么大毛病啊！"

听到这番话，曲歆苒的目光淡了下来。

王虎不尊重、辱骂其他老师，这些事情曲歆苒平时没少从任课老师那儿听说。他除了在自己这个班主任面前会收敛点儿，对比较好说话的老师，每次都是闹腾得厉害。郑佳意就因为王虎的事情，被气哭了好几次。

曲歆苒叹了口气，开口道："首先，那并不是检讨书。我只是让王虎同学针对自己昨天的行为，做出一个反思，让他自己意识到抢别人东西是不对的。习惯是从小养成的，如果不让小孩儿自己意识到错误，以后再改就会很棘手。"

曲歆苒顿了下，脸上没有一点惊慌，冷静地补充道："其次，不存在什么偏心，我对班上每个同学都是一视同仁。周诺认识到了自己的错误并道歉了，所以他不用写反思书，而王虎没有意识到，所以我才让他写。还有什么问题吗？”

"……"

王虎爸妈语噎，答不上话。

看见王虎爸妈被自己怼得说不出口，曲歆苒抿了下唇。

"既然没有什么问题，马上又要上课了，能请两位家长先离开教室吗？有什么事我们出去聊或者微信上说。"

其他在场的家长见王虎爸妈不动，也跟着附和起来。

"算了吧，别妨碍曲老师工作，曲老师已经很负责了，我相信她的判断。"

"对啊，你想想我们平时带自家小孩儿都难，曲老师要带一个班呢。"

"就是就是，而且本身也是王虎同学做错了嘛……"

看见其他的家长帮着曲歆苒说话，王虎妈妈不服气地看了她一眼，然后踩着高跟鞋离开了。

王虎爸爸嘱咐了王虎一句，然后也跟着离开了。

教室里其他家长也陆续离去，曲歆苒忍着肚子痛也走出了教室。刚走出没多远，身后周诺妈妈便跟了上来，两人一起往楼下走去。

周诺妈妈看着脸色发白、明显有些不舒服的曲歆苒，连忙问道："曲老师，您哪里不舒服吗？"

"没。"曲歆苒摇了摇头，"只是有些痛经，打算去药店买点儿止痛药。"

听到这句话，周诺妈妈立马主动搀扶住曲歆苒。感受着曲歆苒手臂上不断冒出来的冷汗，周诺妈妈微微皱眉。

"曲老师，您真是太辛苦了，平时照顾那么多小孩儿麻烦您了。"

曲歆苒痛得身子微微发抖，她开始耳鸣起来，背后冷汗不断。就连周诺妈妈说了什么，曲歆苒都不太能听得清楚了，只好勉强地朝她笑了笑。

"其实关于诺诺的事情，我一直想找机会感谢您。诺诺的情况已经比之前好了很多了，他……"

周诺妈妈话还没说完，就感觉有人在背后推了她一把。两人跟跄了一下，曲歆苒更是直接摔在了地上。

白嫩的皮肤在水泥地上一擦，膝盖瞬间破了一块，她的手撑在地上，因为供血不足，眼前也开始发黑。

"还说你没有偏心！"

王虎妈妈呸了一声，瞬间火冒三丈，大喊着："就你这样的，也配当班主任吗？哪有这样的道理，我说为什么你对周诺这个转学生这么上心呢，原来是收了礼啊！"

周诺妈妈站稳身子后，第一反应就想去扶曲歆苒。

但王虎爸爸又推搡了她一把，嘴上还骂着："你们两个烂人！以为联合起来欺负我儿子就能就此了事了？"

周诺妈妈皱起眉，她一直紧盯着曲歆苒那边。当看到王虎妈妈揪住曲歆苒的头发，又伸脚踢了她一下时，周诺妈妈眼神都变了。

"我报警了。"

看着周诺妈妈拿出手机，王虎爸爸不屑地冷哼一声，他一把抢过手机，嚣张道："报啊，我看你拿什么报！"

"你！"

周诺妈妈被气得不轻，实在没想到王虎的父母会这么蛮横不讲理。

其他路过的老师纷纷过来劝说，但场面越发混乱，谁也拉不住王虎的父母，他们甚至冲上去又踢了曲歆苒好几脚。

无奈之下，有人报了警，最后闹到附近的派出所去调解。

半个小时后，双方坐在派出所的调解室里，民警正拿着笔在问王虎父母一些问题。

曲歆苒则在外面处理好身上的伤口才进去，她才服下了止痛药，效果还没起来，肚子依旧像车轮在上面碾过一样难受。

民警抬起头，看了他们一眼，然后说："来说一下，你们双方为什么打架吧？"

"警察同志，这你可就要明鉴啊。"王虎妈妈率先抢到话语权，"我们根本没打架，只是情绪上来了，推了几下而已。"

"推了几下？"民警冷笑一下，语气严肃道，"那你们当时为什么不冷静下来好好处理，现在已经闹到派出所来了，就不是推几下这么简单的事情了！

"根据《中华人民共和国治安管理处罚法》第四十三条规定，殴打他人的，或者故意伤害他人身体的，处五日以上十日以下拘留，并处二百元以上五百元以下罚款！你们当派出所是闹着玩的地方是吧？"

"我们不是这个意思啊。"王虎妈妈顿时慌了，她指着曲歆苒，嘴硬道，"她身上又没什么伤，我就推了她几下，谁知道她这么弱不禁风啊。"

民警睨了王虎妈妈一眼："严不严重不是你来决定的。"

听到这句话，王虎爸爸终于抬起了头，他张了张嘴想说什么。

这时，调解室的门被人打开。除了背对着的曲歆苒，其他人的注意力一下被吸引了过去，他们看见身形高大的男人走了进来。

男人脸上没什么表情，不由分说地拉开了曲歆苒身边的椅子，发出一阵咯吱的摩擦声后，他入座了。

"连队？"民警疑惑地看着连昀鹤，"你没在樊山基地训练，怎么跑这边来了？"

王虎妈妈看了一眼穿着特警服却冷着一张脸的男人，皱起眉问："这是怎么回事？"

连昀鹤摘下头盔，冷冷地瞥了对面夫妻一眼，然后薄唇轻启，开口说道："两个欺负一个，当我家小孩儿没靠山？"

曲歆苒埋着头，腹部的疼痛让她根本无暇顾及发生了什么，直到男人慵懒偏冷的声音响起。

听到这句话，曲歆苒不由得一愣。

"连队，你这……"民警疑惑地看着连昀鹤，完全不知道他这是闹哪一出。

眼前的连昀鹤脸上没什么表情，他把手上的作战手套取了下来。这才抬眼望向对面的一对夫妻，他眼神犀利，无形中带来一股压迫感。

"我是曲歆苒的哥哥。"

连昀鹤语气冷淡，他的食指在桌面上敲了敲，尾音拖长："这件事，我有资格参与吧？"

曲歆苒眨了眨眼，她面露困惑，什么时候……连昀鹤成她哥哥了？

对上连昀鹤锐利的目光，夫妻俩都吓得说不出话来。

民警偷偷看了连昀鹤一眼，又看了一眼傻愣愣的曲歆苒，大致了解情况了。

整个潭州市公安局谁不知道这个雷厉风行、年纪轻轻便立了数次功的特警队牌面——连昀鹤。

就算没有见过本人，他的优秀事迹也都有所耳闻，基本上交到连昀鹤手上的任务就没失败过，他不仅体力好，关键是执行任务时脑子还转得快。

民警感慨地摇了摇头，真是天外有天、人外有人。

"来吧，先来说说事情的起因及具体的细节过程。"民警顿了下，他用笔指了指曲歆苒这边，"你先说吧。"

有连昀鹤在，曲歆苒莫名安心了不少。止痛药也终于开始发挥作用，她慢慢地把事情的经过叙述出来。

"当时我在教室……"

十五分钟后，双方都把事情的经过阐述完了。

民警皱起眉，总结道："也就是说你们夫妻俩在事情没弄清楚前，先动手了是吧？"

"我们没动手。"王虎妈妈生气地指了指曲歆苒，"而且事情已经很清楚了！就是她这个班主任收礼收钱了才偏袒小孩儿！"

看见王虎妈妈指人的动作，连昀鹤不高兴地眯了下眼睛，冷声问："有证据吗？"

"怎么没证据！"王虎妈妈说，"我们都亲耳听到了！听到周诺妈妈对她说谢谢照顾周诺，一直想找机会感谢她，这难道不是吗？"

连昀鹤抿了抿唇，面对着眼前这个凶悍跋扈的人，耐心已经消耗殆尽了。

"既然这样，你完全可以向学校或者教育局举报。如果曲歆苒有错，他们会判断。"连昀鹤冷着张脸，加重了语气，"无论如何，你没有理由打完人后在这里咄咄逼人、胡搅蛮缠。"

"你！"

听到"胡搅蛮缠"这四个字，王虎妈妈气得脸都红了。

"另外，现在在派出所我们要调解的是打人的事情。这件事情是你们动手有错在先，如果今天你们的道歉没能让我满意，调解不了……"连昀鹤话音一顿，他嗓音淡淡的，扔出了七个字，"那就走法律程序。"

闻言，曲歆苒惊讶地望向身旁的连昀鹤。

对面的夫妻俩不太懂法，一下就被连昀鹤唬住了，他们也没想到曲歆苒这个哥哥这么硬气，上来直接就说要走法律程序。

王虎妈妈看了一眼平安无事的曲歆苒，蹙起眉，就这么一件小事情还要走法律程序？

在场的民警也意外地看了连昀鹤一眼，他轻咳一声，看着被吓住的法盲夫妻俩，忍不住凑到连昀鹤耳边说道："连队，这顶多也就是轻微伤，不至于走法律程序。"

然而连昀鹤油盐不进，他冷笑了一下，反驳道："谁说的，有没有骨折还得去医院检查一下。万一构成轻伤，可能就触犯刑法了……"

"……"

空气寂静。

连昀鹤的身子往前倾了倾，他弯唇冷笑道："要不，我们走法律程序？"

对面的夫妻俩噤声，完全不敢说话，他们看着笑里藏刀、明显不好惹的连昀鹤，头一次怕了。

听着连昀鹤如此强势的话，曲歆苒紧张地眨了眨眼，她伸出手扯了扯连昀鹤的衣角。

感受到衣服传来的力道，连昀鹤偏头，朝曲歆苒望过去。

两人的目光在空中交会，曲歆苒抿了下唇，悄声说道："算了吧，走法律程序太费钱了。"

听到这句话，连昀鹤愣了一下，看着曲歆苒真诚的眼神，他没忍住，笑了一下："没事儿，哥哥有钱。"

曲歆苒不自觉地瞪大眼睛，满脸错愕。

连昀鹤，知道他自己在说什么吗？

没给曲歆苒反应的时间，眼前的连昀鹤笑了笑，他尾音上扬，吊儿郎当地补充道："放心，不会让我们苒苒白白被人欺负的。"

感受着胸腔内加快的心跳，曲歆苒别过头，决定不再参与这件事，今天的连昀鹤太奇怪了。

半个小时后，王虎爸妈接受了连昀鹤的所有要求，答应调解。夫妻俩接受完民警的批评教育后，这场闹剧总算收场了。

调解完，曲歆苒跟着连昀鹤往门口走去，她率先开口道了谢。

连昀鹤则不在意地回了句："不客气。"

"可是……"曲歆苒偏过头，一脸认真地盯着连昀鹤，"你怎么会到这边来？"

曲歆苒的目光落在连昀鹤胸前的"星辰突击队"五个大字上。

按理来说，连昀鹤的工作会很忙，不是在基地训练就是执行任务，根本不可能会跑到这边来，除非……

他特意跑过来的。

"正好在这边对接一个任务，看见你进派出所就过来看看。"连昀鹤别开眼，没敢再看曲歆苒的眼神，生硬地补充道，"帮帮老同学嘛，应该的。"

曲歆苒沉默了一会儿，然后"哦"了一声："怪不得。"

连昀鹤看了她一眼，怕今天的行为举止让曲歆苒意识到什么，于是开口解释："占了个便宜，借用下哥哥的身份，苒苒你不介意吧？"

"不介意。"

曲歆苒的心情突然低落下来，果然是她想多了。

连昀鹤是什么人？他高中的时候就特别有正义感，乐于助人，今天换成其他任何一个人，估计他都会帮。

曲歆苒抿了抿唇，垂下眼，遮住眼底的情绪。

某些时刻来说，她又很不喜欢这样的连昀鹤，总是给她带来错觉。

走到门口，连昀鹤看了一眼时间，发现已经接近十一点。他是请假出来的，答应了汪队三个小时之内要赶回去。

连昀鹤皱着眉，看了一眼曲歆苒身上的伤，尽管他很想留下来，但因为工作不得不跟曲歆苒告别："苒苒，我基地还有事，可能要先走。"

曲歆苒抿了下唇："好。"

"你的伤口记得处理一下。"连昀鹤抬手指了指外面，"那我先走了？"

"好。"曲歆苒点了点头。

目送着连昀鹤离开，周诺妈妈就走到了曲歆苒身边。她朝曲歆苒笑了笑，感叹道："幸好曲老师你有一个这么好的哥哥，要不然今天的事情还真没那么好处理。"

听到"哥哥"两个字，曲歆苒弯了弯唇，心里却默默反驳，连昀鹤才不是她的哥哥。

"曲老师，你哥哥今年多大啊？他看起来好年轻，跟曲老师你同岁似的。"周诺妈妈说，"你们兄妹俩皮肤都这么好，方便透露一下是怎么保养的吗？"

曲歆苒愣了一下，尴尬地笑了笑。

刚上车，连昀鹤便接到了连宇远的电话，他那边估计下课了，火急火燎地，开口就是一句："曲老师还好吗？"

连昀鹤打开扬声器，"嗯"了一声，启动了车子。

"舅舅，你别骗我。"连宇远的声音格外严肃，他一本正经道，"我都在楼上看见曲老师被人揪住头发踢了，你真的去警察局帮曲老师了吗？"

听到连宇远的话，连昀鹤不高兴地抿了抿唇。

"去了，她过会儿应该就回学校了。"

"那好吧。"

要不是连宇远给他打电话，本来在基地带队的连昀鹤不可能知道这些事情，也不可能有机会赶过来。

想到今天在派出所，曲歆苒一个人低着头面对着那对蛮横无理的夫妻，连昀鹤顿时气又上来了。

他这辈子没见过这么不讲理的家长，幸亏苒苒没有事，要不然说什么也会走法律程序。

电话还没有被挂断，连昀鹤想了想，最后还是说了句："今天的事情，谢了。"

那头的连宇远"喊"了一声："我不要谢谢，舅舅你把平板电脑提前给我，我还能谢谢你呢。"

连昀鹤被逗笑了："你今天晚上做个梦，梦里什么都有。"

"……"

连宇远生气地哼了一声，然后扔下一句"我上课了"便挂断了电话。

连昀鹤无奈地笑了笑，这小鬼，还惦记着平板电脑呢。

一路驱车回到基地，连昀鹤想去汪学军那儿报告一声，经过训练场地的时候，撞见了邹向毅。

高瑾词他们几个正在进行狙击训练，连昀鹤瞥了一眼，刚想离去，就被邹向毅拦住了。

"哎哎哎，等会儿，你一大早的跟汪队请假去哪儿了？"

连昀鹤："有事。"

邹向毅不信任地瞅了连昀鹤一眼："你能有什么事啊？平时巴不得累

死在工作上，没想到有生之年我还能看到你请假。"

连昀鹤睨着他："没什么稀奇的，我也是人。"

邹向毅冷哼了一声，刚想说些什么，身后传来汪学军的声音："连昀鹤？"

"汪队。"

"汪队。"

两人立马站直身子。

汪学军"嗯"了一声，他看向连昀鹤，问道："你还真三个小时之内回来了啊？女朋友的事情解决了？"

邹向毅一脸的茫然，女朋友？什么女朋友？连昀鹤什么时候有女朋友了？

连昀鹤抿下唇，心虚地答道："嗯，解决了。"

汪学军看着拘谨的连昀鹤，笑着拍了拍他的肩膀："解决就好。我们的工作特殊，女朋友出事请假去看她很正常，不过……"

汪学军顿了顿，笑着调侃道："我还是第一次在我们冷静自持的连队脸上，看见担心失措的表情啊。不错啊，我还以为你这辈子都找不到女朋友了呢，赶紧挑个好日子结婚得了，正好我们突击队也好久没有大喜事了。"

连昀鹤："……"

这话他要怎么接？

听到汪学军的这番话，邹向毅总算明白这是怎么回事了。他看向连昀鹤，挑了挑眉，好像在说，追到了吗？竟敢用女朋友请假……

"既然回来了就继续带队吧。"汪学军没再跟他俩多说什么，交代完这句话便走了。

邹向毅看着厚脸皮的连昀鹤，斜睨着他："连昀鹤，你梦里来的女朋友吗？"

连昀鹤淡定地戴上防护手套，小声反驳："以后会是的。"

看着连昀鹤明显底气不足的样子，邹向毅嫌弃地看了他一眼："但凡在曲老师面前，能有我们面前三分敢说，你早追到了。"

一会儿在汪队面用女朋友这个借口请假，一会儿在他面前说迟早会是，结果到了曲歆苒面前什么都说不出口。

"能一样？"连昀鹤睨着他，"你们又不是苒苒，我又不跟你们谈恋爱。"

"行，我懒得跟你废话。"邹向毅瞪了连昀鹤一眼，没好气地说，"连队，您自个儿带队去吧。"

连昀鹤弯了弯唇，随口说句"谢了"，便往高瑾词他们那边走去。

身后的邹向毅看着连昀鹤秒变成严肃脸，开始带队训练。当魏凌洲狙击训练十枪只中七枪时，果不其然，他看见连昀鹤眼神一沉，然后开始批

· 116 ·

评魏凌洲。

"魏凌洲，我今天早上出去的时候你还能中九枪，怎么让邹队带几个小时，你就退化成这样了？"

邹向毅："……"

批评魏凌洲还能带上他？连昀鹤多可恶啊。

"连队，我冤枉啊。"魏凌洲委屈地苦着一张脸，"你今天早上出去的时候靶子不是移动的。"

"这不是借口。"连昀鹤声音淡淡的，显然不吃这套，"全体加练吧。"

轻飘飘的一句话，让魏凌洲他们瞬间哀号声连成片。

邹向毅挑了挑眉，没打算帮他们去求情，主要是连昀鹤这个人，连移动的靶子都能全中靶心，谁能达到他的标准啊？跟着连昀鹤，这群小伙子有苦头吃。

邹向毅感慨地摇了摇头，正要离去，紧急集合的铃声响起。他皱眉，正好跟连昀鹤的视线在空中对上。

连昀鹤声音严肃起来："起来集合。"

没几分钟，他们星辰突击队几十个人全部集合完毕，穿着特警服的汪学军一脸严肃地站在前头。

"接到上级命令，长桥收费站附近发生了一起客车被劫持案件。嫌疑人五到六名，现在所有人收拾好东西，准备出发。"

"是！"

因为距离中午放学时间没有多久了，周诺妈妈便跟着曲歆苒一起回了学校。

刚到学校，郑佳意就迎了上来，她拉着曲歆苒仔仔细细检查了好几遍，确定没事后，总算松了口气。

"歆姐，我都快吓死了，你都不知道的老师形容得有多恐怖，说你血都被人打出来了！"

曲歆苒弯唇打趣着她："三人成虎这个道理，你不懂吗？"

"我可不知道她们能传得这么夸张。"郑佳意瘪了瘪嘴，她的目光落在曲歆苒身上的那些瘀青上，眼底满是怒意，"王虎的父母也太粗鲁了吧！真是什么样的父母教出什么样的小孩儿！"

曲歆苒抿了抿唇，没回话。

郑佳意又问："最后去派出所的结果怎么样了？"

"他们向我道歉并且接受调解赔偿了。"

"谁要他们的臭钱，没跪下道歉一点儿诚意都没有。"说完，郑佳意脸上满是懊悔，她本来是想请假去派出所找曲歆苒的，但赵主任叫她帮忙管一下二年级三班，直到曲歆苒回来。

尽管她担心着急，但也只能留在学校。

"歆姐，我应该陪你一起去派出所的。"郑佳意叹了口气，"不过还好有周诺妈妈在，至少你不是一个人面对这件事。"

旁边的周诺妈妈笑着摆了摆手，不好意思地说道："没有的，郑老师，其实我也没帮上什么忙。他们夫妻俩说话太难听了，我嘴笨又骂不过，多亏有曲老师的哥哥在。"

郑佳意愣了一下："歆姐，你不是说家里只有个弟弟吗？"

听到周诺妈妈提到连昀鹤，曲歆苒尴尬地扯了扯唇，都怪连昀鹤要冒充她哥哥……

"是曲老师的表哥或堂哥吧。"周诺妈妈说，"工作是特警呢，我听其他的民警叫他连队，长得也很帅。"

郑佳意皱起眉，特警？连队？连昀鹤吗？

郑佳意抬起头，刚想问些什么，就被人打断了，他们班的体育老师急匆匆地走了进来，脸上满是担心。

"曲老师，你们班周诺体育课没有来集合，也没在教室，到处都找不到他人啊。"

闻言，曲歆苒立马蹙起眉。

旁边周诺妈妈则着急地说："怎么可能找不到，我们家诺诺能去哪儿？"

"我们在操场附近和教室都找过了，真的没见着人。"

"那不可能跑出去了吧？"

曲歆苒看着情绪失控的周诺妈妈，立马伸出手安抚她："别担心，诺诺妈妈，上课时间学校保安室是不会放小孩儿出校门的，我们先去学校的监控室看看。"

听着曲歆苒冷静地分析，周诺妈妈的理智也渐渐恢复。

郑佳意连忙附和："歆姐说得对，我们先去查监控吧。"

眼下查监控是最快能找到周诺的办法，她们几个人火急火燎地赶往监控室。根据体育老师和郑佳意的描述，她们从第三节课下课开始查监控录像。

"我找到了！诺诺下楼了！"郑佳意指着监控画面大喊着，"快快快，切楼道的监控。"

没过多久，她们便根据监控找到了周诺最后出现的地方——一、二栋教学楼中间的小假山附近。

看到周诺在学校里好好的，体育老师松了口气，继续回去上课。曲歆苒她们则离开学校的监控室，往假山那边走。

几分钟后，她们走进假山，看到了缩在最角落里的周诺。

周诺妈妈第一个跑上去想要把周诺抱出来，周诺却一直反抗着，排斥自己妈妈的靠近接触，甚至嘴里不断嚷嚷着，发出抗议的声音。

僵持了几分钟，周诺依旧缩在角落里不愿出来，周诺妈妈看见自家小孩儿这样，默默地开始掉眼泪。

曲歆苒皱了皱眉，她往前走了一步，试图哄着周诺出来："诺诺，我们出来回教室好吗？"

周诺警惕地看着她，又往里缩了缩。

曲歆苒不由得愣了愣，她举起的手放了下来，意识到了不对劲。

害怕周诺会因为她的靠近受到刺激，曲歆苒只得退了回去。

旁边的周诺妈妈看见周诺这个样子，瞬间明白了是曲老师这件事让周诺再次陷入了自责的情绪中，就像当时那个幼儿园老师被警察带走一样，周诺觉得是自己的原因才导致曲老师也被带走。

周诺妈妈心中着急，却什么也做不了，忍不住小声哭泣起来。

曲歆苒的视线一直集中在周诺身上，忽然，手被人抓住。她偏过头，看到了泪流满面的周诺妈妈。

她边哭边说道："曲老师，您帮帮我吧。诺诺前段时间在您的帮助下，脸上的笑容真的多了不少，我能看出来他喜欢您。自从幼儿园那件事发生后，我就辞掉了工作，我一直想着，多陪陪诺诺，一切都会慢慢好起来的。可是，可是……什么用都没有。"

周诺妈妈哭得上气不接下气："诺诺时刻觉得当初的事情是他的错，就连晚上做噩梦嘴里喊的都是'我错了''对不起'这样的话。可我真的不知道要怎么跟他说，要怎么证明，他并没有做错！"

听到这句话，曲歆苒表情微滞，感受着手腕上周诺妈妈颤抖的力道，她心底五味杂陈。一句"我真的不知道要怎么跟他说，他并没有做错"压得曲歆苒喘不上气来。

沉默了半晌，曲歆苒这才握住周诺妈妈的手，她挤出一个笑容："诺诺妈妈，能给我一点儿时间吗？我想单独跟诺诺聊聊。"

等到郑佳意和周诺妈妈离开后，曲歆苒在原地站了会儿，才就地坐了下来。

她跟周诺的距离不过五步。

曲歆苒盘着腿，撑着下巴，尽量以一个放松的状态去跟周诺聊天。

"诺诺，你能告诉我，为什么要跑到这里来吗？"

周诺盯着她，没回话。

曲歆苒也不在意，她笑了笑，露出一副好奇的样子，问道："在找宝藏吗？"

"……"

"那我能跟你一起找吗？"

他依旧没回话。

"只是我比较笨。"曲歆苒脸上挂着淡淡的笑，"所以你愿意带着我一起吗？"

周诺沉默了会儿，他看着笑得眉眼弯弯的曲歆苒，紧绷的心情放松了不少，终于开口道："这里没有宝藏。"

"啊……"曲歆苒一脸遗憾，"没有宝藏吗？"

周诺点点头："嗯。"

"那没关系呀。"曲歆苒笑了笑，她把钥匙扣上的小熊取了下来，"我这个小熊知道哪儿有宝藏。"

周诺看着她，眼神里明显在说着"我不信"这三个字。

曲歆苒不在意地晃了晃手上的小熊，接着说："不过我这个小熊它最爱讲故事，我们要听它讲完故事才能知道宝藏在哪儿。"

周诺抿了下唇，刚想说都是骗小孩儿的，下一秒却听到了一个浑厚低沉的声音。

"你好啊诺诺，我是小熊多丽，你要听我讲故事吗？"

周诺惊讶地抬起头，他看着嘴巴一动不动的曲歆苒，吃惊地瞪大眼睛："它，怎么会说话？"

曲歆苒笑了笑，她把小熊放在两人中间："这个你就要问多丽啦。"

周诺迟疑了会儿，确定曲歆苒没有下一步动作后，这才小心翼翼地捡起了地上的小熊，刚拿到手上，小熊又说话了。

"你好诺诺，我是多丽，你要听我讲故事吗？"

闻言，周诺惊讶地抬起头望向曲歆苒。

曲歆苒弯了弯唇，替他回答道："你好多丽，我是苒苒，我和诺诺都想听你讲故事。"

话音刚落，雄厚的声音再次响起："真的吗？诺诺也喜欢听故事吗？"

周诺的眼睛亮晶晶的，显然没有了之前那种防备的状态，他重重地点了点头，回了句："喜欢。"

见周诺的情绪稳定了下来，曲歆苒也松了口气，她背靠在假山上，嘴唇不动，压低声音，开始用小熊的语气说起话来。

"很久很久以前，有个小朋友的名字叫欣欣。在四年级的时候她转到了星星小学上学，可她在学校里的生活并不快乐，因为她的脖子后面有一个很丑的胎记，所以大家都不喜欢她……"

曲歆苒垂眸，眼底的笑意淡了下来。

她其实并不想回忆以前发生过什么，那不是什么值得开心的事情，甚至是她自卑的源头。

可曲歆苒不愿意让周诺的童年跟她一样不快乐，她很想告诉周诺，告诉他不用自责，他什么也没做错。

"然后呢？"周诺盯着小熊，迫不及待地发问。

曲歆苒抬眼望向周诺，弯了弯唇，继续说道："有次下课，欣欣的课本丢了……"

第四章
往事

四年级那会儿，曲歆苒因为搬家转过一次学。她那时营养不良，又矮又瘦，加上性格沉闷的原因，根本融入不了新的班级。

变故最开始发生在那次课间，曲歆苒发现自己的课本丢了，于是到处找，最后在班上顽劣调皮的男同学黄龙武那儿找到了。

曲歆苒记得，当时她想从黄龙武手里拿回课本，而黄龙武不给，甚至把课本举得高高的，不让她拿到。

身高是曲歆苒那个时候的硬伤，她跳了好几次也拿不到之后，气得涨红了脸，转身就要走。但显然黄龙武并没有打算收手，他扯住曲歆苒的头发，看到了她脖子后面浅咖色的胎记，然后大声嘲笑她是丑八怪。

班上其他几个跟黄龙武玩得好的男生也在旁边放声大笑。

在众人投来的目光中，头发凌乱的曲歆苒就像动物园里的猴子，十分狼狈。

那时，十岁的曲歆苒边掉眼泪边说黄龙武是小偷。

同样年纪小的黄龙武接受不了曲歆苒的辱骂，一下就炸毛了，他生气地喊着："你骂谁是小偷！"

正在气头上的曲歆苒毫不客气地回道："你没经过我同意拿我的东西就是小偷！"

曲歆苒记得，当时黄龙武因为自己的这句话很愤怒，连骂了好几句她是个丑八怪，脖子上长了怪物才有的东西。

说这些难听的话还不够消气，黄龙武本来还想推她，但被上课铃声打断了。

后来，欺凌就莫名地来得凶猛。有时，曲歆苒走得好好的，会被人猛地从背后一推，回过头发现是黄龙武他们几个。

黄龙武他们嘲笑她几句，然后吐了吐舌头走了。

也有时，曲歆苒会发现自己的课本丢了，最后不是在楼下花坛找到，就是在厕所门口找到。

他们以捉弄她为荣耀，似乎只要能让她吃瘪，那就是一件值得炫耀的事情。

五年级时，家里的打压式教育和学校的排挤，让曲歆苒的忍耐到了极点。

在黄龙武叫自己丑八怪后，曲歆苒跟他打了一架，然后闹到了班主任那儿。

曲歆苒哭着控诉黄龙武的行为，而黄龙武以"我就是开个玩笑"一句带过。

班主任也认为只是他们之间的小打小闹，要求黄龙武道歉之后，这件事便不了了之了。可黄龙武并没有就此收手，甚至变本加厉地捉弄她。

于是，"丑八怪""小气鬼"这种称呼跟了曲歆苒整整三年。

那时，小学毕业流行写同学录。

毕业前的一个月，班上的同学互相发放同学录，却十分默契地避开了曲歆苒。

班上的同学每到下课就吵闹地讨论着同学录的事情，而没有收到一张同学录的曲歆苒，坐在座位上格格不入。

曲歆苒一直都不知道这算不算校园暴力。

因为对于黄龙武他们来说，好像只是一件比较有趣的事情，好像他们说过的话也都只是开玩笑，并没有放在心上。

但在之后的好几年里，这些经历让曲歆苒产生了自我怀疑，她时常怀疑，是不是自己太小气太小心眼儿的原因，才接受不了他们的玩笑。

可是，她真的觉得这些玩笑不好笑……

"那后来呢？"周诺声音清脆稚嫩，打断了曲歆苒的沉思。

"后来，他们就意识到这样对欣欣是不对的，然后跟欣欣道歉啦。"

"那多丽，欣欣原谅他们了吗？"

曲歆苒笑了笑："当然原谅啦。"

回答完周诺的问题，曲歆苒便垂下了眸。

为了周诺着想，她把当初的事情美好化了，隐瞒了那些不好的部分，实际上没有道歉，也没有原谅。

曲歆苒抿了抿唇，遮住眼底的情绪。

周诺沉默了会儿，没再继续问问题。过了很久，捧着小熊的周诺才开口问道："可是多丽，欣欣她原谅他们之后就会快乐起来吗？"

曲歆苒愣了一下，然后看见周诺盯着小熊，大眼睛一眨一眨的，小声嘀咕："妈妈也总说老师被抓走不是我的错，是老师做错了。可是如果我没做错，妈妈为什么丢掉了工作只照顾我呢？还有学校里的老师，他们为什么总是奇奇怪怪地看着我呢？之前班上的同学也是，他们总是让着我，可是为什么要让着我呢？"

曲歆苒看着小脸上满是困惑的周诺，眼睛一酸，答不上话来。

有些小孩儿内心其实很敏感，他们害怕过分关注，害怕自己跟别人不一样，就像当时的曲歆苒，开玩笑的人多了，她也觉得脖子后面的胎记是不好的东西。

这些想法到曲歆苒上高中才慢慢消失，而家庭和学校里的经历，给她带来最大的影响就是自卑。直到现在，曲歆苒有时候都觉得她妈妈说得对。

毕竟从小到大，确实没几个人喜欢她。

"妈妈辞掉工作是想耐心照顾诺诺呀，老师和同学也是喜欢诺诺才让着你的。"

听到多丽的声音，周诺眼睛一亮，紧接着，又皱起眉，小心翼翼地问道："真的吗？"

"当然是真的呀！诺诺你不信可以问问苒苒，她就很喜欢你呀。"

闻言，周诺抬起头看向了曲歆苒，他紧抿着小嘴，没有开口说话。

曲歆苒弯唇笑道："我不喜欢诺诺，怎么会跟诺诺一起画画呢？"

听到这句话，周诺的眼睛亮了起来。

曲歆苒看着情绪好起来的周诺，由衷地感到高兴，她用多丽的声音说道："好啦，故事已经讲完啦。诺诺你可以跟着苒苒去拿宝藏啦。"

"我不要宝藏了。"周诺眉眼弯弯的，小脸上带着笑，"多丽你可以把宝藏给欣欣吗？我想要欣欣每天也能开心。"

曲歆苒表情一怔，一时没有回话。

直到周诺忍不住又问了一句："可以吗？"

曲歆苒反应过来，立马回答："当然可以。只是宝藏给了欣欣，我就要去陪欣欣说话啦。"

周诺眨了下眼，然后毫不犹豫道："好的，拜拜多丽，认识你我很高兴。"

"我也很高兴认识你，拜拜，诺诺。"

最后用多丽的声音说出这句话，曲歆苒便感觉到嗓子有些干。她轻咳了一声，然后就看见周诺从角落里走了出来。

周诺主动伸出小手，牵住曲歆苒："曲老师，我们回去上课吧。"

"好。"

"小熊还你。"周诺把小熊举起，眼神真诚。

曲歆苒笑了笑："不用啦，多丽就送给诺诺啦。"

周诺看了曲歆苒一眼，然后把小熊收了回去。他垂下眸，看着手上的小熊，弯了弯唇。

假山外，郑佳意跟周诺妈妈同时转过身看向出口，距离不远，其实她们能听见曲歆苒跟周诺说了什么。

曲歆苒牵着周诺走了出来，周诺妈妈立马迎了上去。

郑佳意站在原地，呆呆地看着低头跟周诺妈妈交流的曲歆苒，一片动容。她见过曲歆苒脖子后的胎记，而曲歆苒口中的这个欣欣，就是曲歆苒自己。

郑佳意抿了抿唇，莫名觉得心里一阵难过，不用想都知道，曲歆苒说出来的这个故事肯定被美化了。

郑佳意看着温柔又有耐心的曲歆苒，想到今天上午的事情，更难过了，歆姐这么好，不应该经历那些事情……

等周诺妈妈和周诺的身影走远，曲歆苒这才收回目光，她看着站着发愣的郑佳意，走过去碰了碰郑佳意。

"怎么了？想你家小词子了？"

"才没有。"

郑佳意不乐意地瘪了瘪嘴，她挽住曲歆苒的手腕，认真地说道："歆姐，我要是男生我肯定今天就把你娶回家。"

曲歆苒愣了一下，然后笑她："你这是受什么刺激了？高瑾词惹你生气了？"

"我就是感叹一下。"郑佳意说，"歆姐你这么温柔这么优秀，以后会便宜了哪个臭男人啊？"

曲歆苒笑了笑，没回话，脑海里却不由自主地浮现出连昀鹤的脸。

"走吧，歆姐，回办公室我帮你涂药。"

"我自己涂就行。"

听到曲歆苒礼貌拒绝的话，郑佳意想起之前没问出口的问题，转移了话题："话说，歆姐，诺诺妈妈说的你那个哥哥是连队吗？"

曲歆苒抿了下唇，不好意思地"嗯"了一声。

郑佳意意味深长地看了曲歆苒一眼，感慨地咂了咂嘴，她敢打赌，这两人过不了几个月肯定会谈恋爱。

"那连队人呢？"

"基地有事，先回去了。"曲歆苒声音淡淡的。

郑佳意撇了撇唇，心想，这个时候有任务也太不巧了吧。

这么想着，郑佳意又低头看了眼曲歆苒腿上的瘀青，然后深深地叹了口气，多好的机会啊！

帮她上药就有亲密接触的机会，有这机会不就水到渠成了嘛！哎，连昀鹤就这么白白浪费了……

车上。

连昀鹤坐在副驾驶位上，由陈卓羽开车前往现场。

樊山基地离长桥收费站有些距离，现场已经有第一批警察在谈判，安抚劫匪的情绪。

连昀鹤皱着眉，这时，对讲机里传来了汪学军的声音。

"这起客车被劫持案件现在形势很严峻，客车是从外省来的过境客车。初步辨认有五名劫匪，持枪，已经打伤了一名乘客，并且客车里一大半是小孩儿，据说是过来参加比赛的。你们到了之后先控制好现场，然后等指令行事，注意自己的安全，听明白了吗？"

汪学军的话说完，连昀鹤眼底情绪淡淡的，回答道："明白。"

后排的魏凌洲感慨地拍了拍身边的高瑾词，说道："小高，你这什么运气，刚来突击队才多久就撞上持枪案件。我工作几年参与这类持枪案件才两回呢。"

高瑾词勉强地扯出一个笑容，这运气他宁愿不要。

"别紧张啊！"

见高瑾词有些紧张，魏凌洲把手搭在他的肩膀上，安抚道："不会有事的，我们身上穿着防弹衣，戴着作战手套还有头盔，怎么说也伤不到。再说，我们有连队在呢。"

高瑾词偏头，疑惑地看向魏凌洲。

魏凌洲放轻声音，凑到他耳边说道："你刚来，不太了解连队。连队对我们每个人的能力了如指掌，不会让我们去做一些能力之外的事情的。放心啊。"

连昀鹤掀起眼，透过后视镜看了一眼后排讲悄悄话的魏凌洲和高瑾词，冷冷地说了一句："把手机关机交上来。"

听到连昀鹤严肃的声音，魏凌洲几人立马坐直身子。

"是，连队。"

窸窸窣窣的声音传来，连昀鹤沉默了下，忽然转而说道："先跟家里说明一下情况再交上来。"

"是。"

手机屏幕亮起，连昀鹤看着微信聊天界面曲歆苒的头像，不由得皱起眉。纠结片刻，他什么也没发，把手机关机了。

十几分钟后，连昀鹤他们到达现场。透过暗色玻璃窗，依稀能看见客车里的一个劫匪正拿枪顶着女孩儿的额头。

现场一片混乱，连昀鹤眯了眯眼睛，然后听见耳麦里汪学军开口说道："连昀鹤、邹向毅、张齐你们三个队里出三个狙击手，找好位置待命。"

"是。"连昀鹤嗓音严肃。

他看着有些紧张的高瑾词，移开了视线，喊了声："魏凌洲。"

"到。"

"找位置。"

"是。"

话音刚落，魏凌洲就走了。

按照汪学军的指令，连昀鹤跟高瑾词还有陈卓羽三人换上便衣，跟着谈判专家在车前同劫匪谈判。

魏凌洲他们三个狙击手已经在三十米开外的一堵墙后找好了位置。

连昀鹤默默地观察着车内的情况，发现车内五个劫匪只有两个持枪，其他三个是用刀。两个持枪的劫匪绑了两个人质，一个是小女孩，另外一个是成年男性。

其他三名持刀的劫匪则控制着车内的其他人，车内乘客还有十几名的样子，他们缩在座位上，一动也不敢动。

谈判专家耐心地跟五个劫匪谈判。

半个小时后，经过劝说，其中两名持刀的劫匪主动下车投案。其他三名劫匪油盐不进，仍然僵持着，持枪的劫匪甚至还开了一枪，打中了一个男孩儿的腿。

形势越发严峻。

车内的劫匪情绪激动起来，连昀鹤死死地盯着劫匪，等待着汪队指令，就在这千钧一发之际，狙击手的第一枪打响了。子弹穿过车窗，玻璃碎了一地，车内传来乘客们惊慌失措的尖叫声，然后马上安静下来。

没过多久，车内挣扎着下来了一个男人。

男人满脸是血，殷红的血液沿着脸颊一路往下滴，白色的短袖瞬间被染红。

连昀鹤抬头，看着那人的脸，眼神一沉。

前方的警察把受伤的人搀扶了下去，随后耳麦里传来汪学军怒不可遏的声音："这枪谁打的？误伤人质了！"

身旁的高瑾词和陈卓羽下意识地看向连昀鹤，顿时紧张起来，如果这枪是魏凌洲打的……

他们心里咯噔一下，根本不敢往下想。

感受到两人投过来的视线，连昀鹤抿了下唇，语气坚定："不是魏凌洲。"

两人沉默着，没回话。

等了几秒，耳麦那边传来慌张的男声："报、报告汪队，是、是我打的。"

闻言，高瑾词和陈卓羽倏地抬起眼。

"张齐！你作为中队长平时是怎么带队的？"汪学军的声音提了好几个度，气得大声指责道，"狙击训练都在闹着玩吗？打中人质？"

听到这一枪不是魏凌洲打的，高瑾词和陈卓羽两人都松了口气。

站在一旁的连昀鹤眯了眯眼，表情依然严肃。

其实不管这枪是不是魏凌洲打的，代表的都是他们整个星辰突击队，往大了说，甚至是整个潭州市警方。

误伤人质已经是板上钉钉的事情，就是他们警方的失职。

车上的劫匪重新站了起来，为首的劫匪依旧劫持着小女孩，另外一个劫匪擦了擦自己的脖子，又拉了车上的乘客作为人质挡在身前。

连昀鹤抿了抿唇，他的目光落在另外一个劫匪的身上，看到他脖子上的伤口后，心底有了猜测。

刚才那一枪，应该是擦过人质的脸颊后，再擦伤了劫匪的脖颈。

此时，他们与劫匪对峙的时间已经超过九十分钟。为首的劫匪情绪越来越激动，根本听不进去谈判专家的话。

潭州天气变化大，对峙的过程中下了一场暴雨，但不到半个小时就停了，头顶炽热的太阳烤着地表的水分，越发闷热，劫匪也越来越烦躁起来，无数次把枪顶在女孩儿额间威胁警方。

因为劫匪的警惕，连昀鹤他们根本没有机会上车去接触劫匪和人质。

他们全程待在车下，靠着破碎的玻璃窗喊话。

时间已经到了下午三点一刻，应劫匪的要求，上级把谈判专家包括连昀鹤他们撤了下来，给劫匪冷静的时间。

回到指挥车里，汪学军招手把连昀鹤跟邹向毅叫了过去。

"劫匪把人质挡在身前，挡得太严实。现在僵持不下，你们两个有什么好的看法？"

"回汪队，"邹向毅率先答道，"不如将计就计，他们提出的条件我们假装先答应，先吸引劫匪的注意力，再让狙击手找机会开枪。"

汪学军皱着眉，没说话。

好半晌，他又偏头看向连昀鹤，问道："你呢？"

连昀鹤皱着眉，一时半会儿没回话。

见连昀鹤这个样子，汪学军深深地叹了口气，正要摆手作罢，连昀鹤开口了。

"两个持枪劫匪，需要配合狙击手制伏。"连昀鹤眼神淡淡的，简单地说了两句话，把想法交代清楚了。

汪学军皱着眉，质疑："为首的劫匪坐在客车最后排的角落里，他很谨慎，根本不把身子露出来，怎么配合？"

连昀鹤："所以配合要够默契。"

"不行。"汪学军直接否定了，"万一中间出差池，我们怎么保障人质的安全？"

连昀鹤抿了下唇，也跟着皱起了眉，但现在已经没有更好的办法了，僵持的时间快两个小时了。

再拖下去，情况只会更糟糕……

气氛紧张，在场的人都没开口说话。

就在这时，耳麦里传来张齐的声音："汪队，持枪的劫匪情绪失控了。"

闻言，连昀鹤跟邹向毅立马下了指挥车。

隔着层层警车，连昀鹤看见车上为首的劫匪坐在最后一排没动，而另外一个劫匪情绪已经崩溃了，挥着枪，似乎在跟为首的劫匪吵架。

"汪队。"连昀鹤回过头，看向汪学军。

看到连昀鹤的眼神，汪学军一下就知道连昀鹤在想什么了，他纠结了片刻，无奈地摆手。

"就按你说的办。"

"是。"

跟着谈判专家上前谈判时，连昀鹤在耳麦里叫道："魏凌洲。"

"到，连队。"魏凌洲很快在耳麦里给了答复。

连昀鹤没说话，魏凌洲也沉默着。

他们上前，谈判专家在极力劝说着两个劫匪自首，陈卓羽则在一旁附和。

从他们的角度能看到窝在最后一排为首的劫匪，连昀鹤收回视线，聚精会神地盯着另外一个劫匪的动作，眼睛都没眨一下。

这几秒似乎被无限拉长，当连昀鹤看到另外一个劫匪似乎把枪稍稍抬起时，他眯起眼，又喊了句："魏凌洲。"

砰的一声，这次回复连昀鹤的是一声枪响，眼前的玻璃碎裂，玻璃碴蹦出来，弹到他们几人的脸上。

高瑾词他们下意识地护住脸，而连昀鹤没躲避，他快速掏出藏起来的手枪，瞄准了客车的最后一排。

紧跟着，再次响起一声枪响。

站在最后面指挥的汪学军看着安静下来的车厢，以及率先冲上去的连昀鹤三人，紧张地咽了咽口水。

突然，车厢内又传来一声枪响。

想到只简单穿了防弹背心的连昀鹤他们，汪学军的心脏立马紧张起来。

下午连着上了两节课，好不容易熬到放学，曲歆苒腰都酸了，累得话都不想说，只想收拾东西回家躺着。

六月底的天气已经很闷热了，出了办公室，热风直往脸上来。

曲歆苒想了想，最后决定不挤地铁，叫了个网约车回家。

窗外晚霞浮在天边，曲歆苒往后靠在座椅背上，柔软的靠背让她的疲惫得到了缓解，她总算是松了口气。

不知道是不是生理期的原因，在走走停停的车程中，曲歆苒眼皮越来越沉重。她眨了眨眼，想让自己清醒点儿，但是没有半点儿效果。

昏昏沉沉中，曲歆苒听见网约车里放着最新的社会新闻广播。

"今天下午四时十六分，潭州警方通报长桥收费站附近客车劫持案处置情况。为首的持枪劫匪被当场击毙，车内共有三名人质受伤……其中一名伤者中枪被送往人民医院救治，疑似被警方误伤。据悉，这次案件潭州市警方也有受伤……"

听到这个报道，曲歆苒立马清醒了。她拧着眉，正想继续往下听，却听见驾驶室的司机骂了一句。

"潭州市的警察这次是在干什么？怎么还能误伤人质？"司机大哥愤愤不平道，"这要是伤到我儿子，我不得气死去！"

曲歆苒皱着眉，抬头看了司机大哥一眼，然后抿了抿唇，没搭腔。

误伤人质是最大的忌讳，这次不仅仅是开枪的那个警察会受到民众谴责，甚至整个潭州市警方都要负责。

曲歆苒打开手机微信，纠结了会儿，最后还是给连昀鹤发了条信息：

你们没受伤吧？

等了好一会儿，都没收到连昀鹤的回复。

曲歆苒轻轻地吐出一口气，把手机息屏，呆呆地看向窗外。

直到曲歆苒下车，她也没收到连昀鹤的信息。

回家洗了个澡，曲歆苒头晕得很，整个人都感觉提不起精神。

原本还想写教案，但以这样的状态，她根本静不下心来。

曲歆苒叹了口气，放弃了。她窝在床上，边看着电视剧，边等着连昀鹤的消息。

夜幕西沉，天色黑了下来。

曲歆苒终于撑不住睡了过去。迷迷糊糊间，她做了个很长的梦，梦里有连昀鹤，却不是个什么好梦。

曲歆苒梦到连昀鹤执行任务失败了，他的特警服上沾满了鲜血，腹部的伤口正不断往外冒血，鲜血淋漓的。

梦里，曲歆苒着急地大叫着连昀鹤的名字。

连昀鹤听到了，抬头用眼神回应了她，可他的眼神却不像以前一样带着笑意，反而全是难过悲伤。

好像在说："苒苒，我该怎么办？"

又好像在说："帮帮我，苒苒……"

意识蒙眬间，曲歆苒觉得一切都是那么真实，她为连昀鹤感到难过，感到心疼，但当她费尽力气想挤到连昀鹤身边去时，他们之间的距离却越来越远了。

然后，连昀鹤就在她的眼前，倒了下来。而偏偏这次任务失败全怪在了连昀鹤身上，人人都上去践踏他，踩上一脚。

任由她怎么着急解释，也没什么用。

直到梦里的自己哭得声嘶力竭、心力交瘁时，她才从这场荒谬的梦中醒了过来。

醒过来好几分钟，曲歆苒都傻愣愣地坐在床上。

屋内漆黑一片，她看了一眼时间，发现才晚上八点。感受着背上的冷汗，脑袋更加昏沉了，曲歆苒轻轻地吐出一口气。

这一吐气，才意识到了不对劲，她伸出手摸了摸自己的额头，是偏烫的。

曲歆苒拧起眉，浑身上下都使不上劲。她拖着沉重的身子在客厅里找到体温计，坐在沙发上量体温。

十分钟后，曲歆苒看着体温计上显示的 38.6℃，微微蹙眉。她找出家里的退烧药，吃了下去，用冷毛巾进行物理降温之后，她躺回床上又睡一觉。

再次醒来，是被手机响动声吵醒的。

打电话的人十分固执，一直打个不停，曲歆苒眼皮沉重，都没顾得上看一眼，便接了起来。

"姐，我的学费你发我卡上了吗？"

听到这句话，曲歆苒不由得皱起眉，她浑身滚烫，说话都没有力气："你不是马上要放暑假了？"

"是啊。"曲星杰嚼着口香糖，理所当然道，"我下个学期的学费啊。"

曲歆苒拧眉："你下个学期的学费，六月就要？"

"反正早发晚发都要发，现在发也一样。"

曲歆苒眼底的情绪淡了下来，冷声道："曲星杰，我不是你的'提款机'。"

"呸！"曲星杰语气流露出不耐烦，然后回头喊道，"妈！她不给我钱。"

一阵脚步声从电话那头传来，紧接着，妈妈杜琳的声音响起："苒苒，你弟弟确实是要交学费。你看你马上要放暑假了，老师有带薪休假，就先发过来给我们用一用。"

曲歆苒皱起眉，还没来得及说什么，就听见曲星杰说：

"姐姐怎么可能没有钱，她上次不是还发钱给你了，要不然妈你能一晚上打牌输掉几千啊？"

曲星杰话还没说完，就被杜琳急匆匆打断了："你先别说话！"

曲歆苒脑袋一蒙，立马反应过来了，原来根本没有曲承文摔跤进医院急着用钱的事情，全是她的妈妈杜琳在说谎。

"苒苒，你别听你弟弟胡说啊。"

杜琳声音平淡，丝毫没有被识破后的慌乱："之前那钱确实有急用，咱家就你爸爸一个人工作，你弟弟又在上大学，哪儿都要花钱，你多体谅体谅我们。"

烧并没有退下去，曲歆苒脑袋混乱，可杜琳的话一字不落地传进她的耳里。

曲歆苒喉咙发涩，她抿了抿唇，很想反问一句："那谁来体谅我？"

工作四年，存款不到五万。除去平时的吃穿用度，以及给杜琳两人的生活费，她还时不时需要负责曲星杰的学费。

二十六岁，曲歆苒的生活过得一塌糊涂，他们又什么时候体谅过她呢？

电话那头的杜琳还在念着什么，曲歆苒听了大概，基本上跟上次一样，在劝说她给钱。

这几年来，家里只要一来电话，无一例外是关于钱的。

他们根本不关心她过得怎么样，也不会过问，反倒隔三岔五就在朋友圈分享曲星杰的照片。

杜琳和曲承文的偏心，曲歆苒不是没有领会过，可他们这种行为，还是让她很在意。

曲歆苒搞不懂，也不明白，同样是亲生的，为什么只是性别不同，待遇就天壤之别，为什么她就可以用差点儿的将就一下，而曲星杰的所有东西就必须是最好的？

"妈，我也有我自己的生活。而且，曲星杰不是我的儿子。"

曲歆苒话音刚落，紧跟着，那头的杜琳便生气道："曲歆苒，你这话什么意思？星杰不是你儿子但他是你弟弟！"杜琳有些恼怒，"他跟你是家人，那你就有义务帮他！"

曲歆苒张了张嘴，想说些什么，杜琳却丝毫不给她机会。

"我们生你养你到这么大，在你身上付出这么多时间、金钱，就是让你忘恩负义这么对我们的吗？"

曲歆苒皱起眉："这几年我帮曲星杰的次数还少吗？何况，是您自己四年前一声不吭辞掉工作的。"

闻言，杜琳顿时火冒三丈，声音不自觉地提高了不少："我辞掉工作怎么了？我辛辛苦苦工作这么多年，拉扯你长大，现在想过得舒服点儿，享个清福都不行吗？你有工作，要你出点儿钱给弟弟当学费就那么难吗？现在是问你要几千万还是几个亿？曲歆苒，你到底有没有良心啊？"

　　曲歆苒闭上嘴，瞬间失去了争辩下去的欲望。

　　杜琳根本没有考虑，或者说根本不在意她交完曲星杰七八千的学费后，日子会过成什么样，好像在他们眼里，自己就真的是个"提款机"……

　　"我没钱，您找其他人吧。"说完，没给杜琳反应的机会，曲歆苒便直接挂断了电话。

　　接这通电话几乎把曲歆苒身上所有的力气用光，她扶着墙，感受着身上的温度，来到客厅又量了次体温。

　　39.1℃。

　　曲歆苒深深地吐出一口气。

　　为了不影响明天的工作，她拿起手机，换了衣服，打算到附近的诊所去输液。

　　等到了锦泰家园附近的诊所时，曲歆苒这才发现已经晚上十点半了。

　　私人诊所大门紧闭，显然关门下班了。

　　迫于无奈，曲歆苒只好叫车去附近的医院。出租车司机在放着激情的车载音乐，吵得曲歆苒更加头晕目眩了。

　　正想问问司机能不能关掉，兜里的手机却又响动个不停，拿出来看了一眼，发现来电显示是她的大伯母。

　　曲歆苒拧起眉，果断挂断了，不用想都知道，肯定是杜琳跟家里的亲戚说了什么，她们才会这么晚打电话专门过来教育她。

　　曲歆苒扶着额，回想起今天的事情，有些头疼。

　　还真是，祸不单行。

　　电话被挂断没几秒，曲歆苒的姨妈又打了进来，她抿了抿唇，直接把手机关机了。

　　车外树影错乱，曲歆苒呆呆地望着外头，心情格外不顺畅。

　　在煎熬地听着司机的车载音乐的情况下，曲歆苒到了医院，她用身上的现金付完车费就下了车。

　　才走出几步，曲歆苒便感觉到意识越来越模糊，于是只好停下来缓一会儿。

　　她低着头，呼出来的全是炽热的气息。

　　眼前的水泥地似乎在摇晃，曲歆苒晃了晃脑袋，忽地，头顶传来一个熟悉的声音，那人嗓音低沉，说了一句："曲歆苒，你怎么在这儿？"

闻言，曲歆苒抬头，看到了皱着眉的连昀鹤。他穿着简单的黑色短袖，眉骨和鼻梁上多了几道伤口。

曲歆苒微微垂眸，发现连昀鹤身上干涸的血渍。她启唇，正要说话，额头却覆上一只手。

冰冰凉凉的。

"你发烧了。"连昀鹤眉蹙得更深了，"一个人来医院的？"

曲歆苒眨了眨眼，眼眶一下就红了。

看见曲歆苒这个样子，连昀鹤顿时慌了："哭什么？"

"……"曲歆苒没说话。

连昀鹤的目光触及曲歆苒眼中的泪水，对上她委屈的表情，轻轻地叹了口气："我们先去输液好吗？"

连昀鹤嗓音轻柔，曲歆苒仰起头，看到连昀鹤担心的眼神，把眼泪憋了回去："好。"

得到曲歆苒的回答，连昀鹤总算松了口气。他主动牵起曲歆苒的手，语气坚定地说了句："苒苒别怕，我在。"

半个小时后，曲歆苒输着液睡着了。

连昀鹤偏过头，看着靠在自己肩膀上熟睡的曲歆苒，想到刚才的事情，他微不可察地叹了口气。

这时，他的手机响动起来，连昀鹤下意识地看向身边的曲歆苒，确定没吵醒她，这才把电话接了起来。

"说。"

"连队，你回来的时候能帮我带个炒饭吗？"魏凌洲心虚地放轻声音，"我又饿了……"

连昀鹤抿了抿唇："你可能要自己去了。"

魏凌洲失落地"啊"了一声，连昀鹤只好澄清道："我还在医院。"

"你还在医院？"魏凌洲有些疑惑。

"嗯。"

连昀鹤应道："碰上曲歆苒了，她发高烧。"

那头的魏凌洲安静了会儿，小心翼翼地提醒道："可是连队，你晚饭到现在还没吃呢……"

"饿一顿死不了。"

魏凌洲："……"

"高瑾词怎么样了？"

"小高已经睡着了，有我看着，连队你放心吧。"

"嗯。"连昀鹤眼神淡淡的，"挂了。"

挂断电话，连昀鹤小心翼翼地挪了挪发麻的身子，盯着曲歆苒的睫毛发起呆来。

今天下午执行任务，为首的劫匪被他一枪正中眉心击毙，而另一个劫匪只是被魏凌洲击中了手背。在他们冲上车后，被击中手背的劫匪不死心，拿起枪往他们的方向又开了一枪。

当时高瑾词最靠近车门，他第一个跑上了车，眼尖反应快的连昀鹤拉了高瑾词一把，但高瑾词的手臂还是被子弹擦伤了。

想到当时的场景，连昀鹤抿了下唇，心底不由得有些自责，他应该要拦住经验比较少的高瑾词，自己先上的。

高瑾词才二十出头，当特警不久，要是因为这一枪留下什么后遗症……

连昀鹤叹了口气，皱起的眉头今天从下午开始就没松开过。

他偏着头，视线一直落在曲歆苒的身上。他抬手探了探曲歆苒的体温，确定她在慢慢退烧后，才好受一些。

医院里空旷寂静，曲歆苒枕在他的肩膀上，两人之间的距离很近，近到连昀鹤能听见她浅浅的呼吸声。

今天上午去派出所，曲歆苒是一个人，晚上发烧来医院，曲歆苒还是一个人。

这让连昀鹤不禁想起高中的事情。

高中的时候，曲歆苒也始终是独来独往的。她做什么都是自己一个人，没有朋友，好像也不需要朋友。

想到曲歆苒今天晚上眼睛里噙满泪水，也没有掉下来一滴的模样，连昀鹤抿了下唇，眼底满是心疼："苒苒，你是铜墙铁壁吗？为什么总是自己一个人？"

他的声音消散在沉寂的夜里，没有人回答他。

静谧的环境给了连昀鹤足够的思考时间，也就是在这种情况下，连昀鹤才明白，不管是从前还是现在，他一直在错过曲歆苒的人生。

像今天这样的事情，不知道在曲歆苒身上发生了多少次，而这么多次，他却只有一次是在场的。

望着曲歆苒的睡颜，连昀鹤心想，或许他应该再主动一点儿了。

这一觉睡得很沉，等曲歆苒醒来的时候，外边的天已经亮了。她挪了挪酸痛的脖子，低下眼，看到了手背上的针。

"醒了？"

听到这个声音，曲歆苒愣了一下，反应过来后，立马抬头望去，看到了眼底带着笑的连昀鹤。

连昀鹤长叹了口气，语气揶揄道："再不醒，我这半条胳膊也要废了。"

发愣的曲歆苒终于想起了昨天晚上的事情。她不好意思地抿了抿唇，说了句："谢谢。"

"只有一个谢谢？"

曲歆苒疑惑地抬眼看向连昀鹤，有些迟疑地又补充道："麻烦了。"

连昀鹤笑了笑，他手肘撑在椅子的扶手上，微微俯下身子，跟曲歆苒平视。

"苒苒，我可没这么好打发。上次也是谢谢，这次来点儿实际的。"

曲歆苒抿起唇，她拉了拉口袋，语气真诚："但我身上什么也没有，你要什么？"

"简单啊。"连昀鹤嗓音带着笑意，他目光直视着曲歆苒。

曲歆苒吸了吸鼻子，安静地等着连昀鹤开口说话。

"先欠着，记账上，等累积到了一个度……"

说话声戛然而止，曲歆苒好奇地看向连昀鹤。

他尾音上扬，轻飘飘地说了句："就只能以身相许了。"

曲歆苒眨了眨眼，视线死死地停在连昀鹤的脸上，极力想分辨他这句话是开玩笑还是认真的。

毕竟以连昀鹤的性格，他一般不会说这种话……

连昀鹤也没躲避，任由曲歆苒打量。

"连队。"

魏凌洲的声音打断了两人的对视。他看了一眼连昀鹤，又看了看旁边的曲歆苒，自觉地打招呼："曲老师早上好。"

曲歆苒收回视线，点头"嗯"了一声算作回应。

连昀鹤也坐正了身子，他看向魏凌洲问道："没休息？怎么就醒了。"

魏凌洲不好意思地挠了挠头："太饿了睡不着。我看小高睡得很香，就想偷溜出来买点儿吃的。"

听到这句话，曲歆苒的注意力成功被转移。她看着两人，担心地问："你们昨天执行任务，高瑾词受伤了吗？"

"是啊。"魏凌洲抢先回答，"不过曲老师你别担心，只是手臂中枪擦伤了，不是很严重。"

曲歆苒微微拧眉，看了两人一眼，立马明白高瑾词并不打算告诉郑佳意这件事情。

"来，让一让，等下拔完针再量个体温。"护士的声音传来，魏凌洲主动站到一旁，让出了位置。

护士在帮曲歆苒拔针，连昀鹤的视线从她白净的手背上挪开，他看向魏凌洲，语气淡淡的："你去买东西吃的时候记得顺便帮高瑾词带碗粥，等他醒来我们再回基地。"

"是。"

魏凌洲瞄向连昀鹤，发现连队眼睛里满是红血丝。他看了看曲歆苒滴得极慢的药水，猜测连队十有八九昨天没休息。

"那你呢，连队？"

连昀鹤轻瞥了一眼旁边的曲歆苒，然后看向魏凌洲，没说话。

魏凌洲有点儿蒙了。他困惑地看向曲歆苒，思考几秒，内心怀疑着："莫非，连队是要送曲老师回家？不能吧，之前连队还小气地叫曲老师还伞呢，现在两人的关系已经好成这样了？"

魏凌洲的视线在两人身上流转，注意到连昀鹤看向曲歆苒时带笑的眼神，完全蒙了。

确认曲歆苒已经退烧了，护士嘱咐她几句，便离开了。

坐在椅子上的连昀鹤率先站起来，朝着曲歆苒说道："走吧，先送你回家。"

曲歆苒看着走出去几步的连昀鹤，也站了起来，正想要跟上去，却被魏凌洲拦住了。

魏凌洲看着曲歆苒，面露犹豫，最后还是提醒道："曲老师，高瑾词受伤这件事能麻烦你先别告诉小郑老师吗？小高不想让她知道。"

曲歆苒抿了抿唇："嗯，好。"

"还有连队。"

听到这两个字，曲歆苒立马停下脚步。

"连队他昨天晚上一直在外面等小高做完手术，估计是没休息的。他要是开车的话，曲老师你拦一拦他，免得疲劳驾驶。"

魏凌洲纠结了会儿，又补充了一句："连队他太拼了，参加工作的这几年，他只要有机会就会赴外市外省参与重大案件的抓捕行动。要不是今年汪队担心他身体经不住这么折腾，强制让他调养一段时间，估计前几个月又跑去别的市执行任务了。"

曲歆苒眼神微愣，心里顿时有些复杂。

走出去的连昀鹤折过身，他看着站着聊天的两人，喊道："苒苒，走不走？"

"来了。"曲歆苒应下，扭头给魏凌洲扔下一句"我知道了"，然后便小跑着追上连昀鹤的脚步。

走出医院，曲歆苒看见连昀鹤把手插进裤口袋里要拿什么，她以为是在掏车钥匙，于是赶紧拦住了他。

"你昨天晚上休息了吗？"

闻言，连昀鹤表情一怔。

曲歆苒看着连昀鹤眼中的红血丝，抿了抿唇，自答道："肯定没休息。"

连昀鹤看着表情一本正经的曲歆苒，被逗笑了。他刚想从裤口袋里拿出手机，就听见曲歆苒好心提醒道："疲劳驾驶要扣分的，你还是警察呢……"

"嗯。"连昀鹤应道，他尾音拖长，"我知道啊。"

"那你还……"曲歆苒盯着他。

连昀鹤拿出手机，在曲歆苒面前晃了晃，笑她："我没说要开车送你啊。"

"那好吧。"曲歆苒松开抓住连昀鹤手腕的手，脸不由得一热。

连昀鹤在手机上约了辆车。

旁边的曲歆苒尴尬地低着脑袋，满眼懊恼，恨不得找个地缝钻进去。

都怪连昀鹤说话不说清楚，她还以为是开车送她回家呢，结果只是帮忙叫了辆车而已。

曲歆苒不高兴地抿了抿嘴，她又不是自己不会叫……

没等曲歆苒想更多，便听到身边的连昀鹤开口说道："叫完车了，大概十分钟到。"

曲歆苒"嗯"了一声。她视线下垂，再一次瞥到了连昀鹤裤脚的血渍："你们突击队经常会执行这些危险的任务吗？"

听到曲歆苒的问题，连昀鹤认真地思索了一会儿，最后回了句："不算吧。"

曲歆苒看着他："什么是'不算吧'？"

"本市持枪的案件没那么多，大多是持刀。"连昀鹤顿了顿，"但去别的市或者别的省执行任务的时候经常会遇见。比如前几年我跟邹向毅去外地参加的那次反恐任务……"

那是一个边境小镇，当地刚发生一起二十四名群众伤亡的严重暴恐事件。嫌疑人用自制的土炸弹，在人来人往的街上引爆。

连昀鹤跟邹向毅刚到那里便火速加入了抓捕行动，他们一共在那边待了一百多天。他和邹向毅跟着当时的队长背着几十斤的装备，每天在大街小巷上巡逻盘查。

在反恐第一线的日子，远比平时在潭州训练要辛苦很多。

他们每天要开展十多次的暴恐袭击模拟演练，工作十多个小时，早出晚归，但没有一个人叫苦。

因为所有人都明白，这些演练可能会在暴力事件发生时，让他们多救下一个人。

那几个月，连昀鹤真的从中学到了很多，只是唯一遗憾的是，当时的队长在控制暴恐嫌疑人时，嫌疑人引爆了自制土炸弹。

队长当场牺牲，没能跟他们一起回潭州……

连昀鹤垂着眸，似乎在回想着当初的事情，过了好久才继续说："危险是危险了点儿，但越危险的任务意义就越重大。"

夏日天亮得早，此时东边那块天已经微微亮了，朝阳挂在云上，耳边隐约有人群车流的细微声音。

曲歆苒迎上连昀鹤的笑容，心跳不由得漏了一拍。

他背着光，脸上有遮不住的疲态，而身后的朝阳好像就是他的信仰，是他的全世界。

曲歆苒想，不管是以前朝气蓬勃的少年连昀鹤，还是现在的特警连昀鹤，他的目标似乎一直都很明确。

他笔直地朝一个方向走，确信自己是属于国家、属于人民的人。

他的信仰，从来都是国家。

"连昀鹤。"

听到曲歆苒叫自己，连昀鹤回头看她："嗯？"

曲歆苒弯了弯唇，看见迎面开来一辆货车，放轻声音说道："不管你有没有机会知道，但我的信仰从来是你。"

货车开得急，还按了喇叭，连昀鹤什么也没听清，他看着曲歆苒问道："你说什么？"

"没什么。"曲歆苒笑了笑，"就是问你车多久到。"

连昀鹤"哦"了一声，拿起手机看了眼，回道："一分钟。"

话音刚落，一辆出租车便停到了他们眼前，连昀鹤主动帮曲歆苒开门。

曲歆苒颔首说了句谢谢，然后上了车。她回过身，刚想跟连昀鹤道别，下一秒却感觉身边座位一沉，连昀鹤弯下腰也跟着坐了上来。

曲歆苒看着关上门的连昀鹤，有些蒙了。

看到曲歆苒的表情，连昀鹤笑着解释道："送你回家。"

"尾号 0769，去锦泰家园是吗？"前头的司机率先问道。

连昀鹤答道："是的。"

司机启动车子，连昀鹤往曲歆苒那边坐了坐。

曲歆苒不解地投去眼神，连昀鹤嗓音懒懒的："苒苒，我困了，能借个肩膀靠着休息一下吗？"

曲歆苒愣了一下，然后肩膀一沉。

连昀鹤没等她回答，便主动靠上来了，嘴上还说着："昨天晚上你靠着我这么久，给我靠几十分钟不过分吧？我相信苒苒不是这么小气的人。"

"……"曲歆苒抿了下唇，没答话。

窗外的风景往后倒退，连昀鹤的碎发挠得她的脖颈有些痒。

曲歆苒慌乱地别开眼，心虚地往窗外看去。她紧张地抿了抿唇，心乱如麻。

到了锦泰家园，连昀鹤被司机大哥吵醒了，他眼皮耷拉着，表情懒散，没完全清醒，但还是下意识地帮曲歆苒开门。

连昀鹤看着曲歆苒下车，刚想跟她道别，却被抢先了。

"你急着回基地吗？"曲歆苒注视着连昀鹤，紧张地攥着手指。

连昀鹤看了看她，回答："不急。"

曲歆苒抿了下唇，小心翼翼地瞄了他一眼，提议道："那你要不要吃个早餐再走？我家有我做的包子。"

连昀鹤愣了一下，立马应道："可以的话，当然最好。"

听到这个回答，曲歆苒弯了弯唇，她努力克制唇边的笑容，轻咳了一声，说道："那走吧。"

上了楼，曲歆苒从鞋柜里拿出上次补买的拖鞋。

自从上次连昀鹤来她家装灯管后，曲歆苒便意识到家里还是不能没有拖鞋，总不能每个来的客人都要他们直接走进来吧。

于是她一次买了两双。一双灰色男式的，一双粉色女式的。

曲歆苒拿出男式拖鞋递给了连昀鹤，便直奔厨房。她从冰箱里拿出自己前两天包的包子，蒸了两笼。包子被她捏成了可爱的卡通小熊和小猪形象，里头有鲜肉包，也有素菜包。

曲歆苒垂眸，看着粉色的小熊小猪，抿了抿唇。她自己是觉得味道还可以，至于合不合连昀鹤的口味那就不知道了……

"曲老师，手艺可以啊。"连昀鹤的声音从耳畔传来。

曲歆苒一回头，便看到了眼底带笑的连昀鹤，她弯了弯唇："那我们连队长改天有空要学一学吗？"

"行。"连昀鹤爽快答应下来，"改天就麻烦曲老师教教我？"

"不麻烦，交学费就行。"

这句调侃的话，让连昀鹤意外地挑了挑眉。

对上曲歆苒玩味的表情，他被逗笑了，高兴地应道："交就交，但我有个要求。"

曲歆苒看他："什么要求？"

"不要这个小猪小熊。"连昀鹤指了指蒸笼里的包子，笑道，"我要学怎么捏一个卡通版连昀鹤的包子。"

"怎么捏？"曲歆苒有些为难，"包子捏不了这么高难度的。"

连昀鹤瞅了眼蒸笼里的小熊包子，小熊两只耳朵上放着粉嫩嫩的火腿，有眼睛鼻子，还有粉粉的腮红。

很用心，也很可爱。

"不难啊。"连昀鹤道，"你看这个小熊多么栩栩如生，差不多难度。"

曲歆苒撇了撇唇，没回话，心里却想着："明明差远了……"

　　蒸上包子，曲歆苒把连昀鹤从狭窄的厨房里推了出去。她指着客厅里的单人沙发："你昨天晚上没睡觉，先休息一下吧。"

　　说完，曲歆苒又不好意思地抿了下唇："就是我家太小了，最好还是早点儿吃完回基地休息吧。"

　　连昀鹤在沙发上坐了下来，淡淡地回了句："麻雀虽小五脏俱全。"

　　见连昀鹤不在意，曲歆苒笑了笑："那我先去洗漱一下，你休息吧。"

　　曲歆苒转身进了卫生间，客厅安静下来。卫生间那边传来水流声，连昀鹤眼睛酸得很，困意也渐渐袭来。

　　等曲歆苒洗漱完，敷完面膜已经是二十分钟之后了。

　　她经过客厅，看到了坐在沙发上托腮闭眼休息的连昀鹤。曲歆苒的视线掠过连昀鹤眉骨上的伤口，她纠结地咬了下唇，最后还是轻手轻脚地翻出家里的医用箱，从里面拿出消毒水和创可贴。

　　曲歆苒放轻动作，拿了棉签小心翼翼地给连昀鹤清理伤口。她先用沾了消毒水的棉签清洗完伤口后，然后蹲在地上，撕开创可贴，把创可贴的包装撕下来扔进垃圾桶里。

　　曲歆苒拿着创可贴，回过头正要给连昀鹤贴上，目光却意外地撞上了一双满含笑意的眼眸。

　　连昀鹤托着脸颊，姿势没变，他的长腿屈在一起，柳叶眼弯成一道月牙儿。

　　没想到连昀鹤会醒来，曲歆苒当场蒙了。

　　在连昀鹤直勾勾的眼神下，曲歆苒举着手上的创可贴，心虚地解释道："帮你处理一下伤口。"

　　连昀鹤点头"嗯"了一声，算作回应。他看了曲歆苒一眼，然后俯下身子，往曲歆苒那边靠近了些。

　　"谢谢曲老师的关心，麻烦了。"

　　连昀鹤的尾音拖长，因为刚醒来，嗓音慵懒，带着一股漫不经心的意味。

　　他似乎只是随口一说。但曲歆苒听见却莫名红了脸，眼底染上愠色，她才没有关心他！

　　见曲歆苒有些羞恼，连昀鹤轻笑了一下，他伸出手想要接过曲歆苒手上的创可贴，决定不再逗她。

　　"我自己来吧。"

　　曲歆苒抿了抿唇，躲开了："镜子在房间里，我帮你贴吧。"

　　"行。"连昀鹤也没推托。他瞥了眼曲歆苒手上的淡紫色卡通兔子创可贴，什么也没说。

　　看着自觉弯下腰的连昀鹤，曲歆苒换了条腿继续蹲着，给连昀鹤贴创可贴。

隔得近，曲歆苒发现连昀鹤的皮肤状态真的很好，尽管他每天要训练，风吹日晒的，但皮肤还是偏白。

贴好创可贴，曲歆苒的视线往旁边一瞥，注意到了连昀鹤的眉毛，他的眉形带挑，很浓，没有任何修饰，配上他的柳叶眼，总是含情脉脉的。

曲歆苒别开眼，正要去拿第二个创可贴给连昀鹤鼻梁上的伤口贴上，却被他拦住了。连昀鹤抓住她的手腕，笑着说："苒苒，鼻梁上那个小伤口就算了，等回基地就愈合了。"

"好吧。"曲歆苒听话地把创可贴收了回去。

空气中弥漫着包子的香味，曲歆苒吸着鼻子闻了闻，又看了一眼时间，估摸着差不多熟了，就跑到厨房去把火关了。

她戴着手套，把两笼包子放在厨房边上的小桌子上。

小桌子只能坐一个人，凳子是带靠背的高脚凳，曲歆苒看见连昀鹤迈开腿走过来，转身帮他拿了副碗筷。

连昀鹤接过碗筷，下意识地说了句"谢谢"。

曲歆苒看了他一眼，道："不客气。包子刚出锅有些烫，你小心点儿。"

嘱咐完，曲歆苒便转身打开冰箱。她看着冰箱里的酸奶又看了看被保鲜膜包起来的半个西瓜，探头问道："你要喝酸奶还是西瓜汁？"

"还有其他的吗？"连昀鹤问。

"暂时没有其他的饮品。"

连昀鹤语气随意："那就酸奶。"

"口味有草莓、杨桃，你要哪种？"

闻言，连昀鹤抬眼看了曲歆苒一眼，淡淡地回答道："草莓。"

曲歆苒抿了抿唇，从冰箱里拿出草莓味的酸奶递给了连昀鹤。她比较爱吃西瓜，于是想了想又把半个西瓜拿出来榨了汁。

端着榨好的西瓜汁，曲歆苒回到了小桌子前。

"苒苒，早上又喝凉的又吃热的，你确定不会拉肚子吗？"

曲歆苒愣了一下，迟疑道："不会吧。"

连昀鹤挑了挑眉，表情明显表示怀疑。曲歆苒只好补充："我以前夏天早上这么吃没有拉过肚子。"

连昀鹤弯唇笑了笑，用手背试了一下西瓜汁的温度，感受到冰凉的温度，他皱起眉把西瓜汁拿了过来。

"太冰了，等会儿吃，女孩子早上吃冰的对身体不好。"

听到这句话，曲歆苒不由得看了连昀鹤一眼。她瞥了一眼诱人的西瓜汁，有些遗憾，冰的西瓜汁最适合夏天了……

注意到曲歆苒眼巴巴的样子，连昀鹤夹起一个包子放进曲歆苒的碗中，他眼底带笑，劝道："再看你也不能吃，太冰了，先把小猪包吃了。"

曲歆苒不高兴地瘪了瘪嘴，但还是听话地吃起了包子。她咬一口，里头的肉馅多汁，味道鲜美。

曲歆苒抬头瞄了连昀鹤一眼，内心有些忐忑，味道还不错，连昀鹤应该会喜欢吧？

吃完一个包子的连昀鹤抬眼，恰好看到曲歆苒的表情。他眼神微滞，然后便看见曲歆苒急匆匆收回了视线。

连昀鹤无奈地笑了一下，刚想说些什么，电话却响了。

来电显示是魏凌洲，连昀鹤抿了下唇，接通。等那头的魏凌洲说完话，他才回了句："锦泰家园，你现在过来吧。"

埋着脑袋吃包子的曲歆苒动作一顿，眼底有遮盖不住的失落，随后又故作淡定地继续吃了起来。

电话接通不到一分钟，便挂断了，十分短促。

曲歆苒想了想，还是抬头问道："魏凌洲来接你回基地吗？"

"嗯。"连昀鹤看她，"要顺便送你去学校吗？"

曲歆苒摇摇头拒绝了："不用，时间还早，我想洗个澡再去学校。"

"好。"连昀鹤没再多说什么。

等两人吃完早餐，魏凌洲也差不多快到了，曲歆苒收拾好碗筷，把连昀鹤送出了门。

房间归于寂静，空气中仍残留着挥之不去的包子香味。

曲歆苒靠着鞋柜长长地叹了口气，对连昀鹤的离开，心里突然止不住地失落、难过。

曲歆苒眨了眨眼，才发现不知不觉中，原来她已经贪心到这种地步了。

洗完澡，曲歆苒看自己气色太差，于是化了个淡妆才去学校。

刚到办公室坐下来，对面的郑佳意便叹了口气，曲歆苒看了她一眼，收回了视线。曲歆苒放下包，看见郑佳意趴在桌子上，然后长长地叹了一口气。

曲歆苒又看了郑佳意一眼，手指刚碰上电脑的电源键，果不其然又听见郑佳意的叹气声。

"唉。"

曲歆苒弯了弯唇："遇见什么烦心事了？"

郑佳意瘪瘪嘴，满脸不高兴："还不是高瑾词。"

听到"高瑾词"这三个字，曲歆苒的笑容收敛了些。

"他昨天一天没给我回信息。"郑佳意皱着眉，"一般他只要休息都会给我回信息的，有时候晚上要备勤都会给我打视频电话，可是他昨天居然一天没理我！一天哎！高瑾词肯定在外面有别的女人了！"

曲歆苒抿了抿唇："是不是出了个任务太累了，一时忘记了？"

"对呀。"

郑佳意猛地坐直身子："他昨天下午好像是跟我说要出一个任务来着，那我勉强给他一个机会，要是下午再不回我，我肯定不原谅他。"

看见郑佳意脸上立马洋溢着笑容，曲歆苒微微松了口气。

还好郑佳意平时喜欢看娱乐新闻，不太关注潭州的社会新闻，要不然曲歆苒根本圆不过去。

办公室其他老师陆续进来，还有不到十分钟上第一节课。曲歆苒拿着电脑在修改教学课件，郑佳意第一节课有课，她想了想，点进了微博想刷一刷。

刷得正起劲，突然弹出一条消息。

郑佳意刚想划走，却看见"潭州市客车持枪劫持案件"这几个字，她皱起眉，看了眼时间，发现是昨天下午。

点开这条消息，郑佳意火速把文章看完，大概就是昨天下午长桥收费站发生了一起持枪劫持案件，人质有三人轻伤一人重伤，还有一名警察在制伏劫匪的时候，中枪送医院了。

郑佳意看着发出来的现场图片，内心莫名有些不安。

她抬头看向曲歆苒，问道："歆姐，昨天下午长桥收费站的案件，高瑾词他们就是去执行这个任务吧？"

曲歆苒打字动作一顿，她心里咯噔一下，抬头看向郑佳意。

郑佳意满脸担心地说："小词子不理我，不会就是因为这个受伤的警察是他吧？"

曲歆苒抿了下唇，出声安慰道："不会的，别往坏处想。我听说昨天下午的持枪事件，潭州警方跟劫匪僵持了两三个小时才结束。而且有个警察误伤了人质，好像就是他们星辰突击队的，估计晚上回去又被上面教育，可能真的太忙太累了，忘记回了。"

"可……不对啊。"郑佳意急得眼泪都快要出来了，"小词子不管多忙，他睡觉之前都会抽空给我回消息。这么多年，他一直都是这样的，不行，我要给他打个电话。"

眼看着要瞒不住了，曲歆苒都想跟郑佳意坦白了。

谁知道这个时候上课铃声响了，郑佳意还没来得及拨出电话，她纠结了会儿，在去工作和打电话间摇摆不定，最后还是决定先去上课。

"我上完课再给他打好了。"扔下这句话，郑佳意便走出了办公室。

看着郑佳意走出去的身影，曲歆苒心里十分不好受。

这件事情，怕郑佳意担心想瞒着的高瑾词确实没有做错。

但如果她是郑佳意，知道后肯定会生气，毕竟他们两个现在是男女朋友的关系，如果受伤了这么大的事情，都不告诉郑佳意这个女朋友，那这算什么呢？

曲歆苒想了想，最后给连昀鹤打了个电话。

从连昀鹤上车开始，魏凌洲就注意到了连昀鹤眉骨上那个可爱的卡通创可贴，他开着车，不断地往那上面瞥。

连昀鹤本身五官很好看，不笑的时候格外冷淡，看起来凶巴巴的，笑的时候又带着些慵懒、散漫的感觉，但现在这个卡通创可贴往脸上一贴，让他整个人都变得可爱了起来。

似乎是对自己的这个想法感到荒谬，魏凌洲连忙晃了晃脑袋，否认了。连队这么硬汉的一个人，以前这种小伤对他来说都跟闹着玩一样，别说创可贴了，清理伤口都不会，现在居然清理伤口贴创可贴了？还是卡通兔子款创可贴？

"看什么？"连昀鹤抬眼瞥向魏凌洲，嗓音淡淡的，"好好开你的车。"

闻言，魏凌洲立马移开视线坐直了身子。他清了清嗓子，说道："连队，你这卡通兔子创可贴，还挺好看的哟……"

"嗯。"连昀鹤淡淡地应道。

"曲老师贴的？"

连昀鹤睨着他："不然呢？"

除了她，还能有谁。

看到连昀鹤的眼神，魏凌洲紧张地咽了咽口水，忙夸道："好看，好看。"

连昀鹤扯了扯唇，没理他，苒苒贴的，当然好看。

几十分钟后，两人一路沉默着开回了基地。看见连昀鹤下车，魏凌洲顿时感觉自己如获新生。

跟连队坐同一辆车，真是太煎熬了！连队好冷淡好冷漠，根本不跟他说话！

而魏凌洲也恰好不太敢跟连昀鹤说话，这就导致他们一路无话。魏凌洲停好车，跟了上去，他跟连昀鹤保持着距离，完全不敢跟连昀鹤并排走。

魏凌洲抬头，看了看背影干净利落的连昀鹤，感慨地摇了摇头。

连队这么冷淡的人，他真的能追到曲老师吗？

魏凌洲面露怀疑，不能吧？谁会喜欢这么冷淡还凶的男人啊？

想起连队眉骨上的卡通创可贴，魏凌洲又有些迟疑了。

不过，连队都愿意破坏自己的形象贴上曲老师的卡通创可贴了，是不是证明还是有点儿机会的？

没等魏凌洲想更多，邹向毅朝着两人走了过来，前头的连昀鹤停下脚步，站在原地跟邹向毅聊起天来。

离得近了些，魏凌洲听见邹向毅对连队说了句："你这脸上是什么乱七八糟的东西？"

连昀鹤淡淡地答道："这叫创可贴。"

"你好好一个大男人，贴这么花里胡哨的创可贴干吗？"邹向毅嫌弃地看了连昀鹤一眼，"还是紫色的……"

"你懂什么？"连昀鹤冷哼一声，"这是苒苒贴的。"

看着连昀鹤骄傲带着炫耀的表情，邹向毅眉心要蹙成一个"川"字。他上下扫了连昀鹤一眼，眼神更嫌弃了。

"苒苒？连昀鹤，你还敢再肉麻一点儿吗？"

连昀鹤看了邹向毅一眼，理直气壮地反问道："我怎么了？贴个创可贴有错？"

"你还怎么了？"邹向毅哼了一声，"还没追到就这样了，以后在一起了你不得在我们面前疯狂秀恩爱，十句话八句离不开曲歆苒？"

连昀鹤沉默了一下，然后笑着反驳："那倒不会，十句可能十句都离不开吧。"

邹向毅："……"

一阵手机铃声响起，连昀鹤垂眸看了一眼来电显示，然后冲邹向毅笑了笑："不好意思啊，我先接下苒苒的电话。"

电话很快被接通，曲歆苒抢先说道："高瑾词昨天晚上没给佳佳回信息，佳佳已经关注到那个新闻了。"

连昀鹤沉默了会儿："好，我等会让高瑾词给她回消息。"

曲歆苒抿了抿唇，没再说什么。她也只是个外人，高瑾词有心隐瞒便只好装作不知情。

"好吧，那我挂电话了。"曲歆苒纠结了会儿，又把电话重新拿到耳边，"可我觉得高瑾词还是把这件事告诉佳佳比较好。"

"为什么？"

曲歆苒敛下眸："他们现在是男女朋友的关系，瞒着佳佳，她会不高兴的。"

"嗯，有道理，但是苒苒，"连昀鹤话音一顿，"如果是我，我也会跟高瑾词一样。"

"怕女朋友担心吗？"

连昀鹤"嗯"了一声，他嗓音懒懒的，把曲歆苒的话重复了一遍："对，怕女朋友担心。"

曲歆苒抿了下唇，不是很赞同："可如果站在女朋友的角度，她会很不高兴的。中枪不是件小事情，难道不应该要一起面对吗？"

连昀鹤轻笑了一声，没反驳，反而附和道："曲老师说得对，我和高瑾词都应该反思。"

这话乍一听好像没什么地方不对劲，但从连昀鹤嘴里说出来，曲歆苒却总觉得有些奇怪，大概是因为连昀鹤声音低沉有磁性，所以听起来竟有几分宠溺。

想到这里，曲歆苒莫名感到害臊，她抿了抿唇，决定火速撤离："我等会儿有课，先挂电话了，拜拜。"

没给连昀鹤说话的机会，曲歆苒直接把电话挂了。她看着微信聊天界面通话不到两分钟的记录，弯了弯唇。

四十五分钟后，第一节下课铃声响起。

铃声还没响完郑佳意便匆匆忙忙走了进来，她手上举着电话，曲歆苒看了眼，停下了手上的动作。

没等多久，电话被接通。

郑佳意听那边说了句话后，表情便放松了下来："那你为什么昨天一直不回我消息啊？"

高瑾词不知道说了什么，郑佳意不高兴地哼了一声："道理我都懂，但我还是生气，你以前再忙再累都会给我回消息的呀……"

听着郑佳意撒娇的语气，曲歆苒无奈地笑了笑，低头继续备课。

得知高瑾词昨天晚上没休息好，郑佳意没跟他多聊，在第二节课上课之前把电话挂了。

郑佳意捧着手机，看了眼安安静静的微信群，突然发现昨天出了那么大的事情，她那爱分享的爸妈居然一声未吭？

这不正常。

"歆姐。"

"嗯？"听到郑佳意叫自己，曲歆苒抬眼望去。

郑佳意皱着眉："我总觉得哪儿不对劲。"

曲歆苒看着她："哪儿不对劲？"

"说不出来，就感觉奇奇怪怪的。"郑佳意纠结了会儿，突然蹦出来一句，"我觉得高瑾词在骗我。"

对上郑佳意怀疑的眼神，曲歆苒眉梢微挑，郑佳意这第六感……

曲歆苒张了张嘴，正想说些什么，第二节上课铃却响起，她抿了抿唇，只好先去上课。

等上完课回来，曲歆苒发现郑佳意坐在办公室里，表情有些冷淡："歆姐，你下午放学能陪我去趟医院吗？"

曲歆苒愣了一下，下意识地问："佳佳你知道了？"

话音刚落，郑佳意便看向了她。

后知后觉的曲歆苒终于意识到自己说漏嘴了，不由得有些懊恼。

"歆姐你也知道？"郑佳意眼神淡淡的，"那就我一个人不知道？全瞒着我？"

"我是昨天发烧去医院偶遇到连昀鹤他们才知道的。"曲歆苒抿了抿唇，眼里满是内疚，她叹了口气，解释道，"他们说高瑾词怕你担心，叫我不要告诉你，对不起佳佳，我应该早点儿告诉你的。"

郑佳意沉默了会儿，低下眼："不怪你，是高瑾词一个人的错。"

曲歆苒看着格外冷静的郑佳意，没说话。

"佳佳，高瑾词也是怕你担心他。"

"我知道，我也能理解，可是歆姐……"郑佳意顿了顿，语气带着怒意，"中枪是件小事吗？又不是简简单单的发烧感冒，嘴上说着为我好、怕我担心，可实际上根本没考虑过我的感受。"

越想越气，郑佳意赌气般说道："有本事他断了手要截肢也别告诉我啊！哪有这样的人，所有人都知道，就瞒着我。"

要不是她跟高瑾词爸妈聊天的时候发现了不对劲，打了个视频电话过去，看见背景是医院，估计等到高瑾词出院伤口愈合了，她这个女朋友都还被蒙在鼓里！

看见郑佳意生气的样子，曲歆苒紧抿着唇，突然有些担心下午两人见面，郑佳意会跟高瑾词吵起来。

曲歆苒叹了口气，算了，只能到时候拦着点儿了。

下午四点多放学，曲歆苒坐着郑佳意的车来到了医院，找到高瑾词所在的病房，两人一眼便看到他受伤包扎着绷带的右手臂。

曲歆苒一偏头，发现郑佳意眼眶都红了。

高瑾词看见两人来了，马上坐直了身子。他先跟曲歆苒打了声招呼，这才看向郑佳意。

目光触及眼里满是泪水的郑佳意，高瑾词一下慌了，乖乖认错："我错了，你别哭。"

郑佳意抹掉眼泪，在高瑾词面前坐下来："晚了。"

"别啊。"高瑾词语气真诚，"我真错了，小意儿，你再给我一次机会吧，下次我肯定不会瞒着你。"

"你还想有下次？"郑佳意生气地瞪着他，"下次你干脆光荣牺牲，别告诉我了。"

"牺牲是不可能的。"高瑾词笑嘻嘻的，完全不在意郑佳意的气话。他伸出左手揉了揉郑佳意的头发，一脸得逞，"我还没娶某个小哭包呢。"

"谁说我要嫁给你了？"郑佳意白了一眼油嘴滑舌的高瑾词。

高瑾词急了："你不嫁给我，嫁给谁？"

"你管我。"

"不行。"高瑾词眼神一凛，板着脸严肃道，"你跟我有娃娃亲，嫁给别人叫始乱终弃！"

郑佳意撇了撇唇："娃娃亲是大人定的，算什么数？"

"怎么不作数？"高瑾词抬起受伤的手臂，抱住郑佳意，撒娇道，"我不管，反正你不能嫁给别人。"

"我就要嫁。"

"不能嫁！"

"就嫁，你管我！"

…………

曲歆苒看着拌嘴的两人，无奈地摇了摇头，真是对欢喜冤家。

想着，曲歆苒便转身走出病房，谁知迎面撞上一个温暖的怀抱。

鼻间是熟悉的清冽薄荷味，她抬头，果不其然看见了眼底带笑的连昀鹤。他穿着普通的白色短袖，阳光又帅气。

"郑佳意已经进去了？"

曲歆苒点点头："嗯。"

"进去了就行。"

曲歆苒看着他："你没休息吗，怎么跑过来了？"

"睡了几个小时，才醒呢。"

"好吧。"

"我先进去给高瑾词送衣服。"

听到连昀鹤这句话，曲歆苒赶忙侧身给他让出位置。她看着走进病房跟高瑾词两人聊天的连昀鹤，抿了抿唇。

曲歆苒低头看了一眼时间，发现不早了，于是打开微信给郑佳意发了条信息，便往电梯口走去。

来到电梯口，曲歆苒按了电梯，耐心地等着。

不到两分钟，电梯就到了，里头站满了人，曲歆苒走了进去，回过头便看到了大步走过来的连昀鹤。

连昀鹤在她身边站定，紧跟着电梯门就关上了。

曲歆苒抬头疑惑地看向他。

"时间不早了。"连昀鹤顿了顿，笑道，"曲老师要赏脸跟我一起吃个饭吗？"

第五章
暧昧

"想吃什么？"

跟着连昀鹤上车，曲歆苒把安全带系好，就听见他问了这句话。

她想了想，答道："都可以。"

连昀鹤看向她："那我挑地方？"

"好。"曲歆苒点头。

"行。"连昀鹤弯了弯唇，握着方向盘把车开出了停车位。

一路上连昀鹤想了很久，最后带着曲歆苒来到了有名的乌德堂饭店。

乌德堂离这边有些距离，所以连昀鹤在手机上提前预约了。

等车子停在乌德堂的门前，曲歆苒不由得愣了愣，她完全没想到连昀鹤会带自己来乌德堂总店。

乌德堂是潭州市保留得最完整的民国建筑，一栋四层西式洋楼，建于1946 年。它坐落在潭州最繁华的街道上，周围全是现代化高层建筑，唯独它与众不同。

里面的菜品其实并不算贵，普通偏高一点儿，但是在这种环境下吃饭，特别有氛围感，就好像他们在约会一样。

这么想着，曲歆苒不由得看了一眼身旁的连昀鹤。

连昀鹤也抬眼看向她，迟疑道："不喜欢？"

"没有。"曲歆苒摇了摇头。

连昀鹤朝她笑道："那下车吧。"

下了车，曲歆苒跟着连昀鹤进入了乌德堂，率先映入眼帘的即是门口的圆形喷泉，水流声哗哗不断，里头环境清幽无比，放着舒缓的音乐，说是闹市中取一片静地都不过分。

随着服务员坐到四人卡座上，连昀鹤先把菜单递给了曲歆苒。曲歆苒点了一个自己爱吃的牛腩，便把菜单还给了连昀鹤。

连昀鹤低头看了一眼，然后朝她挑眉："就这一个菜？"

曲歆苒迎上他的目光，抿抿唇："不是还有你嘛。"

连昀鹤愣了一下，随即高兴地拿着菜单点起菜来："孜然寸骨，再要一个紫苏桃子姜。"

"剁椒鱼头你们要尝试一下吗？"服务员问。

"不用。"连昀鹤笑了笑，"她过敏。"

服务员"啊"了一声，然后意味深长地多看了看跟前的这对小情侣。

等连昀鹤点完菜，服务员便拿着菜单走了。回到前台，她立马激动地拉着另一个服务员说道："我刚看见了一个特别帅的小哥哥来我们店吃饭，笑得特别好看！"

"哪儿呢？哪儿呢？"另一个服务员好奇地探着脑袋。

"别看了，人家有女朋友了，还对他女朋友特别温柔。世界上的好男人这么多，为什么不能给我一个啊？"

另一个服务员笑她："你想什么呢？"

"不是……"服务员刚想反驳，迎面又走来一对才子佳人。

"看这个小哥哥帅吧？也不是你的，快去吧！"

"……"

餐桌上，连昀鹤先帮曲歆苒倒了一杯热茶，接过茶的曲歆苒又下意识地说了句"谢谢"。

听到这句话，连昀鹤手上给自己倒茶的动作没停，语气随意道："苒苒，在我面前，你这个好习惯可以尝试丢掉。"

曲歆苒抿了抿唇，把视线投到连昀鹤身后的彩色玻璃上，没回话。

连昀鹤把茶壶放在桌上，浅饮了一口，看向她："别装没听见。"

闻言，曲歆苒把视线收了回来，哀怨地看了连昀鹤一眼。

看着曲歆苒的小眼神，连昀鹤弯唇笑了起来。他正想要说些什么，却猛地被人打断。

"连昀鹤？"

女人的声音婉转清脆，很甜美。

曲歆苒立马看了过去。

女人眉眼弯弯的，脸蛋又白又小，比以前更加漂亮成熟了。而站在她身旁的男人脸上没什么表情，亦如以前一样清清冷冷的。

"咦，曲歆苒？"盛枳惊讶地看向曲歆苒，手指指了指他们两人，"好巧，你们俩约会啊？"

听到这话，曲歆苒抿了抿唇下意识地看向了连昀鹤。

见曲歆苒有些尴尬，连昀鹤主动接过话茬："在这儿碰见你们俩挺不容易，不过，你们真要结婚了？"

盛枳瞥了一眼身边沉默着没说话的程砚南，没好气地应道："是啊，下个月结婚。"

连昀鹤挑了挑眉："不打算请我们这些老同学参加你们的婚礼？"

"我们又不办婚礼。"

闻言，曲歆苒不由得抬头看向盛枳。

"家里催得紧，我跟程砚南就打算凑合一下，演一演。"盛枳不在意地耸了耸肩，"你们又不是不知道，我们两个没感情的。"

曲歆苒的视线移到盛枳旁边的程砚南身上，程砚南抿着唇，气质冷淡，也没反驳。

这时，服务员把曲歆苒他们一桌的菜端了上来。盛枳拉着程砚南让出了位置，粲然一笑，说道："那你们先吃，我们走了啊？"

"好。"

连昀鹤的话音刚落，盛枳跟程砚南便走了。

曲歆苒的目光追随着他们走了好远，才收了回来。

"盛枳跟程砚南要结婚了？"

"嗯。"连昀鹤看着她，笑道，"订婚的消息上个月在班级群里被透露出来了，他们激烈讨论了好一会儿，但我没看。"

曲歆苒抿了抿唇："好吧。"

盛枳跟程砚南也是潭州三中的，高一的时候跟他们是一个班的。程砚南当时是他们班的学习委员，而盛枳的成绩则不上不下的。

高一那会儿，他们班上风头最盛的两人，一个是连昀鹤，另一个便是程砚南了，连昀鹤的性格更加随和好相处，程砚南则是清清冷冷的，不太爱说话，除了跟盛枳。

盛枳脾气比较暴躁，当时班上所有人都坚信她跟程砚南虽然从小一起长大，但绝对没有感情，不可能在一起。

可现在这对没有感情的人，不仅在一起了，还要结婚了，虽然盛枳总说，她跟程砚南没有感情，清清白白……

后来文理分班，程砚南去了其他理科班，盛枳则选了文科。

至此，曲歆苒跟盛枳他们便没了联系。

曲歆苒垂下眼，其实之前上学的时候也没什么联系，她已经脱离以前的生活太久了，初中、高中、大学的班级群一个也没加，这种消息自然是不知道的。

曲歆苒记得，当时连昀鹤跟程砚南还玩得挺好的。

哐当一声响，黑色的手机映入曲歆苒的眼帘，把她的思绪拉了回来，她看着连昀鹤递过来的手机，抬头看向他，眼底满是不解。

连昀鹤说："聊天记录应该还在手机里，密码是 0819。"

曲歆苒眨了眨眼："我不想知道。"

"是吗？"连昀鹤语气轻飘飘的，眼神充满了怀疑。

"……"

曲歆苒沉默了一下，伸出手把连昀鹤的手机拿了过来。好吧，她其实还是有点儿兴趣的。

按照连昀鹤所说的，曲歆苒输入了手机密码，打开微信，她发现连昀鹤最近聊过天的人不超过十个，其中还包含了突击队和高中的几个群聊。

曲歆苒弯了弯唇，点进高一的聊天群。

咱们班盛枳跟程砚南真的已经订婚了吗？

我错过了什么？

这真的假的，本人出来回应一下吧。

往下划拉，曲歆苒看到程砚南回了一个字——

真。

曲歆苒抿了抿唇，脑中回想起程砚南那张冷淡的脸，还真是程砚南一贯的作风。

底下的聊天记录基本上都是班上同学的一些感叹，曲歆苒划拉得很快，大概扫了一眼，便把手机还给了连昀鹤。

"看完了？"

曲歆苒点了点头："嗯。"

"那先吃饭，尝一下这个孜然寸骨。"说着，连昀鹤便把手边的孜然寸骨往曲歆苒那边推了推。

他给自己舀了一勺牛腩，然后开口问道："苒苒，之前你来这儿吃过吗？"

"没有。"曲歆苒摇了摇头，"我大多数时候都是自己在家做饭吃。"

连昀鹤诧异地看向她："平时跟朋友聚餐呢？"

曲歆苒说："不太跟朋友出来聚。"

这话一出，连昀鹤便懂了。他又给曲歆苒舀一勺牛腩，然后笑道："那正好。"

曲歆苒抬头看向他，眼底满是疑惑，什么正好？

"我平时工作忙，也不太跟朋友出去聚。"连昀鹤扬起一个笑容，"但想去的地方还是挺多的，要不以后轮休有时间，苒苒你陪我一起去？"

乌德堂里放着舒缓安静的音乐，头顶的灯光照射在连昀鹤的脸上，温暖又浪漫。

曲歆苒定定地看着他，久久移不开视线。那她跟连昀鹤现在是——朋友吗？

面对着如此自然的连昀鹤，曲歆苒沉默了会儿，笑着回道："好，反正我有时间。"

连昀鹤愣了一下，眉梢微挑："曲老师你这意思是，我到时候会放你鸽子？"

"我没说。"曲歆苒矢口否认道，"但我马上放暑假了，确实有时间。"

听着曲歆苒意有所指的话，连昀鹤无奈地笑了笑。

"嗯，苒苒说什么都对。"

闻言，曲歆苒抬头瞄向连昀鹤，然后迅速别开眼，结束这个话题，安静地吃起东西来。

不到半个小时，桌上的东西基本上被两人吃完了。连昀鹤打着去上厕所的借口，去前台把钱付了。

他刚想上楼，却碰巧撞见了下楼的程砚南。

"程医生。"连昀鹤率先喊道。他脸上带着笑，看起来十分不正经。

程砚南瞥了连昀鹤一眼，然后自顾自地去付钱，连昀鹤倒也不在意，他站在楼梯口，倚靠在楼梯扶手上，耐心地等着程砚南付完款。

没等几秒，程砚南便付完了钱，他掀起眼看向连昀鹤，下巴微抬，指向外面的庭院。

连昀鹤立马懂了："要跟我叙旧？"

程砚南点头："嗯。"

"行啊。"连昀鹤站直身子，跟着程砚南往外头走去。

庭院里有个蓄水池，被三面栏杆给围住。池上的青蛙正在往外吐着水，咕噜咕噜的。

连昀鹤瞥了一眼蓄水池旁的绿植，这才看向身旁的程砚南："不是跟我叙旧？"

程砚南点了点头，算作回应。

看着冷漠的程砚南，连昀鹤觑他："靠眼神叙旧吗？"

程砚南沉默了一下，把手中的红色请柬递给了连昀鹤："我跟吱吱的婚礼，九月十八号。"

连昀鹤挑了挑眉，接过请柬。他拿着精美的请柬反复看了好久，心里止不住地羡慕。

"盛枳不是说不办婚礼？你俩这意见没统一啊？"

"这些仪式不能省，而且，"程砚南顿了顿，眼神淡淡的，"吱吱还小。"

言外之意就是，她还小不懂事，说的话不作数。

154

连昀鹤不在意地哼了一声，都是老同学，何况他跟程砚南一直玩得还可以，谁不知道他俩的年龄呢？

"但是，我今天发现，盛枳是真不喜欢你啊。"连昀鹤瞥了程砚南一眼，揶揄道。

程砚南："……"

得逞的连昀鹤笑了笑，继续说："合着盛枳还不知道你暗恋她十几年的事情呢？"

程砚南睨视着他，没吭声。

连昀鹤"啧"一声，拍了拍程砚南的肩："砚哥，听我一句劝，你跟盛枳不如敞开天窗说亮话吧。要不然我感觉过不了半年，你们俩就得离。"

程砚南看着嚣张的连昀鹤，开口问道："你跟曲歆苒在一起了？"

"没啊。"连昀鹤理直气壮的。

程砚南挑了挑眉："鹤哥，听我一句劝，你跟曲歆苒不如敞开天窗说亮话吧。要不然我感觉下辈子你也追不到她，而且仔细一算，你暗恋曲歆苒有十二年了吧？"

连昀鹤："……"

看着吃瘪的连昀鹤，程砚南心情顿时好了不少。他眉梢微抬，挑衅地看了连昀鹤一眼，那眼神仿佛在说：大家都半斤八两，在这儿嘲讽谁呢？

楼上，曲歆苒看着迟迟没有回来的连昀鹤，正要下楼去寻他，对面的座位上却突然坐下来一个人。

迎上盛枳带笑的眼神，曲歆苒弯了弯唇，率先打招呼："好久不见，枳枳。"

盛枳脸上的笑容更加明媚了："好久不见，苒苒，你真是越来越温柔了！"

曲歆苒笑了笑，没回话。

盛枳看着曲歆苒恬静的笑容，不由得眼前一亮。她高一的时候就最喜欢班上安静温柔的曲歆苒，说是她的女神都不过分。

主要是她脾气比较火暴，跟谁都能吵起来，唯独曲歆苒可以包容她。

曲歆苒就好像没有脾气一样，说什么也不会生气，脾气好，成绩还总是全班第一，谁不喜欢啊！

所以直到现在，盛枳都很佩服曲歆苒。想着想着，她不由得问道："你跟连昀鹤是……"

"巧合。"曲歆苒弯了弯唇，"他的外甥是我的学生。"

闻言，盛枳惊讶地看向她："哇，真有这么巧的事情？不会是连昀鹤知道了故意去找你的吧？"

曲歆苒愣了一下，随即否认道："不会的。"

见曲歆苒有些尴尬，盛枳适时地收敛住，转移了话题："苒苒，你现在在当老师吗？"

"嗯。"曲歆苒点点头，"小学语文老师。"

盛枳听到这句话，脸上没有一丝惊讶，反而问道："在哪所小学呀？"

"育才。"

"育才好啊。"盛枳笑道，"要是我以后有小孩儿了，也想让苒苒你当班主任。"

曲歆苒看向她："为什么？"

"苒苒你肯定是个负责的老师。"

听到盛枳的话，曲歆苒不好意思地笑了笑，怕气氛尴尬，她礼貌回问道："枳枳你的工作是？"

"我没出息，吃老本呢。"盛枳抬手随意地描了几下，"插画师。"

看着谦虚的盛枳，曲歆苒弯了弯唇，夸赞道："插画师很厉害啊。"

"哪有，"盛枳不在意地摆摆手，"就是个卖画的。"

看着随性率真的盛枳，曲歆苒紧绷的身子放松下来。

"对了，苒苒，你以前的微信不再用了吗？"

"嗯。"曲歆苒点点头，简单地解释，"大学毕业时手机被偷了，就换了一个号码。"

"难怪。"

盛枳小声嘀咕了句，问道："那我能跟你加个微信吗？"

"当然可以。"曲歆苒一口答应下来，拿出手机跟盛枳把微信加上了。

两人简短地聊了会儿，盛枳便提议一起下楼找他们两个。走下楼梯，沿着大堂往旁边走，曲歆苒看到了一个小庭院。

庭院里有蓄水池，连昀鹤跟程砚南站在蓄水池前。

程砚南跟连昀鹤一样，穿着简单干净的白色短袖。

他们身上并没有穿什么名贵牌子的衣服，虽不是贵公子，但站在这民国风的洋楼里，却自然而然成了一道风景线，他们有一种十分纯粹干净的帅气，让不少路过的人，忍不住把目光投过去。

两人不知道在聊什么，连昀鹤侧着脸，表情看起来不是很高兴的样子。廊道灯火通明，庭院光线比较暗，边上的路灯打在连昀鹤精致的侧脸上，光影缭乱。

曲歆苒抿了抿唇，忽然间周遭所有的声音全部消失，然后眼里便只剩下连昀鹤了。

那一刹那，曲歆苒突然想通了。

她其实不太明白，自己为什么能喜欢连昀鹤这么久，难道仅仅是因为高中那块安慰到自己的巧克力吗？还是说，喜欢本身就是没有理由的？

曲歆苒一直觉得，这是个很深奥的问题，可这几个月来，连昀鹤的出现无时无刻不在告诉她：问题的本质，其实一点儿也不深奥。

或许是在某个平常雨天里偶然的重逢；或许是遇见歹徒时、脑袋烧得糊涂时，他的突然出现。

又或许，像现在这样，连昀鹤光站在那儿，就能让她的眼里只有他。

原来，她对连昀鹤的喜欢是细水长流，不可或缺的。

曲歆苒抿了抿唇，突然有了一个荒唐的想法，她想试着往有连昀鹤的地方走，不问结局。

"程砚南！"

盛枳的声音把曲歆苒的思绪拉了回来，她看见站在蓄水池前的两人齐齐回过头，程砚南脸上没什么表情，倒是连昀鹤眼底带上了笑意。

他们走了过来，曲歆苒的视线聚集在连昀鹤的身上，在距离她们一步远的地方，两人停下了脚步。

盛枳叉着手，好奇地看了他们两人一眼："你们两个大男人在那儿聊什么呢？"

闻言，程砚南率先瞥向连昀鹤。

连昀鹤侧头，看到程砚南警告的眼神，说："聊于朝呢。"

听到这个名字，曲歆苒不由得愣了愣。

她想起来了，高一那会儿，连昀鹤除了跟程砚南玩得好，还有一个外班的，这个外班的，便是于朝。

当时他们三个因为打篮球赛的一张照片火遍全校，就连那时不怎么关注这些事情的曲歆苒也有所耳闻。照片里，他们三个穿着白色篮球服，于朝站在中间，兴奋地跟身边的连昀鹤、程砚南击掌，据说他进了一个三分球。

那会儿流行玩贴吧，于是这张照片在贴吧里传疯了。

完全是因为他们三个人的相貌。

他们三个都长得好看，但完全是不同的帅气。他们中长得最高的于朝，阳光开朗，而连昀鹤的长相是硬朗中带着慵懒，最后一个程砚南则不太爱说话，比较冷淡。

想到这里，曲歆苒抿了抿唇。她记不太清是因为什么原因，但这张照片火了后没多久，一米九的于朝就进国家游泳队了。之后曲歆苒再看见于朝，便是三年前奥运会上他游泳夺冠的事情了。

高中的于朝总共来上学才不过几个月，她不记得也算正常吧……

"于朝？"盛枳放下手臂，瞬间来了兴趣，"话说于朝什么时候回潭州啊？我一直想拉着我们高中那群老同学一聚呢。"

连昀鹤眼神淡淡的，说了句："不知道。"

盛枳怀疑地看了连昀鹤一眼，问道："真不知道？"

"真不知道。"连昀鹤看了盛枳一眼，补充道，"我这几年工作多忙，哪里有时间跟于朝聊日常呢。"

"少来啊，鬼才信你。"盛枳说，"你跟程砚南明明去年过年还一起吃过饭，我记性好着呢，才不信你们没有联系于朝。也就你们俩愿意跟程砚南这块冷石头一起玩。"

见此，连昀鹤不由得笑着看向程砚南。

程砚南微微皱眉，说道："吱吱，你明天还要交画稿，我们该回家了。"

看着一本正经，跟自己长辈似的程砚南，盛枳不高兴地瘪了瘪嘴："好吧，那我们先走啦，改天于朝回潭州再聚啊！"

等着盛枳说完，程砚南冷淡地扔下一句"回见"，便走了。

话多的盛枳一离开，周围便陡然安静下来。

曲歆苒看了连昀鹤一眼，问道："我们还要回医院吗？"

"应该不用，有郑佳意在。"连昀鹤想了想，又说，"本来高瑾词今天能出院，但汪队让他全面检查一下，这才拖到明天。"

曲歆苒点点头："原来是这样。"

"吃饱了吗？"

听到这句话，曲歆苒朝连昀鹤看去："吃饱了。"

连昀鹤眼底带着笑："那走吧，先送你回家。"

"好。"

走出乌德堂的门，一股热风扑面而来，曲歆苒迈开脚刚想走出去，却被连昀鹤拦住了。

连昀鹤抓着曲歆苒的手腕，开口说道："外头热，我先把车开来。苒苒，你在这儿等着。"

曲歆苒一愣，还没来得及说些什么，就见连昀鹤大步走了出去。他的背影销匿于黑夜中，曲歆苒抿了抿唇，眼底是掩盖不了的笑意。

没过多久，连昀鹤便开着车到了乌德堂大门口，车窗被摇下来一半，露出连昀鹤好看的柳叶眼以及高挺的鼻梁。

他招了招手。

曲歆苒看见了，连忙小跑过去。

乌德堂大门口不能停太久的车，连昀鹤便没下车给曲歆苒开门。等曲歆苒坐稳系好安全带，车子平稳行驶时，连昀鹤这才偏头解释道："刚才那里不好停车。"

听出连昀鹤话中的意思，曲歆苒摇了摇头，笑道："我知道。"

连昀鹤弯了弯唇，看了曲歆苒一眼，什么也没说。他想起晚上跟程砚南聊起于朝的事情，眼神淡了下来，思绪也飘远。

车厢内冷空气吹得噗噗作响，连昀鹤认真地开着车。

谁也没开口说话，空气有些沉寂。曲歆莴偏头看了连昀鹤好几眼，几次想打破这沉默，都不知道该怎么开口。

直到开车的连昀鹤回过神，看着犹豫的曲歆莴，问道："有问题想问？"

曲歆莴抿了抿唇，她其实没有问题想问，但总觉得不说些什么，有点儿太安静了……

于是曲歆莴想了想，问道："于朝他退役后没有回潭州吗？"

听到这个问题，连昀鹤情绪瞬间低下来，但还是耐心地回道："他没打算回来。"

注意到连昀鹤意兴阑珊的样子，曲歆莴一下想起了什么，表情立马僵在了脸上："对不起，我忘记了于朝那件事……"

连昀鹤看向曲歆莴，认真地说道："没关系莴莴，你不需要道歉，想问就问。"

轻飘飘的一句"想问就问"，让曲歆莴瞬间安心了不少，但她一直都不是特别八卦的人，更何况于朝那事也确实太过沉重。

曲歆莴弯了弯唇，转移了话题："你为什么会想到乌德堂吃饭？"

听到曲歆莴蹩脚地转移话题，连昀鹤不由得愣了愣。反应过来后，他弯唇笑了笑，轻描淡写道："因为你。"

曲歆莴眼神一滞，疑惑地注视着连昀鹤，不太明白这句话是什么意思，她记得自己没跟连昀鹤说想要在乌德堂吃饭呀。

"莴莴你喜欢历史？"

连昀鹤这句话是肯定的语气，但曲歆莴还是配合地回应："嗯，我喜欢历史。"

"那……"连昀鹤顿住，他尾音延长，笑着问道，"曲老师最喜欢哪段历史？或者说，最喜欢哪个朝代。"

曲歆莴托着腮，认真地思考着这个问题。她在脑中回顾了国家上下几千年的历史，然后回答："宋朝。"

连昀鹤看向她："为什么？"

曲歆莴有些不好意思："因为喜欢的诗人在那个朝代。"

连昀鹤点点头："还有吗？"

"还有……"曲歆莴眨了眨眼，很认真地思考起来，"那就是近代历史了。"

这次没等连昀鹤发问，曲歆莴便自顾自地解释道："虽然不是很美好，但这段时期出现了很多伟人，我很钦佩他们。"

说着说着，曲歆莴偷偷瞥了连昀鹤一眼，才说："其实乌德堂的饭菜并不是特别好吃，但胜在氛围感很强。走在里头就感觉自己真的在民国一样，装潢太好了。"

连昀鹤偏头看了一眼笑得眉眼弯弯的曲歆莼，无奈地摇了摇头。

莼莼还真是个历史迷，似乎她自己都没发现，一聊到历史话都多了不少。

"我的错。"连昀鹤声音里带着笑意，"下次找个氛围感强、饭菜又好吃的地方，再带莼莼去好吗？"

闻言，曲歆莼立马抬头朝连昀鹤看去。

迎上连昀鹤带着笑的眼睛，她脸颊一热，慌乱地别开视线，小声嘟囔道："我没怪你。"

"嗯，曲老师没怪我。"连昀鹤赞同地点点头，懒懒道，"是我自己反省了一下，发现确实是我的问题。"

"……"

听着连昀鹤调侃的话，曲歆莼的目光再也不敢往连昀鹤身上看，她瘪了瘪嘴，暗自决定回去后要多看点儿脱口秀之类的节目，以免老是被连昀鹤揶揄得说不出话来。

几十分钟后，车子停在了曲歆莼家楼下。

曲歆莼看了眼窗外，敛下眸，心底有些失落，怎么这么快就到了呢……

车内的灯被连昀鹤按亮，曲歆莼抿着唇，慢吞吞地解开了安全带。她打开门，走了下去，站稳后，这才回过身看向连昀鹤。

"那我走啦？"

连昀鹤微微颔首："嗯，好，拜拜。"

曲歆莼咬了下唇，压抑住心底的不舍，慢吞吞地回了句："拜拜。"

转过身，曲歆莼不由得低头轻叹了口气。

下次见到连昀鹤，又会是什么时候了呢？又或者说，她下次以一个什么理由跟连昀鹤名正言顺地见面呢……

晚风燥热，走出去两步的曲歆莼突然停了下来，她转过身，喊了句：

"连昀鹤。"

"莼莼。"

两人的声音一同响起。回过身的曲歆莼看着连昀鹤，率先说道："我先说。"

连昀鹤眼神一愣，然后低笑道："行，你先说。"

在连昀鹤的注视下，曲歆莼越发紧张起来。她捏着手指，鼓足勇气说道："连昀鹤版包子我已经会了，你不是要我教你吗？"

"这么快？"连昀鹤诧异的声音传来，他看着曲歆莼，"可这个包子不是今天早上才提出来的吗？”

"嗯。"

曲歆苒心虚地低下头，怕自己的目的被连昀鹤看出来，又赶忙补充："可能我比较聪明，一看就会？"

听着曲歆苒上扬带着不确定感的尾音，连昀鹤低笑着赞同道："嗯，苒苒最聪明。"

迎上连昀鹤揶揄的眼神，曲歆苒不好意思地别开眼："那你到底要不要我教呢……"

"当然要啊。"想起昨天的事情，连昀鹤顿了顿，"不过这几天估计不行。"

曲歆苒抬起头，不解地看向连昀鹤。

连昀鹤问："昨天的新闻看了吗？"

"嗯。"曲歆苒点点头，"看了。"

回想起昨天下午的事情，连昀鹤的眼神淡了下来。

这两天发生的事情太多，全堆在一起，时间被放得极慢，仿佛过了一个世纪一样。

其实今天上午回基地后，整个潭州市特警支队都集合在一起，被支队长训话，如果不是上头考虑到高瑾词昨天在住院，估计他跟魏凌洲也免不了。

误伤人质不是件小事，更何况这个人质还伤得很严重，至今在重症监护室没出来……

而且家属们在向他们警方讨要一个说法。事件在网上不断发酵，引发了潭州网友的热议。

这一次，别说他们突击队，整个特警支队都要整顿。

"情况还挺严重的，就算误伤人质的特警出面道歉了，"连昀鹤皱着眉，微不可察地叹了口气，"我们可能也要面对封闭式集训。"

曲歆苒神情一怔，这句话犹如一盆冷水把她瞬间浇醒。

晚间热风愈燥，两人都没开口说话，曲歆苒低着头，肩膀垮了下来。

连昀鹤坐在驾驶室里，隔着副驾驶望着曲歆苒，尽管他昨天就料到会面临封闭式集训，但连昀鹤还是有些难受。

封闭式集训意味着，除了出任务，他们任何时候都不能离开樊山训练基地。

不管备勤不备勤，都要睡在基地里不能出去，差不多就是从半封闭式训练转到全封闭式，每天只能晚上用手机跟曲歆苒聊天，就算有时间也不能出来见她……

连昀鹤舔了舔唇，看着如此安静的曲歆苒，正想说些什么逗她笑一笑，却被抢先了。

"那你们封闭式集训一般多久？"

连昀鹤想了想："命令还没下来，但一般是一个月到三个月不等。"

闻言，曲歆苒不高兴地瘪了瘪嘴，顿时有些惆怅，一到三个月，这么久啊……

"好吧，那你集训完给我发消息，我再教你。"

这下，连昀鹤脸上又扬起了笑容，爽快地答应下来："好。"

曲歆苒偷偷瞄了连昀鹤一眼，然后指了指身后的楼道："我先回家啦。"

"嗯，去吧。"连昀鹤点头。

最后再看了连昀鹤一眼，曲歆苒这才依依不舍地转身。

等楼道的灯一盏盏亮到六楼，楼下的连昀鹤这才开车离去。

楼上，闷闷不乐的曲歆苒瘫倒在沙发上。她仰着头，目光不经意地从客厅的灯上掠过，然后，脑海里一下想起了那天连昀鹤帮自己换灯的事情。

曲歆苒随手拿过身边的抱枕，她环住抱枕，缓慢地眨了下眼。脑中过了一遍这几天的事情，突然又不自信了。

在那种情况下，连昀鹤都没有更多的举动，是不是就代表着不喜欢她？难道在连昀鹤心里，她只是一个朋友吗？

曲歆苒抿了抿唇，深深地叹了口气，对自己这样的性格感到无奈，明明一个多小时前才决定不问结局，现在又摇摆不定了。

曲歆苒晃了晃脑袋，企图把这些纠结从脑中剔除掉。

不行，不想那么多了，越想越觉得连昀鹤可能根本不喜欢她。

茶几上的手机响动起来，曲歆苒垂眸看了眼，然后抬手把十点的闹钟关掉了。她眨了眨发酸的眼睛，叹了口气，走进卧室去拿换洗的衣服。

算了，先洗澡休息吧，明天还要上班呢。

七月初的时候，育才小学正式放暑假了。

曲歆苒迎来了她长达两个月的带薪休假，而连昀鹤则迎来了他长达三个月的封闭式集训。

暑假开始好几天，曲歆苒每天除了看书追剧以及出门买菜，基本上大门不出二门不迈。她在家里囤了好多零食水果，冰箱被塞得满满的，说是宅女生活一点儿都不过分。

外头烈阳高照，屋内吹着空调，冰冰凉凉的。

曲歆苒盘腿坐在沙发上，笔记本电脑里正在放着暑假档的热播剧，由当红女演员和另外一个男演员联袂主演。她怀里抱着西瓜，拿着可爱的铁勺子，一勺一勺吃得不亦乐乎。

郑佳意的电话打过来时，曲歆苒刚好把半个西瓜吃完。

"歆姐，你暑假有安排吗？"郑佳意叹了口气，"要不我们俩一起出去玩吧，我每天在家里被我爸妈念叨得耳朵都要起茧了……"

曲歆苒抿了抿唇，问："你想去哪儿玩？"

"随便哪儿都行。"郑佳意说，"本来我还想着暑假来了，我就能跟小词子多待一会儿，结果他们直接封闭式集训了。现在除了每天晚上能打个视频电话，我连他的面都见不着，跟异地恋一样，唉，我太难了！"

听着电话里郑佳意抱怨的声音，曲歆苒不由得弯唇笑了笑。

但仔细一想，她突然羡慕起郑佳意来，至少郑佳意每天晚上还能跟高瑾词打视频电话，她跟连昀鹤也就能聊天。

除去早安晚安、吃了什么，聊不过几句就没了……

曲歆苒敛下眸，眼底浮现出丝丝纠结，要不然她破罐子破摔，把自己灌醉后跟连昀鹤表白？左右也不过是一"死"，跟连昀鹤相处的这几个月，朋友的关系早就满足不了她了。

其实曲歆苒也不是没有想过一直跟连昀鹤维持这种朋友关系，可想到他们两个人年纪都不小了，万一连昀鹤的妈妈给他介绍相亲对象怎么办？

那万一，连昀鹤也喜欢上对方了呢……

曲歆苒唇角紧绷，长长的睫毛遮住眼底的落寞，她可能会无比羡慕那个女生吧。

"歆姐？歆姐？喂喂喂，你还能听得到我说话吗？"

郑佳意的声音打断了曲歆苒的思绪，她赶忙应道："在，听得见。"

"你跟我一起去云南玩吗？"

"云南？你不是去过了吗？"

"对啊。"郑佳意声音明显激动起来，"但我们这次可以去玉龙雪山嘛。潭州太热了，感觉出门能被烤化。我每天待在家里，除了吹空调就是吹空调，简直是从早吹到晚。"

曲歆苒笑着赞同道："潭州确实热，今天最高温度都达到38℃了。"

"是啊，所以我晚上跟小词子视频，发现他这才封闭式集训不到一个星期，就黑了一个度。"郑佳意嗓音带着笑，"吓得我马上在网上给他下单买了防晒霜。"

曲歆苒愣了愣，下意识地抬头看向窗外。

阳台上阳光刺目，烈日炎炎。她眨了眨眼，那连昀鹤估计也会"遭殃"。

"不过……"郑佳意的声音又响了起来，她顿了顿，傻笑了两声才接着说道，"黑是黑了点儿，但这封闭式集训让我家小词子的腹肌线条又完美了几分。"

听到这句话，曲歆苒不由得愣了一下，反应过来后，又瞬间被逗笑了。她无奈地摇了摇头，郑佳意这三句话没有一句离开了高瑾词。

"佳佳，你说实话吧，这是特意跑过来喂'狗粮'的？"

"嘿嘿。"郑佳意不好意思地笑了笑，"这么明显的吗？"

曲歆苒眉梢微抬，逗起郑佳意来："那你叫你家小词子陪你出去玩吧。"

"别啊，歆姐，我错了。"郑佳意立马服软，她撒娇道："真的错了，你跟我一起去云南吧，我爸妈实在太能唠叨我了，我不出去散散心，都要抑郁了。"

曲歆苒沉默了下，最后还是忍不住说道："佳佳，你这语速不太像抑郁的样子。"

电话那头的郑佳意叹了口气："这会儿真抑郁了。"

曲歆苒笑了笑，没说话。

笔记本电脑还在播着热剧，只不过声音被曲歆苒调小了很多。一安静下来，郑佳意便把声音全听了去，她惊讶地问道："咦，歆姐，你也在追这部剧吗？"

"嗯。"曲歆苒点点头，"最近这部剧很火啊。"

其实曲歆苒平时不太追言情剧，她一心栽进纪录片和轻松的综艺里，主要是这部剧由小说改编的，她下个月开始要写小说，所以想学习学习。

"要不歆姐，这样吧。"郑佳意顿了顿，提议道，"我搬去你那儿住几天怎么样？我爸妈都快把我逼疯了。"

"可以。"

曲歆苒一口答应了下来，她眨了眨眼，话锋一转，问道："不过佳佳，你爸妈唠叨你，你没有考虑过搬出去吗？"

"我考虑过啊。"郑佳意声音有些沮丧，"我这刚大学毕业，以前虽然存了不少钱，但在潭州买房根本不够呀。而且我以前提过一句，才说了一句想自己一人住家里另外一套房，就被我妈说了一顿。她说什么，趁着你还没嫁出去，现在多跟我们住会儿不行吗？"

郑佳意哼了一声："我哪还敢说什么啊。"

曲歆苒抿了抿唇："多好，说明你爸妈在乎你呀。"

"是好啊，我爸妈一直对我挺好的。"郑佳意"啧"一声，"但要是没那么黏人就更好了。"

闻言，曲歆苒弯了弯唇，她垂眸遮住眼底翻涌的情绪。

"那歆姐，我今天晚上过来？"

"好。"

"好嘞。"郑佳意傻乐着，"那我先挂电话啦，晚上见。"

"晚上见。"

等曲歆苒回复完，郑佳意便把电话挂了。

晚上七点过八分，郑佳意提着一个行李箱，敲响了曲歆苒的家门。一进门，她便毫不吝啬地夸道："歆姐，你家好温馨啊！"

曲歆苒笑了笑，主动接过郑佳意手上的行李箱："可能小所以显得温馨。"

"哪有，歆姐你真是谦虚了。"

说完，郑佳意跟着曲歆苒进了卧室。她按照曲歆苒的指示，把行李箱摊开在阳台上，把需要用的东西拿了出来。

曲歆苒看着独自忙碌的郑佳意，也蹲下来帮忙。

樊山训练基地。

高瑾词给郑佳意打的第一个视频电话响了好久也没人接，他皱起眉，有些担心起来，于是又拨了个视频电话过去。

这次，响了十几秒之后，被接通了。

高瑾词看着郑佳意身后陌生的环境，不由得问道："小意儿，你这是在哪儿呢？"

视频里的郑佳意笑了笑，神神秘秘道："你猜啊。"

高瑾词仔细观察起来，他看着郑佳意身后架子上的绿植，摇摇头放弃了："猜不到。"

话音刚落，宿舍的门却突然被人推开，高瑾词下意识地望去，看到了站在门口的连昀鹤和邹向毅。

他们宿舍一般都住两个人，另外一个室友还没回来，所以高瑾词打的视频电话是外放的，而好巧不巧，郑佳意却在这个时候回话了。

"我在歆姐家呢。"

这话一出，高瑾词便看见连队掀起眼朝他这边看了过来。

连队瞥了眼他桌上的手机，语气淡淡道："在跟女朋友打电话？"

高瑾词沉默了片刻，在连昀鹤的眼神下，硬着头皮应道："回连队，是的。"

连昀鹤眉梢微挑，他歪了歪头，尾音上扬，应道："嗯。"

高瑾词咽了咽口水，完全摸不准连昀鹤这个"嗯"到底是什么意思，所以是可以继续打还是不可以？

一段长时间的沉默过后，高瑾词顶不住了，他默默地伸出手，正要把郑佳意的电话挂断，连昀鹤却在这个时候开口了。

"挂了干吗？"连昀鹤看着他，嗓音懒懒的，"现在是休息时间，我没那么不近人情。"

高瑾词："……"

这句话怎么听着有点儿熟悉呢？

高瑾词笔直地站在原地，被连昀鹤说得一动也不敢动。

"行了行了，你干点儿人事吧。"邹向毅看不下去了。

邹向毅扒开连昀鹤，问道："王睿寒呢？"

"回邹队，王睿寒还没回来。"

王睿寒跟高瑾词都是连昀鹤手底下的人。

听到高瑾词的回答，邹向毅不由得皱起眉头："怎么回事，集训期间每天晚上都要查人，王睿寒他不知道吗？"

连昀鹤眼都没抬，直截了当道："等他回来让他直接来找我。"

"是，连队。"高瑾词抿着唇，大气不敢出一声。

见他交代完，邹向毅转身便走了出去。

而连昀鹤则站在原地没动，他瞥了一眼高瑾词立在桌子上的手机，抿了一下唇。

手机屏幕上全是郑佳意的脸，曲歆苒并没有入镜。

连昀鹤微叹了口气，羡慕地看了高瑾词一眼，正要转身出去，曲歆苒的声音却在这个时候响起。

"佳佳，我把你的洗面奶、牙刷放洗漱台那边去了？"

"谢谢歆姐。"

连昀鹤脚步一顿，视线再次不自觉地飘到高瑾词的手机上去，恰好跟误入镜的曲歆苒打了个照面。

两人视线交会，连昀鹤看着随意把头发盘起来、气质温婉的曲歆苒，久久移不开视线。

直到高瑾词疑惑地看了连昀鹤好几眼，顺着他的视线看去，这才发现连队在看他的手机，而手机那边的曲老师露脸了。

"连队？"

"嗯。"连昀鹤回过神来，他看向高瑾词，故作淡定地说，"记得提醒王睿寒。"

"是。"

得到高瑾词的回复，连昀鹤这才转身离去。

外头走廊上的邹向毅早就等得不耐烦了，他睨着连昀鹤："这么羡慕表白去啊。"

连昀鹤说："怎么表白？"

"还能怎么表白？"邹向毅看着他，"这不就是'我喜欢你'四个字的事情吗？要被你搞得这么复杂？"

连昀鹤抬眼看向邹向毅，问："你当初也是这么跟嫂子表白的？"

"对啊。"邹向毅不解地眨了眨眼，"要不然呢？"

"怪不得。"

邹向毅蹙起眉，满脸疑惑："什么怪不得？"

连昀鹤笑了一下，他眉梢微扬，淡淡地补充："怪不得嫂子没答应你。"

邹向毅："……"

"拒绝也是情理之中，毕竟邹队你……"连昀鹤尾音延长，顿了顿，接着笑道，"是真的不解风情。"

这下邹向毅不乐意了，他瞪着连昀鹤大声反驳。

"我怎么不解风情了？"邹向毅掰着手指，一字一句道，"我、喜、欢、你，这四个字多真诚多郑重啊。"

连昀鹤撇了撇唇，敷衍地应道："嗯，真诚。"

听到这句话，邹向毅停下了脚步，他冷哼了一声："你还好意思笑话我呢，明明自己连表白都不敢。"

连昀鹤脸上的笑容瞬间消失，他斜睨着邹向毅："我在等时机，你懂什么？"

"哦？"邹向毅满脸不相信，"是吗？"

连昀鹤："……"

扳回一城的邹向毅高兴地迈开脚步往前走。

连昀鹤跟了上来，不服气道："我真在等时机。"

邹向毅不屑地看了连昀鹤一眼，补充道："我还等风来呢。"

"……"

这天没法儿聊了。连昀鹤哀怨地看了邹向毅一眼，决定放弃这没有意义的争辩。

查完星辰突击队的人，邹向毅跟着连昀鹤原路返回。在下楼拐角处时，迎面走来了一个人，反应很快的连昀鹤往后退了几步，避免了两人相撞。

那人抬起头，露出一张巴掌大的小脸，一双眼睛乌黑灵动，五官漂亮而又精致，只是因为这几天的训练，皮肤被晒黑了不少。

"连队，邹队。"

连昀鹤看着眼前的唐昕，如平常般，淡淡地应了句："嗯。"

邹向毅看了唐昕一眼，又意味深长地看向连昀鹤。

唐昕，他们整个潭州特警支队里唯一的女特警，从警两年，就喜欢了连昀鹤两年。

"晚上好，小唐。"

唐昕笑脸盈盈的，回道："晚上好，邹队，你们这是刚查完人吗？"

连昀鹤杵在一旁，眼神淡淡的，什么话也没说。

怕唐昕感到尴尬，邹向毅只好回答道："是的。"

"辛苦了。"

说着，唐昕把手从背后拿了出来，她递过去两个盒子："这是我之前囤的金银花茶，最近天气太热了，穿那么厚的特警服训练容易中暑，金银花清热解暑最好了。"

邹向毅没动，他下意识地看向身旁的连昀鹤，不用看都知道唐昕是专门给连昀鹤送茶的，而自己，顶多是她顺便带上的。

这么想着，邹向毅又低头看了一眼唐昕递过来的金银花茶，无奈地摇了摇头。

连昀鹤这张脸啊，真是个好东西……

唐昕举着两盒金银花茶，期待地看着连昀鹤。她跟连昀鹤不是一个队的，平时值班、备勤、训练都是错开的，执行的任务也跟他们星辰突击队不一样。

这次好不容易等来为期三个月的封闭式集训，她说什么也不会放过这么好的机会。虽然听说连昀鹤有个喜欢了很多年的初恋，但只要他们没在一起，那她就还有希望。

短暂的沉默后，连昀鹤的声音便响了起来，他语调慵懒，回复道："不用了，你留着自己喝吧。"

对上连昀鹤冷淡的眼神，唐昕顿时有些挫败。她倔强地举着两盒金银花茶，闷闷地说道："我给特警队的其他人都发了，他们都有。"

连昀鹤抿了抿唇，态度坚决："不用了，谢谢。"说完，便干脆利落地侧身离开了。

唐昕看着连昀鹤离开的背影，脸上满是失落。

旁边的邹向毅刚想拍一拍唐昕的肩安慰她，却突然意识到唐昕是女生，扬在半空中的手只好连忙落了下来："小唐你别在意啊，连昀鹤他脾气一直是这样。"

唐昕闷闷不乐地"嗯"了一声，似乎是想起了什么，又抬头问道："邹队，连昀鹤他，喜欢的女生是什么类型的啊？"

邹向毅愣了愣，他在脑海中回想着曲歆莳的样子，最后不确定地回了句："温柔一点儿的？"

"啊……"唐昕垂着脑袋，叹了口气，"那跟我几乎可以说是毫不相干。"

"其实我也不太清楚，就几个月前匆匆忙忙见过一面。"

"几个月前？"唐昕表情呆滞，"不是说，连队没有他初恋的联系方式吗？"

"是啊。"

意识到自己说得太多了，邹向毅轻咳一声，决定结束这个话题。

"他们两个的事情，我也不清楚。连昀鹤还在前面等我，先走了啊。"

扔下这句话，也不给唐昕挽留的机会，邹向毅小跑追上了连昀鹤。

他气都没喘，抱怨道："连昀鹤，你挺'厚道'啊，走这么快留我一个人跟唐昕扯？"

连昀鹤看了他一眼，没说话。

"不对啊。"邹向毅越想越觉得自己亏，他瞪着连昀鹤，"凭什么你的桃花运，要我来解决啊？"

挺"厚道"的连昀鹤笑了笑，轻描淡写道："救人一命胜造七级浮屠。"

邹向毅白了连昀鹤一眼："那你就不能明确地拒绝人家唐昕吗？你个渣男。"

"我没拒绝？"连昀鹤睨视着他，"她第一次给我递水我拒绝了，去年表白我也明确拒绝了，还要我怎么样？"

"等会儿。"邹向毅惊讶地瞪大眼睛，"去年唐昕跟你表白了？"

连昀鹤"嗯"了一声。

"你怎么从来没跟我提过？"

连昀鹤看着他："这有什么好提的？"

邹向毅一言难尽地看了连昀鹤一眼，语气真诚地发问道："说真的，唐昕也挺优秀的，你没心动过吗？"

"没。"

邹向毅看向连昀鹤，感慨地摇了摇头。

连昀鹤真是个怪物，他跟曲歆苒中间九年没联系，爱意居然能一分不减。

"你赶紧找个时间跟曲歆苒表白吧。"邹向毅建议道，"我真是看不下去了，正好你们俩在一起了，也能断了唐昕的念想，她喜欢你都有两年了。"

说完，邹向毅似乎还觉得不够，于是又补充："要不你们直接结婚吧，中间错过那么多年，我都替你们感到可惜。"

连昀鹤抿了抿唇，脸上不正经的表情收敛了很多，似乎是在认真思考这件事。

他今天晚上看到高瑾词跟郑佳意打视频电话，确实很羡慕，最主要的是羡慕高瑾词跟郑佳意是正儿八经的情侣关系，他也想跟苒苒是正儿八经的男女朋友关系……

这样就能不用找借口，可以光明正大地打电话，光明正大地去见她，还能光明正大地约会。

沉默了好半晌，连昀鹤才扔出一句："嗯，要表白。"

邹向毅立马来了兴致："现在？让我看场直播？"

连昀鹤看了他一眼，冷漠地吐出三个字："做梦呢。"

邹向毅忍无可忍了，他"啧"了一声，说道："连昀鹤，你是个什么品种的屁货？"

连昀鹤不甚在意，他上下扫了邹向毅一眼："我现在表白，等着跟你一样被拒吗？"

邹向毅："……"

"那你打算什么时候跟曲老师表白？"

"等封闭式集训结束吧。"连昀鹤想了会儿，认真地回答道。

"这么久？不怕你家苒苒被拐走？"

连昀鹤嫌弃地看了邹向毅一眼："表白这种事情能着急吗？要精心策划。"

邹向毅不懂了，他满眼困惑："你要策划什么？一句'我喜欢你，做我女朋友吧'就能解决的事情。说不定你今天晚上表白，明天就能谈上恋爱。"

闻言，连昀鹤无奈地抿了抿唇，语重心长道："邹队，谈恋爱是要从一束花和正式告白开始的。"

"看不出来——"邹向毅看着连昀鹤，挑了挑眉，"咱们突击队铁面无私的连队，还挺讲浪漫？"

连昀鹤朝邹向毅笑了笑："还行。"

面对着如此厚脸皮的连昀鹤，邹向毅白了他一眼，然后转身进了自己宿舍："我走了，睡觉去。"

宿舍门被邹向毅毫不留情地带上，连昀鹤在原地站了会儿，他从口袋里拿出手机，边走边给程砚南发了条消息：

跟你商量件事？

程砚南的消息很快回了过来：

说。

连昀鹤看着微信上一个字也不愿意多打的程砚南，无奈地打字说道：

你跟盛枳的婚礼能推迟吗？

那头的程砚南安静了会儿，迟迟没回消息。

恰好连昀鹤在走路，干脆收起手机，一路迈大步伐走回了宿舍。回到宿舍，他刚坐下来，兜里的手机便响动了一下。

程砚南直接回复：

不能。

看着程砚南如此冷漠的信息，连昀鹤"啧"了一声：

那没办法了，我还在封闭式集训，为期三个月，目前出不来。

程砚南无所谓：

嗯。

目光落在程砚南这个"嗯"字上面，连昀鹤微微蹙眉：

"嗯"是什么意思？

很快，程砚南打字回复了：

没事，记得随礼。

连昀鹤："……"

眼看着对话已经被聊死了，连昀鹤干脆退出微信，懒得跟程砚南继续扯，然而刚退出微信，手机屏幕却跳出来程砚南的微信语音电话。

连昀鹤挑了挑眉，把电话接通。

"不能请假吗？"

"嗯，不能。"

程砚南声音淡淡的，不太相信他，于是又问了一句："真不能？"

"骗你干吗，"连昀鹤拿起桌上的杯子喝了口水，"上个月长桥收费站客车劫持案件，误伤了人质你知道吧？"

程砚南："知道。"

"嗯。"连昀鹤目光淡漠，补充道，"我们突击队的人开枪误伤的。"

电话那头的程砚南沉默了会儿，忍不住怼道："听你这语气，还挺自豪的？"

这话连昀鹤就不爱听了，他皱眉："你从哪儿听出我自豪了？这封闭式集训还拜这事所赐呢。"

他三个月不能见苒苒。

程砚南："我听小道消息说，长桥收费站第二枪是你手下的特警打的？"

"你这小道消息还挺准确。"

"过奖。"

连昀鹤眉梢微扬："你打电话过来自夸的？"

"没。"程砚南语气没有起伏，"打电话过来惋惜一下，我跟吱吱的婚礼，于朝会回潭州。"

"……"

办婚礼了不起？连昀鹤不高兴地抿了抿唇，他跟苒苒也会有的，只是迟一点儿而已……

"哦，我又不羡慕。"

程砚南："嗯，那就好。"

连昀鹤："……"

"婚礼的事情，我跟吱吱商量过了。"那头的程砚南沉默了半晌，终于决定正儿八经地商量这件事了，"她想要一切从简，所以只是亲朋好友一起吃个饭，其他的流程一律不走。"

闻言，连昀鹤不禁低笑了一声，怼道："砚哥，原来你管这叫商量呢？"

程砚南："……"

听到程砚南被自己怼得哑口无言，连昀鹤得意地挑了挑眉，这事从头到尾都是盛枳在决定，有他程砚南什么事？还"商量"过了？说这么好听。

"挂了。"

连昀鹤没拦他。

过了不到半秒钟，程砚南又说："对了，吱吱打算邀请曲歆苒。"

连昀鹤眼神一愣，还没来得及说什么，门口传来一阵敲门声，接着王睿寒的声音响起："连队，你找我吗？"

"知道了，改天聊。"

扔下这句话，连昀鹤便率先把电话挂了。

手机屏幕黑下去，连昀鹤眼底是藏不住的笑意，多亏程砚南，他能有个正经理由跟苒苒打电话了。

郑佳意跟高瑾词打了不到十分钟，便挂断了电话。

曲歆苒在厨房给郑佳意弄西瓜汁，思绪却飘到刚才那个视频电话上去了，她本来是听到了电话里传来连昀鹤的声音，一直想找机会探头看一看。

结果没想到自己会入镜，还正好跟连昀鹤对视上了……

一个多星期没见到连昀鹤，经过这个封闭式集训，他确实黑了不少，但比起其他人，皮肤还是偏白的。

榨汁机停止运行，曲歆苒弯了弯唇，拿出一个新的杯子给郑佳意倒上西瓜汁。

倒满两杯后，曲歆苒端着西瓜汁走到了客厅。

郑佳意正坐在沙发上追剧，她笑脸盈盈地接过西瓜汁："谢谢歆姐。"

曲歆苒笑了笑："不客气。"

西瓜汁红彤彤的，里头加了冰块，特别适合夏天喝。半杯下肚，郑佳意这才看向曲歆苒，问道："歆姐，你每天晚上干啥呢？"

曲歆苒认真地思考了会儿："码两个小时字，然后就没了。"

"码字？"郑佳意面露疑惑，"码什么字啊？"

"写小说。"

闻言，郑佳意兴奋地坐直了身子，眼底满是诧异："歆姐你还写小说呢？太厉害了吧，在哪个网站写呀，我想看看。"

"别看了。"曲歆苒摇头拒绝了，"我写得不好，而且别人看我觉得有些奇怪。"

"好吧。"

见曲歆苒不太愿意，郑佳意也没勉强，她笑嘻嘻地说："那歆姐，以后你的小说出版了能告诉我吗？我买了不看收藏也行。"

曲歆苒忍不住笑她："哪有买了不看只收藏的。"

郑佳意耸了耸肩："这不是歆姐你觉得奇怪嘛，那我就不看，只收藏应该可以吧？"

见郑佳意玩着文字游戏，曲歆苒无奈地摇了摇头。

"好，出版了告诉你。"

"好的。那歆姐你码字，我就不打扰你啦。"说着，郑佳意戴上耳机认认真真窝在沙发上追剧。

曲歆苒抿了抿唇，反正她的小说不会有出版的那天。

接下来的几天，曲歆苒白天跟着郑佳意吃着零食看剧，晚上则花上几个小时码字。

暑假开始前，她把以连昀鹤为原型的《藏匿》完结了，收藏量从三千次涨到一万八千次。

虽然成绩不是很显著，但对于曲歆苒来说已经算很不错了，毕竟她前几本一本收藏量破万的都没有。

把稿费提出来后，曲歆苒做的第一件事情便是跟郑佳意去云南旅游。

七月底潭州的气温太高了，最高能达到38℃，她实在抵不过玉龙雪山的诱惑，最后还是去了云南。

她们两个人慢悠悠地一路从大理到丽江，最后在香格里拉结束了这次旅行。

两人在晚霞满天时，骑着电动车环绕洱海，去了崇圣寺三塔、玉龙雪山，最后是普达措公园和独克宗古城，留下了很多照片和美好的回忆。

去云南的那十多天，是曲歆苒这么多年为数不多出去玩的日子。

从前她的生活太压抑。

杜琳和曲承文的不断压榨，让曲歆苒的日子过于枯燥，但这次有郑佳意这个活宝在，她脸上的笑容都多了不少。

回潭州时，已经是八月十日了。

一路上郑佳意花起钱来大手大脚，没有节制，曲歆苒在郑佳意"赚钱就是花的啊"的劝说下，也放纵了自己一次。

钱花了不少，曲歆苒却没感到心疼，因为这些日子的快乐，是无法用钱衡量的。

直到这次旅行结束，曲歆苒才恍惚意识到，她的生活原来也可以这样。

晚上回到家，曲歆苒刚把行李箱摊在地上打开，却突然收到了盛枳的微信：

苒苒，八月十八号你有时间吗？

曲歆苒抿了下唇，认真回道：

有的。

盛枳：那太好了！你到时候中午可以来香居山吃饭吗？

看到这句话，曲歆苒眼底有着淡淡的疑惑，问：

你生日吗？

盛枳：不是，算是我跟程砚南的婚礼吧。

曲歆苒眼神一怔，视线停留在"算是"那两个字上。

下一秒，盛枳的信息又进来了：

我们不大办，一切从简，所以只是吃个饭。

曲歆苒立马回复：

好，一定到。

手机响动，曲歆苒看着盛枳发过来的"OK"手势，弯唇笑了笑。感受着身上的疲惫，曲歆苒决定把这件事抛到脑后，先去洗个澡。

洗完澡出来，曲歆苒边擦着头发边抽空看了一眼手机。

这一看，发现微信里有个未接语音电话。

曲歆苒定定地看着连昀鹤的头像，傻傻地眨了眨眼，连昀鹤怎么突然给自己打电话？难道是打错了？

这么想着，曲歆苒点进了两人的聊天界面，她垂眸，抿了抿唇，打字回复：

抱歉，刚在洗澡，没接到。

那头安安静静的，一时半会儿没回信息。

曲歆苒正要把手机放下，连昀鹤的电话却再次打了进来。她看着亮起的语音电话界面，心跳顿时乱了。

曲歆苒深呼出一口气，平复好心情，拿出耳机把电话接起。

"苒苒？"

连昀鹤的声音率先响起，透过耳机，传进耳中。

曲歆苒抿了下唇："嗯，我在听。"

"好，那我直说了。"连昀鹤问，"你八月十八号是不是要去参加程砚南和盛枳的婚礼？"

曲歆苒点点头："嗯，对。"

"那能麻烦你多准备一份礼金吗？把我的也带上。"

"好。"曲歆苒没犹豫，直接应了下来。

"还有一件事。"

连昀鹤话音一止，曲歆苒没说话，安静地等着他开口。谁知，电话那头的连昀鹤一直沉默着，好半天也没说话。

曲歆苒忍不住问："什么事？"

不知道是不是她的错觉，曲歆苒似乎听到了连昀鹤微微吐出一口气的声音，然后语气郑重道："等九月封闭式集训结束，你方便跟我见一面吗？

有些事情，需要当面说。"

曲歆苒站在原地愣了会儿，她踱步到阳台上，上面绿植的叶子打着卷儿，蔫头耷脑的，看起来不太精神。

曲歆苒抿了抿唇，这才垂眸应道："好。"

"行。"那头的连昀鹤似乎松了口气，笑道，"到时候地点、时间我来定，提前几天告诉你，再过来接你，好吗？"

曲歆苒弯了弯唇："嗯，好。"

一时间两人都没再说话，而反应慢半拍的曲歆苒也终于意识到自己的回应太过冷淡。

刚想着说些什么，就听见连昀鹤问道："在云南玩得开心吗？"

"开心。"

提到这个曲歆苒就来了兴致，想起旅游路上的趣事，她笑得眉眼弯弯的。

"比较遗憾的是，七月的玉龙雪山没有雪了，但普达措公园和独克宗古城特别美，以后有时间有钱的话可以再去玩一次。"

房间里安安静静的，只有空调吹响的声音。

曲歆苒听见那头的连昀鹤声音带上了少许笑意，回道："嗯，以后有机会一定去。"

嗓音温柔又缠绵，就好像在哄她一样。

曲歆苒敛下眸，她伸出手拔掉一片绿植上晒蔫了的叶子，还想说些什么，却被连昀鹤抢先了。

"苒苒，你先休息，我们九月见。"

曲歆苒撇了撇唇，极力克制住心底的眷恋和不舍，应道："好，你早点儿睡，晚安。"

连昀鹤"嗯"了一声，然后说："晚安，苒苒。"

听到这四个字，曲歆苒的呼吸一顿，她咬着唇，眼底是藏不住的欣喜。

等了很久，曲歆苒也没等到电话挂断，她疑惑地把手机从耳边拿开，这一看，确定电话没挂。

曲歆苒以为是连昀鹤忘了，于是试探地喊了句："连昀鹤？"

那头回复很快——

"嗯，我在。"

曲歆苒抿了下唇，提醒道："你忘挂电话了。"

"没忘。"连昀鹤笑了笑，"在等你挂。"

八月十八日早上，曲歆苒起了个大早。

她很久没参加过婚礼、生日宴，家里没有红包，所以特意去附近的商店买了一沓。

连昀鹤那天晚上就把他的礼金转账给了曲歆苒，他跟程砚南交情好，随了两千九百九十九。曲歆苒想了好几天，最后决定包个九百九十九的，虽然盛枳他们两个说没有感情，但这数字寓意很好。

中午十一点半，曲歆苒坐车来到了冬江街。香居山是一个私密性很好的私人会所，它坐落在江边一栋三十几层建筑的顶层。

曲歆苒也是听郑佳意无意间提了一句，才知道香居山是私人会所的事情。因为职业所限，她的人际关系向来简单，平时接触不了几个人，自然也不知道香居山的来头。

如果真按照郑佳意所说，那即使程砚南、盛枳不办婚礼，在香居山吃个饭，估计也不会有多省钱。

曲歆苒抿了抿唇，虽然她不清楚盛枳跟程砚南两人之间的事情。但从吃饭这个事情上看，程砚南明明对枳枳很上心嘛……

"到了。"前头司机嚷嚷了一嗓子，车子便停了下来。

车是手机上约的，曲歆苒拿起包，下了车，她便在门口看到了盛枳跟程砚南。

他们两个站在一起，程砚南穿着简单的黑色西装，脸上的表情依旧是淡淡的，似乎很从容的样子，而他身边的盛枳则穿着一件淡粉色的旗袍。

她一头秀发盘起，脸上带着精致的妆容，唇红齿白的，气质温柔，特别有女人味，跟那天在乌德堂见面的感觉完全不一样。

那天盛枳穿的是一套红色的短款运动服，露出细长笔直的腿，还戴着黑色的棒球帽，长发披着，走的是运动风，看起来像随便套了件衣服就跟程砚南出门吃晚餐，恣意张扬，跟以前的风格一模一样。

"苒苒！"

没等曲歆苒多看几眼，盛枳便直接跑了过来。她自来熟地挽过曲歆苒的手，笑逐颜开："哇，我盼星星盼月亮，终于把你盼来了。"

曲歆苒弯唇不好意思地笑了笑，盛枳还在继续说："你可不能不来，你要是不来，我这边就真没人了。"

曲歆苒愣了一下，下意识地问："为什么会没人？"

盛枳无所谓地耸了耸肩，理所当然地说："因为我以前的同学就邀请了你一个呀。"

"单疏岚呢？"曲歆苒眨了下眼。她记得，高中班上跟盛枳玩得最好的就是单疏岚了，按道理来说，单疏岚肯定是在的。

"单疏岚在呀。"盛枳说，"除了你们两个我就没叫别人了，还有就是我家那些亲戚。本来也懒得请别人，维持人际关系真的麻烦。"

曲歆苒无奈地笑了笑，不愧是盛枳。她看向脸上带着笑容的盛枳，心底不免有些羡慕。

高中的时候，盛枳就是这么随心所欲。

脾气不太好的她，向来只跟自己合拍的人玩，丝毫不在乎其他人对她的看法，从来只为自己而活。

曲歆苒抿了抿唇，想她跟自己，是完全不一样的人。

盛枳就像一头误入人间的小狼，肆意又张狂，明媚而动人。

"程砚南，我先送苒苒上去啦。"

听到盛枳的声音，程砚南这才有所动作，他看向盛枳，"嗯"了一声。

对于程砚南冷淡的反应，盛枳已经习以为常了，她拉着曲歆苒进了电梯，按了顶层。

电梯向上运行，曲歆苒看着飞速跳动的楼层，从包里拿出了两个红包。

"这是连昀鹤的，这是我的。"说着，曲歆苒顿了顿，笑道，"枳枳新婚快乐。"

"谢谢苒苒。"

盛枳朝曲歆苒莞尔一笑，她垂下眸，视线定格在两个红包上。过了好半晌，她才抬起涂着淡粉色指甲油的纤纤细手，接过连昀鹤的红包。

曲歆苒看着自己的红包没被接过，不由得愣了愣。

没过几秒，电梯里便响起盛枳好听的声音："我接一个红包就好啦，反正连昀鹤的就是苒苒你的。"

这下，曲歆苒彻底愣在了原地。她脑子蒙了，不断回想着盛枳说的最后一句话，连昀鹤的，就是她的？

旁边的盛枳瞥了眼傻愣愣的曲歆苒，弯唇笑了笑。

她的第六感一向很准，这两人多半过不了几天就要在一起了，要不然连昀鹤不会直接把钱发给程砚南吗？平白无故地，要苒苒帮他随礼干什么……

想到这里，盛枳不由得轻叹了口气。

高中老同学最后终成眷属，这令人羡慕的爱情，都让她酸成"柠檬精"了。

电梯到了香居山，门叮的一声打开。

穿着高跟鞋的盛枳率先走了出去，曲歆苒想了想，最后还是轻轻拉住了盛枳的手腕，决定跟盛枳解释一下这件事。

毕竟到目前为止，她跟连昀鹤真的没什么，万一闹出些什么误会来，到时候就百口莫辩了。

"枳枳，你可能误会了。"

回过身的盛枳看着眉眼温柔的曲歆苒，有些不明所以，误会什么？怎么可能误会。

曲歆莘抿了抿唇："我跟连昀鹤只是普通朋友关系，不是你想象中的那种。"

"我想象中的哪种？"盛枳朝她眨了眨眼，"男女朋友吗？"

曲歆莘看了盛枳一眼，然后点了点头。

盛枳连忙笑道："来日方长嘛。再说，我跟莘莘你这么久没联系，怎么好意思收你的礼金。今天你就当吃个饭，放松点儿，不要有那么大的压力啦。如果心里实在过意不去，下次你结婚也不要收我礼金好啦，没那么多讲究的。"

见盛枳坚持不要自己的钱，曲歆莘也不好再说些什么。她不太会说话，也不太懂得跟人相处，大多时候都很木讷，别人说什么就是什么。

曲歆莘抿了下唇，把红包收进了包里，跟着盛枳进了香居山。

沿着走廊过去，是香居山的大厅，它的装修是非常古典的中式风格，雅致不失高贵。

盛枳跟程砚南一共订了三个包间，有两个包间是那种大圆桌配红木座椅的，能坐二十个人，另外一个小点儿的包间便是留给他们这些朋友同学的。

曲歆莘跟着盛枳来到那个小点儿的包间，这个小的包间两面朝着两个空中花园，环境特别好。

曲歆莘一进去，便发现已经坐了一半的人，而这一半的人里，她只认识两个。

一个是盛枳的好朋友，当时的同班同学单疏岚。

至于还有一个自然就是——曲歆莘的目光落在穿着白色短袖的男人身上，眼里有些诧异。

于朝？

由于长期泡在水里游泳，于朝的皮肤可以说是白得发光，他耳朵上挂着耳机，抬头看了她一眼，然后蓦地喊了一句："曲歆莘？"

没想到于朝会对自己有印象，曲歆莘不由得一愣。

旁边的单疏岚也跟着问道："咱们班考上复大的学霸曲歆莘吗？"

曲歆莘微微颔首，笑着跟他们打招呼："你们好，好久不见。"

"哇。"单疏岚的眼睛亮晶晶的，她抓着盛枳的手腕，小声说道，"'圣旨'，你厉害啊，居然能联系到活的女神！"

其实当时高一那会儿，她们班上很多女生都喜欢曲歆莘。

学习成绩好，又低调，长得好看，性格还很温柔的女孩子，谁不喜欢啊！所以，背地里大家都以"女神"称呼曲歆莘。

那会儿只要有谁提起"女神"，大家都会第一时间联想到曲歆莘，只是因为曲歈苒待谁都是客客气气的，而且总是独来独往，加上曲歈苒无时无刻不在学习，所以，大家感觉她整个人一直游离在班级之外。

但这些丝毫不影响曲歈苒在她们心中的地位，尤其在高考后，当她们得知曲歈苒去了复旦大学，就更加佩服起曲歈苒来，自律优秀的人，谁见了不得夸一句？

但比较可惜的是，后来班上没一个人有曲歈苒的联系方式，这下她不是游离在班级之外，而是好像人间蒸发了一样，直接消失了。

"你哪儿来的她的微信啊？推给我呗。"

单疏岚的声音把盛枳的思绪拉了回来，她回想起单疏岚刚刚的话，脸上的笑容一僵，咬牙切齿道："那我肯定厉害啊！但是有一说一，山风哥，我今天结婚，这大喜日子你非得叫我'圣旨'，还想要我给你推苒苒的微信？做梦呢？"

单疏岚挑了挑眉："你什么时候跟女神关系这么亲近了？还苒苒？我女神的名字是你能叫的吗？"

盛枳吐了吐舌头："苒苒，苒苒，我就叫，我就叫，怎么了？"

"懒得理你。"单疏岚白了盛枳一眼，"你可以走了，别打扰我跟我女神聊天。"

盛枳："……"

旁边的盛枳跟单疏岚压低了声音，在小声聊天，曲歈苒听不清，也无意听，于是端起桌上的茶水轻抿了一口。

淡色的茶水还在泛着热气，屋内的空调冷气并没有把它吹凉，茶叶浮在水上面，泛起阵阵涟漪，是比较好的碧螺春。

曲歈苒又喝了一口，刚把茶杯放下，便听见盛枳说："苒苒，你先坐着跟单疏岚还有于朝聊一聊，我还要下去找程砚南。"

"好。"曲歈苒点了点头，"枳枳你先忙吧。"

盛枳朝曲歈苒比了个"OK"的手势，便离开了。

坐在曲歈苒左手边的单疏岚主动挪了挪椅子，靠近她亲昵地问："苒苒，你什么时候回潭州的呀？"

曲歈苒看着她，诚实道："大学毕业就回潭州了。"

"大学毕业就回潭州了？"单疏岚诧异地看着曲歈苒，"那你跟圣旨是什么时候再见面的啊？"

"也不久。"曲歈苒认真地想了想，"两个月前吧，在乌德堂吃饭的时候恰巧遇上的。"

单疏岚弯眼笑了起来，八卦地问了一句："跟男朋友吗？"

"不是。"曲歈苒嗓音轻柔，"跟连昀鹤。"

"连昀鹤?"单疏岚惊讶。

曲歆莔点了点头,丝毫没注意到旁边玩手机的于朝动作顿了顿。

"哇,那你们能跟圣旨遇上还真是巧哎。莔莔,你现在在哪儿高就呀?"

曲歆莔淡笑着回复:"在育才当语文老师。"

"语文老师好啊,那以后我结婚生小孩儿了,就让他去育才……"

单疏岚还在跟曲歆莔聊着天,一旁的于朝眉梢微扬,找到连昀鹤的微信给他发了条消息:

行啊鹤哥,进展挺快的啊,你跟曲歆莔重逢才不到四个月吧?

微信那头的连昀鹤不知道在忙些什么,好半天才回复:

见到莔莔了?

看着连昀鹤对曲歆莔的昵称,于朝忍不住"啧"了一声:

不然呢?

连昀鹤:那就好,吃完饭记得找个借口帮我送她回去。

于朝忍不住皱起眉,还没来得及打字,连昀鹤的消息又进来了:

她一个人我不放心。

于朝:马上要吃饭了,您这话能少对我说点儿吗?

目光再次触及连昀鹤发过来的那句话,于朝嫌弃地扯了扯唇。

手机响动,连昀鹤的消息发了过来:

不太能。

于朝:"……"

他真想当着曲歆莔的面,拆穿连昀鹤这个浑蛋。连昀鹤但凡在曲歆莔那儿,能拿出三分在他面前说话的本事,早追到了。

连昀鹤:记得送,别忘了。

看着连昀鹤发过来的消息,于朝被气笑了:

滚吧。

发完还觉得不够,他又补充了一个鄙视的表情包过去。

那头的连昀鹤并没把于朝的举动放在心里,直接没再回消息。

于朝感觉自己一拳打在了棉花上,憋得慌。

冥思苦想了很久,最后于朝想到了一个捉弄连昀鹤的办法。他笑着,微微偏头,对着曲歆莔说道:"曲老师,待会儿结束了我送你回家吧。"

闻言,曲歆莔不由得愣了愣,下意识地拒绝道:"不麻烦了。"

"也行。"

于朝不是很在意,他直接给连昀鹤打了个视频电话,笑道:"那麻烦曲老师跟连昀鹤说一下,不然我这边不好交代。"

曲歆莔表情微怔,还没来得及说什么,电话就被连昀鹤接通了。

视频里的连昀鹤穿着特警服站在烈日下,他脸上戴着黑色面罩,露出一双锐利的眼睛。

他似乎刚演练完，声音也懒懒散散的："干什么？"

于朝直接把电话递给了曲歆苒，然后说了一句："曲老师说不麻烦我了，你们俩的事情自己解决吧。"

说完，他还意味深长地看了连昀鹤一眼。

没有准备的曲歆苒抿了抿唇，她把于朝的手机放在桌子上，正对天花板，不敢跟连昀鹤视频电话。

她听见连昀鹤轻咳了一声，然后说道："苒苒，今天天气很热，等结束了让于朝送你。"

听到这句话，曲歆苒视线往上一瞥。她看着视频里帅气正直的连昀鹤，好半天没吭声。

"苒苒，你在听吗？"连昀鹤只好又喊了句。

曲歆苒抿了下唇，莫名感觉连昀鹤跟她说话的时候，挺温柔的，也不知道是不是她的错觉……

怕连昀鹤着急，曲歆苒身子往前倾了倾，露出半张脸回道："好。"

等到回答，视频里连昀鹤笑了笑："那我这边还有些事情，先挂了，你好好吃饭。"

曲歆苒点点头，乖乖地说了句："嗯，好，拜拜。"

"拜拜，苒苒。"说完这句话，连昀鹤便率先把电话挂了。

曲歆苒把手机还了回去，对着于朝轻声道谢。

下午两点，盛枳跟程砚南的这场婚礼算是结束了，他们两家家长约着去 KTV 唱歌，其他年轻人各自散了。

于朝借了程砚南的车，把曲歆苒送回家之后便走了。

那天晚上回家，连昀鹤还给她打了个电话，两人聊了不到十分钟，便挂了。

后来，曲歆苒剩下的假期不仅没有见到连昀鹤，也没有再见过盛枳他们，单疏岚给她们三个建了个群，偶尔会在微信群里聊聊天，分享生活。

暑假很快过去，九月开学季到了。

开学是曲歆苒最忙碌的一段时间，尤其是开学那几天，曲歆苒几乎沾床就睡，每天也没有时间跟连昀鹤聊天。

直到九月中旬，曲歆苒才没有那么忙了，她也从郑佳意那边了解到，连昀鹤他们最近出来执行任务，并没有待在基地。

二十日下午放了学。

曲歆苒还在座位上写教案，郑佳意兴冲冲地走了过来，她脸上带着笑，问道："歆姐，我听高瑾词说他们今天晚上应该能结束任务，早上会去趟和晴派出所，你要跟我一起去吗？"

曲歆苒愣了一下，正思考着连昀鹤会不会在。结果郑佳意朝她眨了眨眼，调侃道："正好，你也可以去见连队嘛。"

曲歆苒耳根一热，反驳道："我没想见他。"

"是是是。"郑佳意眼底满是笑，"那我想见高瑾词，歆姐你陪我去吧。"

曲歆苒看了郑佳意一眼，颔首应道："好。"

"那就这么说定了啊，明天早上不见不散。"扔下这句话，郑佳意便火急火燎地走了。

下午回到家，曲歆苒站在厨房纠结了很久，最后还是趁着晚上把包子做了出来，就当上次连昀鹤让于朝送她回家的谢礼，不过分吧？

晚上十一点，曲歆苒看着碗碟里被自己捏好的可爱小包子，抿了抿唇，卖相貌似也还不错，而且她特意多捏了点儿，想给其他执行任务的特警也分一点儿，只是给其他人的是普通包子，而给连昀鹤的是卡通可爱的。

曲歆苒的目光落在这些包子上，眉眼带上笑，内心十分满足，连昀鹤应该会喜欢吧？

第二天早上五点半，郑佳意开着车出现在曲歆苒家楼下。曲歆苒上车的第一件事情，便是把保温袋里的包子分给了郑佳意两份。

郑佳意看到曲歆苒手上那么大的保温袋，笑她："歆姐，你这是醉翁之意不在酒啊。"

曲歆苒紧张地抿了下唇，僵硬地转移话题道："快开吧，等下来不及了。"

"好的。"见曲歆苒脸皮薄，郑佳意便也不再打趣了。

花了几十分钟，她们两人一路开车到和晴派出所，两人侧着身子站在门口，耐心地等了起来。

郑佳意拿着手机，时不时给高瑾词发几条消息。等了十几分钟的样子，高瑾词就从和晴派出所里走了出来，郑佳意见着了，立马飞奔跑了上去。

两人抱了好久，这才去了角落里。

曲歆苒看了一眼时间，站在原地等了会儿，才看见五六个穿便服的人走了出来，其中连昀鹤走在最后面。

曲歆苒眼底带上笑，还没来得及做什么，又看见连昀鹤身边站着一个比他矮半个头的女生。

女生皮肤虽然偏小麦色，但五官很好看，跟他站在一起很般配。

曲歆苒抿了抿唇，内心顿时有些惆怅。她攥紧手里装着包子的保温袋，好不容易鼓起勇气迈出一步，却突然看见连昀鹤朝那女生笑了起来。

两人不知道聊到了什么，连昀鹤侧着头，眼底含着笑。

好像是爱意又好像是宠溺，曲歆苒已经分不清了，她只知道，连昀鹤从来没有对自己流露出这样的情绪。

曲歆苒舔了舔唇，她感觉心头一紧，似乎有无数根针在密密麻麻地扎在她心上，很难受，也喘不过气来。

她本来以为经过这么长时间的相处，自己在连昀鹤面前已经渐渐勇敢起来了，结果没想到，她依旧是这么脆弱，这么不堪一击。

家庭带给她的自卑，似乎怎么也磨灭不了。

曲歆苒眼睛有些酸，一时不知道是为了什么难过，几乎是逃跑似的，离开了和晴派出所。

到学校时，已经是七点多了，办公室的老师陆续到了。曲歆苒把保温袋里的包子放在桌上，目光有些木讷。

昨天晚上花了那么长的时间，结果连送都没有送出去……

不知道看了多久，直到有个老师路过她身边，看到保温袋里堆积的包子，好奇地问："曲老师，这包子都是你做的吗？带这么多过来干吗呀？"

曲歆苒抿了抿唇："第一次做包子，你要尝一下吗？"

那老师立马应道："好啊。"

"我们也能尝吗？"办公室其他老师都围了上来。

"嗯。"曲歆苒没精打采地点点头。

老师们丝毫没察觉到曲歆苒的情绪有什么不对，毕竟她平时话也少，只是目光触及她手上那盒可爱包子后，调侃道："曲老师手上那盒是要送给自己喜欢的人吗？"

曲歆苒愣了愣，垂眸反驳道："不是。"

说完，她打开盒盖，拿起了一个："我自己吃的。"

分完包子，围在办公桌前的老师们便散开了。

曲歆苒机械地嚼着口中的包子，她视线下垂，看着被自己精心摆盘过的包子，内心莫名一阵委屈。

有些时候，曲歆苒也挺讨厌自己的，总是摇摆不定、优柔寡断。

这也是这么多年来，她一直没谈恋爱的原因。

曲歆苒总觉得自己的性格太过麻烦，什么事都喜欢憋在心里。

不适合谈恋爱，也不会有人能受得了自己的脾气，而事实证明，确实没有人能受得了她的脾气……

手机响动，是郑佳意发过来的消息：

歆姐，你怎么自己一个人走了？

曲歆苒抿了下唇，不知道该回些什么的时候，连昀鹤的消息又进来了：

郑佳意说你们来和晴派出所了，还带了包子。

曲歆苒眨了眨眼，手机响动两下，连昀鹤连着发了两条信息。

野鹤：是连昀鹤版包子吗？

野鹤：苒苒，你能告诉我为什么自己一个人走了吗？

视线落在连昀鹤发过来的最后一句话上，曲歆苒眼眶蓦地一红。她几乎都能想象出连昀鹤会用什么样的语气，把这句话说出来。

可是……如果不喜欢她，为什么又总是给她这样的错觉呢？

曲歆苒把包子塞进嘴里，狼狈地吞咽着，眼里蓄满了泪水，连昀鹤是个骗子，她再也不喜欢连昀鹤了。

樊山训练基地。

等连昀鹤收到曲歆苒的消息时，已经是下午一点了，她只回了三个字：

肚子疼。

而之后连昀鹤给她发的消息，曲歆苒再也没回过。他一开始以为是曲歆苒忙，结果直到第二天，她也没有回消息。

后来给曲歆苒发的消息，她的态度也很冷淡疏远。

连昀鹤隐约意识到了不对劲，但他不知道哪儿出了问题，翻了好几遍聊天记录，也没找出半点儿蛛丝马迹。

因为这件事，他白天训练的时候心不在焉，晚上也睡不好觉，总是心事重重的。

连昀鹤叹了口气，他本来都打算月底封闭式集训结束，然后表白。可曲歆苒这样，一下把他们两人的距离又拉远了，让连昀鹤压根儿不敢有什么想法。

没过几天，封闭式集训在九月二十九日结束了。

按照原来的计划，连昀鹤要在明天，也就是三十日约曲歆苒出来，他早在几天前就给曲歆苒发过消息了，可曲歆苒说自己那天没时间。

连昀鹤低下眼，他盯着聊天界面上曲歆苒的那句"抱歉，我那天没时间"，微微叹一口气。

看了好久，连昀鹤突然想起了那天在和晴派出所时，自己跟唐昕说的话。

那天，他本来想找个借口不跟唐昕聊天的，可唐昕说了一句："连队，我听别人说，你集训结束打算跟初恋表白，这是真的吗？"

连昀鹤看了唐昕一眼，然后点了点头。

唐昕当时的表情先是有些难过，然后低着头沉默了几秒，最后笑着说道："其实我知道这件事很久了，你也知道我喜欢你很久了。现在从你口中确定后，其实还挺不高兴的，但我第一时间很羡慕那个女生。她一定也很优秀很好，才能吸引你。"

乍一听到这段话，连昀鹤的脑中回想起关于曲歆苒的事情。

不多，但每一件都足以让他记到现在，尤其是当听到唐昕说了一句：
"连队，你一定要表白成功，也一定会表白成功的。你跟你的初恋女朋友，
要长长久久呀！"

那一瞬间，连昀鹤便明白唐昕终于释怀了。

连昀鹤皱了皱眉，修长的手指在屏幕上点着，他不想释怀，也无法释
怀。以前他能大度，可跟曲歆苒相处了这么久之后，他根本没办法看着她
喜欢别人。

喜欢能大度，爱不能。

想到这里，连昀鹤抿了下唇，他刚想给曲歆苒发消息，却收到了连楚
凝的消息：

七月份我发给你的那本小说你看完了没？

连昀鹤微微皱眉：

没。

*连楚凝：你为啥不看《藏匿》？我真的觉得这个男主角挺像你的，我
怀疑是某个暗恋你的人写的。*

连昀鹤眼神淡淡的：

没空。

连楚凝：真不看？万一是苒苒写的，她也暗恋你呢？

看到这句话，连昀鹤冷笑了一下，怎么可能……

连昀鹤眼神一滞，他突然想起来上次给苒苒换灯，看到的编辑给她发
的消息，有些犹豫了。

他问：

在哪个网站？

连楚凝：绿江。

收到连昀鹤的消息时，曲歆苒刚吃完早餐准备出门上班。

这么长时间了，她也没有分清楚，故意冷淡连昀鹤是跟自己赌气，还
是在跟连昀鹤赌气。

直到连昀鹤的消息发来，她没办法狠下心不去理会时，她才恍然大悟，
她是在跟自己赌气。

曲歆苒视线下垂，又看了一遍连昀鹤发过来的消息：

*苒苒，明天国庆节，晚上临江这边会放烟花。你们放假，但我们突击
队没有假期，你能来这边找我吗？*

曲歆苒叹了口气，把手机息屏，没有回。

下午放学，纠结了一天的曲歆苒最后还是给连昀鹤发了个"好"，有些事情，反正是要说清楚的……

　　国庆节这天晚上，曲歆苒七点多便出门了。
　　临江边烟花燃放时间是八点半到八点五十分，只有二十分钟，曲歆苒按照连昀鹤发的定位，来到临江边。
　　晚上八点半，烟花准时在潭州天空中燃放，江边站满人，头顶的烟花炫目多彩，很壮观很漂亮。
　　曲歆苒回过头，看到了站在后头穿着特警服的连昀鹤。
　　国庆节这次的烟花活动，是潭州市有史以来最大的。为了维护当天的治安，整个特警支队都出动了。
　　烟花下，连昀鹤身姿笔直，他眼神坚定，只是一眼，便让曲歆苒心动不已。
　　她叹了口气，心底暗骂自己没救了，视线却又不自觉地往连昀鹤那边瞟。
　　二十分钟后，烟花放完了，人群逐渐往热闹的市中心走去。
　　曲歆苒站在江边的树下，任由江风吹拂在脸上，没动。
　　等了一会儿，连昀鹤他们的工作算是结束了。
　　曲歆苒看见连昀鹤跟身边的人打了个招呼，然后朝自己走了过来。他在自己面前站定，眼底满是笑意，似乎跟在晴派出所那天的眼神重合了，一下竟让曲歆苒有些恍惚。
　　晚风吹得路边的柳树窸窸窣窣的，人群熙攘声渐远。
　　曲歆苒看着眼前光笑、什么也不说的连昀鹤，有些不明所以。正要说些什么，熟悉的声音响起，一如往日般散漫。
　　"曲老师，上头分配我做你男朋友。"
　　连昀鹤轻顿一下，他眼神灼灼："驳回无效。"
　　连昀鹤看见曲歆苒挽头发的动作一顿，随即满眼错愕地看着自己。
　　他想起昨天晚上熬夜看完的那本小说，笑了笑。
　　不用藏匿了，苒苒。
　　很高兴，你也喜欢我。

第六章
表白

对于连昀鹤突如其来的这段话，曲歆苒反应了很久也没回过神来，她看着连昀鹤，傻愣愣地眨了眨眼睛，心跳有些加快。

这算……表白吗？

而连昀鹤低下眼，他看向一脸不敢相信的曲歆苒，弯了弯唇。

其实，他昨天晚上看完《藏匿》也不敢相信。小说写的是女主角暗恋男主角多年，最后在一起的故事。它的校园篇几乎跟他们高中的经历差不多，只有少许的改动，包括后来男女主角重逢的故事，不仅职业相同，有些细节也一样。

连昀鹤还翻过底下的评论，大部分读者都说很甜。

想到这里，连昀鹤唇边不由得带上笑。他看看眼前还在发愣的曲歆苒，弯了弯唇，甜的不是小说，是他们的现实生活。

十月的晚风已经退去夏日的燥热，带着丝丝清爽。

路边散步的行人放缓了脚步，白日浮躁的生活节奏慢了下来，时而有年轻情侣从他们的身边路过，时而迎面走来一对牵手漫步的老年夫妇。

曲歆苒微微颔首，然后又挽了挽头发，她声音轻柔，不确定地问："刚刚那算……表白吗？"

"当然。"连昀鹤的声音毫不犹豫，"等我一下。"

扔下这句话，连昀鹤便转身走了。

曲歆苒看着连昀鹤迈开长腿大步离去，他背后特警服上有个红色的徽章。徽章后面的五个字尤为耀眼突出——

星辰突击队。

曲歆苒收回视线，忍不住低头笑了笑。她伸出手掐了掐自己的胳膊，疼痛感瞬间蔓延开，那股不真实感也随之被带走。

曲歆苒眼底满是惊喜，不是在做梦，连昀鹤真的跟她表白了！

没让曲歆苒等很久，连昀鹤很快就折回来了。他把藏在身后的向日葵花束递到曲歆苒面前，眼底尽是爱意。

"正式的告白。"连昀鹤顿了顿，笑道，"驳回无效的那种。"

听到这句话，曲歆苒心跳陡然漏了一拍，她垂眸，视线落在眼前这束比自己肩膀还宽的花上。

花束由褐色牛皮纸包装，黄灿灿的向日葵搭配了奥斯汀玫瑰，以洋甘菊和尤加利叶作为修饰。

即使是在夜色中，它的美也无法被掩盖。

曲歆苒抬眸，看到注视着自己的连昀鹤似乎紧张地咽了咽口水，她愣了一下，然后伸手接过连昀鹤手中的向日葵，笑道："嗯，不驳回。"

永远都不驳回。

由于穿着特警服，连昀鹤不太好在街上多待，加上江边离曲歆苒住的锦泰家园也有些远，他晚上还需要回基地。

于是两人商量了一下后，连昀鹤决定先把曲歆苒送回家，改天再约会。

上了车，曲歆苒一眼便看到了后座的一排毛绒玩偶，她愣了一下，然后下意识地看向驾驶座上的连昀鹤。

连昀鹤低笑道："别看了，是给你的。"

曲歆苒的目光掠过紫色的兔子玩偶，眼底满是惊讶。她小时候特别喜欢这种毛绒玩偶，但杜琳他们从来没有给她买过。

后来渐渐长大，等自己有钱了，却早已失去了童心，可她从来没跟连昀鹤说过自己喜欢这些，就跟郑佳意说过……

曲歆苒心里欣喜不已，嘴上却还在说着："我又不是小孩子。"

戴着头盔的连昀鹤散漫地"嗯"了一声，然后弯唇道："苒苒当然不是小孩子。"

迎上连昀鹤注视着自己的眼神，曲歆苒慌乱地别开头。她系上安全带，小声嘟囔了一句："快开车吧。"

知道曲歆苒脸皮薄，连昀鹤也就没再逗她。

路上，曲歆苒看着不断往后退的风景，心里难免失落。

今天是国庆节，街上很热闹，人来人往，车水马龙的。本来是一个很适合跟男朋友待在一起的特殊日子，但因为连昀鹤工作特殊，只能被迫放弃这个想法了。

曲歆苒抿了抿唇，轻叹了口气。

没办法，每次到这种长假，普通老百姓是轻松了，可身为特警的连昀鹤却变得异常忙碌，而且按照连昀鹤刚才说的，估计国庆这一个长假，他们都没有休息时间。

"抱歉，苒苒。"

连昀鹤的声音响起，他察觉到了曲歆苒失落的情绪，语气放柔道："等国庆假期结束，闲下来，我们再约会好吗？"

听着连昀鹤温柔哄她的话，曲歆苒眼神微滞，她感受着胸腔内加快的心跳，抬头故作淡定地笑道："没关系，我可以等你。"

连昀鹤低笑了一声："好。"

迎面开来的车辆光束打在连昀鹤的脸上，他眼底带着笑。

曲歆苒看见了，又是一阵心动。她撇了撇唇，心想，今天晚上心里的小鹿失控了，老是乱撞……

这么想着，曲歆苒没忍住，又往连昀鹤那边看去，他握着方向盘，眼睛直视着前方，正在认真地开车。

三个月没见，连昀鹤经过封闭式集训后皮肤黑了不少。

不对，不应该说黑。

曲歆苒弯了弯唇，眼底是藏不住的欣喜，这叫小麦色，是健康的肤色。

开车的连昀鹤完全不知道曲歆苒在想些什么，直到她温和的声音突然响起："可是，连昀鹤……"

话音未落，连昀鹤便偏头看向了她。

曲歆苒眼底有些不解，她指了指后排的向日葵，问道："你为什么会想送向日葵呀？"

连昀鹤笑了笑："向日葵有一条花语。"

"什么花语？"

"不能说。"连昀鹤眉梢微扬，"回家自己查。"

见连昀鹤不告诉自己，曲歆苒撇了撇唇："那好吧。"

过了一个小时左右，连昀鹤开着车进了锦泰家园。他熟练地把车停在曲歆苒家楼下，然后下车，主动把后排的花和一堆毛绒玩偶拿了出来。

帮曲歆苒把这些东西送上楼，时间已经十点多了。

着急回基地的连昀鹤拦住要拿鞋的曲歆苒，他低眼，望着站在门口、比自己矮一截儿的曲歆苒，说道："苒苒，我该回基地了。"

闻言，曲歆苒拿鞋的动作一顿，她把拖鞋重新塞回去，站直了身子，看向连昀鹤。

"好吧，那你路上注意安全。"

"嗯，好。"连昀鹤应了一句。

原本曲歆苒以为说完这句话，连昀鹤转身就会走，结果他站在原地，一直没动。

曲歆苒不明所以地看向他："你落东西了吗？"

"对。"连昀鹤点了点头，他俯下身，跟曲歆苒平视，眼底有些委屈，"苒苒，做你的男朋友没有特殊待遇吗？也只有一句'注意安全'吗？"

曲歆苒心里咯噔一下，她紧张地攥了攥衣角，声音弱了下来。

"那还要什么？"

"最起码……"连昀鹤笑了笑，尾音拖长。

曲歆苒咽了咽口水，更紧张了。

两人对视着，沉默了好一会儿，屋内才再次响起连昀鹤散漫的声音："晚安吻是要有的吧？"

回到基地，连昀鹤下车往宿舍那边走了一段距离，便撞上了邹向毅。

邹向毅瞥了一眼脸上带笑的连昀鹤，心里瞬间有了底，看他这满面春风的样子，表白肯定是成功了。

"饮料喝不喝？"邹向毅扬了扬手上的可乐。

连昀鹤看了一眼邹向毅手上的饮料，什么也没说，摘掉手上的防护手套，接了过来。拿过可乐的连昀鹤拧开瓶盖，咕噜咕噜喝了一大口。

见此，邹向毅意外地挑了挑眉，他看着喜出望外的连昀鹤，感慨地"啧"了一声。心想，这就是被爱情冲昏了头脑吗？

要知道，连昀鹤是特警支队出了名的自律养生，很少喝这些他认为有害的碳酸饮料，今天倒好，太阳真打西边出来了。

"脱单了？"

连昀鹤笑了笑："嗯。"

"不过有一点我挺奇怪的啊。"邹向毅看向连昀鹤，打趣道，"照你所说，曲歆苒也是喜欢你的。你们两个互相喜欢，表白怎么说都会成功，那你今天紧张了一整天，你在紧张什么呢？"

连昀鹤看他："你不懂。"

邹向毅冷哼了一声："嗯，我是不懂。谁像你啊，打一场有把握的仗还紧张，所以你心里演练了一天表白时的场景，想说的话修修改改几十遍，最后怎么表白的，说了什么？"

想起自己表白时的话，连昀鹤含糊道："没说什么，非常简单的表白。"

邹向毅："我喜欢你啊？"

"不是。"连昀鹤摇了摇头。

见连昀鹤含糊其词，不太愿意说，邹向毅便也没再问，但他转念想到向日葵的事情，又好奇地说："别人表白都送玫瑰，你倒好，怎么送向日葵？"

"我送玫瑰了啊。"连昀鹤理直气壮。

邹向毅抬眼，对上连昀鹤的眼神，想起了什么。

"就你那混在向日葵中的几朵玫瑰？"

连昀鹤"嗯"了一声："几朵就不是了？"

邹向毅："……"

"现在已经不流行送玫瑰了。"连昀鹤笑他，"邹队，你应该多'冲浪'，看看年轻人的世界。"

邹向毅白了连昀鹤一眼，又说他老呢。

"我有家室，跟你不一样，看这些干吗？"

"倒是连队你。"邹向毅扬起一个笑容，"是该多看看，要不然你看今天表白能成功吗？"

连昀鹤扯了扯唇，懒得继续跟邹向毅互怼，他绕过邹向毅，往宿舍走去。

谁料身后的邹向毅跟了上来，他一本正经地分析道："我查过向日葵的花语，还挺适合你们俩的。沉默的爱、不变的爱、没有说出口的爱，你看，越回味越适合你们俩啊！你这花算是误打误撞选对了。"

"谁说我是误打误撞的？"连昀鹤脚步一顿。

邹向毅挑了挑眉，反问："难道不是你问了一圈人，最后高瑾词给你的建议？"

连昀鹤沉默了一下，嘴硬道："我是仔细甄选过，最后才决定送向日葵的。"

"哦。"邹向毅笑他，"你也看中了向日葵的这条花语？"

"不是。"连昀鹤摇了摇头，"向日葵还有条花语：入目无他人，四下皆是你。"

邹向毅"啧"一声，没想到拒绝唐昕眼都不眨的连昀鹤，对曲歆苒这么细心，又是找高瑾词他们提建议，又是找郑佳意问喜好。

谁说连昀鹤不近人情？他只近曲歆苒而已。

"没什么好祝福你们的了。"

邹向毅郑重地拍了拍连昀鹤的肩膀，脸上笑出褶子来："就祝你们早点结婚，早生贵子好吧。"

连昀鹤笑了笑，没回话。

"说真的。"邹向毅看着连昀鹤，"你七月份都在基地过完二十七岁的生日了，确实可以考虑结婚这件事了。"

连昀鹤抿了抿唇，还没来得及说什么，连楚凝的电话却进来了。

她率先说道："你那套房子，我给你买在了育才小学附近的浅水湾。之前七月份装修完本来想叫你去验收一下，结果你们直接封闭式集训了，一出来又遇上国庆节，你们也真是忙……"

连昀鹤听见连楚凝长叹了口气，然后接着说了一句："看你国庆节长假没空，那我最近帮你把留在家里的东西先搬过去？"

闻言，连昀鹤不由得皱起眉，想了好久，也没想起来自己留了什么东西在家里，只好问："我留了什么重要的东西在家里吗？"

"是啊，多着呢。你以前写给莃莃的情书，还有毕业照什么的。你当时死活不让妈丢掉的东西，原来全是关于莃莃的。"连楚凝顿了顿，调侃道，"看不出来啊连昀鹤，你这么专一呢！"

这一提，连昀鹤便想起来那是什么东西了。他心虚地轻咳了一声，看向眼前十分好奇的邹向毅，转过身子，放轻声音道："姐，那些东西暂时先不麻烦你搬过去了，我以后找个时间回来取。"

见连昀鹤这么说，连楚凝只好把那些东西又重新塞到床底下去。

连昀鹤高中的东西都被蒋青云用一个盒子装好了，但因为长期没拿出来过，上面积了一层灰。

自从连昀鹤工作后，他就经常住基地不回家，所以他的房间就理所当然地给连宇远住了。

他以前的东西没地方放，于是只能塞到了床底下，五六年不动，积灰再正常不过。只是比较可惜的是，箱子里全是连昀鹤从高一开始，亲手给曲莃莃做的生日礼物。

有亲手做的音乐盒，也有亲手捏的石塑黏土娃娃。

哪怕后来毕业，跟曲莃莃没了联系之后，也没断过。

那些礼物当中最难做的便是那个石塑黏土娃娃，因为是以曲莃莃作为原型，捏的一个穿校服的长发卡通版女生。

连昀鹤向来不是个手巧的人，花了好几天才捏出一个自己满意的。

箱子里的东西，累积起来大大小小有十一件，不是什么很贵重的东西，而且连昀鹤一件也没敢送出去。

连楚凝记得，自己还问过他，送不出去的东西，这么用心做干吗？

当时连昀鹤手上的动作一顿，他低眼看着手上的黏土娃娃，沉默了好久，最后什么话也没说。

其实连楚凝一直觉得，自从连昀鹤遇见莃莃之后，整个人就变得不一样了。

至少在莃莃面前不一样。连昀鹤不管在生活中还是工作上，他一直都是个很有主见、很果断的人，可他在莃莃面前的那种犹豫纠结，是连楚凝从来没见过的。

而连昀鹤对待莃莃时的细心温柔，也是连楚凝从来没有见过的。

说实话，连昀鹤对莃莃的喜欢，很小心翼翼，也很笨拙，但不得不承认的是，他确实把所有的温柔浪漫全留给了苒苒。

并且，只此一份。

想到这里，连楚凝不由得垂下眼，她看了眼被塞回床底下的盒子，站起来拍拍手上的灰。

"行吧，那你忙。"

跟连昀鹤刚挂断电话，蒋青云便走了进来，她看了一眼地板上的拖拽痕迹，抬头问道："连昀鹤不让你搬？"

连楚凝惊讶地看向蒋青云："妈，您这是怎么猜到的？"

蒋青云得意地哼了一声，反问道："还用猜？用脚指头想想都能知道。"

"行吧。"连楚凝笑了笑，"是我这个当姐姐的不称职了。"

"那是。"蒋青云表情得意。她蹲下来，把床底下的箱子重新拉了出来。

见自家妈妈提起箱子就要往门外走，连楚凝愣了愣，跟上去说道："妈，连昀鹤说这些东西，他自己回来取。"

蒋青云脚步没停，头也没回："连昀鹤说什么就是什么啊？这些东西我明天就给他送过去。"

闻言，连楚凝有些蒙了，完全不明白蒋青云这是要闹哪一出。

把箱子搬到客厅，蒋青云从家里翻出一个新的纸箱子，她拿着湿毛巾，把里面的东西整理出来，一件一件擦干净。

虽然不明白蒋青云这是要干什么，但连楚凝也洗了块湿毛巾，加入了擦洗的队伍。

"你给连昀鹤送过去，他不会不高兴？"

"不高兴就不高兴呗。"蒋青云不在意地撇撇唇，"他有本事暗恋苒苒十一年，就没本事让苒苒知道了？再说凝凝，连昀鹤在育才附近买房子的原因你还记得吗？"

连楚凝眨了眨眼："记得啊，不就是为了方便苒苒上下班嘛。"

"对。"蒋青云顿了顿，抬头冲她笑道，"那你想想，连昀鹤又是为什么不让你帮忙先把这些东西搬过去？"

连楚凝眼神微滞，像是想起了什么，她表情惊讶道："不会是不想让苒苒看到这些东西吧？"

"肯定啊。"蒋青云的视线落在彩色的石塑黏土娃娃上，捧着书本穿着校服的卡通版曲歆苒，看起来十分乖巧。

连昀鹤肯定会找个借口带苒苒去浅水湾，还会找个借口把房子钥匙给苒苒，说不定苒苒还不知道那套房子是连昀鹤的，到时候那房子又跟箱子里这些没送出去的生日礼物一样。

不知道连昀鹤今天晚上已经跟苒苒告白的蒋青云郁闷地叹了口气。连昀鹤到底是有多笨？

做了这么多，就不能大胆点儿吗？非要这么藏着掖着。

再藏下去，给他三百年都追不到莐莐，还不得她出手帮忙……

另一边，樊山训练基地。

连昀鹤已经洗完澡，打算给曲歆莐打语音电话了，完全不知道蒋青云在策划什么。

怕突然打电话过去不合适，于是连昀鹤决定打字先给曲歆莐发条消息。

把连昀鹤赶走后，曲歆莐被他那句话弄得心绪不宁。

她坐在沙发上，心乱跳个不停。尽管最后没有那个晚安吻，但只要想到连昀鹤那个眼神和说那句话时的语气，她就招架不住。

曲歆莐轻轻吐出口气，把向日葵花束和一堆毛绒玩偶放进了卧室。

毛绒玩偶被她一股脑丢到了床上，曲歆莐把向日葵插进花瓶里，摆到阳台上后，这才回卧室。

目光触及散落在床上的毛绒玩偶，曲歆莐抿了一下唇，伸出手把它们摆在床头。

摆得整整齐齐后，曲歆莐这才发现毛绒玩偶一共有十一个，而且全是不同的。她眨了眨眼，估计是连昀鹤随手买了十一个，觉得凑成一排很好看？

想不到其中的原因，曲歆莐只好掏出手机开始搜索向日葵的花语。搜到那句"入目无他人，四下皆是你"时，她不由得弯唇笑了笑。

曲歆莐坐到床边，正想伸手拿起那只紫色的兔子玩偶，突然意识到自己还没洗澡，身上是臭的，于是连忙缩回了手。

从衣柜里拿出睡衣，曲歆莐打算先去洗个澡。

半个小时后，曲歆莐从浴室走了出来，头发尖还在滴水，她走到阳台，取下干发巾，包到头上。

把阳台上的干衣服全部取下来，曲歆莐站在床边一一叠好。她抱着叠好的衣服，打开衣柜门放了进去。正要关上衣柜门，衣柜却不知道被什么东西卡住，关不上了。

曲歆莐重新打开门，她垂眸，蹲了下来，目光无意间瞥到了衣柜最边缘的一个铁盒子。盒子是长方形、粉红色的，没带锁。

曲歆莐眼神微愣，她把怀里的衣服放到床上，从最底层取出了铁盒子。

盒子的最下面铺满了一层五颜六色的纸折星星，而纸折星星的上面，是信，包括今年七月写的，一共是十封。

曲歆莐的视线落在信封上，这些，全部是她在连昀鹤生日那天写的。

以前读书时，杜琳基本上不给她生活费，她没经济来源，也存不了几个钱，自然没钱给连昀鹤买生日礼物，只能用给他写信这种方式。

但就算写了信，曲歆苒也不敢送出去，别人送给连昀鹤礼物都很精致漂亮，她送一封信算什么……

而且当时，以她跟连昀鹤的交情，还没到能送礼物的地步。

曲歆苒吐出口气，她把盒子盖上，放回了原位，想到晚上连昀鹤跟她表白的事情，脸上带上了笑容。

虽然不知道这几个月，是哪次事情让连昀鹤喜欢上自己了，但曲歆苒都觉得无比幸运，还有什么能比喜欢的人跟自己表白更让人高兴呢？

没等曲歆苒想更多，床那头的手机却突然响起。知道是连昀鹤发过来的消息，她一路小碎步绕过床尾，拿起了手机。

打开微信，看着连昀鹤头像上的红点，曲歆苒眼底满是笑意，她点了进去，一共是两条。

野鹤：苒苒，你晚上有什么事吗？

野鹤：方便打电话吗？

曲歆苒笑了笑，打了个"方便"过去，刚发过去，下一秒连昀鹤的语音电话便进来了，她拿出耳机，接通了电话。

连昀鹤慵懒的嗓音率先响起："喂，苒苒？听得到吗？"

曲歆苒对着屏幕，下意识地点点头："听得到。"

"那就好，你晚上是打算直接休息吗？"

"没有。"曲歆苒顿了顿，认真答道，"可能会看一集电视剧再休息。"

连昀鹤"哦"了一声，然后问："看什么剧啊？"

听到连昀鹤这么僵硬地找话题，曲歆苒不由得扑哧一笑。

"笑什么？"连昀鹤声音有些疑惑。

曲歆苒装傻充愣道："我没笑呀。"

连昀鹤放松下来，他低笑了一声，然后配合道："嗯，我笑的。"

曲歆苒弯了弯唇，她看了一眼手机上的时间，低头问道："你明天不上班吗？"

"上。"连昀鹤说，"这几天，直到国庆结束都会很忙，所以晚上不能跟苒苒你约会。要等下下周轮休才有时间。"

听到"约会"这两个字，曲歆苒笑得眉眼弯弯："没关系，我可以等，不着急。"

毕竟，她最擅长的就是等待了……

电话那头的连昀鹤似乎轻轻叹了口气："可是苒苒，我着急。"

"啊？"曲歆苒愣了一下。

"我们三个月没见……而且，"连昀鹤顿了顿，他语气有些委屈，"我们才在一起。"

"但以后还长呀。"曲歆苒抿了下唇，补充道，"我们还有很多时间。"

连昀鹤沉默了好半天，最后轻声说了句："可我们也浪费了很多时间。"

　　曲歆苒皱起眉，一时没明白连昀鹤这句话是什么意思，她突然想到连昀鹤在封闭式集训期间跟自己说的那句——

　　"有些事，需要当面说。"

　　曲歆苒以为他说的是集训那三个月时间浪费了，于是连忙安慰道："没有浪费呀，那不是迫不得已、没有办法嘛。"

　　连昀鹤无奈地笑了笑，他知道曲歆苒没明白自己的意思，只好顺着她的话说道："嗯，苒苒说得对。"

　　曲歆苒撇了撇唇，有些害臊。

　　"那苒苒，你有什么想去吃的餐厅吗？或者最近特别想吃的东西也行。"

　　听到连昀鹤的这个问题，曲歆苒认真思考了一下："想吃汉堡。"

　　连昀鹤满口答应下来："好。"

　　曲歆苒捧着电话傻笑了两下，想到连昀鹤，于是问道："你想吃汉堡吗？你要是不想吃我们就不吃了。"

　　见曲歆苒用"我们"这两个字，连昀鹤不由得笑了笑："我什么都吃。"

　　"谁说的。"曲歆苒瘪了瘪嘴，戳破他，"你不是不吃香菜吗？"

　　连昀鹤只好补充："除了香菜。"

　　曲歆苒学他："那我除了鱼。"

　　"除了鱼过敏，还有其他东西过敏或者不爱吃吗？"

　　"没有了。"曲歆苒抿了抿唇，没完全说实话。

　　她确实没有其他过敏的了，但她很挑食。

　　她不爱吃的太多了，根本数不清，不过如果连昀鹤爱吃，曲歆苒觉得自己也可以吃几次的。

　　"说实话了吗？"

　　心虚的曲歆苒没回话。

　　"苒苒。"连昀鹤的声音严肃了不少，"我现在是你的男朋友，男朋友了解女朋友的喜好习惯，是最基本的。"

　　曲歆苒瘪了瘪嘴："可是我很挑食，不爱吃的太多了。"

　　连昀鹤愣了一下，那边窸窸窣窣一阵，好半晌，曲歆苒才听见连昀鹤说："说吧，我拿个本子记着。"

　　这天晚上，曲歆苒跟连昀鹤打了一个多小时电话。

　　由于被表白这件事，她太兴奋了，直到凌晨四五点才睡着，等第二天早上睡到十二点才自然醒。

　　不过好在国庆节放长假，不需要上班，要不然曲歆苒肯定起不来床。

七天长假很快过去，回学校上课的第一天，曲歆苒早上一走进教室，便发现班上吵吵闹闹的。

三年级的小朋友没比二年级的小朋友稳重到哪儿去，他们正在互相分享着国庆节假期发生的乐事。

直到曲歆苒走进来，班上的声音才逐渐小了下去。

班上有些活泼的小孩儿见上课时间没到，便大胆地问道："曲老师！你假期去临江边看烟花了吗？"

曲歆苒点头，微笑着回道："看啦。"

"你一个人看的吗？"

"不是。"曲歆苒摇了摇头。

想到当时烟花下，站在身后穿着特警服的连昀鹤，曲歆苒的目光温柔似水："和别人一起。"

看见曲歆苒今天心情很好的样子，底下的小朋友越发大胆起来，最后排的有个小男孩站了起来，直接喊道："哦！我知道了！曲老师是跟男朋友一起看的！"

班上再次吵闹起来，曲歆苒没否认，只是转移话题问道："你们假期的作文都写完了吧？现在收上来交给我。"

听到曲歆苒的这句话，底下有几个小朋友瞬间噤声。一看就知道是心虚，曲歆苒无奈地扯了扯唇。

第一节上课铃声响起，不是曲歆苒的语文课。

曲歆苒看见郑佳意走了进来，朝她笑了笑，便离开了班级。

坐在第一排的连宇远看着曲歆苒离去的背影，面露担忧，脑子里唯一的一个想法就是——完了，舅舅不争气，平板电脑要没了！

下午放学，连宇远自觉地坐在位置上没动，他妈妈赶过来接他一般要到六点左右。

以前都是曲歆苒留校到很晚，等连宇远走了才回家。

五点半，坐在办公室写教案的曲歆苒结束了手上的工作。她下午只有一节课，剩下的时间都用来写教案了，所以今天就提前完成了。

收拾好包的曲歆苒看了一眼时间，给连楚凝发了条消息：

凝姐，你现在下班过来了吗？要不我帮你把远远送回家吧。

没等多久，连楚凝的消息便回过来了：

不用了，苒苒，四点的时候连昀鹤说过来接远远，现在应该快到了。

看到这条消息，曲歆苒不由得愣了愣。还没来得及反应，办公室的门便被咚咚咚地敲响了三声。

曲歆苒抬头看去，看到了站在门口、脸上带笑的连昀鹤，而背着书包的连宇远站在他身旁。

　　她站了起来，眼底满是惊喜："你来怎么没告诉我？"

　　连昀鹤走进办公室，自觉帮曲歆苒拎起包，笑道："我下次注意。"

　　上了车，连昀鹤把曲歆苒的包放在了后排。他先帮曲歆苒系上安全带后，这才给自己系上安全带。

　　车子平稳地行驶在路上，曲歆苒歪头看向身旁的连昀鹤，问道："我们去哪儿吃呀？"

　　连昀鹤掀起眼，从后视镜里看了一眼后排的连宇远，声音淡淡道："先回趟家。"

　　闻言，曲歆苒眼神一愣。

　　连昀鹤又补充："把连宇远送回去。"

　　"不带远远吗？"曲歆苒眨了眨眼。

　　"对。"连昀鹤微微颔首，约会怎么可能还带上连宇远这个小"电灯泡"……

　　后头的连宇远看着前排跟曲老师互动的连昀鹤，小嘴一撇。

　　舅舅怎么回事？曲老师都有男朋友了，他为什么还要单独约曲老师出去吃饭？

　　想起他之前骗舅舅说曲老师有男朋友，然后舅舅说了一句："哦，这个简单，他们分手就好。"

　　连宇远不由得皱起眉头，他不赞同地看向连昀鹤，不会吧，舅舅真要当"小三"？

　　"不行！我也要去！"

　　没想到连宇远会突然跳出来反驳，连昀鹤微微皱眉，透过后视镜看他："你跟去干什么？"

　　"吃饭啊！"连宇远理所当然的，"谁叫你每次吃好吃的都不带上我！"

　　连昀鹤被气笑了："我哪次吃好东西没带上你了？小鬼，你有没有良心啊？"

　　连宇远叉着手，脑袋一偏，开始撒泼打滚："我不管！反正我就要去！"

　　虽然他舅舅平时人不怎么样，可他也应该要阻止舅舅去干这些丧尽天良的事情，要是被奶奶发现了，舅舅腿还不被打断！

　　"想得美。"连昀鹤冷哼了一声，"你回去叫你妈带你去吃好吃的，别妨碍我。"

　　听到"别妨碍我"这四个字，连宇远眼睛都瞪大了，看看！他说什么！舅舅果然是要当"小三"，去做这些道德败坏的事情！

　　"我不走！我就要跟你一起吃！"

　　闻言，连昀鹤皱起眉，偏头疑惑地看了连宇远一眼，这小鬼今天什么

· 198 ·

毛病？

"我反正不回去，不会下车的。"

连昀鹤冷哼了一声，没理他，连宇远在做梦呢，这能由着他来？

连昀鹤提前给连楚凝发了消息，然后便直接把车开到了楼下，连宇远挣扎无果后，最后只能眼睁睁地看着舅舅开着车走了。

等连昀鹤的车消失在视野里，连宇远的眼眶一下红了。

完了，他是罪人，曲老师下半辈子的幸福没了。

连楚凝垂眸，她看着眼眶泛红的连宇远，好笑道："远远，别伤心了，妈妈带你去吃好吃的，你别妨碍舅舅跟曲老师。"

闻言，连宇远抬起小脑袋："妈妈你也知道吗？"

连楚凝以为他说的是连昀鹤带曲歆菁去吃饭的事情，她一口应道："我当然知道啊。"

"你也同意舅舅这么做吗？"

对上连宇远期待的眼神，连楚凝一愣："当然啊。"

听到这句话，连宇远幼小的心灵瞬间受到了伤害，他瘪着嘴，都快要哭出来了。

"可是妈妈，你以前不是这么教我的，这样不是不对的吗？你为什么还要帮舅舅？"

说完这么一大串话，连宇远便小跑上楼了。

留在原地的连楚凝有些蒙，完全可以说是丈二和尚摸不着头脑，什么不对？单身男女发展一下感情怎么了？

一路跑上楼，连宇远奋力地敲着门。

没过多久，蒋青云把门打开了，她低头看见连宇远，立马抱上去说道："哎哟喂，这不是我们家远远小宝贝嘛，谁欺负你啦？眼睛怎么红红的？"

这么一说，连宇远更委屈了。他伸出白皙的小手臂回抱住蒋青云，委屈巴巴地喊着："奶奶！您快管管舅舅！"

蒋青云眼神一怔："你舅舅怎么了？"

"舅舅他，舅舅他……"连宇远小脸涨红，不好意思把连昀鹤的恶行说出口。

蒋青云皱眉："舅舅欺负你了？"

"不是。"连宇远摆了摆手。

"那是什么？"

"舅舅他，舅舅他，他……"

磕磕巴巴了半天，连宇远看着蒋青云期待的眼神，干脆豁出去了，一口气喊道："舅舅他当'小三'啦！"

身后跟上来的连楚凝更蒙了。

什么"小三"？

连昀鹤当什么了？

连昀鹤开着车离开小区没多久，电话便响了起来。他在开车，手机放在一旁，不方便接电话，于是只好求助曲歆苒。

"苒苒，帮我接个电话。"

"好。"

曲歆苒应了下来，她把连昀鹤的手机拿了过来。她看着手机屏幕上"妈"这个字，偏头看向连昀鹤。

"阿姨打来的。"

连昀鹤"嗯"了一声："你接通开扬声器吧。"

"好的。"话音刚落，曲歆苒便把电话接通了。

还没等连昀鹤说些什么，蒋青云严肃的声音便率先响起："连昀鹤，你现在在哪儿？"

连昀鹤不由得愣了一下，下意识问道："我跟苒苒在一起。"

"你真跟苒苒在一起？"蒋青云提高了声音，听起来有些生气，"我之前是怎么教育你的？你怎么长大了反而还越来越不成熟了呢？我知道你喜欢苒苒，我也很喜欢苒苒，但你至于做出这种事情来吗？"

连昀鹤眼神透露着迷茫："什么事？"

"你还想瞒着我？"蒋青云说，"远远什么都告诉我了，你现在立马把苒苒送回家然后回来，我们家的人绝对不能做出这种道德败坏的事情！"

道德败坏的事情？谁啊？他啊？

"不是。"连昀鹤舔了舔唇，正想说什么，却完全插不上话。

"苒苒现在在你旁边吧？"

不明所以的曲歆苒看了连昀鹤一眼，乖巧应道："阿姨我在。"

蒋青云："你要连昀鹤把你送回去，我现在报下我的号码，你记一下152……"

"等会儿。"

见蒋青云开始报手机号，连昀鹤忍不住打断了她，他语气有些无辜："妈，您总要告诉我理由吧？您这没头没尾地说了一大通，我们根本没听懂。"

"你没听懂？"蒋青云被连昀鹤气笑了，"你敢当第三者，现在又装傻充愣，说自己听不懂了？"

连昀鹤抬眼："什么第三者？"

旁边的曲歆苒听到蒋青云的这句话，表情也有些疑惑，她自己怎么不知道什么时候多了个男朋友……

坐在驾驶位上的连昀鹤回想起蒋青云说的话，很快便反应过来了，估计是连宇远那个小鬼误会了什么。

他表情一松，眉梢微扬，笑道："苒苒，原来我是第三者啊？"

听到连昀鹤故意打趣自己的话，曲歆苒哀怨地看了连昀鹤一眼。电话还接通着，怕蒋青云误会，她忙道："阿姨，您误会了。"

正当曲歆苒酝酿着要怎么把她跟连昀鹤在一起的事情说出来时，蒋青云却率先开口说道："什么意思？连昀鹤你还不知道自己是第三者啊？"

"不是这样的，阿姨。"

眼看着误会越来越大，曲歆苒连忙开口解释。

谁知道身旁的连昀鹤满不在乎地应道："是啊。"他故作委屈，"所以妈，我也是受害者。"

电话那边的蒋青云沉默下来，曲歆苒一下急了。

"阿姨，连昀鹤在骗您。没有什么第三者，我们两个是正当的男女朋友关系。"

怕蒋青云不信，曲歆苒便伸出手扯了扯连昀鹤的衣角。她表情有些着急，用口型跟连昀鹤说了一句："你快帮帮我呀。"

前头十字路口红灯亮起，连昀鹤把车停稳。他弯了弯唇，看向面露急色的曲歆苒，决定不再逗她了。

"妈，苒苒说的才是真的，我是骗您的。"

见曲歆苒松了口气，连昀鹤笑了笑，补充道："确实是正当的男女朋友关系。"

蒋青云沉默了会儿，依旧有些不相信地问道："你们俩什么时候在一起的？"

连昀鹤认真回道："国庆节时表白的。"

"这么久了？"蒋青云的声音有些诧异，"一个多星期了？"

"嗯。"

蒋青云深吸一口气："这么大的事情，你为什么不告诉我们？"

连昀鹤张了张嘴，正想解释自己国庆节工作太忙，蒋青云却扔下一句："活该你被我们误会！"

连昀鹤："……"

这能怪他？还不是某个小鬼造谣。

想到连宇远，连昀鹤不高兴地扯了扯唇，声音淡淡地问道："那小鬼呢？"

蒋青云："在我旁边，怎么了？"

连昀鹤冷哼了一声：“小鬼，你有胆子造谣，现在不敢说话了？”

那头沉寂了几秒，随即传来连宇远嘀咕的声音：“谁不敢说话了，我是没机会。”

“下次了解清楚再告状，免得闹个大乌龙。”

“我哪告状了？”连宇远音量提高了几个度，“我这是关心你好不好。”

嫌连宇远突然拔高的声音太闹腾，连昀鹤往旁边歪了歪头：“行了行了，我原谅你了，挂电话吧，别妨碍我们。”

连宇远“喊”了一声，小声嘟囔道：“谁要你原谅……”

扔下这句话，连宇远便没再说话了。蒋青云多嘱咐了两人几句，然后才挂断了电话。

曲歆苒把手机放了回去，她抬头看向连昀鹤，说道：“远远跟你相处的时候还挺不一样的。”

连昀鹤眼神微怔：“哪儿不一样？”

“嗯……”曲歆苒想了想，认真回道，“他在你面前格外活泼一些，也更肆无忌惮一些。”

连昀鹤无奈地笑了笑，问道：“苒苒，你这是夸我还是骂我呢？”

“当然是夸你呀。”曲歆苒眨了眨眼，表情有些无辜。

连昀鹤挑了挑眉：“这听着不像什么好词。”

“有吗？”曲歆苒耸了耸肩，“我觉得还挺好的呀，说明远远没把你当长辈看。”

闻言，连昀鹤赞同地“嗯”了一声：“这小鬼确实挺不尊重我。”

“我不是这个意思。”曲歆苒说，“不把你当长辈看才好呀，远远表面上好像很嫌弃你，但他最在乎的肯定是你。”

末了，曲歆苒又补充：“并且最崇拜的也是你。”

曲歆苒之所以能这么笃定，是因为她看到了连宇远的作文，题目是——“我最崇拜的人”。

连宇远写的就是连昀鹤，他写的作文让曲歆苒感触特别深。

曲歆苒记得，连宇远是这么写的：

      在我还没出生的时候，我的爷爷就已经去世了，妈妈和奶奶都不愿意告诉我原因。

      家里只有当警察的舅舅在提到爷爷时，眼睛是发着光的。舅舅说爷爷是他的榜样，是他的目标，也是他工作的动力。

      其实以前我听不太懂这些话的意思，不过我现在想想，可能舅舅也是崇拜爷爷的。

虽然他有时候很讨厌，老是欺负我，但我在电视上、新闻上看见舅舅拿枪的时候，我觉得他特别帅。

从小到大，妈妈和奶奶都教育我要成为一个正直优秀的人，我每次听到这句话，都会第一时间想到舅舅。

他身上很多伤疤都是为了救人留下来的，如果要问我最崇拜的人是谁，那肯定是舅舅。

在我心里，他就是我们家的大英雄。

微风吹进车内，曲歆苒回过神来，好像连昀鹤家里的家教一直都很好，要不然也不会把连昀鹤培养得这么优秀……

听到曲歆苒的话，连昀鹤表情有些诧异。他笑了笑，否认道："不能吧，我连他的玩具都不能碰。"

曲歆苒弯了弯唇，并不打算把这件事告诉连昀鹤，她歪头问道："你不信？"

"嗯。"连昀鹤点了点头，"不信。"

对于连昀鹤的回答，曲歆苒丝毫不在意，她伸出手，笑脸盈盈道："那赌点儿什么吧。"

连昀鹤垂眼，匆忙瞥了一眼曲歆苒白净的手心，配合道："赌什么？"

曲歆苒笑得更开心了："要是我赢了，你就请我看电影。"

连昀鹤看了她一眼："那要是我赢了呢？"

"你赢了也一样呀。"曲歆苒说，"我请你看电影呗。"

连昀鹤摇头："不行，我亏大了。"

"不亏呀。"曲歆苒撇了撇唇，"那你想赌什么？"

"我想赌……"连昀鹤顿了几秒，低笑道，"一个晚安吻，要是苒苒你赢了的话，我就亲你；我赢了，你就亲我。"

曲歆苒耳根一红，果断拒绝了："这样输和赢有什么区别，我亏大了！"

"不亏啊。"

连昀鹤一点儿也不害臊，他冲曲歆苒笑了笑："区别大着呢。"

迎上连昀鹤调侃的眼神，曲歆苒一下便知道他又在逗自己了，她撇了撇唇，干脆破罐子破摔了。

"有本事你赌大点儿呀！"

比如法式深吻，一分钟起步的那种，似乎是被自己的想法惊到了，曲歆苒心虚地清了清嗓子。

"哦？"连昀鹤挑了挑眉，"苒苒想赌多大？"

没想到连昀鹤会顺着自己的话往下说，曲歆苒只能硬着头皮，故作淡定地说道："我只是说着玩玩。"

"这样吧。"连昀鹤顿了顿，"要是我输了，就请苒苒你看电影。但要是我赢了，就给我一个晚安吻。怎么样，公平吧？"

　　曲歆苒皱起眉，虽然她有十足的把握能赢，但这个赌注，怎么看都好像不太公平……

　　还没等曲歆苒说些什么，连昀鹤便把车停稳在车位上，车子熄火，他俯过身，刚想给曲歆苒松安全带。

　　曲歆苒身子却猛地往后退了一下。

　　看着曲歆苒防备的眼神，连昀鹤觉得有些好笑："躲什么？结果没出来，我还没输呢。"

　　听到这句话，曲歆苒不由得愣了愣，反应了好久，才明白连昀鹤这句话是什么意思，她红着脸反驳道："我才没有以为你要亲我！"

　　连昀鹤"嗯"了一声，他的手扶着副驾驶的靠背，啪嗒一声把曲歆苒的安全带解开，然后抬头盯着她，似有些惋惜地说道："其实我还挺希望这是个必赢局。"

　　但如果赌局的对面是苒苒，那么他必输无疑。

　　迎上连昀鹤直勾勾的眼神，曲歆苒脸一红，她紧张地别开眼，打开车门下去了，转过身生硬地转移了话题。

　　"我饿了。"

　　坐在驾驶位上的连昀鹤无奈地笑了笑，他下了车，然后关上车门，绕到了曲歆苒面前。

　　见话题被自己成功转移，曲歆苒总算是松了口气。

　　正庆幸着，结果下一秒却听到连昀鹤嗓音懒懒的，说了一句："行，等吃饱了我们再商量这件事。"

　　这次约会的地点，连昀鹤选在了光一广场。

　　他们在附近的复古西餐厅吃完饭后，便打算到附近的商场闲逛。

　　靠近商场大门，人头攒动。迎面走来一堆人，曲歆苒跟连昀鹤之间的距离瞬间被拉远，他们被人流冲散开来。

　　曲歆苒皱起眉，偏头看了一眼在人群中高出一截儿的连昀鹤，再看了看身边拥挤的人群，刚决定等进商场大门再跟连昀鹤会合，手腕却突然被人一抓。

　　她抬头，看到了穿过人群，挤到自己面前的连昀鹤。

　　连昀鹤抓住曲歆苒手腕的手一松，然后往下滑，十分自然地牵住了她的手。感受着掌心传过来的温暖，曲歆苒表情一怔。她垂眸，看到了连昀鹤骨节分明的手。

　　头顶传来连昀鹤温和的声音："苒苒，看路。"

做贼心虚般，曲歆苒瞬间收回了视线。她偷偷瞄了一眼身旁的连昀鹤，然后故作淡然地看向前方。

进了商场，连昀鹤依旧紧紧地牵着曲歆苒的手，丝毫没有想要放开的意思。曲歆苒弯了弯唇，忍着笑意，目光投向楼上。

连昀鹤率先问道："有什么想买的东西吗？"

"没有。"曲歆苒摇了摇头，提议道，"要不然我们先去二楼看一下吧。"

连昀鹤点头应道："好。"

坐着扶手电梯上了二楼，曲歆苒站在岔路口犹豫了起来，她偏头喊道："连昀鹤。"

闻声，连昀鹤立马抬眼看向曲歆苒。

"你有什么喜欢的东西吗？"

看着眼神期待的曲歆苒，连昀鹤表情一愣。

曲歆苒补充着："什么都行，就随便说说。"

连昀鹤抿了抿唇，想了半天也没想出什么，只好实话实说道："平时工作太忙，没什么爱好，喜欢的东西也谈不上。"

"好吧。"曲歆苒的表情隐约有些失落。

连昀鹤偏头看她："想知道这些干什么？"

曲歆苒抿了一下唇，答道："没什么。"

她想给连昀鹤补个生日礼物，可是又怕她选的礼物，连昀鹤会不喜欢。

曲歆苒垂下眸，微微叹了口气，毕竟她也不太了解连昀鹤喜欢什么……

连昀鹤看着低下脑袋的曲歆苒，似乎想到了什么，试探地问道："想给我补个生日礼物吗？"

曲歆苒惊讶地抬起头，她不可思议地眨了眨眼："你怎么知道的？"

连昀鹤笑了笑："随口猜的。"

曲歆苒看着他，正要说些什么，手臂被人挽住，耳边响起郑佳意欢快的声音。

"巧啊，苒姐！"

跟在郑佳意身后的高瑾词看见两人，立马喊道："连队。"

高瑾词的视线往下，看到两人牵在一起的手，立马改口喊道："嫂子。"

闻言，郑佳意这才注意到不对劲，她诧异地瞪大眼睛："你们两个在一起了？什么时候的事情？我怎么不知道！"

曲歆苒下意识地看了连昀鹤一眼。

连昀鹤表情淡淡的，脸上没什么表情，似乎没有因为这件事生气。

曲歆苒这才笑着答道："国庆节那天。"

"苒姐，你这也太不厚道了。"郑佳意瘪着嘴，目光哀怨，"都过去这么长时间了，你都没告诉我，我还是不是你的小宝贝了……"

"抱歉。"

听着郑佳意的话，曲歆苒心里有些愧疚。她向来不是个主动的人，就算暑假跟郑佳意去云南旅游过，关系比以前要好了，也不会主动跟郑佳意分享自己的生活。

主要是这么多年已经习惯独处了，没有分享的习惯，于是就没跟郑佳意说这件事。而经过大半年的相处，郑佳意也了解曲歆苒是一个什么样的人，并没有为这件事感到生气，她大大咧咧惯了，刚才也只是随口一说。

但看见曲歆苒好像很在意这件事，郑佳意连忙摆手说道："那看在歆姐你这么真诚的分上，我就原谅你啦！"

郑佳意朝曲歆苒眨了眨眼睛："对了，你跟连队晚上有什么安排吗？"

"没有。"曲歆苒想了想，又说，"可能就逛一逛吧。"

郑佳意诧异地看向连昀鹤："逛一逛就回去？"

"嗯，可能吧。"

连昀鹤扯了扯唇，握住曲歆苒的手紧了紧，提醒道："苒苒，我明天轮休。"

曲歆苒愣了一下，看向他："我知道啊。"

"我的意思是，"连昀鹤顿了顿，"不着急回基地。"

"我知道呀，所以我说'可能'嘛。"

注意到连昀鹤哀怨的眼神，郑佳意忍不住弯了弯唇。

没想到啊，连队平时这么严肃正经的一个人，在歆姐面前却意外地收敛了很多。

"那我们等会儿一起去玩密室逃脱吧？"郑佳意脸上洋溢着笑容，"怎么样？怎么样？玩那种恐怖的密室，这很好玩的，歆姐你们一起啊。"

"不了吧。"曲歆苒有些犹豫，实话实说道，"我胆子比较小。"

"啊……"喜欢刺激的郑佳意表情有些失落，"那我们玩纯解密的密室也行啊！"

曲歆苒皱眉："我没玩过，可能会拖你们的后腿。"

万一因为她一个人影响整场游戏就不好了……

"那就纯解密的密室怎么样？"郑佳意拉住曲歆苒的手臂，撒娇道，"歆姐，是缘分让我们在这里相遇啊！你就跟我们一起呗，熟人多好玩一些呀！"

曲歆苒想了想，纯解密的密室也不是不行，要是自己实在解不开，就当个"花瓶"旁观看别人解。

这么想着，曲歆苒抬头看向身侧的连昀鹤，问道："那我们要跟佳佳他们一起吗？"

连昀鹤弯唇："你想跟他们一起玩密室吗？"

曲歆苒抿了抿唇，给了个中规中矩的答案。

"我没玩过，但可以尝试一下。"

看着曲歆苒眼里隐隐约约的期待，连昀鹤笑了笑："那就一起玩。"

郑佳意看中的玩密室的店是按时间分场次，最近的八点半有一场，曲歆苒只好放下想给连昀鹤买礼物的想法，先跟着他们去玩密室的地方。

玩密室逃脱的地方不在商场附近，他们开车疾驰，在八点二十五分的时候到达现场。

郑佳意正在跟前台交流，站在后面的曲歆苒环顾了一圈大厅，发现有不少人坐在沙发上耐心地等着，估计是这家店的密室逃脱很好玩。

"苒苒。"

听到连昀鹤叫自己，曲歆苒赶紧收回了视线。

"你看上面。"

顺着连昀鹤手指的方向，曲歆苒看了过去，当她看完头顶的一排密室主题后，不由得紧张地咽了咽口水。

九个主题，只有两个不是恐怖类型的。

曲歆苒往连昀鹤身边凑了凑，问道："我这算入狼窝了吗？"

连昀鹤低笑了一声："别怕，我们玩解密的。"

曲歆苒张了张嘴，正想说"但愿吧"，结果碰上前头的郑佳意回过身来。

郑佳意叹了口气，一脸遗憾："走吧，歆姐。"

"走？"曲歆苒愣了一下，"不玩了吗？"

"不是啊。"郑佳意又叹了口气，"我以为各场次的开始时间都差不多，结果这里解密的两场八点就开始了。现在只剩下恐怖的还没开始，是八点五十五分的，我们只能去其他地方玩了。"

"这样啊……"曲歆苒看向惋惜的郑佳意，心软了，"佳佳你很想玩这个恐怖密室吗？"

"对啊，就是那个全黑密室。"

聊起这个，郑佳意就来了兴致："我都盼了大半个月了，今天就是趁着高瑾词轮休特意跑过来玩的。"

说着，郑佳意凑到曲歆苒耳边，小声道："歆姐你不知道，我胆子太大了。除了血腥的，血腥恶心的类型我是真不行，这种恐怖的我特别爱看，是这类电影的忠实爱好者，就连高瑾词的胆子都没我大呢。"

曲歆苒抿了抿唇，看郑佳意真的很想玩，不想打扰她的兴致，于是心一横，说道："那就一起玩吧。"

郑佳意愣了一下，连忙拉着曲歆苒往外走："不用了，歆姐，你要是怕的话没必要勉强自己，我下次再找个时间来玩就好啦。"

"没关系，来都来了，就顺便玩了吧。"

曲歆苒笑了笑，她握紧连昀鹤的手，反正，有连昀鹤嘛。

郑佳意被曲歆苒说得有点儿心动了，她看向连昀鹤，问道："真的可以吗？"

连昀鹤看了曲歆苒一眼："嗯，可以。"

"行。"

有连昀鹤这句承诺，郑佳意放心下来了，她笑着说了一句："那连队，歆姐就拜托你啦，你可要保护好她啊！"

曲歆苒被郑佳意的话说得耳根都红了。

"一定。"连昀鹤笑了笑。

郑佳意转过身，心安理得地去买票了。

到时候要是歆姐实在害怕，也还有她嘛，大不了全黑的环境下，有什么任务她跟高瑾词去做呗。

买好票，他们四个人在沙发上坐着聊了会儿天。

等到八点五十五分时，名为《驱魔人》的密室游戏正式开始。

工作人员在大厅跟他们大概讲述了一下注意事项和故事最开始的情节，然后把对讲机给了胆子比较大的郑佳意。

《驱魔人》这个游戏建议二到六人进去，本来他们四个人也能进去玩一趟，但郑佳意担心曲歆苒害怕，于是决定人多一点儿进去，便跟另外两个也想玩《驱魔人》的女大学生一起拼场了。

他们六个人戴上眼罩，手牵着手，跟着工作人员往前走。碍于拼场的是两个女生，于是高瑾词走第一个，连昀鹤断后，她们四个女生走在中间。

尽管曲歆苒在外面安慰了自己十多分钟，但当蒙上眼罩的时候，她还是不可避免地紧张了。

等进入密室，门被工作人员带上。

其他两个女生率先问道："应该可以摘眼罩了吧？"

郑佳意配合地回道："可以摘了。"

窸窸窣窣间，曲歆苒松开握住连昀鹤的手，也跟着摘下了眼罩。屋内一片漆黑，真的是一点儿光线也透不进来，而耳边则放着那些诡异的音乐。

曲歆苒眼尖地发现墙边有个什么东西，但她不敢动，甚至下意识地心慌，想找个熟人缓解一下心底的紧张。

她看不清连昀鹤的位置，刚想试着往前走一步，耳畔却传来连昀鹤的话语声："苒苒，我应该在你身后。"

听到这句话，曲歆苒往前的脚步一顿，信任地转过身。

谁料连昀鹤也正好往前走了一步，黑暗的环境下，两人都看不清，直接撞到了一起。

鼻间清冽的淡薄荷味愈浓，曲歆苒的额头撞到了连昀鹤的胸前，她揉着被撞的额角，正要往后退一步，手腕却被连昀鹤抓住了，随之响起的还有他温柔的嗓音："小心。"

被连昀鹤牵住手，曲歆苒紧张的情绪瞬间得到缓解了。她虽然看不清连昀鹤的脸，但有他牵着，而且时不时还能听到他说话，就安心了不少。

连昀鹤往前走一步，把曲歆苒拉到自己身边。

"现在是要干吗呀？"拼场的两个女生一起问道，"怎么没有提示，那我们要找一找线索吗？"

话音刚落，郑佳意就找到了门铃，她按下后，广播那边就主动说流程了。

游戏中这间屋子的男主人，说了一长串话。大概意思是说他的儿子最近有些不对劲，总是把自己关在屋子里不出来，而且也不让外人进来，为了他们的安全起见，所以把他们叫到了侧门这边。

侧门这边门口有个机关，找到了就可以直接进入房子。

"找吧，找吧。"郑佳意说，"胆子大点儿的就找吧，害怕的就站在原地别动。"

那两个女大学生胆子比较大，也跟着郑佳意找起钥匙来。听着他们四个人摸了半天也没找到，曲歆苒抿了下唇，提议道："连昀鹤，我们两个也一起找吧。"

"不怕吗？"

"怕呀。"曲歆苒诚实地点了点头，"但太黑了，他们四个摸着墙很难找到。"

说着，曲歆苒就往前走了一步。她刚想去帮忙，门口那边却传来一阵急促大力的敲门声，门框上还亮起绿光。

没有心理准备的两个女学生被吓得尖叫了起来，而曲歆苒恰巧站在门前，突然的声音吓得她一激灵，往连昀鹤那边凑。

在看不清的情况下，所有的声音都被无限放大。

曲歆苒紧抿着唇，心跳开始加快。她攥着连昀鹤的衣角，是真的被吓到了，没有任何防备的连昀鹤，被曲歆苒这么一挤，背部直接抵到了墙上。

感受到曲歆苒被吓得抖了一下，连昀鹤不由得皱起眉。他低眼，看着缩在自己怀里的曲歆苒，抿了抿唇。

"别怕，苒苒，都是假的。"

连昀鹤声音放柔，他伸出手，轻轻摸着曲歆苒后脑勺儿的头发："没有鬼，假的，骗人的。"

听着连昀鹤安慰自己的话，曲歆苒害怕的情绪缓解不少，但还是有些后怕，甚至还想抱住连昀鹤……

曲歆苒攥住连昀鹤衣角的手微微一松，她犹豫了会儿，最后还是默默地拉住了连昀鹤的衣角。

感受着曲歆苒的小动作，连昀鹤无奈地笑了笑。他抬起空着的手，抓住曲歆苒的手，往后一扯，带到自己的腰间。

"苒苒，想抱就抱，大胆点儿，我现在是你男朋友。"

听到这句话，曲歆苒的心跳陡然漏了一拍，心中害怕的情绪全部被驱散，取而代之的是欣喜。

连昀鹤说的，想抱就抱。

这么想着，曲歆苒鼓起勇气，紧紧地抱住连昀鹤的腰。她把脸埋在连昀鹤怀里，得寸进尺地小声说道："那抱一下，这样我就不怕了。"

"嗯。"连昀鹤嗓音带着笑，"想抱多久都行。"

随着敲门声消失，站在两人旁边的高瑾词把连昀鹤哄曲歆苒的话全听了去，包括那句"想抱就抱，大胆点儿，我现在是你男朋友"，之后两人肉麻的话，高瑾词没再听下去。

他往旁边挪了几步，无奈地摇了摇头，看看连队对曲老师多温柔！怎么偏偏对他们就这么严格……

没等高瑾词想更多，黑暗中便响起郑佳意高兴的声音。

"我找到了！"郑佳意按下开关，美滋滋道，"多亏了刚才敲门的那个绿光啊，要不然我们摸黑得找好久！"

高瑾词："……"

敢情别的几个女生吓得够呛的时候，他家小意儿趁着绿光在找机关？

高瑾词偏头看了一眼抱住连昀鹤的曲歆苒，眼底满是羡慕。

什么时候，这种好事郑佳意也能让他体会一下？这辈子还有机会吗？

"这门开了。"郑佳意欢快的声音再次传来，"里面也是全黑的，我先打头阵啦。"

高瑾词无奈地扯了扯唇，这不知道的，还以为郑佳意戴了夜视仪呢……

听着郑佳意渐远的声音，高瑾词无奈地迈开腿跟了上去，算了，反正从小到大郑佳意一直都这样。

还能怎么样，依着她的性子来呗。

四人脚步声阵阵，曲歆苒从连昀鹤的怀里退了出来，她主动牵住连昀鹤的手："我们也跟上去吧。"

连昀鹤眼神一怔，他弯了弯唇："嗯，好。"

进了第二间房，曲歆苒按照郑佳意的嘱咐，往旁边一摸，果然摸到了储物柜之类的东西，她扶着储物柜，跟着连昀鹤慢慢往前走。

前头是沙发，估计是客厅。

郑佳意跟高瑾词两个人坐在沙发上摸索着什么，另外两个女生也靠在墙边摸索着，看了一下也没有开关。

进来前工作人员就跟他们说过，跟着广播里说的流程做就行，但问题是，从他们进入第二间房间到现在，广播里的男主人的声音再也没响起过。

总不能傻站着，于是他们四个决定先摸索着看一看。

曲歆苒想了想，刚想看看自己这边储物柜上面有没有什么东西，谁知道身旁的连昀鹤比自己快一步，他牵着曲歆苒的手没有松，只是说了一句："苒苒，我来吧。"

曲歆苒抿了抿唇，乖乖地站在原地，看着连昀鹤在储物柜上摸索。

不到半分钟，连昀鹤淡定的声音便响起，他嗓音轻柔："找到了一个电话，电话线是断的。"

"电话线是断的？"曲歆苒眨了眨眼，"会不会是要我们连接好电话线，下一道门才会开呀。"

连昀鹤附和道："有可能。"

"电话线？"

听到两人的声音，郑佳意慢慢朝他们走来，嘴上还问着："什么电话线呀？"

没等曲歆苒回答郑佳意的问题，广播却在这个时候响起了："你们到一楼客厅了吗？"

尽管知道这是提前录好的声音，郑佳意也还是配合地回答道："到啦。"

男主人："那真是太好了！刚才我的小儿子多恩从卧室跑出来了，客厅被他弄得一团糟。我之前跟你们提起过他最近很怪异，因为他总是说出一些奇怪的话，还做出一些奇怪的举动。很多时候，我们都感觉他身体里有另外一个人！现在情况越来越严重了，我很担心他，所以，能请你们帮帮我吗？"

捧场的郑佳意又带头回复："好的，没问题。"

郑佳意的声音很活泼，曲歆苒不由得往身旁看了一眼，现在看来，佳佳还真的没骗她，全黑未知的环境下，突然的敲门声也没能把她吓到。

胆子是真大。

曲歆苒抿了下唇，郑佳意的胆子要是能分她一点儿就好了，这样刚才就不会那么丢脸了……

没等曲歆苒多想，男主人的声音再次在屋内响起："那真是太谢谢你们了！现在麻烦你们先把一楼客厅的电话线接上，然后旁边的柜子里有多恩最喜欢的玩偶，你们能带着玩偶去二楼他的卧室见他吗？"

"好的，没问题。"

等郑佳意回复完这句话，男主人便没有再说话。

连昀鹤跟曲歆苒离储物柜近，接电话线的任务自然是他们两个的，但男主人说的那个装玩偶的柜子没有具体位置，其他四个人只好一个一个地摸了起来。

没有光，干什么都很费劲。

连昀鹤要牵着曲歆莔，单靠一只手根本不能把电话线对准那个接线口子，他皱起眉，刚在想要怎么办，曲歆莔却率先把牵住他的手松开了。

"我拉住你的衣服。"

话音刚落，连昀鹤便感觉自己衣角被曲歆莔拽住。他笑了笑，弯下腰，两只手上前，摸索着电话线接口，把电话线接上了。

"好了。"

连昀鹤刚站直身子，手就被曲歆莔牵住了，他眼神一滞，抿唇笑道："莔莔，我在想……"

曲歆莔竖着耳朵听连昀鹤说话，但他只说了几个字，屋内却传来郑佳意兴奋的声音，瞬间盖过了连昀鹤。

两人下意识地望去，听见郑佳意嚷嚷了一句："我找到玩偶了！"

靠近楼梯口的两个女生立马回应道："二楼的门也开了！"

"冲冲冲！"郑佳意笑嘻嘻的，"我们去找多恩玩！"

四人慢慢扶着墙壁上楼梯。

曲歆莔收回视线，抬头看向黑暗中的连昀鹤，问道："你在想什么？"

连昀鹤不答反问："你猜我在想什么？"

曲歆莔撇了撇唇，小声嘀咕："这我怎么可能猜得到？"

"我在想，下次要不要单独带你来玩这种密室游戏。"

曲歆莔一愣："就我们两个人吗？"

连昀鹤："嗯。"

曲歆莔眨了眨眼，试探地道："你也跟佳佳一样，喜欢玩这种密室游戏吗？"

"不是。"连昀鹤摇头否认了。

这下，曲歆莔不理解了："那是为什么呀？"

"因为……"连昀鹤顿了顿，他抬起两人牵住的手，笑道，"能多牵几次手。"

曲歆莔脸一热，小声反驳道："哪有，平时也差不多嘛。"

"差远了，莔莔。"连昀鹤不赞同，"从进这个密室开始，你这是第几次牵我的手了？"

曲歆莔撇了撇唇，嘴硬道："那你今天晚上在商场外面也牵我的手了。"

连昀鹤看不清楚曲歆莔的脸，但听着曲歆莔反驳的语气，莫名有些想笑。他眉梢微扬，懒洋洋地靠在储物柜旁，笑她："莔莔，我能理解为你现在是在跟我'算账'吗？"

曲歆莔偏过头，拒不承认："我没有，只是实话实说。"

"那行，实话实说。"

连昀鹤说完这句话，曲歆苒便看见他站直了身子，然后往前走了一步。

黑暗中，曲歆苒感觉到自己的腰间环上一只手，紧跟着，右边的肩膀也被连昀鹤揽住。脸颊上，他的碎发划过，有些痒，随即有炽热的气息在曲歆苒脖颈处落下。

两人距离瞬间拉近，近得能听见彼此的心跳声，曲歆苒呼吸一顿，她攥住连昀鹤的衣角，有些不知所措。

连昀鹤笑了一下："刚才在外面，苒苒你抱了我一下，现在还一下不过分吧？要不然我亏大了。"

曲歆苒："……"

这哪是实话实说，分明是算账！

经过连昀鹤闹的这一出，后来的游戏环节，曲歆苒全程都心不在焉，就连后来敲门声再次响起，她也没被吓到。

玩完密室游戏出来，已经是晚上十点多了。

郑佳意跟曲歆苒聊了几句，便跟高瑾词看电影去了。

曲歆苒跟着连昀鹤上了车，她自觉地系上安全带，就听见连昀鹤问道："还要回商场那边吗？"

"嗯，对。"曲歆苒点头，她忍不住打了个哈欠，这才看向连昀鹤，"还要给你买礼物。"

连昀鹤启动车子，他语气淡淡："困了就不买了，明年再说。"

"可是今年的生日礼物是今年的呀，明年是明年。"曲歆苒抿了抿唇，"不一样。"

"是吗？"

"是啊。"

看见曲歆苒用力地点着头，连昀鹤问她："困吗？"

曲歆苒想了想："有一点儿。"

连昀鹤"嗯"了一声，前头是十字路口，他直接拐进回家的那条街。

坐在副驾驶位上的曲歆苒浑然不觉，连昀鹤又问："很想送我礼物？"

"嗯。"曲歆苒看他，表情认真，"很想送。"

毕竟这份生日礼物，是以连昀鹤女朋友的身份送的，跟以前自己准备的那些，都不一样。

"可是怎么办。"连昀鹤顿了顿，他故作惋惜，"我开错道了，只能回家了。"

闻言，曲歆苒愣了愣，她看向前方的街道，回过头委屈道："连昀鹤，你是故意的。"

"没有啊。"连昀鹤脸上带着得逞的笑容，辩解道，"不是故意的。"

曲歆苒别过头，没理他。

见曲歆苒不愿意搭理自己，连昀鹤想了想，提议道："这样吧，苒苒。我明天搬家，你下午陪我一起，然后晚上我们再来这边买礼物，可以吗？"

曲歆苒的注意力成功被连昀鹤带偏，她疑惑道："搬家？你要从基地搬出来了吗？"

"嗯。"连昀鹤眼底带着笑，模棱两可道，"算是吧。"

曲歆苒抿了抿唇："那你搬哪儿呀？"

连昀鹤："浅水湾。"

闻言，曲歆苒皱起眉，莫名觉得这个名字好耳熟。她拿出手机，打开地图软件搜索了一下。

看着熟悉的育才小学，她脱口而出一句："怎么是在育才小学附近？"

连昀鹤眉梢微抬："不行吗？"

"没有啊。"曲歆苒想了想，还是把心底的疑惑问出了口，"可是浅水湾离你们基地有点儿远呀，为什么会选在浅水湾啊？"

连昀鹤看她："要听实话吗？"

"嗯。"

车速被放慢，窗外的清风吹拂进来，街道旁的灯光照在连昀鹤的脸上，光影错乱。

连昀鹤弯着唇角，表情有些散漫。

他薄唇轻启，说了四个字："离你近些。"

第七章
热恋

回到家洗完澡，曲歆苒都没缓过神来，她被连昀鹤那句话撩得意乱情迷，甚至最后胡乱回了句什么话，她也记不清了。

曲歆苒坐在床边，她拿着手机想了想，给连昀鹤发了条消息：

我已经洗完澡啦，今天晚上要打电话吗？

等了几秒，连昀鹤的电话便直接打过来了，他那边窸窸窣窣的，像是在走路，然后问了一句："之前不是困了吗？现在不困了？"

"没有啊。"

曲歆苒躺在床上，她开了扬声器，把手机扔到一旁，答道："现在也困。"

连昀鹤笑她："那还打电话？"

曲歆苒眨了眨发酸的眼睛："可你好不容易轮休呀。"

"苒苒，轮休以后也会有，你现在困就先睡觉。"

曲歆苒沉默了会儿，抿了一下唇："可我想跟你打电话。"

电话那头的连昀鹤安静下来。

过了好半天，曲歆苒才听见他低笑了一声，然后说："苒苒，你这是在……跟我撒娇吗？"

曲歆苒有些懊恼，反驳道："我没有。"

"知道了。"

连昀鹤的声音带着笑意，并没有理会曲歆苒的否认："继续保持，再接再厉。"

见自己说什么都没用，曲歆苒干脆破罐子破摔了："我困了，要睡觉了！"

"嗯。"连昀鹤笑道，"晚安，苒苒。"

曲歆苒瘪了瘪嘴，把手机一翻。她转过身，没再说话，而连昀鹤也没再说话。

沉默了很久，曲歆苒也不知道连昀鹤有没有睡着，只好试探地喊了一句："连昀鹤？"

几乎是下一秒，连昀鹤就回复了："嗯，我在。"

曲歆苒弯了弯唇，她又翻过身，目光落在自己的手机上，眼底是藏不住的欢喜。

"我今天很开心。"

连昀鹤："开心就好。"

曲歆苒撇了撇唇："你应该要问我为什么开心，这样我怎么接话呀？"

听着曲歆苒俏皮的语气，连昀鹤不由得笑了笑。他抬眼，看到了窗外皎洁的月光，配合地问道："行，你再重说一次。"

"好。"曲歆苒一口答应下来。

她立马重复道："我今天很开心。"

连昀鹤弯唇："那我能知道是什么事情让我们家苒苒这么开心吗？"

"不是事情，"曲歆苒笑了笑，补充道，"是人。"

连昀鹤表情一愣，然后清晰地听见曲歆苒说了两个字——"是你。"

"我？"连昀鹤有些疑惑。

"对啊。"曲歆苒语气肯定，字正腔圆地说，"是连昀鹤。"

"为什么是我？"

"这是秘密。"曲歆苒顿了顿，她声音里很明显带着笑。

这么多年，连昀鹤还是第一次见到曲歆苒这么开心，然后紧跟着，曲歆苒又补了一句："但你可以知道，今天是我人生中'唯二'快乐的一天。"

"唯二？"连昀鹤眉梢微扬，"那还有一天呢？"

曲歆苒声音清脆干净："今年国庆节那天。"

听到曲歆苒的回答，连昀鹤笑了笑。

这天晚上，曲歆苒在说完这些话之后，没聊几句就慢慢睡着了。连昀鹤听着她浅浅的呼吸声，没忍心挂断，便让微信语音电话一直通着。

这个时候连昀鹤还不明白曲歆苒这句话的意义有多重大，他以为是曲歆苒开心的时候随口一说的，直到后来连昀鹤才知道，在他看不见的地方，曲歆苒一个人吃了好多苦。

苒苒性格里的温柔，从来都不是偶然。

第二天下午还没到放学时间，曲歆苒就在走廊上看到了连昀鹤，他站姿笔直、身形挺拔，路过的其他女老师忍不住多看了几眼。

似乎连外头天空中的晚霞都偏爱他几分，纷纷落在他身上。

连昀鹤偏过头，注意到了曲歆苒，他脸上漾开笑容，径直朝她走了过来。

曲歆苒有些恍惚，就像她之前跟连昀鹤出去，也幻想过他是来接自己下班的。可没想过有一天这居然真的能成真，连昀鹤居然真的成了那个来接她下班的男朋友。

连昀鹤刚在曲歆苒面前站定，就听见她冷不丁来了句："连先生，我能捏一下你的脸吗？"

头一次听见曲歆苒这么称呼自己，连昀鹤挑了挑眉，配合道："理由呢？曲小姐。"

曲歆苒眼睛亮晶晶的："就想捏一下，看自己是不是在做梦。"

这么优秀的连昀鹤，真的是她的男朋友吗？

连昀鹤轻咳了一声，他微微弯腰，伸出手捏了捏曲歆苒的脸蛋，笑道："现在知道自己是在做梦还是身处现实了吗？"

曲歆苒瘪了瘪嘴："知道了。"

"知道了就走吧。"连昀鹤站直身子，笑道，"曲小姐，我们先去吃饭。"

曲歆苒跟了上去，问道："不先搬家吗？现在还早呀，才不到五点呢。"

"是啊。"连昀鹤语气有些无奈，"但某个小鬼饿了。"

曲歆苒反应了一下，立马知道连昀鹤说的是连宇远，于是又问："远远这次跟我们一起吃饭吗？"

连昀鹤"嗯"了一声："他妈不要他了。"

话音刚落，门口的连宇远就一脸哀怨地看着连昀鹤，然后反驳道："你妈才不要你了！"

连昀鹤无所谓地耸了耸肩："你说得对，我妈确实不要我了。"

连宇远撇了撇唇，背着书包转身就走，懒得跟连昀鹤计较。

原本连昀鹤是打算带着两个小朋友去附近的饭店吃饭，但路过菜市场时，曲歆苒提出她能做饭。于是他们三个在菜市场买了两袋子食材回浅水湾。

一进门，连宇远就脱掉鞋子大大咧咧地坐在沙发上。

曲歆苒还是第一次来连昀鹤的新家，她换上连昀鹤递过来的拖鞋，环顾一圈后，迟疑道："这个装修风格好温馨，是你自己装修的吗？"

"不是，"连昀鹤心虚地别开眼，"把钱给我姐了，让她帮忙的。"

"哦。"

她就说为什么这么温馨，一点儿也不像男孩子会喜欢的风格……

跟着连昀鹤进了厨房，曲歆苒意外地发现厨具调料种类很多，看来这个帮忙搬家，估计也只是个借口了。

连昀鹤不怎么做饭，他在曲歆苒旁边洗完菜、剥完蒜后，刚想再做点儿什么，却被连宇远叫出去了。

曲歆苒也没在意，她切好菜，刚想起锅烧油，却发现调料里面少了盐，在柜子里找了半天也没找到盐在哪儿，她想了想，最后决定出去问问连昀鹤。

走到客厅，曲歆苒没看见人。她来到主卧，发现也没人，正要离去，目光却被床底的纸盒子吸引。

纸盒子没盖好，露出了一个音乐盒和石塑黏土娃娃。

曲歆苒纠结了一会儿，最后蹲了下来。

出于隐私，她没选择打开纸盒子，只是隔着半边缝隙多看了两眼，当看到那个石塑黏土娃娃是穿着校服，披着长发时，曲歆苒眼神微滞。

那个石塑黏土娃娃，好像是一个女孩子，是连昀鹤的东西吗……

没等曲歆苒想更多，阳台上那边隐隐约约传来声响。

曲歆苒走了过去，离得近些，她看到了窗帘后面的连昀鹤和连宇远。他们两个不知道在聊些什么，神神秘秘的，而她恰好听见连宇远的声音。

"舅舅，我帮你追到了曲老师，你现在能帮我买平板电脑了吧？"

闻言，曲歆苒不由得皱起眉，看向连昀鹤。她看见连昀鹤低着眼，声音淡淡地说了句："叫什么？"

见连昀鹤这个样子，连宇远不情愿地撇撇唇，但为了平板电脑，只好立马改口纠正了："舅妈。"

连昀鹤"嗯"了一声，这才慢悠悠地拿出手机下单。

站在一旁的曲歆苒："……"

她眨了眨眼睛，有些不敢相信自己的耳朵，远远这话，是什么意思？

交易完的两人从阳台上走了出来，而没来得及躲避的曲歆苒正好跟他们打了个照面。

连昀鹤紧张地咽了咽口水，故作淡定地说："苒苒，你找什么东西吗？"

"嗯。"曲歆苒点了点头，"我找盐。"

"厨房里没有盐吗？"

曲歆苒："没有。"

连昀鹤笑了笑："我带你找。"

"好。"

曲歆苒想了想，还是有些纠结连宇远说的话，她看向连昀鹤，问道："连昀鹤，刚才你跟远远说的话是什么意思呀？"

闻言，连昀鹤脚步一顿，迎上曲歆苒不解的眼神，他身子瞬间僵住。

完了，苒苒还是听见了。

曲歆苒盯着连昀鹤，等着他的回答。她在脑中快速地回想了一下表白之前的事情，有一点，想不太明白。

为什么是远远帮连昀鹤追呢？

明明连昀鹤没表示过喜欢她、要追她呀……

两人相顾无言。

看着曲歆苒注视着自己，连昀鹤紧张地咽了咽口水，一时不知道该怎么解释才好。

怎么说？难道直接坦白表示，自己也暗恋她很多年吗？

这个想法刚一冒出来，连昀鹤就否决了。

回想起家里那些给曲歆苒做的小玩意儿，连昀鹤抿着唇，内心一阵羞愧，以前做的那些蠢事，还是不告诉苒苒比较好。

站在一旁的连宇远看见连昀鹤沉默下来，便知道自家舅舅在找理由。

连宇远撇了撇唇，看在平板电脑的份儿上，他就再帮一次舅舅吧！

"舅妈。"

听到这个称呼，曲歆苒不由得愣了愣，她垂眸看向连宇远，轻抿了一下唇，最后什么也没说。

连宇远把曲歆苒拉到一旁，帮连昀鹤解释道："舅舅几个月前告诉我，说他喜欢你，想追你，但他胆子比较小，不敢直接表示出来，担心舅妈你不喜欢他，所以才找我帮忙的。"

闻言，曲歆苒转头往后看了一眼站得笔直的连昀鹤，脸上明显有些不相信。

像连昀鹤这么果断的人，会在感情上犹豫吗？还是对她？

曲歆苒觉得这个想法实在太荒谬。她回过身，揉了揉连宇远的脑袋，笑着反驳道："远远，你舅舅胆子可不小。"

"是啊。"连宇远没反驳，他无奈地摊了摊手，"可在喜欢的人面前总是会不一样的嘛，我还觉得舅舅对舅妈你很温柔呢，我可没见过舅舅这么温柔的时候……"

曲歆苒表情一怔，还没来得及说些什么，房间里便响起手机振动的声音。

他们俩齐齐转过身，看向声源处。

连昀鹤看着手机上的来电显示，表情立马严肃起来，他接起电话，喊了声："汪队。"

见有电话进来，两人没再聊天。

一时间，房间突然安静下来，曲歆苒听不清楚电话那头说了些什么，她只看见连昀鹤"嗯"了一声，然后便挂断了电话。

"苒苒。"

听到连昀鹤叫自己，曲歆苒抬头朝他看去。

"抱歉，临时有任务，今天晚上不能跟你一起吃饭了。"

曲歆苒虽然心里有些失落，但还是笑着回道："没关系，任务要紧。你快去吧，等一下我帮你把远远送回家。"

连昀鹤看着曲歆苒唇边的浅浅梨涡，没说话。

过了好半天，他才开口说道："苒苒，这次不一样，这次——"连昀鹤顿了顿，他皱起眉，表情严肃，"要离开潭州。"

这句话一出，曲歆苒的心蓦地一沉。

离开潭州，就意味着这次的任务可能要比之前的危险。

曲歆苒见连昀鹤眼底满是内疚，她上前一步，拉了拉连昀鹤的衣角："真的没关系，下次再一起就好啦。"

尽管曲歆苒安慰着他，连昀鹤的心里也没好受几分。

毕竟今天是他约苒苒出来的，现在不仅半路放"鸽子"，还留了个"累赘"给她……

这么想着，连昀鹤便低下眼，瞥向"累赘"连宇远。他想了想，最后拿出五十块钱递给了连宇远，然后说：

"小鬼，你等会儿吃完饭自己坐车回去，曲老师跟你不顺路，晚上送完你再回去不安全。"

"知道了。"

连宇远接过连昀鹤递过来的钱，丝毫没觉得有什么问题。他作为一个堂堂正正的男人，完全可以回去。

才没那么娇气呢。

曲歆苒皱起眉，有些不赞同："远远晚上自己一个人回去，不安全吧？"

"没事，他是男孩子。"

想了想，连昀鹤又伸手碰了碰连宇远的肩，补充道："到家叫你妈给我发信息报平安。"

连宇远点头，乖乖应了下来："好，我知道了。"

交代完这些事，连昀鹤便拿起车钥匙往玄关处走了，他蹲着换好鞋子后，手刚握上门把手，却被连宇远叫住了。

连宇远看着连昀鹤，小声地说了句："舅舅，你也要小心。"

虽然连宇远不知道自家舅舅这次任务是什么，但他长这么大，几乎很少见到连昀鹤在轮休的时候临时去执行任务，而且还要离开潭州市。

都不用想就知道，这次的任务形势肯定很严峻，所以才会把轮休的特警也叫回去。

连宇远瘪了瘪嘴，突然想到自己在电视上看到的新闻，那些危险的现场，每次都是舅舅他们先冲上去。

前几年，他见过好多次舅舅受伤时的样子。尽管有时候舅舅说话很讨厌，但连宇远一点儿也不希望看到舅舅受伤。

"你要是受伤了，奶奶会伤心的。"连宇远抬起脑袋，瞄向连昀鹤，补充道，"我也会伤心的。"

听到连宇远这句话，连昀鹤表情一怔，反应过来后，他挑了挑眉，唇角微扬："小鬼，原来你还会关心人呢？"

连宇远："……"

看着无语的连宇远，连昀鹤忍不住笑了笑，他刚想回句"自己会小心的"，就听见连宇远补充：

"舅舅你想多了，我只是怕以后没人给我换新平板电脑。"

连昀鹤："……"

这小鬼说的是人话吗？

"我是出去执行任务。"连昀鹤咬牙切齿的，他瞪着连宇远，"不是出去见阎王，死不了。"

连宇远撇了撇唇，他伸出手推着连昀鹤出门，催促道："舅舅你赶快走吧，要不然时间来不及了。"

话音刚落，连宇远又识趣地把曲歆苒推了出去。

"舅妈你送送舅舅吧，我就在楼上待着，不下去了。"

门被连宇远砰地关上，连昀鹤低头看了一眼时间，发现确实有点儿急，只好抬起脚去按电梯，他偏头对曲歆苒说道："苒苒，别听那小鬼的，你不用送，时间来不及了，我得先走了。"

曲歆苒没理会连昀鹤这句话，她迈大步伐，站到连昀鹤身边。

见曲歆苒站了过来，连昀鹤神情一顿，下一秒，手被曲歆苒拉住，随之响起的还有她干净清楚的声音："你都让远远叫我舅妈了，哪有不送的道理？"

坐着电梯下到停车场，连昀鹤再次拦住曲歆苒："苒苒，你先回去吧。车位离得有些远，我跑过去快一些。"

"好。"这次，曲歆苒没再坚持。

"那个赌，苒苒你赢了。"连昀鹤脸上带着笑，"这几天你先选电影，等任务结束，我们就去看。"

曲歆苒眉眼弯弯的，她点头："嗯。"

连昀鹤看她："我先走了。"

"等一下。"

闻言，连昀鹤回过身看向曲歆苒，眼前的曲歆苒拉了拉自己的衣角，说了句："连昀鹤，你蹲下来一点儿，我有个秘密想告诉你。"

连昀鹤没想那么多，按照曲歆苒的说法，稍稍俯下身。谁知才弯下腰，曲歆苒又说："你再过来一点点儿。"

连昀鹤看了曲歆苒一眼，往前走了一步。

两人的距离瞬间被拉近。

连昀鹤低下眼，询问着："这样吗？要不要再……"

剩下的话还没说出口，眼前的曲歆苒却突然凑近，她身上有着淡淡的香味，接着，温热的气息撒在连昀鹤的唇瓣上。

连昀鹤看着踮起脚亲自己的曲歆苒，呼吸一顿。

还没来得及有什么反应，又看见曲歆苒火速撤离，全身而退。

很突然，也很短暂的一个吻，两人的呼吸甚至来不及交织在一起，便被迫分开了。

"苒苒。"连昀鹤的喉结滚了滚。

往后退一步的曲歆苒脸颊滚烫，她瞄了连昀鹤一眼，然后一本正经地解释道："你输了，晚安吻没有了，所以这是离别吻。"

迎上曲歆苒慌乱的眼神，连昀鹤笑了笑："是吗？"

曲歆苒强装镇定地点了点头："是。"

"这样算的话，"连昀鹤眼底带着笑意，"我其实没有输嘛。"

回到楼上，曲歆苒收拾好心情，便到厨房去炒了两个菜。就在曲歆苒把炒好的第一个菜放到餐桌上时，她看到了桌上的钥匙。

钥匙扣是一个紫色的兔子挂坠，曲歆苒拿起钥匙看了一眼，发现与连昀鹤这间房子的门是同一个牌子。

似乎是想到了什么，曲歆苒微微蹙眉。

可是不对啊，她记得下午来的时候，看见连昀鹤开门，他的钥匙扣不是这样的……难道是凝姐的吗？

这么想着，曲歆苒拿着钥匙，转过身问连宇远。

"远远，这是你妈妈的钥匙吗？"

正在看书的连宇远抽空，抬头看了眼曲歆苒手上的钥匙，回道："不是，我妈妈的钥匙不长这个样。"

曲歆苒眉蹙得更深了："那奇怪，也不是我的呀。"

"舅妈你问问舅舅吧。"连宇远认真看着书，头也没抬，"舅舅肯定知道。"

"好。"曲歆苒应了下来。她看了一眼时间，估摸着连昀鹤应该还在路上，便给他拨个电话。

电话很久才接通，连昀鹤的声音混杂在嘈杂的喇叭声中，有些模糊。

"苒苒？"

"嗯。"曲歆苒应了一声，她垂眸，看向手中的钥匙，"连昀鹤，你房子的钥匙是不是落下来了？"

"没落下。"连昀鹤语气坚定，"在我口袋里。"

"奇怪。"曲歆苒皱起眉，"那这只兔子钥匙扣上的钥匙是谁的呀？"

"兔子？"连昀鹤"哦"了一声，"那是浅水湾的房子钥匙，留给苒苒你的。"

"留给我的？"曲歆苒眼底有些困惑。

还没来得及说什么，就听见连昀鹤"嗯"了一声，然后解释道："这样你中午就不需要留在办公室了，可以回浅水湾休息休息，下午再上班。"

曲歆苒眉头蹙起，下意识拒绝了："没关系，我中午没有睡午觉的习惯，而且……"

话还没说完，就被连昀鹤打断了——"苒苒。"

曲歆苒抿了一下唇，应道："嗯。"

连昀鹤声音淡淡的："是你自己说的。"

闻言，曲歆苒百思不得其解："我说了什么？"

"我都让远远叫你舅妈了。"连昀鹤语气里带着笑，他嗓音懒懒的，"哪有女主人没有房子钥匙的道理。"

曲歆苒忍不住弯起唇，她摇了摇钥匙扣上的兔子挂坠，嘟囔了一句："这个挂坠，有点儿太可爱了。"

电话那头的连昀鹤笑了笑，戳穿她道："苒苒，你是想说幼稚吧？"

曲歆苒弯了下唇角："我没想说。"

"是吗？"

手机里传来连昀鹤的低笑声，曲歆苒感受着加快的心跳，默默把钥匙收了起来。她本来不想打扰连昀鹤开车了，但突然想到了什么，随即问了一句："连昀鹤，你之前谈过恋爱吗？"

"没。"

连昀鹤一下子否认了，他觉得曲歆苒的突然发问有点儿奇怪，于是好奇地说："怎么突然问这个？"

"不算突然啊。"

曲歆苒摸着口袋里的钥匙，抿了下唇角，小声地回道："就是看你之前跟我表白还有这次送我钥匙。"

她顿了一下："感觉不像第一次谈恋爱，而且……"

主卧的床底下还有连昀鹤的东西，也不知道是给谁的。

"而且什么？"连昀鹤问。

"没什么。"曲歆苒垂下眸，突然就不想说了，万一真问出那些东西是连昀鹤送给前女友的，难受的还不是自己？

似乎是感受到曲歆苒的情绪不太高，连昀鹤语气郑重道："苒苒，我以前没谈过恋爱。"

"……"

曲歆苒正要说些什么，却听见连昀鹤接着说："这是第一次谈恋爱，可能也是最后一次。"

听到连昀鹤哄自己的话，曲歆苒肉眼可见地开心了起来，她靠在椅背上，笑得眉眼弯弯的。

"为什么加'可能'啊？如果是说情话，去掉'可能'对方会更开心的。"

连昀鹤也跟着笑了起来，他嗓音懒懒："所以我这不是情话。"

曲歆苒眉梢微抬："不是情话是什么？"

那边的连昀鹤安静下来，曲歆苒听见有风灌进车内的声音，然后，连昀鹤的声音随着簌簌风声，一同吹进她的耳朵里。

"是承诺。"

连昀鹤说："情话是短暂的浪漫，承诺是一辈子。我无法保证未来会发生什么，所以只好加个'可能'。"

对于连昀鹤这么正经的话，曲歆苒无奈地弯了弯唇，虽然直白了点儿，却意外地合她的心意。

"但是苒苒，你只需要知道，除了你，我不会跟其他人谈恋爱。"

曲歆苒表情一愣，她缓慢地眨了眨眼，然后听见了连昀鹤散漫的嗓音，他说——

"只要你喜欢我，我将永远走向你。"

她的心跳陡然漏掉一拍。

连昀鹤的语气虔诚又坚定，莫名给曲歆苒一种他一直深爱着自己的错觉。这一瞬间，她突然觉得世间其他的情话都不过尔尔，再动听，也都抵不过连昀鹤的这句——我将永远走向你。

那一刻，曲歆苒的脑中突然冒出了一个疯狂的想法，并且，她毫不顾忌地把这个想法说了出来。

"连昀鹤。"

"嗯。"

"等你回来，我能再亲亲你吗？"

曲歆苒轻抿了一下唇角，心里补充道："我也是，我也将永远，走向连昀鹤。"

那天跟连昀鹤挂断电话之后，曲歆苒便连着好几天没再收到他的信息，她不清楚连昀鹤的任务，更不知道连昀鹤去了哪儿。

好像就只能这样干等着。

不过，曲歆苒倒也没有很着急，除了格外思念他，其他的感受倒是没有。只不过，男朋友同样是特警的郑佳意却不这么想了，她独自生闷气生了好几天。

理由是——高瑾词走的当天，他们也恰好在约会。当时，高瑾词手里握着两个甜筒冰激凌，郑佳意在取电影票。

郑佳意觉得临时有任务没问题，她能理解高瑾词。

可是，高瑾词为什么要丢掉她的冰激凌！

"你说是吧，歙姐？"郑佳意生气地又着手，"高瑾词明明可以先把冰激凌给我，然后再跟我说他有任务要先走。为什么跟我说完有任务之后，就直接把我的冰激凌丢了呢！"

"对对对，怎么能直接丢冰激凌呢？"曲歙苒无奈地附和。

这段话，她这几天都不知道听郑佳意说了几百遍了，如果她没猜错的话，郑佳意接下来要说的是："这个冰激凌特别好吃！我排了这么久的队，一口都没吃上呢，他就给我丢了！"

正这么想着，曲歙苒突然听见拍桌子的声音。曲歙苒抬眼，看着撅着嘴巴生气的郑佳意，听见她说："这个冰激凌特别好吃！我排了这么久的队，一口都没吃上呢，他就给我丢了！"

曲歙苒弯了弯唇，还真是一字不差。

"不对，别说吃了，我舔都没舔呢！"

听到这句话，曲歙苒停下了手上的动作，她看向郑佳意，问道："这么好吃？"

"是啊，歙姐，你不知道吗？"郑佳意举着手机，给曲歙苒讲道，"这家冰激凌店最近超火。他们家冰激凌好吃，店铺装修精美，被那些博主一推荐，直接出名了！"

曲歙苒挑了挑眉："那等会儿放学我陪你去吃？"

"不了，"郑佳意趴在桌子上，如同泄了气的皮球，"我最近两天吃得太杂了，有点儿拉肚子。"

曲歙苒笑了笑，没说话。

"要不然明天下午去？"郑佳意脑袋又抬了起来，笑脸盈盈的，"明天周末，放假呢。"

"好。"曲歙苒没推托，直接答应了下来。

"那我们到时候……"

郑佳意还要说些什么，曲歙苒放在桌上的手机却响了，她看着曲歙苒接起电话，自觉噤声。

"喂？是苒苒吗？"

听到姑姑曲宜薇的声音，曲歙苒垂下眸，极淡地"嗯"了一声。电话那边的曲宜薇笑了一下，倒也没在意曲歙苒淡漠的态度。

她自顾自地说道："上次的事情我听说你爸说了，说你不愿意给星杰出学费，是吧？"

"嗯。"

自从上次曲歆苒拒绝给曲星杰出学费后，杜琳和曲承文便采取了跟以前一样的战术，对她不闻不问，然后在亲戚面前，说她的不是。

最后某些自诩正义的亲戚，就会站在道德的最高点来批评她，指责她冷血，骂她是白眼狼，说她的妈妈辛辛苦苦养她到这么大，她却不知道体谅家人。

这些人里，最具代表性的就是曲歆苒的姨妈杜兰。

曲歆苒的外婆一共生有两女一子，长女杜兰是个生性要强的人，她最大的问题，就是只愿意相信自己妹妹杜琳的一面之词。

总是杜琳说什么，她就信什么，似乎从来不会怀疑其中有假。

有时候曲歆苒都分不清，是杜琳满嘴谎话太会演，还是姨妈杜兰分不清是非，总之这么多年来，曲歆苒在杜兰心中的形象似乎已经固化了，大概用一个词语就可以描述——小白眼狼。

以前曲歆苒年纪小，受不了这些亲戚言论的压力，就会按照杜琳的要求，把钱给她。

曲歆苒其实不明白，她的妈妈杜琳为什么会这么重男轻女，只是从姑姑曲宜薇那儿听说过以前的一些事情。

当年杜琳嫁给曲承文，因为第一胎生的不是儿子，遭到了婆婆刘桂凤的嫌弃。其实刘桂凤嫌弃的，不仅是没生儿子的杜琳，同样还有作为孙女的曲歆苒。

按道理来说，杜琳在被刘桂凤嫌弃打压之后，应该更希望男女平等，可杜琳偏偏没有，反而把这股气全撒在了曲歆苒身上。

慢慢长大后，曲歆苒终于在蛛丝马迹中，找到了这股气的源头。

因为杜琳在生她的时候，辞掉了工作，没有经济来源，只能依靠曲承文。

后来杜琳尝试找过工作，但没有地方要她，于是在刘桂凤日复一日的嫌弃打压下，杜琳把这一切都归咎在曲歆苒身上。

曲歆苒眼神淡淡的，她记得以前杜琳跟自己吵架，气急的时候说过这样一句话——"曲歆苒，我的人生都是被你毁掉的！"

当时杜琳说这句话的时候，她的父亲曲承文就在边上。

曲歆苒记得，那时曲承文只是抬头看了她们俩一眼，然后便接着做自己的事情了，似乎这件事对曲承文来说不痛不痒的。

曲歆苒扯了扯唇，这是她父亲惯用的套路了，装看不见，什么也不管。在杜琳被刘桂凤嫌弃的时候是这样，杜琳嫌弃她的时候也是这样。

一阵叹气声传来，曲歆苒的思绪瞬间被拉了回来。她听见电话那头的曲宜薇说："不愿意给就不给，你也有自己的生活，只是姑姑没用，大多数时候都帮不上你什么忙。"

曲歆苒眨了眨眼睛，喉间莫名一哽。

从小到大，家中那群亲戚里，只有姑姑曲宜薇对她好。以前被打被骂，是姑姑曲宜薇帮曲歆苒；上大学没钱吃饭的时候，也是曲宜薇掏钱帮她。

很多道理，也是曲宜薇告诉曲歆苒的，明明曲宜薇自己的日子过得也不怎么样，但还是会力所能及地帮她。

曲宜薇初中的时候，被亲妈刘桂凤逼着辍学，出去打工养家糊口，最后嫁了人。那人开始对曲宜薇很好，就在曲宜薇以为对方是自己的依靠时，他出轨了。

考虑到自己工资微薄，为了唯一的女儿着想，曲宜薇选择了原谅，可她的先生这几年不仅毫不知错，甚至变本加厉。

曲歆苒一直觉得，姑姑是个温柔知性的人，但偏偏是这样一个人，竟屡次被自己的家人伤害。

曲歆苒不明白，也不懂，为什么姑姑不能被人真心对待、珍惜？姑父明明知道姑姑经历过什么，却还是选择伤害姑姑……

"苒苒你知道的，你姑父他……"曲宜薇顿了下，她的声音里似乎有无尽的悲伤和难过，"只是短暂地喜欢过我。"

曲歆苒张了张嘴，想说些什么，最后却什么也没说出口。

曲宜薇的声音轻轻的："柔柔现在长大成家了，虽然不需要我管了。但我也老了，工作没了，有时候想帮你，真的力不从心。"

"没关系，姑姑。"曲歆苒抿了抿唇，努力让自己语气欢快点儿，"我也长大了。"

曲宜薇笑着"嗯"了一声："苒苒今年都二十六了吧？是大姑娘咯，我们都老啦……"

"哪有，姑姑一直年轻呢。"曲歆苒笑了笑。

"少取笑我了，其实我今天打电话是有重要的事情跟你说的。"曲宜薇的语气变得严肃起来，"你奶奶她住院了。"

曲歆苒垂下眸，她看着窗台上的绿色仙人掌，伸手拨弄了几下，这才慢吞吞地"哦"了一声。

"……"

短暂的沉默过后，曲宜薇的声音再次传来："苒苒，她是肝癌晚期。"

曲歆苒拨弄仙人掌的动作一顿，继而又恢复了平常的神情。

"其实我知道你不喜欢她，我也不喜欢，她重男轻女我一直都知道。"曲宜薇说，"家里最近一团糟，你爸爸和你妈妈觉得化疗费太贵了，不愿意花钱。"

曲歆苒丝毫没感到意外，只要涉及钱，无论杜琳跟曲承文做出什么样的事情来，她都会觉得很正常。

"你姑父也不愿意出钱。这病本来是打算瞒着你奶奶，但无意间被你奶奶听见了，现在她在家里闹。"曲宜薇顿了下，语气尽显疲惫，接着说，"我打电话给你，只是想告诉你如果他们叫你回来，你尽量不要回来，打电话最好也别接。能不卷进来就不要卷进来，真的很乱，一团糟。"

"好，我知道了。"

曲歆苒张了张嘴，刚想问一下曲宜薇，刘桂凤有没有为难她，电话那头却突然闯进一个熟悉的男声，她的姑父大骂道："曲宜薇，你又站在那儿鬼鬼祟祟的，给谁打电话呢？你妈现在天天一哭二闹三上吊，闹得我烦死了，你还有闲心去干别的事情？"

曲宜薇："我没……"

男人的声音粗犷又无理，直接打断了曲宜薇："我警告你啊！别拿你们家那堆破事来烦我，那老太太要死赶紧死！你这个做女儿的……"

"苒苒，我先挂电话了，以后再说。"没给曲歆苒听完的机会，曲宜薇直接把电话挂了。

手机自动息屏，曲歆苒望着漆黑的屏幕，心中五味杂陈。她打开微信，想了很久，最后还是给曲宜薇发了条信息。

等了好半天，曲宜薇也没给曲歆苒回复，曲歆苒只好先去上课，把这件事放到一边。

等到第二天中午，曲宜薇才给曲歆苒回信息。发过来的全是安慰她的话，曲歆苒也不知道其中哪句是真，哪句是假。

按目前这个情况，曲宜薇说得确实没错，她现在回去，没有任何好处。

刘桂凤想活下来，跟曲承文还有曲宜薇两个子女闹。如果闹输了，倒没什么，一旦刘桂凤闹赢了，曲承文和杜琳没钱的话，会找谁？

曲歆苒想，还不是找她？

而她现在回去，无非是个冤大头，赶着上去找欺负呢……

想到这里，曲歆苒不由得叹了口气。

如果姑姑不是刘桂凤的女儿就好了，现在这样，她想帮忙也束手无策，只能走一步看一步了。

后来的一个星期，曲歆苒白天上课，中午听连昀鹤的话，在浅水湾休息，然后晚上会跟曲宜薇在微信上聊天，从姑姑口中得知家里的一些情况。

刘桂凤天天跟杜琳吵架，骂杜琳蛊惑她儿子，让她儿子放弃给她化疗。后来刘桂凤跑到曲承文工作单位去，坐在门口大哭……

这些事情，一点儿也不出曲歆苒的意料。

毕竟刘桂凤一直是这样的人，要不然也不会在曲宜薇初中的时候，逼迫曲宜薇辍学，打工挣钱。

只不过曲歆苒不知道的是，曲宜薇瞒下了很多刘桂凤为难自己的事情。比如曲宜薇的先生不愿意出钱，所以刘桂凤把所有问题怪到曲宜薇身上；再比如，刘桂凤偷偷去找曲宜薇的女儿要钱。

太多太多的事情，曲宜薇都瞒了下来，她在尽力不让曲歆苒卷进这件麻烦事里。可曲宜薇不知道的是，这些事情并不是她努力就可以避免的，而曲歆苒更是避免不了。

十月二十六日，秋季的晚间清风徐徐，稍稍带上了凉意。

连昀鹤离开潭州执行任务已经十天了。这天虽是星期六，曲歆苒也没有闲着，但因为最近烦心事比较多，曲歆苒无心码字。

她本来以为连昀鹤出去执行任务这么久，这几天总能收到他的信息了，结果没想到，先等来的是蒋青云的电话。

电话接通后，蒋青云那边沉默了会儿，然后才问："苒苒，你晚上有时间吗？"

曲歆苒眼神一滞，然后听见蒋青云接着说："连昀鹤他住院了，你要来医院看他吗？"

等曲歆苒匆匆忙忙赶到医院的时候，连昀鹤已经睡下了。他身上一共有两处刀伤，一处在手臂，一处在腹部。

曲歆苒站在病床前，默默地盯着连昀鹤，没敢上前。

连昀鹤眼睑轻合，胸膛微微起伏，似乎是已经睡熟了，看着有些脆弱，不仅嘴唇又干又白，整个人气色也不是很好。

曲歆苒实在没有想到，连昀鹤出去执行任务前还在逗她开心，结果只是十天不见，他就受伤躺在病床上了……

曲歆苒眼眶有些发酸，突然想起那天连昀鹤笑着回答了一句："好，等我回来，想亲多久都行。"

曲歆苒喉间一哽，内心十分自责，都怪她，那天就不应该说这件事，明明安全才是最重要的。

"苒苒。"

见曲歆苒这么难过，蒋青云连忙把她拉出了病房。

来到走廊上，蒋青云轻轻拍着曲歆苒的手背，安慰道："你先别难过，连昀鹤他没事。医生说了，腹部那刀没伤到内脏，在外地医院已经做了手术，是回潭州的时候伤口不小心感染了，才会进行二次手术缝合的。"

蒋青云故作轻松地打趣道："很快就会好起来的，到时候连昀鹤肯定还有假放，你就能跟他约会啦。"

曲歆苒低着头，没回话。

"其实，这臭小子本来是打算瞒着我们所有人的，"蒋青云话语微顿，叹了口气，"是我在这附近碰到了邹向毅，才知道发生了什么事情。连昀鹤啊，跟他爹一个德行。"

说着，蒋青云透过门上的玻璃窗口，看了一眼病床上的连昀鹤："而且连昀鹤他爸到死之前，都还想瞒着我。"

闻言，曲歆苒不由得抬头看向蒋青云。

"可这么大的事情，是他想瞒就能瞒住的吗？"

蒋青云冷哼了一声，眼底却满是伤心之色："我就是看不惯他们父子俩这个臭毛病，所以连昀鹤今天晚上叫我别告诉你，我转身出了病房就给你打电话了。子承父业是这么承的？连昀鹤真是好的不学，一身毛病倒学来了。"

听到蒋青云一连串的话，曲歆苒的心情总算放松下来了。她攥紧的手指松了松，轻声道："可以理解，但不支持。"

"对对对。"蒋青云眼睛亮晶晶的，"我就是这么觉得的，我们作为他们的妻子，出了事，本来就应该一起承担嘛。"

"我们"这两个字，让曲歆苒不好意思地抿了抿唇。

蒋青云又叹了口气："凝凝还在家带远远呢，他们还不知道这件事，我自己先过来看看情况，然后等明天再告诉他们母子俩。还好连昀鹤情况不严重，要不然远远又得偷偷哭鼻子了。"

曲歆苒表情一怔，问道："远远又得哭鼻子？"

"是啊，"蒋青云表情有些惆怅，"连昀鹤前两年工作也受过伤，好在只是一些小伤，不太严重。"

蒋青云接着说："连昀鹤前几年工作拼，别说在家了，基本上留在潭州的时间都很少，不是出市就是出省执行任务，还有一次执行保密任务，直接失联了整整二十五天……"

蒋青云叹了口气："我都不知道把连昀鹤养成像他爸一样正直的人，到底有没有做错。现在这种情况，就跟他爸当年一模一样，完全不顾家。工作起来就是玩命、拼命，在他们心里啊，国家和人民是第一位的。"

曲歆苒眨了一下眼，她看着蒋青云，没回话。

而蒋青云似乎是想到了什么，话锋一转，说："不过，连昀鹤不一定。"

闻言，曲歆苒愣住了。

蒋青云笑了笑，解释道："在他心里，苒苒你可能跟国家、人民一样是第一位的。"

毕竟连昀鹤当初可是写过一张纸条——

希望世界无灾无难，苒苒永远开心健康。

"怎么会？"曲歆苒抿着唇，带上笑，"肯定是不一样的，我只是连昀鹤的女朋友而已。"

蒋青云诧异地看了曲歆苒一眼，她弯了弯唇，总算明白连昀鹤为什么会喜欢苒苒这么多年了。

没有其他的原因，只因为苒苒值得。

"不止，"蒋青云摇了摇头，"苒苒你在连昀鹤心中的地位，远远高于你的想象。"

曲歆苒眨了下眼，不太明白蒋青云这句话的意思，正想仔细问问，蒋青云却率先提议道："苒苒，时间不早了，别把时间浪费在我身上。抓紧时间看看连昀鹤，然后就回去休息吧。"

"没关系，阿姨。"曲歆苒说，"我今天晚上留下来吧，您先回去休息，免得凝姐担心。"

蒋青云摇了摇头，婉拒道："这样不太好，哪有还没结婚就先履行妻子义务的，还是等连昀鹤那臭小子跟你求婚了再说。"

曲歆苒咬了一下唇，她知道蒋青云是不想麻烦自己，可她也很想留下来陪连昀鹤。

上次自己只是发烧，连昀鹤都陪了她一晚上，这个算什么……

"可是，阿姨……"

曲歆苒脸颊有些热，为了留下来陪连昀鹤，心一横说道："之前连昀鹤把浅水湾房子的钥匙给我了，他说我是房子的女主人，应该要有钥匙。"

闻言，蒋青云面上一怔。很快，她牵住曲歆苒的手，欣喜地说道："原来你们都进行到这一步了啊？是阿姨的错，没事先了解一下情况。"

话还没说完，蒋青云又摇了摇头，说："不对不对，叫什么'阿姨'，直接叫'妈'吧。"

曲歆苒抬头瞄了蒋青云一眼，有些心虚，然后又迅速埋下脑袋。

"那苒苒，连昀鹤有没有跟你说过你们什么时候去领证啊？还有婚礼，打算什么时候办啊？"蒋青云脸上洋溢着笑容，"那你已经搬去浅水湾了吗？需要我们帮忙吗？"

面对如此热情的蒋青云，曲歆苒有些招架不住，顿时后悔了。

完了，做错事情了。

早上，朝阳才微露，连昀鹤就醒了。

这段时间执行任务太累了，以至于昨天晚上手术麻药散了后，他也只是感受着腹部的疼痛，眼皮却完全睁不开，后来又一次睡了过去。

头顶上的天花板洁白无瑕，连昀鹤皱着眉，还没缓过神来。

腹部的刀伤，每次一呼吸就会牵引得发痛，他嗓子干干的，感觉格外口渴，这才稍稍移开眼，想去寻水杯。

　　结果视线往下一瞥，看到了头枕在病床边休息的曲歆莯，之前被被子挡住，所以连昀鹤才没有在第一时间看到她。

　　连昀鹤轻轻叹了口气，不用想都知道是谁告诉曲歆莯的。

　　看曲歆莯睡得正熟，连昀鹤不忍心打扰她。他的视线从曲歆莯的眼睫、鼻梁，一路下滑到红嫩的嘴唇。

　　目光一寸一寸地从她的脸上掠过，好像下一秒曲歆莯就会从自己眼前消失一样。

　　连昀鹤的眼底染上笑意，还是头一次，在执行任务的时候心里有了牵挂。

　　这段时间里，他每天晚上闲下来的时候都会格外思念曲歆莯，会想莯莯今天吃了什么，中午有没有回浅水湾好好休息，晚上又做了什么……最重要的一点是：她也会思念自己吗？

　　没等连昀鹤想更多，曲歆莯的眼睫毛颤了颤，下一秒，她便睁开眼了。

　　曲歆莯的眼眸乌黑又明亮，唇边梨涡浅浅，嗓音轻柔还带着埋怨："你醒啦？什么时候醒的，怎么不叫我？"

　　连昀鹤弯了弯唇，声音有些沙哑："刚醒不久。"

　　闻言，曲歆莯迅速站起来，她扶着连昀鹤稍微坐起来一点儿，又从壶里倒了一杯温水，递到连昀鹤嘴边。

　　"不用，"连昀鹤伸手接过曲歆莯手中的水杯，笑道，"没那么娇弱。"

　　曲歆莯把手缩了回来。

　　看到连昀鹤喝水，曲歆莯想到了被蒋青云追着问了很多问题的事情，昨天晚上，在曲歆莯一五一十地回答完之后，蒋青云才心满意足地离开。

　　想到这里，曲歆莯纠结地看了连昀鹤一眼，最终坦然道："连昀鹤，我可能做错了事情。"

　　连昀鹤"嗯"了一声："说来听听。"

　　"就是昨天晚上，阿姨要我回去，我不想……"

　　简单地把事情交代清楚后，曲歆莯有些忐忑地看着连昀鹤。谁知连昀鹤表情轻松，反而笑了一下，反问道："莯莯，你这只是陈述事实，哪儿做错了？"

　　曲歆莯撇了撇唇，没说话。

　　过了几秒，她听见连昀鹤话锋一转，说了句："不过有件事情，莯莯你还真做错了。"

　　曲歆莯看向他，神色不解。

　　连昀鹤叹了口气，眼神有些委屈："不是说等我回来，要再亲我的吗？"

　　听到这句话，曲歆莯心跳一顿。她紧张地抿了下唇角，然后看见连昀鹤弯起唇，眼底满是笑意地问道："苒苒，我的亲亲呢？"

曲歆苒慌乱地别开眼，小声嘟囔了一句："我没说等你回来就马上亲你的……"

"也行。"

见曲歆苒有些害臊，连昀鹤笑了一下，没再揪着这个话题不放："正好医院人多眼杂，我们回家再亲。"

"我……"

曲歆苒羞得说不出话来，干脆不再搭理连昀鹤。她接过连昀鹤手上的空水杯，偷偷瞄了他一眼，然后把水杯放回原位。

这些小动作被连昀鹤尽收眼底，他唇边带着笑，目光紧紧地锁在曲歆苒身上。

注意到连昀鹤一直盯着自己，曲歆苒傻愣愣地眨了眨眼，她下意识地摸上自己的脸，问道："我脸上有什么东西吗？"

"没有。"连昀鹤摇了摇头。

曲歆苒眼底满是不解："那你为什么一直盯着我笑？"

"嗯……"连昀鹤抿着唇笑了笑，眉梢微扬，"可能是有点儿想你？"

邹向毅刚到门口，便听到连昀鹤这句话，他忍不住皱起眉，满脸嫌弃地撞了撞身旁的高瑾词。

"你看，我说什么，连昀鹤肯定没事，不用担心他。"

然而旁边的高瑾词依旧是苦着一张脸，并没有因为这句话而放松下来，他低着脑袋，目光落在脚下的瓷砖上，眼里满是愧疚——如果不是因为自己执行任务的时候失误，连队也不会受伤……

"唉。"邹向毅叹了口气，语重心长道，"别内疚了，你昨天晚上回去肯定没休息好吧？"

高瑾词抿着唇，没回话。

"行吧，你先进去看看连昀鹤，然后马上回基地休息。"邹向毅劝道，"执行任务的这段时间你们都很辛苦，回去好好睡一觉再说。"

听到这句话，高瑾词立马抬起头："可是邹队，连队是替我挡刀才……"

"没什么可是的。"邹向毅直接打断了高瑾词，板着脸，"高瑾词，这是命令，我不是在跟你商量。"

无声的对抗中，高瑾词先败下阵来。他低着头，犹如一个做错事情的小孩儿，只好应道："是，我知道了。"

"嗯，那就好。"邹向毅拍了拍高瑾词的肩膀，"先进去吧。"

两人走进病房，连昀鹤跟曲歆苒的对话被打断。

高瑾词微微弯腰，率先朝他们喊道："连队，嫂子。"

邹向毅意味深长地看了眼身旁的高瑾词，小伙子挺上道啊！以后肯定有出息。

这么想着，邹向毅清了清嗓子，故意学着高瑾词喊道："连队，嫂子，我们没打扰到你们吧？"

曲歆苒被邹向毅这一出搞得有些不知所措，于是下意识地求助连昀鹤。

看到曲歆苒的眼神，连昀鹤马上转移了话题："你们俩来干什么？"

邹向毅朝他挑眉："明知故问？"

闻言，连昀鹤的视线转向邹向毅旁边的高瑾词，瞬间明白了："没事，不用担心。"

听着连昀鹤安慰的话，高瑾词心里更不是滋味了。

"连队，我……"高瑾词张了张嘴，正想要说些什么，可看见连昀鹤轻轻摇了摇头，再看向站在病床前的曲歆苒，便自觉闭上嘴了。

连昀鹤并不想让曲歆苒知道他是怎么受伤的，也不想让她担心，于是只好笑着看向曲歆苒，嗓音轻柔地哄道："苒苒，你要不先回去休息一下？"

知道连昀鹤他们三个有事情要说，曲歆苒撇了撇唇，应道："好，那我先走啦，下午再来看你。"

连昀鹤点头："嗯，路上注意安全，到家给我打电话。"

"嗯，好。"曲歆苒拿起自己的包，走出一步又折了回来，"对了，阿姨今天上午可能会带凝姐和远远过来，凝姐和远远好像还不知道你受伤的事情。"

连昀鹤："好，我知道了。"

"那我走啦。"

曲歆苒转过身，刚想朝着高瑾词和邹向毅挥手道别，却听到邹向毅说："小高，正好你也探望完连昀鹤了，该回基地了，就帮忙把高老师送回去吧。"

曲歆苒表情一愣，还没来得及说拒绝，高瑾词就应下来了。无奈，她只好轻声说了句"谢谢"，然后走出病房。

目送着高瑾词跟曲歆苒离去，邹向毅边帮连昀鹤打开食盒边说道："连昀鹤，你刚才那句是从哪儿学来的土味情话？大早上叫我听了，现在有些反胃，都要吐了。"

连昀鹤睨视着邹向毅，语气淡淡道："谁叫你听了？"

"行，看在你现在是病人的分上，我不跟你计较。"邹向毅把白粥拿了出来，递给连昀鹤，"趁热喝吧。"

心安理得地接过邹向毅手里的粥，连昀鹤喝了一口，然后动作一顿，抬头看他："真的吗？"

邹向毅一愣："什么真的？"

连昀鹤抿了下唇，眼底有些纠结之色，又重复问了一遍："那句话……很土吗？"

"你说呢？"

话音刚落，邹向毅便看见连昀鹤眉头紧蹙，看起来好像很担忧的样子。

邹向毅被连昀鹤这副样子逗笑了，挑了挑眉，说道："其实吧，倒也没有很土。"

连昀鹤眉头一松，一句"那就好"都到嘴边了，就听见邹向毅慢悠悠地补充道："就是很恶心，你知道吧，简直是恶心到家了。"

连昀鹤睨着邹向毅。

邹向毅见连昀鹤吃瘪，得意地挑了挑眉。

"你不如也跟着高瑾词一起走。"

"为什么？"邹向毅大大咧咧地坐在了病床上，"留你一个病人在这儿，我良心上过得去？"

连昀鹤冷哼了一声，反问道："你有良心？"

"怎么没有？！"邹向毅大声反驳，"你喝的这碗粥是我送的吧？而且我还在汪队那儿为你说话，让汪队给你多批了几天假，有整整一个星期呢！"

"那谢谢你了，好人一生平安。"连昀鹤声音淡淡的。

邹向毅"啧"一声："你才没良心。"

连昀鹤扯了扯唇，懒得跟邹向毅计较。

"高瑾词他……"邹向毅顿了下，叹了口气，"好像挺在意你受伤的事情，听王睿寒说，他昨天晚上没睡觉，一直觉得是自己的错。"

"嗯。"连昀鹤表情淡淡的，"那我休假的这一个星期，你帮我带队的时候，记得在我的训练标准上给他们加训。"

邹向毅皱起眉："连昀鹤，你做个人吧。在你原来的训练标准上加训，你想累死他们？"

连昀鹤看他："高瑾词不是觉得是自己的错？"

"是啊。"邹向毅眨了眨眼，有些不能理解。

"我倒觉得是我的错。"连昀鹤喝着粥，情绪没什么起伏，平静地说，"可能最近一段时间跟苒苒在一起，对他们有点儿过于宽松了。"

邹向毅抽了抽嘴角："你不要觉得你能完成，别人就能完成好吧？你不是人，高瑾词、魏凌洲他们还是人呢。"

连昀鹤睨着他："这些不都是基础？我们的工作职责是这样，那就应该要做好。"

邹向毅懒得跟他讲，连昀鹤这吹毛求疵的毛病又开始了。

连昀鹤喝完粥，邹向毅大概跟他说了一下任务后续的细节。这时，蒋青云便带着连楚凝还有连宇远到了医院。

连宇远一见到穿着病服的连昀鹤，眼眶立马就红了。他开口指责起连昀鹤，但语气里是藏不住的担心。

感受着连昀鹤一家其乐融融的氛围，邹向毅笑了笑，找个借口溜了。

回到樊山训练基地，高瑾词还有魏凌洲、陈卓羽正坐在邹向毅的门口，不知道在聊些什么。

一看到邹向毅，他们立马站了起来，脊梁笔直，齐声喊道："邹队。"

邹向毅"嗯"了一声，看着他们，问道："找我问连昀鹤的事情？"

他们三人互相看了一眼，不好意思地挠了挠头："对啊，邹队，我们想问一下连队的情况。"

"他没事。"邹向毅说，"回来之前做的手术，医生就已经明确表示了，没伤到内脏。他回来住院只是伤口感染了，进行了二次缝合而已。"

魏凌洲咽了咽口水："而已？邹队你也说得太轻松了吧……"

邹向毅笑道："小高之前手臂中枪也没见你们这么担心过啊？"

"那不一样。"高瑾词抿了下唇，率先反驳，"我那是手臂，顶多半条手臂废了，可连队是腹部中刀，万一要是伤到了内脏……"

他连想都不敢想。

"所以现在不是没伤到内脏嘛。"邹向毅拍了拍高瑾词的肩膀，"行了行了，这件事没什么好纠结的。你要知道连昀鹤是你们的队长，他有义务对你们负责。"

三人低着脑袋，没说话。

"其实吧。"邹向毅顿了下，"连昀鹤平时对你们这么严格，就是不想让你们在实战的时候出现任何意外。虽然他看起来好像对什么都不上心，也不平易近人，但我可以很负责地说，连昀鹤是我们整个突击队里最好的中队长。"

邹向毅正了正神色，一字一句道："除了他，不会再有任何人能把你们的生命，当成是自己的生命。"

高瑾词抬起头，眼底满是疑惑，其他两个人显然也不能理解。邹向毅一眼看穿了他们的想法："想问为什么？"

三个人默默地点了点头。

空气有一瞬的安静，接着，走廊上响起邹向毅坚定的声音——

"因为他是连昀鹤，是我们潭州市星辰突击队最年轻的中队长。"

看着三人离去的背影，邹向毅长长地吐出一口气。

连昀鹤知道自己的父亲连国耀作为缉毒警察有多辛苦，也了解连国耀最后是怎么牺牲的，所以他心甘情愿为了国家付出；也因为连昀鹤工作的第一年，去执行任务时，亲眼看见带队的队长被炸死在眼前，所以他敬畏生命，更希望每次出任务他的队员们都能平平安安地回来。

邹向毅还真搞不懂，连昀鹤是怎么做到每次任务都是冷静处理，完美结束，从来没慌过的。

不知道想到了什么，邹向毅笑了笑，但在某种程度上来说，连昀鹤也真是让人操心，明明是最在意队员安全的队长，最后却被冠以"突击队最恐怖的中队长"称号。

明明喜欢曲歆苒那么多年，硬生生拖到现在才在一起，中间错过了那么多年……

两天后，连昀鹤出院了，他有长达一个星期的假期，所以暂时住回了浅水湾。

曲歆苒每天中午下了课，就会往浅水湾那边跑。她还特意买了只乌鸡，想给连昀鹤大补一下。

厨房外，连昀鹤靠在门边，他看向系着围巾在厨房里忙碌的曲歆苒，无奈地扯了扯唇。

"苒苒，我们特警每天有体能训练，我没这么虚。"

"我知道。"忙碌着煲鸡汤的曲歆苒头也不回。

连昀鹤扯了扯唇："苒苒，等你下午放学，我们出去看电影吗？"

"不去。"曲歆苒直接拒绝了，"你现在要好好养伤，不能出去乱跑。"

"我没那么……""虚"字还没说出口，连昀鹤就被曲歆苒打断了。

曲歆苒转过身，她手里还拿着汤勺："万一伤口又感染呢？你三次缝合吗？"

"我……"

连昀鹤再次尝试开口替自己辩解一波，然而——

"连昀鹤，你已经长大了，不是小孩子，要乖一点儿。"

听着曲歆苒一本正经讲道理的话，连昀鹤不由得愣了一下，然后被逗笑了。他站直身子，走向曲歆苒。

"乖一点儿没问题，但是苒苒……"连昀鹤话音一止，他伸出手，十分自然地揽住曲歆苒的腰。

感受着连昀鹤怀里的温度，曲歆苒抬头看向他，紧张地眨了眨眼。

连昀鹤眼底带着笑："你的亲亲已经欠了两天了。"

没想到连昀鹤会突然提这一茬，曲歆苒先是愣了一下。反应过来后，她张了张嘴，正想说些什么，眼前的连昀鹤却俯下身，他的右手揉进曲歆苒的发丝，轻轻扣住。

两人气息接近，炽热的吻落在曲歆苒的唇上，她的心跳顿时加快。

曲歆苒看见连昀鹤的眼底满是爱意，他动作轻柔。

辗转反侧间，两人亲吻的唇微微分离，连昀鹤抵着曲歆苒的额头，低笑了一下："苒苒，接吻要闭眼。"

话音刚传入曲歆苒的耳中，下一秒，连昀鹤湿热的吻又落了下来。

这次，他似乎不满足于单纯的吻。

紧跟着，曲歆苒听见连昀鹤嗓音低沉地说了一句："苒苒，你欠了整整两天，我收点儿利息不过分吧？"

曲歆苒胸腔内的心脏几乎快要跳出来，像是突然意识到什么，她红着脸小声反驳道："不是我亲你嘛……"

"你亲我？"连昀鹤语气有些散漫，他眉梢微扬，"也行。"

说着，连昀鹤就闭上了眼。

曲歆苒的目光落在他粉粉的唇上，撇了撇唇，连昀鹤怎么看起来这么好亲的样子。

没等曲歆苒想更多，连昀鹤的声音再次响起，他带着笑，问道："苒苒，你会舌吻吗？要不然……"

连昀鹤顿了下："还是我亲你吧。"

记不清连昀鹤抱着她亲了多久，直到电饭煲"嘀"了一声，曲歆苒的理智才被拉回来一点儿。

想到连昀鹤身上的伤，她退了一步，轻轻拉开了两人之间的距离，提醒道："你身上还有伤呢。"

连昀鹤眼眸深邃，他抿了一下唇，声音低低的还有些委屈："就亲亲也不行嘛？"

曲歆苒看了连昀鹤一眼，没说话。

"就亲亲，不做别的过分的事情。"

连昀鹤的这句话，瞬间让曲歆苒想歪了。她视线往下移，落到连昀鹤的腰上，想起了那天去连昀鹤家，不小心撞见他光着膀子在换药的样子。

因为工作，连昀鹤一年四季都在训练。

他的腹肌、胸肌线条流畅又完美，但他个子高，所以穿上衣服的时候又显得高高瘦瘦的，典型的"穿衣显瘦，脱衣有肉"。

想到那天的画面，曲歆苒的脸瞬间红了。她别过脸，不敢继续直视连昀鹤的眼睛，心虚地说道："我要熬乌鸡汤了……"

听到这句话，连昀鹤几乎是下意识地看向曲歆苒的唇，他们俩接吻持续了差不多二十分钟，曲歆苒的唇已经被他吻得发红了。

连昀鹤弯唇笑了笑，轻轻地拥住曲歆苒，松口了："嗯，你熬汤吧。"

曲歆苒眨了下眼："你抱着我，我怎么熬汤呀？"

"抱着熬。"连昀鹤声音里带着笑意。

曲歆苒撇了撇唇，抱着怎么熬呢……

这么想着，曲歆苒便感觉到连昀鹤微微松开了抱住她的胳膊，然后说了一句："熬吧。"

曲歆苒狐疑地看了连昀鹤一眼，有些不敢相信他就这么妥协了。但对上连昀鹤真挚的眼神，曲歆苒又没什么好说的，只能听话地转过身。

刚拿起汤勺，想要看看乌鸡汤的情况，她便感觉到腰被人搂住，紧跟着，脖间一痒，鼻尖是熟悉的味道。

曲歆苒无奈地偏头看他："连昀鹤。"

连昀鹤下巴抵在曲歆苒的肩上："抱抱也不行吗？"

曲歆苒愣了一下，反应过来后，朝他挑了挑眉，笑道："你这算是在跟我撒娇吗？"

连昀鹤身子一僵，他松开搂住曲歆苒腰的手，扔下一句"我去吃药"，便走了。

看着连昀鹤走出厨房，曲歆苒一下联想到了他工作时的样子，冷着一张脸，跟刚才撒娇委屈的样子，仿佛不是同一个人。

曲歆苒弯了弯唇，真好，连昀鹤也很喜欢她。

连昀鹤休假的最后一天，在他的坚持下，两人开着车出去吃饭。

地点是曲歆苒挑的，特意挑了个饮食清淡的饭店。

清淡不清淡，对于连昀鹤来说也不是特别重要，他只是不想看着曲歆苒买菜回来劳累，如果还要说一个原因，那就是——想跟她约会。

点餐全程交由曲歆苒负责，连昀鹤完全没机会插手。

看着坐在对面、低头认真看着菜单、跟服务员交流的曲歆苒，连昀鹤不由得笑了一下，他把手肘抵在桌上，盯着她。

点完菜的曲歆苒合上菜单，正要把菜单递给服务员，却意外看到服务员意味深长、羡慕的眼神。

她眼神微滞，这才注意到对面的连昀鹤一直看着自己。

服务员拿着菜单便走了。曲歆苒撑着下巴，回视着连昀鹤："连警官，差不多行了，再看要收费的。"

连昀鹤眉梢微抬，问道："很贵吗？"

曲歆苒点头："还挺贵的。"

"那完蛋了。"

曲歆苒喝了口桌上的水，看他："什么完蛋了？"

"存款用来买房了。"连昀鹤顿了顿，"目前银行卡上只有这几个月的工资。"

曲歆苒挑了挑眉："有几千就够了呀。"

"这么划算？"连昀鹤满脸惊讶，然后朝她笑着，"看一辈子只要几千，我血赚啊。"

曲歊苒愣了一下，反应过来后立马红了脸。她小声地嘀咕道："我又不知道你说的是一辈子……"

连昀鹤笑了笑，没回话。他从钱包里找出自己的银行卡，放到桌上，推到曲歊苒那边，问："曲老师，支持赊账吗？"

闻言，曲歊苒垂下眸。她的视线落在连昀鹤的银行卡上，正要说些什么，却看见连昀鹤食指微屈，敲了敲桌面。

"或者……"连昀鹤话音一顿，尾音拖长，接着道，"我以身相许也不是不行。"

曲歊苒惊讶地抬起头，她看向面带笑意的连昀鹤，眼底满是错愕之色。

连昀鹤这个行为，无疑是变相地把工资交给自己。

可是为什么呢？他们现在只是男女朋友，还在谈恋爱呀，又没结婚……

曲歊苒眼底满是不解。

面对曲歊苒的沉默，连昀鹤倒也没在意，他又把银行卡往曲歊苒那边推了推："那先付一部分，之后再赊账。"

曲歊苒看着他，没动，不打算接过连昀鹤递过来的银行卡。她认真地看着他："连昀鹤，这是你的工资卡吗？"

连昀鹤轻飘飘地"嗯"了一声。

"那你……"

曲歊苒没说完，但连昀鹤已经懂了她的意思。

他往前倾了倾身子，语气十分散漫，轻描淡写地补充了一句："上交工资卡啊。"

曲歊苒无奈地扯了扯唇，连昀鹤这随意的语气，就好像在跟她讨论等下吃什么一样。

哪有谈恋爱才一个月，工资卡就交给女朋友的？

"连昀鹤。"

"嗯？"曲歊苒看着他，"你一直都这样吗？"

连昀鹤愣了愣，不太明白曲歊苒这句话什么意思："什么？"

"在财务管理上这么随意呀。"

连昀鹤否认道："不是。"

服务员上菜的动作打断了两人的聊天，连昀鹤没再开口说话。

直到服务员把菜放到桌上，转身离去，他这才说道："是因为给你才这么随意。"

曲歊苒拿筷子的动作一顿。

她抬头，迎上连昀鹤的眼神，心跳突然加快。

对视了几秒，曲歆苒败下阵来，她埋头吃饭，决定不再搭理连昀鹤。

自从连昀鹤跟她谈恋爱之后，他说的情话无可挑剔。

曲歆苒撇了撇唇，每次都是让她心动，这样太不公平了。

连昀鹤买完单回来，曲歆苒还在慢吞吞地吃着，他笑了笑，坐到曲歆苒身旁，牵住她的手。

视线落在曲歆苒整洁的指甲上，连昀鹤弯了弯唇，正想要说些什么，有人率先出声打断了他。

"曲歆苒？"男人的声音带着丝丝惊喜，"还真是你啊！"

闻言，连昀鹤立马抬起眼看去。

当目光触及男人陌生的脸庞时，连昀鹤感受到身边的曲歆苒身子一僵，他偏头，看到曲歆苒的唇紧抿着。

见曲歆苒没回话，那人也没感到尴尬，反而还介绍起自己来："你不记得我了吗？我是黄龙武啊！我们小学还是一个班的呢！"

连昀鹤微微眯了眯眼，小学同学？黄龙武？

"不会吧。"黄龙武笑了笑，"你不可能不记得我啊！"

见黄龙武不依不饶，曲歆苒抿了下唇，只好回道："记得。"

她怎么可能不记得？

第八章
了解

"我就说啊，你怎么可能不记得我！当时班上最吵的就是我了。"

听到黄龙武的话，曲歆苒抿着唇，"嗯"了一声算作回应。

黄龙武笑了一下，他看向曲歆苒身边的连昀鹤，问道："你男朋友啊？"

曲歆苒没回话，对于她来说，小学孤立她的那群人给她带来了不小的影响，如果有机会，她希望这辈子都不要再跟他们有交集。

更别说，带头孤立自己的黄龙武了。

曲歆苒长长地吐出一口气，她抬眼，看向变化很大的黄龙武，冷淡道："嗯，男朋友。"

黄龙武惊讶地看向曲歆苒："没想到啊，曲歆苒你居然能找到这么帅的男朋友！不过世事变迁，你现在变化确实很大，白了不少，找这么帅的男朋友也在情理之中。不过也有可能是你小学皮肤太黑了，遮盖住了你的美。"

曲歆苒垂着眸，手指紧攥在一起。

看到黄龙武提起小学的事情，她浑身不自在，可偏偏黄龙武丝毫没觉得哪儿不对，还在继续说："曲歆苒你还记得吗，小学的时候你被我们一群人开玩笑，起了个外号叫'丑八怪'。"

曲歆苒呼吸一顿，这句话仿佛一下子把她拉到了小学那段被孤立的日子。

然后，她听见黄龙武接着说："你那个时候好像挺在意这个外号的，不太能开得起玩笑，经常生气，所以卫涛他们几个就更加讨厌你了。卫涛你还记得吗，他……"

"你有事吗？"

没给黄龙武继续说下去的机会，连昀鹤直接开口打断了。他蹙着眉，意识到了不对劲，目光不善地打量着以曲歆苒小学同学自称的男人。

刚开始黄龙武来搭讪的时候，连昀鹤第一反应是这人喜欢曲歆苒，但注意到苒苒的表情有些不自在，他又否认了这个想法，直到黄龙武说出那句"没想到啊，曲歆苒你居然能找到这么帅的男朋友"，连昀鹤心底便确定了这人没有好意。

黄龙武愣了一下，对上连昀鹤淡漠凌厉的眼神，气势莫名就虚了："没事啊，正好撞见了，就想着老同学叙叙旧嘛。"

见连昀鹤神情依旧是淡淡的，黄龙武补充了一句："打扰到你们了吗？"

连昀鹤看向黄龙武，他坐直了身子，很想回一句"你说呢"，但良好的家教不允许他说话太冲，只好改成了——"嗯，打扰到了。"

"不好意思啊，我这个人是这样的。"黄龙武尴尬地笑了笑，他从兜里掏出手机，递到曲歆苒面前，"那行，我就不打扰你们了，但这么久没你的消息，要不然留个联系方式吧？"

闻言，曲歆苒视线不自觉下垂，她盯着桌面上的手机，没动，也不想动。

黄龙武过来叙旧的这些话，没几句好话，她也实在不想跟他们扯上关系，正想着要直接拒绝还是委婉点儿，眼前突然伸出一只骨节分明的手，把手机推了回去。

身旁响起连昀鹤散漫的声音："不了。"

曲歆苒愣了一下，抬头看向连昀鹤。

连昀鹤缩回手，他撑在桌面上，眼神淡漠："我占有欲比较强，不希望我女朋友的列表里有其他男人。"

"不是吧。"黄龙武看着连昀鹤，"你可能误会了，我不喜欢曲歆苒，只是觉得很神奇。这么久没见，在这里偶遇到也是一种缘分，而且卫涛他们好多人一直都想着要同学聚会，留个联系方式，方便联系。"

"没误会。"连昀鹤态度坚决，他盯着黄龙武，丝毫没打算让步，"谅解一下。"

"不至于吧。"黄龙武半信半疑地看着连昀鹤，"我跟曲歆苒只是普通的小学同学啊，加个联系方式不过分吧？"

见连昀鹤皱起眉要说话，曲歆苒不想看到他跟不要紧的人纠缠，于是赶紧握住了他的手，对着黄龙武说道："不好意思，我们今天晚上还有事，可能要先走了。"

说着，曲歆苒就拿起了自己的包，她刚站起来，却听见黄龙武说："难道曲歆苒你还在意小学的事情吗？"

曲歆苒动作一顿。

"嘻，要真在意早说啊，我跟卫涛向你道个歉。我还以为早就过去了，我们当时也只是年纪小、不懂事，才会给你起绰号，偶尔欺负你，本意不是坏的。"

曲歆苒抿了下唇角，不知道该说些什么。

毕竟小学的那些事情，在黄龙武他们眼中，从来都是一个玩笑，不管是以前还是现在，于他们而言，一直都是件小事。

连昀鹤将车钥匙塞到了曲歆苒的手心，曲歆苒表情一怔，不解地看向连昀鹤。

"苒苒，先去车上等我。"

"可是……"曲歆苒被连昀鹤的眼神打断。

她抿了抿唇，乖乖地拿起包走了。

看着曲歆苒走出饭店大门，连昀鹤的目光才收了回来。他回过头，眼神一冷，重新坐了下来，然后屈指敲了敲桌面。

"叙旧是吗？坐吧。"

黄龙武看着对面坐姿笔直、气势凌人的男人，莫名地心虚了起来。他紧张地咽了咽口水，有种犯罪被审视的感觉。

空气凝固，连昀鹤并没有主动开口说话。

在这种沉寂的环境氛围下，黄龙武一下就打退堂鼓了。

他看了连昀鹤一眼，说："我想了想，站在男朋友的立场上，看别的男性要自己女朋友的联系方式确实不爽……你跟曲歆苒不是晚上还有事吗？要不……下次再说？"

"我没打算跟你聊联系方式的事情。"连昀鹤身子往前倾了倾，他微微眯起眼睛，"聊聊给曲歆苒起绰号的事情。"

他顿了一下，然后补充道："以及你们是怎么开玩笑的。"

一听这句话，黄龙武表情一僵，终于意识到了不对劲，但显然已经晚了，他看见眼前穿着卫衣、长相硬朗帅气的连昀鹤开口说道："忘记介绍了，我是曲歆苒的男朋友——连昀鹤，目前在潭州市第一特警支队工作。"

连昀鹤笑了笑，他嗓音懒懒的，看起来好像十分漫不经心，却透着一种压迫感。

"叙旧嘛，随便聊聊，不用太紧张，我主要是想看看，"连昀鹤顿住，脸上的笑容淡了些，"那些笑话好不好笑。"

坐在副驾驶上等了好一会儿，曲歆苒也没看见连昀鹤回来，无数车辆从她眼前开过去。

快过去二十分钟了。

曲歆苒抿了抿唇，连昀鹤跟黄龙武有什么好聊的呢……

她掏出手机，点开跟连昀鹤的微信聊天界面，想了想，打字发出一句：

你下来了吗？

刚发出去，驾驶室的车门便被人拉开了。

曲歆苒抬头，视线锁定在连昀鹤身上，检查完一圈，确定他没有跟黄龙武起冲突，这才放下心来。

见连昀鹤半天没有启动车子，曲歆苒歪着头问道："你跟黄龙武聊了什么呀？"

连昀鹤没回话。

曲歆苒眨了一下眼，注意到连昀鹤心情不太好的样子，她主动岔开话题："现在还早，我们还可以去……"

没等曲歆苒说完，连昀鹤偏头打断了她："苒苒。"

曲歆苒点头"嗯"了一声："你说。"

迎上曲歆苒带笑的眼睛，连昀鹤更难过了，他想起刚才黄龙武跟自己说的那些"玩笑"，眼神微沉，所以苒苒高中的时候独来独往、不交朋友都是有原因的。

连昀鹤抿着唇角，他想象不到苒苒小学被人孤立排挤的样子，也不敢想象，只要一想起黄龙武极其轻松随意地说出那些话，他就会责怪自己为什么不能早一点儿遇见曲歆苒。

比如：

"只是开个玩笑而已，绰号这种东西谁都会有啊！"

"年纪小，推搡打闹也是正常的嘛。"

再如：

"我看曲歆苒现在很好啊，说明当初的事情都是小事，没有给她造成影响。"

如果他能早点儿遇见苒苒就好了，如果他跟苒苒是小学同学就好了……

看见连昀鹤光盯着自己，什么话也不说，曲歆苒疑惑地眨了眨眼。她伸出手，在连昀鹤脸上戳了戳，声音放轻："连昀鹤，你怎么了，不开心吗？"

连昀鹤抿了一下唇，坦然道："嗯，有点儿。"

曲歆苒没有问原因："那我们去看电影吗？看个喜剧片开心开心。"

"不了。"连昀鹤拒绝了。

"那，"曲歆苒想了想，"我们去溜冰？"

连昀鹤摇了摇头。

"玩卡丁车呢？"

连昀鹤还是摇了摇头。

"嗯……"曲歆苒绞尽脑汁地想着，"去电玩城呢？"

连昀鹤依旧是摇了摇头。

曲歆苒撇了撇唇，忍不住说道："连昀鹤，哄你开心好难哟。"

连昀鹤笑了一下："有吗？"

"有。"曲歆苒重重地点了点头，"很难很难！"

"我觉得挺简单的。"连昀鹤眼底带着笑，"你抱抱我就好。"

曲歆苒表情一愣，她抬眼，还没来得及说什么，就被连昀鹤抱住了，映入眼帘的是连昀鹤的灰色卫衣，他的手放在曲歆苒的腰间，声音低低的。

"苒苒，其实我不是不开心，只是有点儿后悔。"

曲歆苒不解道："后悔什么？黄龙武跟你说了什么吗？"

"嗯，说了一些你小学的事情。"连昀鹤似有若无地叹了口气，"有点儿后悔当时太怂了。"

连昀鹤垂下眸，抱住曲歆苒的手紧了紧。如果他高中毕业的时候胆子大点儿，早点儿跟苒苒表白就好了。

这样，他们就不会错过这么多年了……

听着连昀鹤这驴唇不对马嘴的话，曲歆苒疑惑地皱起眉。

刚想说话，后颈传来一阵温热的触感，曲歆苒身子一僵，感受到连昀鹤的手指落在那块胎记上，紧跟着，耳畔再次传来连昀鹤的声音，清晰且坚定——"苒苒，你很好，不要在意那些人的话。"

曲歆苒愣了一下，眼眶突然红了。

连昀鹤拍着曲歆苒的背，轻声说道："虽然现在说有点儿晚，但是，苒苒，你是我见过的最优秀、最美的女孩子。"

末了，连昀鹤觉得自己的话不够真诚，又补充了一句："我真的真的，很喜欢你。"

呼吸间，全是曲歆苒身上淡淡的香薰味。连昀鹤弯了弯唇，心想，还好一切都来得及，苒苒没有喜欢上别人。

曲歆苒的视线落在车窗外，眨了下眼，喉间一哽，她好像很少听到别人对自己说"你很好"这三个字。

或者说，几乎没有。

从小到大，曲歆苒接受到的评价大多来自她的父母，而杜琳对曲歆苒说过最多的话就是："你很差劲，没有人会喜欢你。"

这些话，在小学也得到了验证。

那段被孤立的日子，几度要把曲歆苒摧毁，直到现在，她的潜意识里都觉得杜琳的评价是对的。

就好像陷入了一个死循环，她摆脱不了这种困境，似乎也没有理由摆脱。

　　有时候停下来, 曲歆苒会想: 如果彻底摆脱家里, 去另外一个城市生活, 会不会有什么不同。

　　显而易见, 答案不是曲歆苒能掌控的, 而最可怕的是——

　　这么多年, 她除了年纪的增长, 什么也没得到。

　　可现在, 连昀鹤却告诉她: "你很好, 不要在意那些人的话。"

　　泪水模糊了视线, 曲歆苒紧紧地回抱住连昀鹤, 她把下巴埋在连昀鹤的肩头: "不晚。一点儿也不晚。"

　　连昀鹤带着曲歆苒看了场电影, 等她的心情好一些, 才把她送回家。

　　上了楼, 曲歆苒刚从包里掏出钥匙, 便看到了站在家门口的漂亮女人。

　　曲歆苒看了漂亮女人一眼, 慢吞吞地走到门前: "你好, 请问你找谁?"

　　漂亮女人看了她一眼, 伸出手说道: "你好, 请问是曲歆苒吗?"

　　曲歆苒点了点头: "嗯, 我是。"

　　"我是苏素的女儿刘然。"

　　闻言, 曲歆苒不由得愣了愣, 心中有些不安, 苏姨的女儿为什么要大晚上来找她……

　　"是这样的, "刘然开口解释, "昨天白天的时候我来找过你, 但是你没在家。我听周围的邻居说你最近一段时间都是很晚被男朋友送回家的, 这才晚上过来找你。"

　　曲歆苒微微颔首, 问道: "嗯, 那找我是关于苏姨的事情吗?"

　　"是的。"

　　刘然叹了口气: "前段时间我妈来江城找我, 走路的时候不小心摔了一跤, 住了大半个月的院。"

　　曲歆苒不由得皱起眉: "严重吗?"

　　"说严重其实也算不上, "刘然说, "可能是上了年纪的原因, 生老病死嘛。"

　　曲歆苒沉默着, 没回话。

　　"听我妈时常叨叨曲老师你, 相信曲老师你对我们家的情况大致是了解的。我爸去世之后, 我妈就一个人住在潭州, 其他的妹妹也没在潭州, 不能在她身边照料。之前劝过很多次, 我妈她一直不听我们的。"

　　刘然叹了口气, 语气有些愧疚: "这次摔跤住院后, 我跟家里其他人一致决定让她搬过去跟我住。所以我这次回来, 不仅要帮我妈收拾一些东西, 也要帮她处理一下这边房子的问题。"

　　曲歆苒抿了抿唇, 心里清楚刘然找自己就是因为这件事。

　　"搬去江城之后, 我妈肯定很少回来的。我们平时工作也忙, 这来回也麻烦，跟我妈商量了之后，决定把她手底下的三套房都卖掉。"

刘然顿了一下，说："听我妈说，你的租期十二月中旬到期，你看……"

曲歆苒垂下眼眸，已然听明白了刘然话里的意思。

要么搬走，要么买下来。她只有两个选择，可自己现在手上的存款……

"找房子可能需要点儿时间，但我会在租期到期前搬出去。"曲歆苒看向刘然，"可以吗？"

"当然没问题。"刘然笑了笑，"只是我妈的意思是，她愿意低价卖给你。"

曲歆苒表情一怔，看向刘然，听见她说："我妈呢，她真的很喜欢你。房产证上反正是她的名字，我们无权干涉，也是支持她低价卖给你的。"

刘然从包里拿出自己的名片，递过来："我们给出的价格是五万。时间也不早了，曲老师你要是有意向，我们之后再联系吧。"

曲歆苒低头看了一眼刘然的名片，没接。

五万块……别说是低价卖了，几乎是直接白送给她。但她不想要，而且她也不能要。

曲歆苒把名片推回去，笑着说道："不用了，谢谢。苏姨已经帮我很多了，改天我给她打电话亲自道谢，房子的事情我自己解决就好。"

想了想，曲歆苒微微颔首，语气真诚地又说了一句："谢谢。"

刘然有些诧异，不敢相信地问："你确定吗？"

虽然锦泰家园这套房子小了点儿，地段偏了点儿，但就算是二手房，卖个三十万也不成问题，可曲歆苒拒绝了这样从天而降、几乎白送的礼物。

"确定。"曲歆苒斩钉截铁，她把耳边的碎发挽到耳后，笑着指了指家门，"没有什么事的话，我就先回家了？"

"好的，再见。"

交谈到这儿结束。

在曲歆苒拿着钥匙开门的时候，刘然也悄悄地下楼走了。

打开客厅的灯，曲歆苒环顾了一圈温馨的客厅，眼底有些不舍，她住了这么久，也布置了这么久。

还真的，挺舍不得的。

曲歆苒的手指放到米白色的鞋柜上，叹了口气，要是有存款能买下来就好了……

突兀的电话铃声打断了曲歆苒的思路，她拿出手机，看着上面显示着"连昀鹤"这三个字，接了起来。

"你回基地啦？"

"没有。"连昀鹤的声音低低的，"还在车上，打算明天再回基地。"

"那你今天晚上住浅水湾吗？"

连昀鹤："嗯。"

曲歆苒"哦"了一声，她在沙发上躺了下来，眼睛一眨不眨地盯着天花板，电话那头传来车子开动的声响，曲歆苒的思绪不自觉地飘到了房子的事情上。

一时间，两人都没再说话。

以她现在的情况，找房子又要费很多精力了，到时候搬家也是一件麻烦的事情，这么多东西，丢了，她买新的需要钱，不丢，她搬起来也费力。

唉……

"苒苒？"

听到连昀鹤的声音，曲歆苒赶忙应道："嗯。"

"你有心事吗？"连昀鹤顿了顿，"还在因为今晚的事情不开心？"

曲歆苒摇了摇头："不是。"

她抿着唇，纠结了很久，最后还是没有把房子的事情说出来："只是有点儿困了。"

连昀鹤松了口气："那你挂断电话早点儿休息。"

"我还没洗澡呢。"曲歆苒撇了撇唇，"洗完澡还有衣服呢……"

电话那头沉默了会儿，随即传来连昀鹤的低笑声："我现在掉头，回来帮你洗衣服？"

"我不是这个意思。"曲歆苒弯唇笑了笑，"家里有洗衣机。"

连昀鹤轻笑了一下："嗯，快去洗澡吧。"

"好，那我去啦，你挂电话吧。"

"嗯。"

洗完澡出来，曲歆苒先把换下来的衣物放进了洗衣机。她原本以为连昀鹤已经挂断了电话，谁知道等她忙完一看，才发现电话还在通话中。

曲歆苒拿着手机，问了一句："你没挂断电话吗？"

"没挂。"

"你到家了吗？"

"嗯，到了。"连昀鹤顿了下，又问，"你洗完澡了？"

曲歆苒点头："对啊。"

"苒苒你先休息，我去洗澡，把电话挂了吧。"

曲歆苒抿了下唇角，应道："好。"

话音刚落，她便听见那边传来一阵脚步声。

脚步声渐远，紧接着，隐隐约约传来水声，曲歆苒盯着通话中的微信语音，心虚地咽了咽口水。

连昀鹤都没挂，她也不挂。

对，她也不挂。

这么想着，曲歆苒伸出手点了点屏幕，退出通话界面，她盯着微信显示"连昀鹤"这三个字，抿起唇。

连昀鹤都跟她交往快一个月了，要不要改个备注呀？

改成"男朋友"吗？

曲歆苒弯了弯唇，刚点进连昀鹤的头像，就听见那边窸窸窣窣的声音。

"怎么没挂电话？"连昀鹤嗓音懒懒的。

"你之前也没挂呀。"曲歆苒理直气壮，"而且我洗完澡不是特别困了，觉得还可以打一会儿电话。"

连昀鹤无奈地笑了笑："行，打一会儿。"

曲歆苒躺在床上，捧着手机傻笑了一下："连昀鹤。"

"嗯？"

"你给我的备注是什么呀？"

连昀鹤语调上扬，字正腔圆地说出了五个字——"苒苒小朋友。"

曲歆苒眨了一下眼："为什么是小朋友啊？"

"小朋友好啊，小朋友无忧无虑。"

曲歆苒撇了撇嘴，然后听见连昀鹤说："所以我希望苒苒你也无忧无虑，永远开心健康。"

闻言，曲歆苒表情一怔。她感受着胸腔内心脏加速跳动，莫名有些想哭。

好像从来没有人跟她说过，希望她无忧无虑、开心健康，也从来没有人管过她每天开不开心，而现在回想起来，跟连昀鹤相处的时间里，他总是无条件地、第一时间关心她开不开心。

曲歆苒眨了眨眼，连昀鹤好像真的，把她看得很重要……

"不喜欢吗？"

听到这句话，曲歆苒猛地摇头："没有，很喜欢。"

连昀鹤："那就好。"

"连昀鹤，我是不是从来没有告诉过你……"曲歆苒话音一止，她眼眶有些发酸，把准备好的"我喜欢你有十年了"又咽了回去。

"什么？"连昀鹤问。

"没什么。"曲歆苒笑着摇了摇头，"就是想告诉你，我很喜欢你。"

秋季的晚风恬静惬意。

曲歆苒突然觉得，这些都不重要了，她会找新的房子，会好好存钱，然后想跟连昀鹤结婚，想跟连昀鹤一直在一起。

连昀鹤回基地之后的日子都比较清闲，他身上带伤，汪学军也尽量给他安排一些轻松的活儿。

一闲下来了，连昀鹤就有时间给曲歆苒发消息，甚至每天晚上都有时间跟曲歆苒约会吃饭，只是遗憾的是，曲歆苒这几天的工作好像很忙。

有时候回消息比较慢，而且还会推掉他们俩的约会。

连昀鹤低下眼，他看着没给自己回消息的曲歆苒，叹了口气。

身旁的邹向毅有些受不了了，他转过身，一本正经地道："连昀鹤，你能不能不要跟个被抛弃的怨妇一样？其他队员正训练呢，别在这儿唉声叹气、板着个脸啊。"

说完，邹向毅还瞪了连昀鹤一眼："你往这儿一站，他们都不敢过来跟我说话了！"

连昀鹤扯了扯唇，没说话。

邹向毅嫌弃地推了连昀鹤一把："去去去，找你家苒苒去！马上到下班的点儿了，你可以准备准备出发去育才小学了。"

"我也想啊。"连昀鹤扬了扬手机，"苒苒没回我信息。"

"没回你信息直接去找她啊！"邹向毅面露嫌弃，"反正你爱干什么干什么去啊，别在我旁边唉声叹气的。"

"行。"连昀鹤瞥了邹向毅一眼，"不打扰邹队您了。"

邹向毅翻了个白眼，懒得搭理他。

连昀鹤站直了身子，正要离去，突然想起什么，又站了回去。

"干什么？"邹向毅看着他。

连昀鹤抬了抬下巴，理所当然道："等高瑾词啊。"

"不是。"邹向毅皱眉，不解地问，"你一个有女朋友的人，守在这儿等高瑾词干吗？"

连昀鹤表情散漫："问点儿事情。"

邹向毅："关于苒苒的？"

"嗯。"

邹向毅："……"

等了半个小时，高瑾词他们下训了，隔得老远，连昀鹤就叫住了高瑾词，向他招招手，高瑾词便自觉地走过来了。

"连队。"

"你最近，"连昀鹤顿了一下，"有没有听郑佳意说些什么？"

高瑾词呆呆地道："说了什么？"

话刚问出口，高瑾词便反应过来了，他立马问："是关于嫂子的吗？"

连昀鹤点了点头："是不是学校有人为难她？"

"这我没有听她说过。"高瑾词想了想，"但是有一件事，小意儿跟我提了一句，嫂子最近在找房子，好像打算搬家。"

连昀鹤眼神一滞："找房子？"

邹向毅下意识地看向连昀鹤，撞了撞连昀鹤的肩膀："你不知道啊？"

连昀鹤低下眼："嗯。"

"你怎么搞的？"邹向毅担心地问，"这么大的事情你作为男朋友不知道？"

连昀鹤没回话，他抿了下唇角，握着手机的手臂垂了下来，心情有些复杂。不是他不知道，而是曲歆苒根本没打算告诉他。

等曲歆苒咨询完房子的事情，她才注意到连昀鹤给自己发的消息，但这会儿，距离他给自己发消息已经过去一个多小时了。

曲歆苒抿了抿唇，愧疚地回了消息：

抱歉，我才看见消息。

十一月的潭州，气温已经完全降下来了，风里裹着冷意，枯萎的树枝也在时刻提醒着人们冬季的来临。

曲歆苒拉紧身上的针织外套，伸手把办公室的窗户关上了，她低头刷新了一下微信，发现连昀鹤还没回复。

正犹豫着要不要打个电话过去，连昀鹤却在这时回复了一个位置。

曲歆苒点进去看了一眼，发现是在育才小学附近的一条路上。她弯了弯唇，打字问道：

万一我不在学校怎么办？

等了几秒，连昀鹤直接发语音过来了，他的嗓音带着无奈："还能怎么办，自己家的小朋友总不能不要吧。"

曲歆苒笑了笑，打字回复：

你可以给我打电话，确定了我的位置再来呀。

连昀鹤说："下次知道了。"

曲歆苒弯起唇，她环顾了一圈空落落的办公室，然后把手机放在桌上，想趁着连昀鹤还没到，先去上个厕所。

把车在育才小学停稳后，连昀鹤给曲歆苒打了个电话。响了很久，也没人接，他想了想，决定上楼去找曲歆苒。

轻车熟路地来到曲歆苒的办公室，连昀鹤探头看了一眼，发现里面空无一人，他皱起眉，拿起手机又给曲歆苒打了个电话。

没过几秒，办公室里便传来手机振动的声音，连昀鹤微微一怔，迈开腿走进了办公室。

走得近了些，连昀鹤便看到了被曲歆苒放在办公桌上的手机，他低下头，刚想挂断电话，却看到了曲歆苒给自己的备注。

手机上面赫然写着三个字——连昀鹤。

连昀鹤挂断电话的动作一顿，眼神淡了下来。他垂眼，盯着这个备注看了好半晌，然后才伸出手把电话挂了。

连昀鹤抿了下唇角，靠着办公椅坐了下来。

窗外晚霞浮沉，连昀鹤却无心欣赏，或许是曲歆苒搬家不告诉自己的原因，又或许是刚才这个备注的原因。

总之，他的心情一下变得非常差。

连昀鹤长长地吐出一口气，安慰起自己："算了，反正曲歆苒高中就是这样，一直独立，不喜欢麻烦别人。"

连昀鹤皱起眉，心情有些复杂，可他现在是曲歆苒的男朋友，又不是别人……

连昀鹤的视线不自主地落在曲歆苒的手机上，又想起备注的事情，更加难受了，备注是"连昀鹤"有点儿过分了吧？

"咦，你怎么这么快就到了？"曲歆苒惊讶的声音打断了连昀鹤的思绪。

他抬眼望去，情绪不是很高，"嗯"了一声算作回应。

看到连昀鹤反应这么平淡，曲歆苒眨了眨眼睛，有些不安。她试探着问道："你不开心吗？"

连昀鹤点头："嗯。"

"为什么啊？"曲歆苒不解地眨了眨眼，"有什么烦心事吗？还是谁惹你不高兴了吗？"

话音刚落，曲歆苒便看见连昀鹤朝自己看了过来。

迎上连昀鹤直勾勾的眼神，曲歆苒总算反应过来了，她指着自己，问道："我吗？"

"对。"

听到连昀鹤的回答，曲歆苒不由得愣了一下，她今天做了什么事让连昀鹤不开心了吗？难道是忘记回消息了？

曲歆苒抿了下唇，表情真诚道："我下次肯定不会忘的。"

闻言，连昀鹤眼神微滞。

知道曲歆苒没理解自己为什么不高兴，他扯了扯唇，站了起来顺便转移了话题："是这个包吗？还有没有什么东西落下？"

见连昀鹤回避这个话题，曲歆苒走过去按住他拿包的手："我真的会注意的。"

连昀鹤偏过头，他对上曲歆苒委屈、小心翼翼的眼神，心底的不愉快瞬间消失了，取而代之的是心疼。

"苒苒。"连昀鹤微微弯腰，"你找房子遇到麻烦的时候，想过找我帮忙吗？"

曲歆苒表情一愣，声音弱了下来："我暂时还没遇到麻烦。"

连昀鹤沉默了会儿，他站直身子，眼神淡淡的，更多的却是无奈："可是，苒苒，如果这个时候你都不会想到我，我会觉得自己作为你的男朋友，很不合格。"

连昀鹤顿了顿，然后说了一句——"苒苒，我希望你可以依赖我。"

曲歆苒低下头，她抿着唇，不知道该回些什么。

现在她大概能理解连昀鹤为什么不开心了，可是找房子的时候，她根本没想那么多，她只是习惯了这么多年自己一个人解决所有的事情……

"走吧。"连昀鹤主动牵过曲歆苒的手，"先去吃饭。"

一直到吃完饭回家的路上，连昀鹤都没再主动提起过这件事。

车窗外树影缭乱，秋季的晚风顺着半开的窗子吹了进来。

曲歆苒刚吸了吸鼻子，眼前的车窗就被关了上去。她回过头看向认真开车的连昀鹤，想了想，主动解释了起来。

"房东苏姨的女儿要接她去江城生活，以后估计很少回来，想把房子卖出去。"曲歆苒抿了抿唇，"然后我的租期到十二月，所以才着急找房子的。"

等到曲歆苒的解释，连昀鹤的表情瞬间轻松了许多，他眉眼染上笑意，偏头问道："看你精心布置过，应该挺喜欢这个房子的，没有考虑过买下来吗？"

曲歆苒垂下眸，当然考虑过，只不过她的钱不够……

"考虑过，但锦泰家园离学校还是有点儿远。"随便找了个理由搪塞过去，曲歆苒便把视线从连昀鹤身上移开了。

车内安安静静的，只能听到车辆行驶的声音。

过了好久，连昀鹤才开口，他嗓音懒懒的："浅水湾离育才近。"

闻言，曲歆苒立马转过头去看连昀鹤。

连昀鹤唇边带着笑，散漫地问："苒苒，要考虑考虑浅水湾吗？"

曲歆苒紧张地看着连昀鹤，这样的话，她跟连昀鹤不就是同居了嘛……

"不考虑吗？"连昀鹤眉梢微扬，他的声音听起来有些惋惜，"离学校近，条件也好，这么多优点呢。"

曲歆苒没回话。

"最关键的是，入住送连昀鹤。"连昀鹤看向曲歆苒，眼底带着笑，"真的不考虑？"

曲歆苒耳根一热。

见连昀鹤张嘴还想说些什么，她马上阻止了他："考虑！"

"行。"

连昀鹤得逞地笑了笑，他做了个打电话的手势："不着急，考虑好了给我打电话。”

车子在楼下停稳的那一瞬间，曲歆苒快速解开安全带，就想逃离现场，谁知手指刚碰上门把，另一只手的手腕就被连昀鹤抓住了。

"苒苒，你喜欢猫还是狗？"

曲歆苒愣了愣，不明白连昀鹤为什么突然问这个问题，但还是如实答道："喜欢狗。"

连昀鹤"嗯"了一声，然后松开了曲歆苒的手腕。

曲歆苒看向他："为什么突然问这个？"

"在考虑要不要跟你一起养一只。"连昀鹤顿了顿，笑着补充，"这样苒苒你在浅水湾有了牵挂，就能顺理成章地跟我同居了。"

曲歆苒心跳一顿，还没来得及做出反应，便听见连昀鹤叹了口气，哀怨地说了一句："想跟自己的女朋友同居，都还要找借口。"

连昀鹤笑了笑："要不然苒苒，你考虑考虑跟我结婚？"

时间在这一刹那放慢了，忽然间，曲歆苒的耳畔便只能听到连昀鹤的声音了。眼前的连昀鹤表情散漫，似乎只是随口说出了这句话，却让曲歆苒心跳如鼓。

见曲歆苒表情呆愣，连昀鹤轻笑了一下，他凑过去，亲了亲她的嘴角。

"好了，先回家休息吧。"

听到这句话，曲歆苒几乎是逃似的下车。

回到家，曲歆苒靠在冰箱上平复了很久，连喝了几大杯水，心跳才逐渐恢复正常。

想到刚才连昀鹤对自己说的话，曲歆苒的脸颊蓦地红了。她弯着唇，完全压抑不住内心的兴奋。

连昀鹤刚才说，要跟自己结婚！

针织外套里的手机振动起来，曲歆苒拿出来，看着上面显示着"连昀鹤"三个字，故作淡定地接了起来。

"你这么快就回去了吗？"

"没。"连昀鹤嗓音带着笑，"还在某人家楼下没动呢。"

闻言，曲歆苒神色微怔，下意识地走向窗户，问道："你还没走吗？"

连昀鹤"嗯"了一声。

等走到窗户边，曲歆苒才发觉从这边根本看不到连昀鹤的车。她靠着橱柜，目光落在窗外的银杏树上。

"需要我下来吗？"

"不用，只是有些话想补充一下。"

曲歆苒抿了抿唇，耐心地等着连昀鹤开口，她听见电话那头的连昀鹤似乎深吸了一口气，然后嗓音格外正经地说道："苒苒，浅水湾的房子是很久之前就打算买的，大概是在远恒路偶遇你之后。

"浅水湾的房子是因为离育才小学近才买的，我的意思是——"连昀鹤顿了下，"我规划的未来里，全是你。"

楼道里的感应灯已经全部熄灭，连昀鹤坐在车里，看不到曲歆苒。

曲歆苒迟迟没有说话，连昀鹤收回视线，他看着通话界面上还在跳动的时间，抿了下唇。

"苒苒？"

"连昀鹤。"曲歆苒语气有些着急，"你等我一下。"

扔下这句话，曲歆苒便挂断了电话。

连昀鹤不明所以地眨了眨眼，等他再次抬头时，发现六楼楼道里的感应灯亮了，接着，一路往下，到了五楼。

连昀鹤呼吸一顿，他紧紧地盯着楼道里的感应灯。

很快——

四楼。

三楼。

二楼。

最后是一楼。

熟悉的身影走了出来，曲歆苒拉开车门坐了上来。她的笑容纯粹又明媚，眼底满是欣喜。

"走吧，连昀鹤，我们回家。"

连昀鹤眼神一滞，然后听见曲歆苒说："回浅水湾。"

第九章
同住

一时兴起跟着连昀鹤回家的后果就是——

曲歆苒在浴室里磨磨蹭蹭了半天，也没敢出去。她没有换洗的衣物，只能穿着连昀鹤的卫衣。

尽管连昀鹤个子高，他的卫衣能遮住大腿的一半。

可是……

曲歆苒垂下眸，她看着自己露出来的腿，目露担忧，这是不是太……

"咚咚咚。"

敲门声响起，连昀鹤的声音也跟着传了过来："苒苒，你好了吗？"

透过朦胧的玻璃门，曲歆苒看到了连昀鹤站在门口。她瞬间慌张起来，磕磕巴巴道："还、还没好！"

连昀鹤"嗯"了一声，丝毫没察觉到曲歆苒的异常，甚至开口问道："想吃点儿什么吗？"

"不吃。"

"那喝的呢？"连昀鹤顿了一下，"家里只有酸奶、纯牛奶，没有其他饮料。"

曲歆苒看着镜子里的自己，紧张地别开眼："酸奶吧。"

"行，我拿出来放在桌上，你等一下再喝。"

曲歆苒心不在焉地"嗯"了一声，然后便看见站在门口的连昀鹤走了。

曲歆苒长长地吐出一口气，她的目光落在镜子上，看着镜子里的自己，无奈地叹了口气，开始后悔。

早知道就不那么冲动了……

曲歆苒抿了抿唇，在浴室里做足了心理准备，这才拉开门，小心翼翼地探头往外面看了一眼。

客厅里寂静无比，没有连昀鹤的身影。

曲歆苒眨了眨眼，趁着连昀鹤没在，果断冲了出去。她在沙发上坐了下来，拿着抱枕，心底的紧张才缓解了不少。

等了几分钟，连昀鹤也没从主卧里出来。

曲歆苒的视线落在客厅墙面的一百二十寸幕布上，眼里是遮不住的喜欢。

很早之前，曲歆苒就想过，如果她拥有一套房子，投影仪和书房是必不可少的，而连昀鹤在浅水湾的这套房子，恰好有投影仪和一间书房，满足了曲歆苒的所有要求，甚至连装修风格都是她喜欢的。

曲歆苒弯唇笑了笑，也不知道是不是她想多了。

"出来了？"

连昀鹤的声音把曲歆苒的思绪拉了回来，她抬头看向正在擦着头发的连昀鹤，默默地点了点头。

连昀鹤往下瞥了一眼，问道："冷吗？要不要把空调温度调高点儿？"

曲歆苒摇头："不冷。"

注意到曲歆苒有些许不自在，连昀鹤眼底带上笑。他"嗯"了一声，在曲歆苒身旁坐下，问："想睡觉还是想看电影？"

听到"睡觉"这两个字，曲歆苒不由得愣了一下，迎上连昀鹤认真询问的眼神，她才知道是自己想歪了，心虚地回答："看电影吧。"

连昀鹤："有什么想看的吗？"

曲歆苒抿了下唇角，看向他："都可以，你挑吧。"

"行。"

连昀鹤随便挑了一部喜剧片，两人便坐在沙发上开始看起来。

随着剧情的推动，曲歆苒也慢慢放松下来。她靠在沙发背上，吃着连昀鹤递过来的薯片，目不转睛地看着电影。

气氛温馨融洽。

直到电影放到中间，出来了一组亲热镜头，冲击的画面让曲歆苒猝不及防，她被口中的薯片呛到，猛地咳嗽起来，刚俯下身想去拿茶几上的水杯，身旁的连昀鹤却先她一步。

曲歆苒的指尖触碰到连昀鹤的手背，幕布上那个情节还在继续。

耳边响起一些微妙的声音，曲歆苒抬眼，跟连昀鹤的目光对上，她尴尬地咽了咽口水，迅速把手缩了回来。

"这是我的水杯。"

听到曲歆苒的话，连昀鹤表情一顿，他低头笑了笑，抓住曲歆苒的手腕，把水杯塞到她的手上。

"我知道，这不是帮你拿嘛。"

曲歆苒端着水杯，偷偷摸摸看了连昀鹤一眼，发现连昀鹤表情淡淡的。她抿了下唇角，也跟着故作平静地喝了口水。

电影继续，但曲歆苒的心思已经不在电影上了。她捧着水杯，磨磨蹭蹭地喝掉了大半杯，也依旧没把杯子放下。

余光中，连昀鹤坐姿笔直，他拿着手机，不知道在看些什么。

曲歆苒收回视线，努力想把注意力集中在电影上，却只是徒劳。她微微低头，把手中的水杯放到了茶几上。耳边电影对话的声音随着曲歆苒的思绪，也渐渐飘远。

其实跟连昀鹤在一起后的这一个月，总是给曲歆苒一种做梦的感觉。或许是他们俩的工作都太忙，很少约会，大部分时间都依靠手机联系，又或许，是她一直想不通连昀鹤为什么会喜欢上自己。

有些话太矫情，问出来又不合适，可她的自卑无时无刻不在作祟，她无时无刻不在反问自己——你凭什么值得连昀鹤喜欢？

曲歆苒垂下眸，她抿着唇角，心情突然沉重了不少。

她总是习惯把自己放在最低的位置，不喜欢麻烦别人，更害怕麻烦别人，大多数时候，她知道自己的想法和性格是有问题的。

可她改不掉。或者说，她无法改掉，仿佛身处一个死循环，一边想要别人走向自己，一边又在心里建起了高高的围墙。

"苒苒，粉色跟紫色你更喜欢哪一个？"

闻言，曲歆苒回过神来。

她看向身旁的连昀鹤，认真想了想，这才回答："一定要从这两个颜色里面选的话，我选粉紫色吧。"

连昀鹤愣了一下，看向曲歆苒，笑道："行，粉紫色就粉紫色。"

然后，曲歆苒便看到连昀鹤低下头继续看手机了。她好奇地往他那边看了一眼，发现手机屏上是漆黑一片，估计是连昀鹤贴了防偷窥的膜。

曲歆苒抿了抿唇，目光移到连昀鹤的侧脸上，迟迟没转回身。

连昀鹤也感受到了曲歆苒的注视，他自觉地放下手机，正打算往曲歆苒那边靠近点儿，跟她一起看电影，却突然被她扑倒在沙发上。

他的右手撑在沙发上，另外一只手下意识地扶住曲歆苒的腰，护住她。

两人的距离被瞬间拉近，曲歆苒紧张地眨了眨眼。她两只手撑在连昀鹤的腰下，跟他对视了半天，最后主动打破了沉默："我下个月就过二十七岁的生日了。"

看着曲歆苒认真地盯着自己，连昀鹤的视线不自觉往下瞟。他看着曲歆苒粉嫩的嘴唇，喉结滚了滚，别开眼应道："我知道。"

话还没说完，曲歆苒哀怨的声音便响起："你才不知道。"

连昀鹤回正视线，眼底满是困惑，反驳："我真的知道。"他都给曲歆苒准备了十多年的生日礼物了，怎么可能不知道？

"我已经在给你准备生日礼物了。"

"我不是这个意思。"

曲歆苒语气有些懊恼，她看着表情不解的连昀鹤，微微叹了口气，连昀鹤今年不是也满二十七了嘛，怎么就不明白她的意思呢？！

"我知道了，是怕我到时候有工作吗？"连昀鹤眼底带着笑，"如果没有任务的话，我会请假的，别担心。"

听到这句话，曲歆苒心里满是羞恼，他明明就不知道！

察觉到曲歆苒的微表情，连昀鹤疑惑道："不是这个意思吗？"

迎上连昀鹤困惑的眼神，曲歆苒心一横，干脆抱住连昀鹤的腰，然后俯下身亲了亲他。

熟悉的气味撞入鼻腔，连昀鹤瞬间方寸大乱，他滚了滚喉结，盯着曲歆苒，没动。

这下，就算再木讷也明白曲歆苒的话是什么意思了。

对上连昀鹤注视着自己的眼神，曲歆苒率先败下阵来，她正要起身，连昀鹤却突然搂紧了她的腰。

没有任何防备的曲歆苒，直接又跌回了连昀鹤的怀里。

"我知道了。"连昀鹤眼眸微沉，他声音里带着笑意，眉梢扬起，"那我们今天，晚点儿睡？"

曲歆苒表情微怔，还没来得及说什么，后颈便被连昀鹤搂住。

紧跟着，连昀鹤细密温柔的吻便落了下来。他的动作轻柔缓慢，两人呼吸交织，空气中弥漫着暧昧的气息。

冬雨来得突然，密密麻麻地砸在窗沿上，倾斜的雨珠溅在玻璃窗上，模糊中带着朦胧的美感。外头夜色如墨，雨声细碎，还在刮着冷冽的风，屋内气氛却在升温。

曲歆苒被连昀鹤抱回了主卧，战场从客厅转到了卧室。

临进卧室前，连昀鹤把客厅的电影暂停了。

主卧里漆黑一片，曲歆苒借着从客厅传进来的微弱光亮，勉强能看清楚连昀鹤的脸，黑暗下，声音被无限放大。

曲歆苒听见连昀鹤窸窸窣窣脱衣服的声音，她看着连昀鹤朝自己靠近，接着的是炽热的呼吸，热烈的亲吻。他们紧紧相拥着，不分彼此。

连昀鹤不急不躁，恍惚间，曲歆苒以为自己做梦来到了仙境，但下一秒，连昀鹤就会用实际行动告诉曲歆苒。

她不是爱丽丝，也没有梦游仙境，一切都无比真实地发生着。

满腔爱意，最后化为了温柔。

后来的事情，曲歆苒不太记得了，只是最后困得连眼睛都睁不开时，窗外的连绵细雨也停了。

在彻底睡着之前，她好像听到了连昀鹤的声音。他嗓音温柔低沉，说了一句：

"苒苒，我今年已经二十七了，这句话的意思是——你愿意嫁给我吗？"

…………

身体的疲惫已经远远超过意识，曲歆苒无法给连昀鹤答案，但在那一瞬间，她突然觉得其他的一切都不重要了。

谁暗恋谁多久，谁爱谁多久，都不重要了。

重要的是，那个人是连昀鹤。

清晨的第一缕阳光从窗台外洒进来时，曲歆苒醒了。她翻了个身，这才发现身旁空落落的，没有连昀鹤的身影。

感受着身上的酸痛，曲歆苒撑着床坐了起来。

卧室里整整齐齐的，昨天晚上扔在地上的衣服也消失了，估计是被连昀鹤收拾过。

曲歆苒打了个哈欠，趿拉着拖鞋走出了主卧，在家里找了一圈，依旧没有连昀鹤的身影。她望着安静的客厅，眨了眨眼，心底难免有些失落。

今天是周六，她放假，但连昀鹤没有轮休。

曲歆苒轻轻叹了口气，不由得开始后悔起来。她昨天晚上真是冲动了，光顾着想今天是周末的事情，完全没想到连昀鹤是要上班的。

昨天晚上睡那么晚，浅水湾到樊山基地又有些距离，连昀鹤肯定起得很早……

想到这里，曲歆苒下意识地摸了一下口袋想找手机。但她还穿着连昀鹤的卫衣，手机根本不可能在身上。

从客厅找到主卧，曲歆苒才在床头柜那儿找到自己的手机，打开微信的第一时间，曲歆苒顾不上其他人的消息，直接去找连昀鹤的，翻了半天，才找到连昀鹤给自己发的信息：

苒苒，我早上有工作先走了。厨房里帮你准备了面包牛奶，要是不喜欢，冰箱里还有饺子、馄饨。车停在停车场，钥匙在你睡觉那边的床头柜里。

看到这里，曲歆苒不由得一愣。她弯下腰，拉开床头柜，果然发现了第一层抽屉里的车钥匙，上面挂着一个可爱的向日葵挂饰，跟那天连昀鹤向她表白时的向日葵如出一辙。

曲歆苒弯唇笑了笑，把钥匙攥在手里，继续看着连昀鹤给自己发的消息：

　　我接下来几天都要备勤，晚上没办法回家，也不能跟你一起约会吃饭。搬家的事情，等我轮休的时候跟你一起做。先说好，不要趁着我不在，一个人偷偷搬，我会不高兴的。

　　曲歆苒抿了一下唇，眼底是藏不住的欣喜。她的目光落在最后一句话上：

　　周末好好休息，这些事交给我。

　　不知道为什么，这句话从连昀鹤嘴里说出来，意外地让人安心。

　　曲歆苒垂了下眸，她看着手中的车钥匙，不高兴地瘪了瘪嘴，明明才跟连昀鹤分开没多久，她又开始想他了……

　　曲歆苒叹了口气，给连昀鹤回了条消息，便吃早餐去了。

　　另一边，樊山训练基地。

　　趁着魏凌洲他们休息的时间，连昀鹤抽空看了一眼手机，果不其然，看到了曲歆苒回复的消息：

　　我知道了，那你什么时候能回来呀？

　　连昀鹤笑了一下，打字回复了个准确时间。

　　站在一旁的邹向毅看着从早上开始脸上就带着笑容的连昀鹤，忍不住问道：“你中彩票了啊？”

　　连昀鹤没反应过来：“没中啊。”

　　邹向毅看向他：“那你今天从早上开始高兴个什么劲儿？”

　　“哦。”连昀鹤应了声，想到曲歆苒，他不由得笑了笑，“也差不多。”

　　这下轮到邹向毅蒙了：“什么差不多？中彩票啊？”

　　连昀鹤“嗯”了声：“比中彩票还要好一万倍。”

　　迎上连昀鹤得意的小表情，邹向毅马上反应过来他又在秀恩爱了，他“啧”了一声，摆手道：“行，我不跟你聊。祝你跟曲老师喜结连理，早生贵子好吧。”

　　连昀鹤挑眉，朝邹向毅笑道：“借你吉言。”

　　邹向毅无奈地摇头，这人还真是一点儿也不客气。

　　见邹向毅有些受不了了，连昀鹤适时地转移了话题：“嫂子之前领养过退役警犬的宝宝？”

　　“是啊。”邹向毅问，“你想养啊？”

　　“嗯。”连昀鹤点头，“主要是想跟苒苒一起……”

　　“行了，行了。”没给连昀鹤说完的机会，邹向毅直接打断他，“你这后半句我并不想听啊。”

　　说着，邹向毅还略带嫌弃地看了连昀鹤一眼。

"正巧我家耀耀前段时间生了几只崽，你要不要从我们这边抱一只过去养？"

连昀鹤看向邹向毅："嫂子舍得？"

"不舍得有什么用，她也没精力一个人养好几只啊。"邹向毅低下头，叹了口气，"我又老是不在家……"

连昀鹤看着邹向毅，没说话。

一阵短暂的沉默后，邹向毅率先开口了。

他脸上洋溢着笑容，打趣道："连昀鹤，你要是跟曲歆苒结婚后，会不会把重心从工作上转到家庭上啊？"

连昀鹤抿着唇，好半天没回话。

邹向毅无奈地摇了摇头："我们工作本来就特殊，照你前几年那拼劲儿，苒苒少不了晚上要自己睡。就算没有任务，你们在一个城市，每天也未必能像普通夫妻那样相拥而睡，你想过这个问题吗？"

"想过。"连昀鹤如实答道。他无奈地扯了扯唇，正是因为想过，昨天晚上才只敢在曲歆苒睡着后说那句话。

家庭和工作，他无法做到两头兼顾，只要他还扛着枪坚定地站在这个岗位上，便没办法每天跟苒苒相拥而睡、枕星而眠。

这是注定的，也是必然的。

而以苒苒那种性格，她肯定会默默忍受这一切。

身旁的邹向毅抽起烟来，连昀鹤站直身子，默默往旁边挪了一步，避免身上沾染上烟草味。

烟雾缭绕中，邹向毅表情有些怅然。他叹了口气："就没有什么办法，能让我在守护国家的同时，也能照顾家人吗？"

"有啊。"

邹向毅抬眼望去："什么？"

连昀鹤朝邹向毅笑了笑："你辞职就行。"

邹向毅瞪了他一眼："连昀鹤，你是不是多少有点儿毛病？"

连昀鹤挑眉，接着调侃道："但是，邹队，你这几年表现得都不错，我觉得你还有上升空间，别放弃啊。"

听到这句话，邹向毅抬起脚就想踢连昀鹤，但连昀鹤反应很快，灵敏地躲过去了。

见邹向毅急眼了，连昀鹤果断选择开溜，临走前，又转过身趁着邹向毅不注意，拍了他吸烟的照片。

连昀鹤扬了扬手机，笑道："邹队，吸烟有害健康，我已经帮你跟嫂子道歉了。"

邹向毅表情一愣，还没来得及恼怒，就看见连昀鹤挥手扔下一句"不用谢"，转身潇洒地走了。

下一秒，邹向毅的电话便响了。

他看着来电显示是自己的妻子，顿时暴怒，指着连昀鹤的背影大骂道："连昀鹤你告状？我去你×的！"然后接起电话，"媳妇儿你听我解释，那不是今天的照片，是连昀鹤他……"

听到身后邹向毅急忙向老婆解释的声音，连昀鹤不由得笑了笑，他拿着手机，划拉着跟曲歆苒的聊天记录，眼里满是惆怅。

之前的积蓄都用来买浅水湾那套房子了，在装修上还欠了他姐不少钱。现在这个穷样子，怎么跟苒苒结婚啊……

十二月，连昀鹤轮休，在曲歆苒那套房子租期到期的前一天，帮她把东西全部搬回了浅水湾。

原本连昀鹤是打算找搬家公司的，但被曲歆苒拦住了。

曲歆苒当初在锦泰家园置办的那些家具，都留了下来。

苏素对她很好，加上曲歆苒也是真的很喜欢房子装饰后的样子，所以最后决定把这些东西全部留在房子里，一样不带走。

做好决定后，带走剩下的东西便简单了。

要带走的大多是衣服和日常用品，比较容易搬，但整理起来也很麻烦。

折腾了一个下午，两人才把所有的东西搬到浅水湾。

连昀鹤带着曲歆苒先吃完晚饭，他们窝在沙发上休息了会儿，这才起身接着整理曲歆苒的东西。

"苒苒，这个……"

在主卧整理衣服的曲歆苒完全听不清客厅里的连昀鹤在说些什么，她卷起手上的衣服，走出去说道："我没听清楚。"

"这个铁盒子。"连昀鹤举起手上的盒子，看向她，"里面是什么东西？放哪边？"

曲歆苒的视线落在那个铁盒子上，立马慌张地抢了过来："我来放。"

连昀鹤不解地眨了眨眼睛，笑她："你藏了什么秘密不能让我知道？"

曲歆苒心虚地看了连昀鹤一眼："嗯，不能。"铁盒子里都是她写给连昀鹤的信，有太多的内心活动了，当然不能让他看见……

"好吧。"连昀鹤倒也不在意，他尊重曲歆苒的决定，"不看就不看。"

曲歆苒站在原地杵了会儿，犹豫了半天，最后对连昀鹤说道："你等我做好心理准备，再告诉你。"

看着曲歆苒纠结的表情，连昀鹤低头笑了笑。

他站起来，走到曲歆苒面前，圈住她的腰，俯身亲了亲她，嗓音懒懒地应道："嗯，不着急。"

迎上连昀鹤深情的眼神，曲歆苒紧张地抿了一下唇，果断跑开了："我收拾东西去了。"

看着曲歆苒小跑进主卧的背影，连昀鹤眉梢微抬。他环顾了一圈摆满整个客厅的东西，苦恼地挠了挠额角。

时间不早了，要快点儿收拾完才行。

时针指向零点时，他们两人终于整理完了所有的东西，书房的书柜上整整齐齐地摆着曲歆苒搬过来的书。

趁着连昀鹤在洗澡，曲歆苒站在柜子前分起类来。

书房跟主卧离得近，加上两个房间的门都敞开着，曲歆苒依稀能听见主卧浴室里传来的哗啦水声。

没整理几分钟，水声便停了下来，紧接着，曲歆苒便听到了连昀鹤叫了她一声。

曲歆苒探出脑袋应道："我在。"

连昀鹤："主卧的浴室里没有沐浴露了，苒苒你能帮我拿一下吗？"

曲歆苒"哦"了一声，应道："好。"

她没有怀疑，直接走向了另一个卫生间。

拿着沐浴露来到浴室门口，曲歆苒瞥了一眼明亮的卫生间，别开眼说道："我拿过来了。"

话音刚落，浴室的门便被打开了一条缝，氤氲水汽散了出来，曲歆苒手上一空，沐浴露被连昀鹤接了过去。

门被连昀鹤关上，水声继续响起。

曲歆苒紧张地呼出一口气，故作无事地走回了书房。

可回到书房后，她却没心思分书了。自从那天一时冲动跟连昀鹤回来后，他因为工作上的事情，这段时间基本没回浅水湾睡过，所以曲歆苒每天晚上也是一个人睡。

对于她来说，好像只是换个离学校近、更大点儿的房子住，其他方面并没有什么不一样，但今天不同，算是她跟连昀鹤正式同居的第一天……

想到那天晚上的事情，曲歆苒耳根一下就红了。她咬着手指，思绪已经完全飘远了。其实连昀鹤的身材真的很好，线条分明的腹肌，还有……

打住。

曲歆苒拍了拍发烫的脸颊，试图让自己清醒一点儿，不能再想了。

"苒苒？"

听到连昀鹤的声音，曲歆苒下意识地往门口看去。

刚洗完澡的连昀鹤手上还拿着毛巾在擦头发，他穿着跟她一样的情侣睡衣，站姿笔直。

也是后来快递到了的那一天，曲歆苒才知道连昀鹤那天晚上为什么问她喜欢哪个颜色的问题。

他在网上把所有能买情侣的东西，全部买了一套回来，其中就包括这套情侣睡衣。

她的是紫色，连昀鹤的是灰色。这个睡衣很普通，没什么特别的。但因为连昀鹤长得高，身材又好，穿在他身上很好看，是店家没找他当模特都可惜的程度。

没等曲歆苒想更多，连昀鹤走了进来。他接过曲歆苒手上的书，嗓音温柔："先去洗澡。"

两人离得近了，曲歆苒还能闻到他身上沐浴露的味道。她抿了抿唇，乖乖地点头："好。"

绕过连昀鹤，曲歆苒在卧室的衣柜里翻出自己的睡衣，走进浴室洗澡。洗完澡出来，已经是二十分钟之后了。

出了浴室，曲歆苒一眼便看到了坐在床上看书的连昀鹤，他眉眼低敛着，表情有些散漫。

曲歆苒吸了吸鼻子，猛地打了个喷嚏。

见此，连昀鹤不由得微微皱起眉，他放下书，自觉拿过吹风机帮曲歆苒吹头发。

耳边是吹风机的响声，曲歆苒乖乖地坐在床尾，任由连昀鹤帮她吹头发。

连昀鹤的动作很轻，曲歆苒能感受到他的指尖绕过自己的发丝。

吹了不到十分钟，声音便停了下来。

连昀鹤摸了摸曲歆苒的头发，边拔着吹风机的插头，边说了一句："可以了。"

听到这句话，曲歆苒顺势在床上躺了下来。头顶灯光明亮，她打了个哈欠，眼里立马有了泪。

今天是工作日，曲歆苒上午上了课，下午又忙着搬东西，晚上也没停歇，现在确实是困了。

"苒苒，关于养狗狗的事情，我目前在考虑拉布拉多，你觉得怎么样？"身后没人回应，连昀鹤转过身，发现曲歆苒已经趴在床尾睡着了。

他无奈地笑了笑，俯身亲了一下曲歆苒的额头，把她抱起来，盖上被子。

看着熟睡的曲歆苒，连昀鹤眼里隐约有点儿遗憾。

劳累了一天后，曲歆苒晚上睡得并不安稳。许久不做梦的她，这天晚上离奇地做了个噩梦。

梦里，姑姑曲宜薇被奶奶刘桂凤拿刀捅了，血腥味充斥整个房间，任由曲歆苒怎么想阻止，也无济于事……

惊醒后，曲歆苒就彻底睡不着了。

她盯着天花板发了好久的呆，这才想起自己确实很久没联系曲宜薇了，也很久没了解家里面的情况了……

从温暖的被窝里伸出手，曲歆苒刚想去拿床头柜上的手机，却被身旁的连昀鹤一把抱住了。他的下巴埋在曲歆苒的肩窝里，声音有些低哑："做噩梦了吗？"

曲歆苒点头："嗯。"

"别怕苒苒，梦都是相反的。"

连昀鹤摸了摸曲歆苒的头，手在她背上有一下没一下地拍着，哄道："而且有我在。"

曲歆苒眼皮动了动，心底的不安被这句话驱散掉。她回抱住连昀鹤，含混不清地"嗯"了一声。

连昀鹤亲了一下曲歆苒的唇角："时间还早，再睡会儿，到了上班时间我叫你。"

曲歆苒低头："好。"

在连昀鹤的安抚下，没过多久，曲歆苒便再次睡了过去。

到了上班前的半个小时，曲歆苒被连昀鹤轻声叫醒，她吃过连昀鹤做的早餐后，心满意足地去上班了。

这样的日子一直持续到元旦，曲歆苒也慢慢学会了依赖连昀鹤。

天气已经彻底冷了下来，街上的人都穿着厚重的羽绒服，节日气氛愈浓。

曲歆苒原本以为，这个元旦她能跟连昀鹤一起过，但她显然忘了，节假日是他们警察最忙的时候。

所以到最后，也是曲歆苒在家独自看着跨年演唱会跨年。

曲歆苒撑着下巴，百无聊赖地刷着手机，时不时抬头看两眼演唱会。

她不追星，对这种跨年演唱会也无感。

比起这些，曲歆苒倒是更在意连昀鹤现在在哪儿工作。

打开微信，她盯着连昀鹤的头像看了半天，最后叹了口气，把手机息屏，躺在沙发上看起演唱会来。

在零点倒计时的最后十秒，放在茶几上的手机突然响了。曲歆苒以为是连昀鹤打来的，高兴地捧起手机，才发现上面赫然写着一个"妈"字。

曲歆苒动作一顿，脸上的笑容淡了下去。

她停了几秒，才把电话接起。

"苒苒。"电话里，杜琳的声音带着疲态，"奶奶刚刚过世了，你抽空……

回来一趟吧。"

第二天一早，曲歆苒跟学校领导请完假后，坐上了回家的车。今年元旦只放一天假，跟其他老师调课的时候遇到了一些麻烦，费了不少口舌。

坐了一趟地铁，转了两次公交车，花费三个多小时，曲歆苒在中午十一点到达了嘉汕区的北山镇。

相较于南阳区那边的繁华，北山镇街头人影稀疏，冬日的寒冷让它增添了几分萧条，冷冽的寒风也直往羽绒服里钻。

曲歆苒站在公交车站前，望着熟悉又陌生的街道，内心有些迷茫。

在原地停留了几分钟，她才迈开脚步往家里走去。

经过破败的旧工厂和几间老屋，曲歆苒沿着街道走了许久，才停在了一个社区前。

对于刘桂凤的死，曲歆苒心中是五味杂陈的，她没有很伤心，毕竟从小到大这个名义上的奶奶也没对自己有多关心。

刘桂凤的关心，基本上都给了曲星杰。

曲歆苒抿了一下唇，正要迈开脚步进去，身后传来车子的喇叭声，紧跟着，响起一粗犷的男声——"哟，这会儿倒是知道回来了？"

曲歆苒转过身，目光落在驾驶室里那张熟悉的脸上，表情淡了下来。

"姑父。"

"可别喊，我受不起。"

张庆上下打量了曲歆苒一眼，然后轻蔑道："人死了就赶回来了，知道这件事麻烦，所以故意装不知道，好留给我们解决？没想到啊曲歆苒，是我以前低估你了，你这么多心眼儿呢？"

曲歆苒抿着唇，没说话。

副驾驶上的曲宜薇开门走了下来，打断了张庆阴阳怪气的话。她弯下腰，对张庆说："你开车进去吧，我跟苒苒走过去。"

张庆瞥了曲宜薇一眼，扔下一句："随你。"而后扬长而去，留下一串尾气。

看着张庆的车子在眼前消失，曲歆苒这才把视线收了回来。

"苒苒，是你爸叫你回来的？"

曲歆苒摇了摇头："不是，是我妈。"

"你妈？"曲宜薇惊讶地看向曲歆苒，显然有些不敢置信，"我还以为是你爸叫的你……"

冷风刮在脸上生疼，曲歆苒吸了吸鼻子，挽住了曲宜薇的手，提议道："姑姑，我们边走边说吧。"

"也好，"曲宜薇跟上曲歆苒的步伐，边走边问，"今年元旦只放一天，

· 268 ·

不会影响到你的工作吗？"

"我请假了。"

"那就好。"曲宜薇叹了口气，"没影响到你的工作就好。"

闻言，曲歆苒微微侧头。注意到曲宜薇眼下的乌青，她忍不住问道："这段时间您很操劳吗？"

曲宜薇扬起一个笑容："其实也还好，你爸妈替我分担了不少。"

"……"曲歆苒沉默着，什么也没说。

显然这句话是不能信的，杜琳和曲承文是什么德行，她这个做女儿的心里清楚得很，只怕是从昨天晚上刘桂凤小殓开始，姑姑就没怎么休息过。

而她的姑父张庆又是这样……

曲歆苒抿着唇角，心里满是愧疚："我应该早点儿回来的。"

"什么话？"曲宜薇责备地看着她，"你早点儿回来，不工作了？"

曲宜薇拍了拍曲歆苒的肩："苒苒，你知道的，早点儿回来也没用，说不定老太太和你爸妈还会为难你。与其这样，还不如别回来。刚才你姑父说的那些话你别往心里去。"

曲宜薇顿了下，又笑着补充："我很清楚，我们家苒苒是个好女孩儿。"

听到这句话，曲歆苒表情一怔，眼眶有些发酸："可是姑姑，我早点儿回来就能帮您多分担些。"

曲宜薇捏了捏曲歆苒的脸，打趣道："你一个姑娘家的，能帮到我什么忙？你平安快乐就是帮我最大的忙了。"

"我……"

曲歆苒张了张嘴，还想说些什么，却被一阵手机铃声打断了。

曲宜薇从口袋里掏出手机接通，曲歆苒隐约听见里面传出几句粗鄙的骂声。

没过多久，曲宜薇便挂断了电话，朝她笑道："走吧，先去灵棚，他们催了。"

迎上曲宜薇温和的目光，曲歆苒只好把剩下的话咽回肚子。

灵棚是在楼下简单搭建的。按照这边的习俗，办丧事要停灵演奏丧歌，至亲的人守灵三天，其他亲戚奔丧。

还没进灵棚，隔了老远，曲歆苒便看到了中间的那口棺材。

杜琳头上戴着孝帽，身上穿着孝服，正跪在棺材前烧纸，而曲承文则坐在一旁，跟别人笑着聊天。

气氛没有曲歆苒想象中的那么沉重，但放在曲承文身上，这一切又好像很合理。

曲歆苒垂下眼，脸上没什么表情，跟着曲宜薇去戴孝帽穿孝服。

做完这一切，她们俩走到了杜琳跟前。

　　曲歆苒主动开口叫了一声"妈"，杜琳提不起精神，只是闷闷地应了一句，曲歆苒也没在意，跟着在杜琳身旁跪了下来，一块儿烧纸钱。

　　"曲星杰呢？"

　　听到曲歆苒淡淡的声音，杜琳动作一顿，过了好半天才回道："上学没回来。"

　　闻言，曲歆苒看向杜琳："这件事您没告诉他？"

　　"告诉了。"杜琳语气平静，"但他马上要期末考试了，又离潭州远，车票钱都要花不少，没让他回来。"

　　曲歆苒望着心平气和的杜琳，一时不知道该说些什么，换句话说，是很无语才不知道该说些什么。

　　盯着杜琳看了好久，曲歆苒才移开视线，她垂下眸，依旧没什么情绪。

　　"承文，节哀顺变啊！"

　　"唉……"

　　身侧传来曲承文和其他亲戚交流的声音，曲歆苒忍不住抬头看去。

　　"没办法，死生有命啊。"曲承文的脸上满是难过，"我们这些做儿女的，在生死关头根本起不到什么作用……"

　　听到这句话，杜琳哼了一声，她坐直身子，望向灵棚中央棺材里的刘桂凤，表情薄凉。

　　对于刘桂凤的死，杜琳心底其实是痛快的。她的婆婆压榨了她这么多年，哪怕是得病了，还每天揪着她不放，吵着要钱治病，又是撒泼又是打苦情牌。

　　好不容易熬出头了，她当然高兴！怎么能不高兴？！

　　可这两天目睹了曲承文的所作所为后，杜琳又没那么高兴了。她突然不理解，也不明白了。

　　刘桂凤这么多年把宝贝儿子曲承文捧在手掌心，最后又得到了什么。

　　曲承文到最后连出殡下葬的钱都不愿意出，还三番五次跟他的姐姐曲宜薇抢着分刘桂凤那点儿钱。

　　杜琳冷笑了一声。当初她嫁给曲承文，刘桂凤把她贬得一文不值，说她能嫁给曲承文是三辈子修来的福气。

　　这就是她三辈子修来的福气？

　　一个亲戚问："星杰呢？他怎么没回来？"

　　"他啊……"曲承文说，"在学校赶不回来呢。"

　　"这样啊，那是你们家曲歆苒吗？"

　　看着有些陌生的人指着自己，曲歆苒微微颔首算作打招呼，然后转过身子。

曲承文："是啊。"

"总算见到了你们家复大的高才生了啊！哎，你跟杜琳都怎么教育小孩儿的啊，一个比一个优秀，还都考上了大学。"

曲承文脸上带了笑容："这小孩儿嘛，是要多教导教导，要不然容易走偏……"

接下来的话曲歆苒没听进去，用脚指头想都知道曲承文会说出什么话来。可偏偏这些话从他嘴里说出来，格外虚伪。

曲歆苒吐出一口气，算了，早该习惯的。

葬礼的流程比曲歆苒想象中的还要烦琐，整整一个下午，她都没有闲下来过。直到晚上送走奔丧的亲戚，灵棚内顿时冷清下来，只剩下丧歌在响。

冷风灌进棚内，曲宜薇递给了曲歆苒几个暖宝宝，还把手上的暖手袋也给了她。

曲歆苒看了一下，最后只接过了暖宝宝。

"今天太忙了，还没来得及问。"曲宜薇脸上洋溢着笑容，"苒苒你跟你那个特警男朋友谈得怎么样了？"

提到连昀鹤，曲歆苒脸上立马带上笑："他除了工作忙了点儿，浑身都是优点。"

曲宜薇惊讶地看向她："这么优秀的男孩子？"

"嗯。"曲歆苒笑着应道，"他很优秀。"

"对你好吗？"

曲歆苒几乎想都没想就接道："对我很好。"

"真的假的？"曲宜薇不太相信，"苒苒你擦亮眼睛了吗？说不定是伪装的，你们最近网上流行的那个词叫什么？哦对，渣男，你要小心点儿。"

"他不会的。"

"这么肯定啊？"曲宜薇笑她，"都还没带回来跟我见一面，你就巴不得把全天下最好的词都往他身上用了？"

曲歆苒笑了笑，没说话。

"唉。"曲宜薇叹了口气，"虽然我现在说这些太晚了，但苒苒你还是得留个心眼儿。我相信你挑人的眼光，但有我这个例子……"

迎上曲歆苒干净温柔的眼神，曲宜薇话锋一转："算了算了，不说这些了，你们有结婚的打算吗？"

曲歆苒点头："有，可我……"

看着曲歆苒犹豫纠结的表情，曲宜薇疑惑道："什么？"

挣扎了好半晌，曲歆苒最终还是闷闷地回了句："还在存钱。"

曲宜薇表情一愣，立马反应过来曲歆苒的意思了，看杜琳和曲承文那样，指不定会做出什么出格的事情来，要天价彩礼也不是没可能……

"苒苒。"曲宜薇笑着哄她，"你遇到什么事情可以找我，你想做什么、喜欢什么，我都会支持你。"

曲歆苒喉间一哽，她刚想抱住眼前性格温柔的曲宜薇，身后却传来曲承文嚣张的声音："存钱？存什么钱？"

曲承文看向曲歆苒："你手上还有钱啊？那正好，借来给我用用。"

"你向苒苒借钱干什么？"曲宜薇皱起眉，"曲承文，你掉钱眼儿里了吧？"

"咱妈出殡、葬礼不要钱啊？"曲承文嘴里叼着烟，"你一个人全出我就没意见啊！"

这话一出，姑父张庆立马围了上来。

"曲承文你这话什么意思？刘桂凤不是你妈啊？哪有一直叫你姐出钱的？你还有没有良心？"

"我怎么没有良心？"曲承文把嘴里的烟头丢到地上，嘲讽道，"我妈得病的时候，钱不是我们家出的？你们吵着闹着，最后出了一分钱吗？"

"那是你作为儿子该出的！"

"是，我是儿子。"曲承文伸出手指向曲宜薇，"我妈是没生她还是没养她啊？她作为女儿就可以一分钱不出了？"

张庆被气笑："你妈偏心你的时候，你怎么不提这了？一到出事要用钱了，曲宜薇就是你妈的女儿了？我们以前出事困难的时候，找你们家借钱，你妈帮助过我们没？你帮助过我们没？要我说，你妈死了都是报应！"

闻言，曲承文气一下就上来了："你怎么说话的你？你有娘生没爹养是吧？"

"比你这个没良心的强！"

"我……"

场面逐渐混乱起来。

曲歆苒看着在中间劝架的曲宜薇，心里有些难受。

每次这种事情，最后被骂得最多的永远是她的姑姑。曲歆苒抿着唇，刚往前走一步，一道响亮的女声打断了两人的争吵。

"吵够了没？"

姨妈杜兰走到他们中间，瞪了他们两人一眼："老人家尸骨未寒，你们倒好，当着她的面直接吵了起来？"

曲承文冷笑了一下："又不是我挑起的。"

"我挑起的？"张庆面露嘲讽，"曲承文，你妈死了，这里面最高兴的就数你了吧？"

"你！"

眼看着两人又要吵起来，杜兰及时挡在他们中间："行了行了，不是我一个外人说你们，丢脸不丢脸？要吵回屋吵去。"

有杜兰插手，这件事很快不了了之。

张庆扔下一句狠话便直接离开了灵棚，曲承文则坐在一旁，跟杜兰、杜琳，还有曲宜薇在说些什么。

曲歆苒坐一旁，安静地听着，没搭话。

在曲承文破口大骂了张庆半个小时后，他才停了下来。

杜琳拉着曲宜薇出去聊葬礼的事情了，留下杜兰和曲承文两个人。抽完两根烟后，曲承文终于想起了刚才那件事的源头。

于是他看向了曲歆苒，好声好气道："苒苒，你把你手上的钱先借给爸爸周转一下。你奶奶的事情用了太多钱了，我跟你妈真的没钱了，我们以后还给你总可以吧？"

曲歆苒只觉得荒唐，她看向曲承文，平静地说道："那笔钱是我打算用来结婚的，这件事您知道吧？"

"我知道啊。"曲承文理直气壮，"结婚什么时候都可以结，晚个几个月，甚至半年也没什么啊！"

"只是几个月吗？"曲歆苒表情淡淡的，"您前年借的钱呢？马上又要过年了。"

一听这话，曲承文就急了："你这个孩子！有必要算账算得这么清楚吗？我是你爸！你孝敬我不是应该的吗？"

曲歆苒道："是您当初说的借。"

曲承文被怼得无话可说。

旁边的杜兰看见父女俩这个模样，往曲歆苒那边扫了一眼，轻嘲道："妹夫啊，要我说，你早应该看清楚你这个白眼狼女儿了！"

曲歆苒深吸一口气，不太愿意跟杜兰纠缠。

杜兰却不这么想，她轻蔑地看着曲歆苒："一点儿孝心都没有，亏你爸妈对你这么好！"

灵棚内，唢呐吹个没完。

无形中，似乎有股力压在曲歆苒身上，让她喘不过气来。

过了好半晌，曲歆苒声音才响起来，她语气冷静地说："请问姨妈，您以后也会不断压榨您的女儿，每隔一段时间就无理由地向她要钱，让她工作四年了还没存下几个钱，直到二十七岁了还不能结婚，还要她补贴家用吗？

"如果您也是这样对待自己的女儿，那我无话可说。"

"我……"对上曲歆苒的眼神，杜兰顿时哑口无言。

"曲歆苒，你够了！"

面对曲歆苒的指责，好面子的曲承文一下站了起来，他激动地指着曲歆苒骂道："我跟你妈只有这点儿本事，我们辛辛苦苦把你拉扯长大，你倒好，现在反过来责怪我们穷？我要早知道你这么虚荣不孝顺，就不该生下你！有你弟弟就够了！"

曲歆苒被气笑了，头一次不管不顾地说道："所以曲星杰人呢？他现在在哪儿？"

"你以为你弟弟跟你一样没良心？他是学校远，不在潭州，元旦买不到票！"

"……"

听到曲承文的话，曲歆苒突然失去了交流下去的欲望。

关于曲星杰，曲承文他们总是有那么多借口，总是什么都替他考虑好了，那她呢？

她的父母有没有一次为她考虑过呢？

"钱我不会出的，你们另想办法吧。"扔下这句话，曲歆苒卸掉身上的孝服，不管身后曲承文的破口大骂，拿着羽绒服便走出去了。

出了社区，路边灯光昏暗，寒风刺骨。

曲歆苒沿着林荫小道，漫无目的地往前走，她盯着眼前见不到头的无尽黑暗，心情十分沉重。

这算是她第一次在曲承文面前这么硬气，可闹崩了之后，反而没有曲歆苒想象中的那么轻松。

其实她早该明白的。

不管再等多少年，她也始终等不来杜琳和曲承文的道歉，又或者说，他们从来就不觉得自己亏欠了她。

可是……

曲歆苒眨了眨眼，她只是想要一个肯定的答案，她只是希望自己能够自信点儿，这样才不会在每次面对别人时，总是像只鸵鸟一样。

她只是希望不要老是接收到父母打压嘲笑自己的声音，想要他们多为她考虑些，这样也不行吗？

迎面开来一辆电动车，带过一阵冷风，曲歆苒吸了吸鼻子，低下头拉上了羽绒服外套的拉链。

思绪被拉回，曲歆苒这才发现口袋里的手机一直在振动。她取出来看了来电显示，发现是连昀鹤打来的。

曲歆苒抿了下唇，整理好心情接通了电话。

"莘莘？"连昀鹤的声音一如既往地好听。

曲歆莘点了点头："嗯。"

"路上还顺利吗？"连昀鹤笑了笑，"今天气温偏低，你穿的哪件衣服？"

曲歆莘沉默了会儿，回来之前，她没告诉连昀鹤她奶奶去世的事情，只是提了一句有事要回去一趟，所以连昀鹤什么都不知道。

"莘莘？你在听吗？"

"嗯，我在。"曲歆莘低头看了一眼身上的衣服，乖乖应道，"你给我买的那件。"

"那件？不会太薄吗？"

"不会。"

电话那头的连昀鹤安静了会儿，过了好久才说："我今天听到一个笑话，莘莘你要听吗？"

曲歆莘点头："好。"

"那我说啦。"连昀鹤清了清嗓子，"从前有个猴子警官，他在回家的路上遇到一只兔子。兔子蹲在树边，看起来很不高兴的样子，于是猴子警官就问：'小兔子小兔子，你为什么不高兴啊？'

"小兔子说：'因为我不高兴，所以我不高兴啊。'然后小猴子警官笑了笑，他又问……"

电话那头的连昀鹤嗓音温柔，说着笑话。

而刚吵完架的曲歆莘心思没在这个上面，显然没听出来连昀鹤的话外音，直到连昀鹤把笑话说完，他顿了一下之后，用猴子警官的语气问道："莘莘小朋友，你为什么不高兴啊？"

曲歆莘脚步一顿，站在原地。

耳边是呼啸的寒风，连昀鹤的话一字不落地传进了她的耳中。

"我虽然暂时不在你身边，但你依旧可以什么都告诉我，我永远不会排斥你的分享或者诉苦，莘莘，你知道了吗？"

晚间的温度降到了最低，曲歆莘站在街口，莫名眼眶一酸。

有一种情绪几近疯狂地占据着她的内心。曲歆莘吸了吸鼻子，没有酝酿，简单又直白地说出了这种情绪——"连昀鹤，我好想你。"

电话那头的连昀鹤呼吸一顿，似乎是没料到曲歆莘会突然提这个，迟迟没回话。

曲歆莘抿了一下唇，顾不上地上干不干净，直接在树底下坐了下来，头顶的树叶簌簌作响。

过了好半响，她才听见连昀鹤说："莘莘，我也很想你。"

曲歆莘弯了弯唇，心情好了不少。

"打视频电话吗？"

"不要。"曲歆苒想都没想，直接拒绝了。她现在坐在路边，跟连昀鹤视频通话的话肯定会被他发现的……

"行。"连昀鹤没勉强她。

窸窸窣窣间，曲歆苒听见连昀鹤问："今天发生什么特别的事情了吗？"

"嗯……"

曲歆苒认真地想了想今天发生的事情。

特别的事情倒是挺多的，但基本都是糟心的，比如坐公交车的时候被人踩了好几脚，再比如今天晚上和曲承文吵架。

"好像没有。"

听到曲歆苒这个回答，连昀鹤又重复问了一遍："真没有？"

曲歆苒心虚地把视线从手机上移开："嗯。"

细碎的响声戛然而止，连昀鹤轻叹了口气："好吧，看来苒苒你不想跟我诉苦。"

"没有。"曲歆苒急忙解释，"只是我现在冷静下来，已经没有那么委屈了。"

连昀鹤敷衍地"嗯"了一声，没再接话。

听着连昀鹤这个回答，曲歆苒只好连忙补充："真的，你刚才跟我说会儿话，我就好受多了。"

连昀鹤沉默了一下，忽然笑出了声："我说话这么好使呢？"

"嗯，对啊。"

曲歆苒弯了弯唇，笑道："你以前不知道吧？"

"不知道。"连昀鹤声音带着笑意，"倒是有不少人说过我不会安慰人，还不如闭嘴。"

"是吗？"曲歆苒眨了下眼，"谁啊？"

连昀鹤："魏凌洲他们。"

"他们骗你的。"曲歆苒呼出一口热气，笑得眉眼弯弯的，"你只需要听我的就好啦，我说你能安慰人你就能。"

"嗯。"连昀鹤低笑，"听你的。"

曲歆苒抿着唇偷笑，她微微颔首，把下巴埋在衣服里。视线落在脚上那双连昀鹤给她买的粉色老爹鞋上，眼里有着藏不住的笑意。

电话那头细碎的响声止住，连昀鹤似乎站了起来。没过多久，曲歆苒听见连昀鹤叫她："苒苒。"

曲歆苒应了一声："怎么啦？"

"临时有个任务。"连昀鹤说，"需要挂断你的电话。"

曲歆苒表情一愣，有些失落："可是你从前两天开始都没怎么休息过。"

连昀鹤语气有些无奈："没办法，我们到了假期确实会忙些。"

空气有些安静。

曲歆苒握着电话僵了很久，也没有松口。她眨了眨眼睛，看着不到十五分钟的通话时间，眼底满是不舍。

元旦前两天开始，连昀鹤晚上就一直没回浅水湾，白天他工作忙，曲歆苒甚至连跟他打电话的时间都没有。

曲歆苒瘪了瘪嘴，她真的还想跟连昀鹤打电话，多一会儿就行。

"苒苒？"

听到连昀鹤叫自己，曲歆苒皱了皱眉，开口说道："好吧你去吧，注意休息。"

"嗯，好。"

挂断了电话，周遭一下沉寂了。

北山镇没有潭州市中心繁华，还不到晚上七点就已经十分冷清了。

曲歆苒把头埋在臂弯间，目光落在面前的沥青路上，莫名回想起刚才吵架的事情。

话都已经说出口了，就算她现在回去，也少不了被曲承文一顿责骂。

手机开了免打扰模式，曲歆苒直到现在也没敢去看信息，主要是不看都知道，姨妈杜兰肯定在家庭群里大肆指责自己。

只是今天比较出乎曲歆苒意外的是，他们到现在也没打电话给她。

上次曲星杰的事情，光杜兰一个人就给她打了十几个电话，甚至第二天，杜兰还在家庭群里大肆批评她，说她是白眼狼。

曲歆苒长长地吐出一口气。她不是没有想过离开潭州一走了之，可是姑姑这些年对自己的好，她都记在心里。

她没办法一走了之，也不能一走了之。

…………

不知道过了多久，曲歆苒维持着一个姿势，坐得腿都麻了。夜间温度骤降，风里似乎夹杂着雨水，曲歆苒搓了搓冻僵的手，颤颤巍巍地站了起来。

沿着原路返回，掏出手机时，曲歆苒才发现原来已经快十点了。

她叹了口气，把微信里连昀鹤的信息置顶了，还顺带改了备注。

她纠结了许久，最后还是改成了——男朋友。

简单又明了。

这是曲歆苒能想到的，不太疏远又不恶心的昵称了，改备注改得手指都冻得通红了，曲歆苒才满意地收起手机。

快走到社区时，曲歆苒便看到了站在门口的杜琳。

曲歆苒眼神微滞，快步走了过去。

看到曲歆苒回来了，杜琳脸上没什么表情。她往前走一步，把曲歆苒的行李箱带上前，率先开口说道："你今天晚上不用守灵，尽早回去吧。"

听到杜琳的话，曲歆苒不由得一愣，她看向杜琳，眼底满是不解。

杜琳嗓音平静："你们学校不是只放一天假？"

"……"

"你跟你爸争吵的事情我已经听说了。"杜琳看着曲歆苒，语气轻飘飘的，"不想给就不给吧，也不是什么大事。"

曲歆苒抬头诧异地看向杜琳，按照以前的经历，杜琳应该会帮着曲承文一起要钱，可是现在……

"家里你暂时是住不了了，回去曲承文会没完没了的。"

杜琳扶住行李箱的握把，又往前推了推："你看看现在还有没有车能回去，不能回去的话，找镇上的宾馆住也行。总之，别再耽误自己的生活和工作了。"

曲歆苒眨了眨眼，有些不太明白杜琳这番话是什么意思。总觉得这话不应从杜琳嘴里说出来……

"您这话，是什么意思？"

杜琳抬头看向曲歆苒，面无表情道："这些年是我们对不起你，我说这话的意思呢，也没想要你原谅我。是我自己懦弱，才把脾气发到你身上，那些事情你也不需要当作没发生过……如果可以，我希望你能不受我的影响，简单开心地活着。"

曲歆苒表情一僵，不敢相信。

杜琳，不，她的妈妈，这是在跟她……道歉吗？

"我听你姑姑说了……"杜琳低下头，呼出一口气，接着说，"你找了个男朋友，你说他对你很好，那我就信。如果你想跟他结婚，户口本的事情我会想办法，彩礼钱你自己收着，我们一分不要。"

曲歆苒眨了一下眼，有些不敢相信自己的耳朵。

杜琳抬眸，看着表情错愕的曲歆苒，想叫得亲近些，可到了嘴边"苒苒"又被咽了回去。

"我今天晚上想了很多，我们亏欠你的确实太多，多到弥补不过来了。我唯一能想到的办法就是这个，或许早该这样，现在是太迟了，你都二十七岁了。"

杜琳沉默了好几秒，又接着说："总之，以后你跟我们没有任何关系，我们生老病死什么的，也跟你无关。你就走远点儿，再也不要回北山镇，再也不要靠近我们。让那些不开心、痛苦的事情，都埋在回忆里吧。"

冷风拂面，街边树影婆娑，曲歆苒一直沉默着，不知说些什么。

杜琳看了她一眼，随后转身，一步一步、慢慢地走了。她步履沉重，身子佝偻，确实老了不少。

跟曲猷苒记忆中总是盛气凌人、蛮不讲理的杜琳完全对不上。

直到杜琳的身影完全融入黑暗里，曲猷苒都没回过神来。

对于这迟来的道歉，曲猷苒内心是复杂的，可能是太过突然，让她措手不及。总之，她并没有想象中那么高兴。

曲猷苒敛下眸，眼眶有些发酸。

杜琳总是这样，就连道歉都是轻飘飘的，好像她并没有做错什么，但语气里又满是真诚。

有时候曲猷苒真的不明白自己在想什么，明明盼这个道歉，盼了那么多年，明明早就已经对他们失望了，可真正到了这个时候，她又突然觉得很难过。

从小到大，自己明明很乖很听话，可为什么他们总是不喜欢她呢？为什么能说不要她就不要她呢？

她跟曲星杰一样，是杜琳十月怀胎生下来的，他们为什么不喜欢她呢？

曲猷苒喉间一哽。

她舔了舔唇，抬起头，死死地盯着杜琳消失的地方，莫名想哭。

为什么连道歉都是这么轻飘飘的，就不能对她好一点儿吗？一点儿就行。

明明她很容易心软，明明之前也老是心软，最后把钱都给了他们，明明她也是亲生的，明明……

远处车灯照射过来，没过几秒，有车在她面前停住，但她根本无暇顾及。

天空下起小雪，晶莹的雪花一落在行李箱上，便迅速融化。

车子的灯依旧开着，曲猷苒没抬头。

她以为是自己挡住了路，于是只好伸出手拉住行李箱，正要往旁边走，车门却突然打开。

几乎是下意识地，曲猷苒便抬头看去。

逆着光，她看得不是很清楚，只知道从驾驶室里下来一个人，似乎是一个穿着黑色羽绒服的男人，他里面套了件白色卫衣。

看不清楚，但给曲猷苒的感觉，莫名有些熟悉。

曲猷苒僵在原地，没动。

走得近了些，男人的五官也逐渐清晰起来，微微弯曲的柳叶眼，高挺的鼻梁，他眼底带着笑，脸部轮廓利落分明。

曲猷苒眨了一下眼，她看着连昀鹤走到自己跟前，然后"咦"了一声，微微俯身，笑着说道："这么幸运，路边还能捡到一个苒苒？"

连昀鹤的视线落在曲猷苒微红的眼尾上，表情一顿，笑容立马淡了下来，他捧起曲猷苒冻得通红的脸蛋，皱眉问道："哭什么？"

迎上连昀鹤担忧的眼神，曲歆苒心底的防线彻底被击溃。

她上前一步，主动抱住连昀鹤，声音有些哽咽，还带着委屈："你怎么才来……"

感受着曲歆苒身上冰冷的温度，连昀鹤的眉蹙得更深了，他牵住曲歆苒的手，回抱住她，眼底满是愧疚、自责。

"抱歉苒苒，是我的问题。"

连昀鹤摸了摸曲歆苒的头以示安慰，注意到曲歆苒身后的行李箱，他的目光沉了沉，但还是耐心地哄道："苒苒，外边冷，我们先上车好吗？"

窝在连昀鹤怀里的曲歆苒胡乱地"嗯"了一句，她收拾好心情，跟着连昀鹤上了车。

车子停在路边，才熄火不久，车里还是暖和的。

连昀鹤开启了空调，在副驾驶的抽屉里找了个暖宝宝，撕下包装后，递给曲歆苒。

曲歆苒吸了吸鼻子，乖乖地接过暖宝宝。她掀起衣服，把已经失效了的暖宝宝揭下来后，贴了新的上去。

"还冷吗？"

曲歆苒摇了摇头："不冷了。"

连昀鹤没接话，他伸出手握住曲歆苒的指尖，然后默默把空调开到最大。

"连昀鹤。"曲歆苒张了张嘴，想说些什么。

连昀鹤却完全不看她，只是开口问："晚上吃饭了吗？"

曲歆苒看向连昀鹤，抿了抿唇："吃了。"

"没骗我？"连昀鹤掀起眼。

"嗯，没骗你。"

连昀鹤盯着曲歆苒看了半天，最后妥协了："饿了吗？"

"有一点儿。"曲歆苒点头，如实答道。

主要是她晚上的时候胃口不是很好，所以没吃多少，本来连昀鹤不提，她还不觉得自己饿。

"嗯。"连昀鹤启动车辆，"北山镇这边我不是很熟，需要苒苒你带路。"

曲歆苒一愣，下意识地问："我们今天晚上不回去吗？"

连昀鹤没回答，只是反问："你想回去吗？"

曲歆苒眨了眨眼，一时之间不知道该怎么回答。她其实还好，只是连昀鹤今天刚工作完，现在又跑过来，肯定很累。

"我们明天再回去吧。"

连昀鹤直视着她，没动："你想回去我们就回去。"

"我不是很想回去。"曲歆苒的声音弱了下来，"只是北山镇这边旅游业不发达，宾馆环境不好，我怕你睡不好觉。"

　　连昀鹤没说话。

　　迎上连昀鹤的眼神，曲歆苒又补充："我也可以开车，只是不熟练，会比较慢。"

　　空气有些凝固，连昀鹤一直没回话。

　　曲歆苒看向连昀鹤，他眼神淡淡的，脸上没什么表情，看不出喜怒。

　　她还是第一次见连昀鹤这样，一时也摸不准他心里到底在想什么。

　　曲歆苒抿了抿唇，难道……连昀鹤生气了吗？

　　"你不高兴吗？"

　　"嗯。"连昀鹤语气淡淡的。他低下眼，别开视线，没再看曲歆苒，握住方向盘开动了车子。

　　曲歆苒的手指攥在一起，她盯着连昀鹤的侧脸，欲言又止，最后坐直身子，别开了视线。

　　车窗外的道路向两旁退去，街道上几乎没有行人。

　　曲歆苒垂下眸，轻轻地吐出一口气。她其实知道连昀鹤为什么不高兴，估计就是因为自己遇到麻烦习惯性地瞒着他、不告诉他，但提到今晚的事情，必然又会扯出以前的事情。

　　如果是以前，关于杜琳他们，曲歆苒肚子里有太多委屈要说了，可是随着时间的流逝，当时的那些委屈，对于她来说已经不算什么了。

　　委屈的劲头过了，便丧失了倾诉的欲望。

　　即使要说，她也不知道该从哪个地方开始说起，更何况，从小到大她也不是个会倾诉的人……

　　车子沿着平直的道路往前开了一段，过了好半晌，身旁的连昀鹤突然叹了口气，他把车停在路边，眼神淡淡的。

　　"曲歆苒，我花几个小时跑过来，不是让你来关心我的。"

　　闻言，曲歆苒表情不由得一怔。她木讷地看向连昀鹤，紧张地抿起唇，然后习惯性地说了句："对不起。"

　　连昀鹤微微侧头，他看着低下头的曲歆苒，一下就心软了。他捧着曲歆苒的脸蛋，迫使她抬头看着自己，接着放柔语气补充道："苒苒，我是因为关心你才赶过来的，那些体谅的话，我更希望是我来说，你明白吗？"

　　曲歆苒直视着连昀鹤的眼睛，他的话格外真诚，让她以前那些没发泄出来的委屈，如同雨后春笋般，全部冒了出来。她就像个小孩儿，声音带着哭腔，把这些委屈大声说了出来："他们都只在意曲星杰的想法，他们都只要曲星杰，不要我……"

听到曲歙苒否定自己的话，连昀鹤顿时后悔不已，他帮曲歙苒擦掉脸上的眼泪，顺带亲了亲她的唇角，哄小孩儿一样地哄她："不会，我们苒苒这么漂亮、这么乖，他们怎么可能会不要你？"

连昀鹤以为曲歙苒只是跟家里闹矛盾，直到曲歙苒小声抽泣着，连话都说不完整，却把以前那些委屈都说出来了之后，他才意识到，问题比他想象中的还要严重。

连昀鹤才意识到，那些根本不是矛盾，是曲歙苒这么多年来单方面的忍受。

连昀鹤无法想象，曲歙苒每次挣扎着、纠结着，又反复怀疑自我的时候，会是什么感受。

别人的世界里，父母对自己的小孩儿好是一件正常的事情，可在曲歙苒的世界里，她身边所有的人，甚至至亲的人，都在打压她。

学校里同学的排挤和"丑八怪"的外号，家里父母又对她说："你嘴巴这么笨，怎么不多学学你弟弟？没有人会喜欢你。"

这些伤人的话语，让她在自我怀疑和坚信自我之中反复徘徊，最后选择了自我怀疑，选择用厚实的围墙把自卑敏感、缺乏安全感的自己给困了起来。

"苒苒，你很好。"

连昀鹤抿了一下唇，他用手轻轻拍着曲歙苒的背，字正腔圆地道："不然我不会喜欢你十一年。"

曲歙苒抽泣的声音一顿，她声音闷闷的，带着鼻音："你骗人。"

连昀鹤笑了笑："骗你是小狗。"

曲歙苒撇了撇唇："我才不信。"

察觉到曲歙苒的注意力成功被自己转移，连昀鹤收回手，没再继续抱着她。他拿出手机，点开相册，递了过去。

曲歙苒的眼睫毛还是湿的，她垂下眸，不明所以地接过了手机。

手机上是一张照片，就是曲歙苒刚加连昀鹤时，在他朋友圈看到的那张穿校服的。

曲歙苒看向连昀鹤，眼底有着淡淡的不解。

连昀鹤笑了一下："看右上角。"

曲歙苒盯着右上角的背影看了半天，惊讶地抬起头："这是我？"

"嗯。"

连昀鹤点头承认："这张是毕业时想跟你拍合照，但不敢找你，所以偷偷拍的。"

说完，他便伸出手在屏幕上划了一下。照片换成了连昀鹤穿着蓝白校服蹲在地上清点东西，那时的连昀鹤比现在要青涩很多。

曲歆苒莫名觉得包装有些眼熟，不确定地问："这些是巧克力吗？"

"嗯。"连昀鹤眉眼微抬，"送巧克力不是因为作文获奖高兴，是因为看你那段时间不开心才送的，但不敢直接送到你手上，所以用了这种办法。"

曲歆苒不敢相信地眨了眨眼，连昀鹤又划过一张照片，他看着照片上盒子里的那些东西，不好意思地舔了舔唇。

曲歆苒恍然大悟地"啊"了一声："这些原来也是给我的吗？"

连昀鹤蒙了："你看到了？"

"嗯。"曲歆苒说，"我还一直以为是送给你之前喜欢的女生的。"

几乎是想都没想，连昀鹤便直接道："不会，那些都是每年给你准备的生日礼物。"

曲歆苒弯了弯唇，那些坏情绪突然一扫而空。她忍不住放大看了一眼照片，原来以前自己喜欢连昀鹤的时候，他也在喜欢自己吗？

曲歆苒抬起头，突然想把自己暗恋连昀鹤、给他写信的事情也说出来。

但对上连昀鹤的眼神，她一下又怂了。

对比连昀鹤，曲歆苒莫名觉得当时的那点儿喜欢完全不值一提，于是默默说了句："那太可惜了。"

"不可惜。"连昀鹤眼底带着笑，"苒苒，我说这些只是为了告诉你：不要因为别人而自我怀疑、自我否定，你真的很好，也值得被人喜欢。"

听到最后那句话，曲歆苒眼眶一下红了。

胸腔内的情绪在翻涌，曲歆苒突然觉得，之前那么多年缺失的自信，逐渐地回来了。

车窗外雪越下越大，落在玻璃上，很快又被雨刮器带走。

连昀鹤还在讲解那些照片上的故事，但曲歆苒已经听不进去了。她盯着连昀鹤的眼睛看了半天，最后打断了他——"连昀鹤，我能亲你吗？"

连昀鹤表情微愣，下一秒，温热的唇碰上了他的唇瓣。他垂眸，看着亲上来的曲歆苒，主动托住她的后颈，加深了这个吻。

吃完夜宵，曲歆苒才跟着连昀鹤心满意足地找到了宾馆。

北山镇宾馆很少，他们俩开了许久的车，才找到一家。它隐藏在居民楼里，房间环境算干净，只是过道有些逼仄，还有个十分贴合当下情景的名字——幸福宾馆。

"要住吗？"前台的老板嘴里叼着烟，上下打量了两人一眼，"要住我就开房了？"

曲歆苒下意识地看向连昀鹤，小声问道："我们住吗？"

连昀鹤也看了曲歆苒一眼，贴在她耳边回了句："你不是记不清路了吗？就住这边吧。"

　　"嗯，好。"曲歆苒点了点头，"我听你的。"

　　闻言，连昀鹤低头笑了笑，他掏出身份证递给宾馆的老板："住。"

　　等房开好，老板便领着他们过去。临走之前，他还探着脑袋，善意地提醒了一句："对了，我们这边隔音效果不太行，你们晚上小点儿声。"

　　两人沉默下来，谁也不敢说话。偏偏老板还多看了连昀鹤一眼，意味深长地补充道："看你们挺年轻的，就多嘴提醒了一下。"

　　连昀鹤："……"

　　"哦，对，我们这边配置比较差，没有……那个安全……你们要是有需要，我可以……"

　　见老板没完没了，连昀鹤打断他："不用不用，谢谢您的好意。"

　　"没事啊，有什么事跟我说！"

　　…………

　　在门口纠缠了半分钟后，热情的老板终于走了。

　　房间归于寂静，剩下两人面面相觑，连昀鹤挠了挠后颈，突然有些不知所措。

　　算上之前那次，他跟曲歆苒平时确实没什么亲密的举动，而且两人工作都忙，也没那么多机会……

　　见连昀鹤有些不自在，曲歆苒率先打破了沉默："我先洗澡吧。"

　　说完，曲歆苒便站了起来。

　　连昀鹤忍不住皱起眉，拦住她："厕所没有暖气，洗了会感冒的。"

　　"那怎么办？"曲歆苒皱起眉，"我身上很臭。"

　　连昀鹤看向她："没关系，环境也不太好，将就睡一晚，明天我们赶早回去洗好吗？"

　　"好吧。"

　　曲歆苒重新坐回床上。

　　房间内开了热空调，她看着连昀鹤脱掉厚重的羽绒服，剩下里面一件白色的卫衣。

　　曲歆苒想了想，也跟着脱掉了外面的羽绒服。

　　两人简单地洗了把脸，便躺上了床。连昀鹤自觉揽过曲歆苒的腰，抱住了她。

　　感受着连昀鹤身上的体温，曲歆苒弯了弯唇。

　　想起车上的事情，她又忍不住发问："我有点儿好奇，你是什么时候喜欢上我的呀？"

"军训。"

曲歆苒愣了一下："这么早？可是我军训时都不认识你啊。"

连昀鹤嗓音低沉："你只是不记得了，军训时你捡到了一张照片的事情，你还有印象吗？"

经过连昀鹤这么一提醒，曲歆苒慢慢地想起来了。

"那个人是你吗？"

连昀鹤："嗯。"

"我都不记得了。"

连昀鹤抱紧了她，把下巴埋在曲歆苒的肩窝上："没关系，我记得就行。"

曲歆苒笑了笑，没回话。

房间里安安静静的，两人维持着这个姿势没动。

不知道过了多久，曲歆苒放轻了声音，小心翼翼地问："连昀鹤，你睡着了吗？"

很快，连昀鹤便回复了："没睡，还在想事情。"

曲歆苒眨了一下眼："什么事情啊？"

耳旁连昀鹤炙热的气息洒在她的脖颈上，曲歆苒听见连昀鹤轻叹了口气，然后回答："关于你的事情。苒苒，我想早点儿跟你结婚。"

曲歆苒眼神一滞，胸腔内的心跳开始加快。她没说话，连昀鹤也再次安静下来。

两人各想各的，谁也没干涉谁。

又不知过了多久，曲歆苒困意渐浓时，连昀鹤再次开口了："其实错过的这么多年，我唯一后悔的不是没跟你表白，而是你在不开心、受委屈的时候我不在你身边。"

听到这句话，曲歆苒的瞌睡虫一下子跑了，她刚想搂住连昀鹤的腰抱紧他，连昀鹤却抢先了一步。

他的下巴抵在曲歆苒的肩胛骨处，声音透过被褥，有些模糊，但出奇地清晰："苒苒，小说不是现实，我们才是，而我，永远会比小说中更加爱你。"连昀鹤抱住曲歆苒的手又紧了紧，"你不要怕，也不用担心，我始终会坚定地走向你。你什么都不需要做，那些麻烦事都交给我，我会处理的。"

泪水再次漫上眼眶，模糊了视线，曲歆苒想，世界上不会有人比连昀鹤更爱她了。

也是直到此时，曲歆苒才明白——原来在这场长久的暗恋里，她才是付出最少的一方。

早上九点，曲歆苒跟着连昀鹤回到了浅水湾，才打开门，迎面便跑来一只米白色的拉布拉多幼犬。

它黄色的耳朵耷拉着，摇着尾巴欢快地朝着连昀鹤跑了过来。它先在两人面前转了好几个圈，然后才开始扒起连昀鹤的裤腿。

曲歆苒看着轻松抱起小狗的连昀鹤，诧异地说道："你真的买了狗？"

连昀鹤笑着"嗯"了一声，解释道："不是买的，从邻队家里抱来的。"

曲歆苒伸手挠了挠小狗的下巴："我还以为你上次跟我开玩笑呢。"

连昀鹤笑了笑，看见曲歆苒换好鞋，便把狗给她抱，他扶着鞋柜说："还没取名，苒苒你想想。"

曲歆苒顺着小狗背部的毛，想了想，开玩笑："要不叫'鹤鹤'吧？"

闻言，连昀鹤换鞋的动作一顿，他眉梢微抬，眼底满是笑意。

"我觉得'苒苒'这个名字可能更适合它。"说着，连昀鹤伸出手摸了摸小狗的脑袋，稍稍俯身对着它说，"是吧，苒苒？"

"才不是。"曲歆苒弯唇笑道，"它明明更喜欢'鹤鹤'这个名字。"

连昀鹤换上鞋子，跟着曲歆苒走进了客厅："谁说的？它都拉下脸来了，哪里更喜欢了？"

"哪有。"曲歆苒低头认真地检查了一下小狗的表情，学着它咧嘴笑了一下，"它高兴着呢。"

看着曲歆苒的笑容，连昀鹤总算是松了口气。他不再跟她争论这个问题，反倒是抱住了曲歆苒，亲了亲她的嘴角。

"早餐想吃什么？"

曲歆苒眼睛亮晶晶的，抬头问道："你下厨吗？"

连昀鹤笑了一下："嗯，我下厨。"

"那我想吃炸酱面。"曲歆苒话音一顿，想了会儿，还是把那句"可以吗"咽了下去。

她把狗放下来，主动抱住连昀鹤的腰，笑着问道："你会做吗？"

连昀鹤低下眼，盯着曲歆苒漂亮的眼睛，回了句："当然。"

曲歆苒的下巴抵在连昀鹤的胸前，不相信地问："真的会？"

连昀鹤心虚地咳了一声："可以学。"

看见连昀鹤这个表情，曲歆苒笑得更开心了，她牵住连昀鹤的手："那我教你吧。"

"行。"

连昀鹤坦然接受了，他跟着曲歆苒来到厨房，主动拿起围裙系好。

曲歆苒从冰箱里拿出肉和黄瓜。肉需要解冻，于是她先把黄瓜洗干净递给连昀鹤。

连昀鹤接过黄瓜，十分熟练地将其切成了丝。

"你这刀法比我还好。"曲歆苒惊讶地看向连昀鹤，"我还以为你不会做饭，是我低估你了。"

"可能是职业原因？"连昀鹤弯起唇，谦虚道。

曲歆苒撇了撇唇："谁信啊。"

连昀鹤笑了笑，没说话。

"我们先调酱汁，等肉解冻好再放到锅里炒熟，两勺黄豆酱……"

有曲歆苒在旁边指导，连昀鹤很快把两碗炸酱面做了出来。

连昀鹤把锅洗干净，恰好曲歆苒也把面搅拌好了。她拿筷子尝了一口，竖起大拇指夸道："好吃。"

"好吃就行。"

连昀鹤脸上带着笑，他主动背过身，然后回头问道："苒苒，能帮我解开围裙吗？"

听到这句话，曲歆苒连忙放下手中的筷子，帮连昀鹤取下围裙，她走到墙边，把围裙挂了上去。

刚转过身，腰间却被人一带，接着，熟悉的气息便洒了下来。

抱着曲歆苒亲了很久，连昀鹤才不舍地松开她。

"炸酱面都要坨了！"

迎上曲歆苒哀怨的小眼神，连昀鹤用指腹擦了擦她泛红的唇瓣，坦然承认了自己的错误。

"我的问题，应该吃完再交学费。"

曲歆苒愣了一下，反应了好半天，才意识到连昀鹤说的学费是指刚才那个吻。她抿唇忍住心底的欣喜，扔下一句"你知道就好"，便忙不迭地溜了。

下午曲歆苒去上班前，跟连昀鹤又睡了个回笼觉。

一觉睡得昏昏沉沉，直到闹钟响了才醒，她在床上躺了会儿，清醒点儿后，刚打算轻手轻脚爬起来，不吵醒连昀鹤。

谁知道刚动一下，扶在腰间的手却又把她揽了回去。

连昀鹤力气很大，稍稍一用力就把曲歆苒重新拉回了床上，他的下巴抵在曲歆苒的肩上，声音带着刚醒的沙哑："要我送你吗？"

曲歆苒垂下眸，她的视线落在连昀鹤青筋显露的手背上，默默摇头。

"很近的，你过两天就要工作了，趁着轮休好好休息吧。"

连昀鹤没反驳，松开了圈住曲歆苒的手。

曲歆苒站起来去衣帽间换衣服。

连昀鹤也跟着坐了起来，他的手肘撑在床上，目光落在衣帽间的门口。

当初这套房子的装修是全权交给他姐姐负责的，所以在主卧里加一个小衣帽间这个想法也是连楚凝提出来的。

连昀鹤刚看到房子的时候，就觉得曲歆莯肯定会喜欢，事情也确实如他所料，曲歆莯很喜欢这个衣帽间。

没过多久，曲歆莯便换好衣服从衣帽间走了出来。她脸上没化妆，穿了件浅色的针织外套，长发披在耳后，气质慵懒又娴静。

"时间还早，不吃午饭吗？"

听到连昀鹤这句话，曲歆莯脚步一顿。她看了一眼时间，答道："我还不是很饿，带两个面包去好了，反正很快就下班了。"

连昀鹤没反对，他看见曲歆莯转身正打算离去，却突然转身走到了自己面前。

他抬起眼，有些不解地看向曲歆莯，

还没来得及说什么，曲歆莯便主动俯下身亲了亲他，她的唇只是短暂停留了一下，然后她便站直了身子，笑嘻嘻地边走边说道："我去上班啦。"

曲歆莯的身影消失在卧室门口，很快，玄关处传来关门声。

家里归于寂静，连昀鹤坐在床上，眉宇间尽显满足。他笑了笑，最后还是穿着拖鞋起身了。

下午三点五十八分，连昀鹤提早到了育才小学。隔着满是雾气的玻璃窗，他看到了站在讲台上讲课的曲歆莯。

她嗓音温柔，恬静又美好，底下的小孩儿一个个抬着脑袋、挺直背，也听得认真。

很快，下课铃声响起，教室里的小学生一个接着一个地冲了出来，表情和声音都很激动：

"刘语嫣，你要跟我一起堆雪人吗？"

"快来快来，我们一起下去打雪仗啊！"

"我不去，衣服弄湿我妈会骂我的。"

"咦，你怕什么啊？"

…………

昨晚的雪下到今天也没停歇，地面已铺了一层。

南方少雪，这些小孩儿见到雪激动一阵子倒也正常。

连昀鹤靠在墙边，主动给这群活跃的小孩儿让道。

人头攒动中，连昀鹤看见了连宇远。他微微低头，伸出手拽住了连宇远的衣领："小鬼，干吗去？"

连宇远回过头，看到自家舅舅那张脸，笑容瞬间收敛了不少："你怎么来了？"

连昀鹤挑了挑眉，觉得离谱："学校是你开的啊？我不能来？"

连宇远抬头看他："保安叔叔这么容易让你进来，你肯定又说自己是

· 288 ·

舅妈的家属了。"

"难道我不是？"连昀鹤反问。

连宇远撇了撇唇，舅舅脸皮真厚。

没给他们多说几句的机会，曲歆苒便从教室里走了出来。她抱着书，有几个学生围在她身边。

见此，连昀鹤便松开了拉住连宇远的手，他迈开脚步，走到曲歆苒身边。

"咦，"曲歆苒下意识地抬手看了看时间，惊讶道，"还没到放学时间呀。"

连昀鹤笑着"嗯"了声："我提早来了。"说着，他握了握曲歆苒的手，感受到曲歆苒指尖的微凉，皱起眉问，"你不冷？"

曲歆苒摇了摇头，解释道："办公室有空调。"

周围的小孩儿吵闹着下了楼，暖阳也从云层后面露了出来，照在曲歆苒的半边脸上。

连昀鹤看着她冻得微红的脸颊，抿了抿唇，果断把身上的黑色羽绒服脱了下来。他不顾曲歆苒的劝阻，绕到她身后，温声说道："伸手。"

曲歆苒回过头看了连昀鹤一眼，只得乖乖伸手穿上他的衣服。

可她嘴里还在念叨："办公室有暖气，我不冷的，而且等一下要上其他公开课，教室里人多也是暖和的。"

连昀鹤没回话，只是安安静静地帮她拉着拉链。

见连昀鹤不回应自己，曲歆苒赶忙握住他拉拉链的手："连昀鹤，我真的不冷，我里面穿了三件衣服，还是加了绒的。"

连昀鹤看了她一眼，显然一副不相信的表情。

"再说，你把衣服脱给我，你只穿一件卫衣不冷吗？"

连昀鹤满意地看着自己拉上的拉链，轻描淡写道："苒苒，我的工作是特警，平时有体能训练的。"

"……"

曲歆苒直视着连昀鹤的眼睛，没过几秒，放弃了，算了，就当她冷吧。

"晚上想吃什么？"

一提到吃的，曲歆苒便来了兴致。她中午没吃实在不是明智之举，还没到点儿就饿了。

"随便什么都行，要是能吃火锅就最好了。"

看着笑意盈盈的曲歆苒，连昀鹤不由得笑了笑。他伸出手理了理曲歆苒的碎发，应了下来。

"那我现在去买食材，我们在家里吃？"

曲歆苒眉眼弯弯，笑得一脸满足："好。"

连昀鹤脱下外套后，便只剩下一件单薄的卫衣了。

曲歆苒没跟他聊几句，就催促着他走。

成功把连昀鹤赶走后，曲歆苒回办公室喝了口热水，才坐下来，郑佳意便走了进来。

她站在曲歆苒身旁，眼底满是羡慕："歆姐，连队真好，这么冷的天气居然陪你上班，不像我家小词子！"

曲歆苒愣了一下："他没走吗？"

"没走啊，在楼下跟远远打雪仗呢。"郑佳意笑着调侃道，"我看到有不少老师远远观望着连队，似乎想要联系方式，歆姐你赶紧去宣示主权。"

曲歆苒眨了眨眼，刚想给连昀鹤发条消息，却又听见郑佳意说："不过有一说一，连队平时穿卫衣配上他那张脸，是真显年轻，不知道的还以为他今年二十出头呢。"郑佳意咂了一下嘴，"谁敢信他奔三了呀，换我我也喜欢。"

曲歆苒拿手机的动作一顿，她抬头，朝郑佳意挑了挑眉："激将法？"

郑佳意眼神飘忽，拒不承认："歆姐你别胡说啊！"

曲歆苒无奈地笑了笑，收起手机，起身下楼了。

教学楼外空地上的雪，早就被学校里的清洁阿姨扫到一旁了。

一大堆小孩儿举着冻得通红的手，乐呵呵地堆着雪人，几条弧线从曲歆苒眼前抛过，她一眼便看到了在一群小孩儿中格格不入的连昀鹤。他穿着白色的连帽卫衣，个子很高，在跟连宇远互扔雪球。

连宇远年纪小，又不像连昀鹤平时会接受射击训练，扔得本来就不准，加上连昀鹤会躲，丝毫没手下留情，于是每次都是连宇远吃瘪。但连宇远也不像其他小孩儿一样，打不过就哭闹，他只是板着一张小脸，每次都不服气地扔回去。

虽然一次都没有扔准过。

曲歆苒笑了笑，刚想上前，却看见连昀鹤把一个雪球扔在了连宇远右边肩膀上。没有任何防备的连宇远一下子摔在了地上，似乎摔蒙了，迟迟没站起来。

见此，连昀鹤也扔掉了手上的雪球，他皱起眉，走了过去。

从曲歆苒的角度，能看见连宇远背后的小手在搓着雪球。她抿着唇，耐心地看着眼前的这场好戏，不出所料，连昀鹤刚蹲下来就被连宇远扔了一脸雪。

"笨蛋舅舅，上当了吧！哈哈哈！"连宇远得意地跑开了。

曲歆苒看见连昀鹤伸出手抹掉了脸上的雪，然后追了上去："臭小鬼，你别跑。"

曲歆苒突然明白为什么连宇远写崇拜的人时，会写连昀鹤了。

她靠在墙边，弯唇笑着，然后拿出手机帮两人拍了好几张照片，空中飘着雪花，穿着卫衣的连昀鹤尤显少年感。

校园中人群熙攘，恍惚间，曲歆苒感觉好像回到了高中的时候，她也是这么远远地望着连昀鹤。但跟现在不一样的是，那个时候，她只敢这么远远地望着。

曲歆苒把手收进外套口袋里，想着，有些时候，岁月还真是挺不公平的。

十多年过去了，连昀鹤还似少年时那般，阳光干净，一如既往地令她心动。

想起连昀鹤昨天晚上跟她说的那些事情，曲歆苒不由得弯了弯唇。

年少时的爱意热烈而纯粹，而她何其幸运，能够得到双倍的回应。

寒假放假的前几天，郑佳意便嚷嚷着要四个人一起去玩密室逃脱游戏，还特意保证了绝不玩恐怖的，只玩解密的。

但临近过年，连昀鹤他们工作忙，郑佳意只能苦苦等着他们俩轮休。

终于在过年前的一个周末，等来了他们轮休的消息。

"歆姐，连队说过年带你回家见父母吗？"

手机里传来郑佳意的声音，曲歆苒插花的动作没停，头也不抬道："我们早就见过了。"

"不是吧，早就见过了？"郑佳意的声音高了几度，"什么时候的事情，我怎么不知道？那你们打算什么时候结婚啊，让我也沾沾喜气呗。"

曲歆苒抿了一下唇，如实答道："不知道。"

"啊……"郑佳意迟疑道，"连队不会不想对你负责吧？"

"不会。"

听到曲歆苒这么笃定的回答，郑佳意调侃道："啧啧啧，这么相信连队，他肯定给足了你安全感，歆姐你才有底气说这话。"

曲歆苒弯唇笑了笑，没说话。

"不说了歆姐，我要去看看有没有什么好玩的密室逃脱游戏，网上预约去，拜拜啦！"

没给曲歆苒回答的机会，郑佳意便火急火燎地挂断了电话。

曲歆苒看着跳转的微信界面，无奈地摇了摇头。她拿起手机，给插好的花拍了张照片，然后发给了连昀鹤。

直到晚上，曲歆苒都没得到连昀鹤的回复。她以为连昀鹤忙，便也不是很在意，可接下来的两天，连昀鹤不仅没回消息，晚上也没回家。

曲歆苒后知后觉地发现了不对劲，于是给连昀鹤拨了个电话，但等到的答复却是——"您好，您拨打的电话已关机，请稍后再拨……"

又连着打了好几个，也一直是关机状态。

曲歆苒难免有些心慌，她给连昀鹤的姐姐发了条信息。

连楚凝直接打电话过来："手机关机，两天没回家，可能是接了任务。苒苒你别着急，这是正常情况，以前也有过的。"

得到连楚凝的安慰，曲歆苒才稍微好受点儿，恰巧此时，郑佳意又打电话进来了。

"歆姐，连队在家吗？为什么高瑾词手机一直关机啊？他们接了什么任务吗？"

注意到郑佳意担心的语气，曲歆苒开口安慰道："连昀鹤没在家，手机也关机了，应该是接了什么任务。"

"啊，那明天的密室逃脱游戏岂不是要泡汤了……"

"……"

郑佳意忙着伤心，两人没聊几句，就把电话挂了。

接下来的几天，家里没有连昀鹤，只有曲歆苒一个人，显得冷清了不少，加上连昀鹤手机一直关机失联，曲歆苒也提不起精神感受过年的气氛。

小年这天，曲歆苒独自一人出门置办年货。

街边的树上挂着一层洁白的雪，街道上人来人往。靠近商场大门，曲歆苒看见一列武装巡逻的特警队员。

他们穿着黑色的防弹衣，戴着头盔，手上拿着步枪，跟连昀鹤穿的是一样的，背后却少了"星辰突击队"这五个字。

曲歆苒吸了吸鼻子，心底对连昀鹤的思念之情突然愈加浓烈了。

境外某原始森林。

邹向毅看了一眼坐在树下的连昀鹤，走过去，挨着他坐了下来："想苒苒啊？"

连昀鹤没抬头，只是"嗯"了一声。

五天前，他们星辰突击队临时接到一个绝密任务。各国交界处向来矛盾冲突多，但就在上个月月底，发生了一起惊动四国的惨案。

十几名国人遇害，身上满是枪眼。事情重大，国家迅速成立了专案组。接到调令的他们匆匆到了这里，寻找突袭犯罪集团的时机。

"今天国内是不是小年啊？"

连昀鹤："嗯，南方小年。"

邹向毅叹了一口气："等任务圆满结束了，我回去肯定要让汪队好好补偿我们。尤其是你们队的高瑾词啊，这下有得苦吃咯。"

闻言，连昀鹤抬头朝高瑾词那边望去。高瑾词年纪小，入队不到一年，经验又少。到这边五天，高瑾词水土不服，上吐下泻了五天。

头顶的树木密不透风，周遭环境潮湿，虫蚁多。

连昀鹤抿了下唇，轻叹了口气。这次是绝密任务，他们不能通知家里人，而这次的任务，显然也不会那么容易结束。

这个犯罪集团并非一朝一夕形成的，它的成员在几个国家流窜，行踪不定。

想到那十几条人命，他们咬牙切齿，势必要配合上级将这个犯罪集团一网打尽。这是他们的职责，亦是他们必须完成的任务，为了国家，同样也为了家人。

连昀鹤灌了好几口水，然后站起来拍了拍邹向毅的肩："继续往前走吧。"

"行吧。"邹向毅也跟着站了起来，冲着后面的队员说道，"你们快跟上来啊。"

"是，邹队。"

没有唉声叹气，他们的语气和眼神里满是坚定。

邹向毅欣慰地笑了笑，跟上了连昀鹤的脚步。他搭上连昀鹤的肩："我想好了，这次任务我要立个大功。"

连昀鹤偏头看向邹向毅。

邹向毅笑着解释："我要当我们潭州市特警支队队长，把星辰突击队培养成国家数一数二的反恐突击队。"

连昀鹤眉梢微扬："这话回去你敢当着汪队的面再说一遍吗？"

邹向毅："这我还真不敢。"

连昀鹤嗤笑一声。

"大丈夫能屈能伸你懂不懂？"

"才疏学浅，不太懂。"

"连昀鹤，你……"

邹向毅刚想怼回去，身旁的连昀鹤却突然停下了脚步，他好看的柳叶眼微微侧着，神情淡淡的。

"毅哥，有件事我想拜托你。"

听到这声"毅哥"，邹向毅顿觉没有好事，下意识地往后退了一步，果然下一秒，他听见连昀鹤开口说道："这次任务比较危险，我带的高瑾词他们经验都很少，万一有什么事，我这个做队长的总要起点儿带头作用。"

邹向毅脸上的笑容淡了不少，他沉默下来，显然听懂了连昀鹤的言外之意。

"帮我带几句话就行。"连昀鹤话音一顿。他其实这几天压力挺大的，作为队长，他之前也没有接触过这种类型的任务。

关于未来，他其实并不知道会发生什么，也并不知道像这样的日子要持续多久，但不管发生什么，他都希望结局是最圆满的。他永远希望，那几个小伙子能毫发无伤、安全地回国。

远处树木茂密，人烟稀少，望不到尽头，落日在云边镀了一层金，又一天过去了……

第十章
等待

目送那列武装巡逻的特警走远，曲歆苒又在原地站了会儿，这才走进商场的超市里。

超市里人很多，大多结伴而行，有年轻的男女，也有带着小孩儿的夫妻，他们脸上都挂着笑容，做最足的准备迎接新年的到来。

曲歆苒抿了下唇，走到货架前，打算买坚果。

这是她跟连昀鹤在一起后，过的第一个年。就在几天前，曲歆苒都还在期盼着过年，毕竟今年不一样，有连昀鹤在她身边。

哪怕他工作忙，不能回家吃年夜饭，曲歆苒也都能接受，但万万没想到他会是现在这种失联的状态……

曲歆苒轻叹了口气。

买完年货，曲歆苒便叫了辆网约车回浅水湾。

她买了很多东西，一个人搬运了好几趟，才把所有的东西搬回家，谁知道在整理时，袋子一不小心刮破了，里面的坚果撒了一地。

曲歆苒无奈地叹了口气，懊恼自己的不小心。她刚蹲下来想把坚果捡起来，跟在身边的小狗却绕了过去，低头嗅了嗅。

眼看着小狗就要伸舌头舔了，曲歆苒只得连忙拦住它："谷雨，不准舔。"

听到曲歆苒的声音，谷雨立马抬头望了过来。但它只是看了曲歆苒，便又低下头打算去舔掉落的坚果。

无奈之下，曲歆苒只能抱起谷雨，把它关进书房。

处理好一切，天色已经晚了，将近八点，曲歆苒不是很饿，在沙发上坐着，换了好几个电影。

最后她发现自己的心思根本不在这个上面，只好关掉了投影仪，在沙发上坐着发呆。

最后，曲歆莙还是走进了厨房。

厨房的冰箱里还有许多剩菜没有吃完，里头的蔬菜已经有些萎了。她一个人在家吃得慢，之前囤的菜不知道丢了多少。

曲歆莙抿了抿唇，打算拿出中午吃剩下的饭菜热一热，凑合吃一顿。

把热好的饭菜摆在餐桌上，曲歆莙这才想起被关在书房的谷雨。

曲歆莙打开书房的门，小小的谷雨就趴在门口，它耷拉着耳朵，看起来特别委屈。

见到谷雨这个表情，曲歆莙的心情莫名好了不少。她蹲下来抱起谷雨，摸着它的脑袋安抚起来。

"对不起谷雨，我不应该把你关进书房，我只是……"曲歆莙的声音顿了顿，随后弱了下来，"有点儿想你的爸爸。"

家里安安静静的，只剩下餐厅那边留有一盏灯。

不知道是不是错觉，曲歆莙莫名觉得，自从跟连昀鹤在一起之后，自己就变得越来越矫情了。

明明以前一个人的时候，还觉得挺自由自在、无拘无束的。

结果现在，她每天都想要跟连昀鹤见面，每天都想和他在一起。她喜欢连昀鹤的亲近，喜欢他的拥抱，喜欢他的一切，甚至希望能这样到永远。

曲歆莙抿了抿唇，伸手打开了书房的灯。房间里灯光明亮，她一眼就看到了在角落里的盒子。

上次从北山镇回来后，曲歆莙便趁着连昀鹤上班没在家的时候，偷偷整理过一次。

她把纸盒子里面的东西一样一样擦干净后，挪到了书房，只剩下一封信没看。

那封信是黄色的，上面印着潭州三中的校徽。

曲歆莙想了很久，才想起这是高中班主任发给他们写的，但她的信早就被杜琳丢了，也不记得当时写了些什么。所以看到连昀鹤的信保存得这么好，她又惊讶又羡慕。

毕竟她的学生时代除了学习和兼职，什么也没留下。

根据连昀鹤所说，盒子里的这些东西都是关于她的。

原本出于尊重，曲歆莙还是想经过连昀鹤同意再拆开，谁知道后来就忘了这件事。

曲歆莙走上前，找出盒子里的那封信。

封口的胶水已经失效，可以直接打开。她纤细的指尖捏着信封的一角，目光落在最后的落款上。

上面"连昀鹤"三个字恣意而洒脱，跟印象中连昀鹤的字迹重合了。

曲歆苒皱起眉，犹豫着要不要打开看看。她想了想，最后还是放弃了，正打算放进去，信封里却突然掉出一张纸条。

纸条飘在地上，曲歆苒视线一瞥，看到了跟信封上一样的字迹：

希望世界无灾无难，苒苒永远开心健康。

曲歆苒眨了眨眼，情绪像决了堤的洪水，对连昀鹤的思念之情不断从心里往外涌。谷雨似乎感受到了，主动蹭了蹭她的下巴，叫着回应了几声。

谷雨的眼神清澈明亮，曲歆苒瞬间被治愈了。

这让她想起定名字那天，连昀鹤问她为什么给小狗取名叫"谷雨"，她当时的回答是——"你猜。"

连昀鹤也十分配合地猜了好几个答案，但没有一个对的。本来曲歆苒以为连昀鹤估计猜不到了，谁知道他认真地想了想后，笑着说了一句："我知道了，是因为我们重逢在四月的谷雨时节吗？"

曲歆苒弯了弯唇，她低下头看着怀里的谷雨，声音轻轻的。

"谷雨，你爸爸这么聪明，什么都知道，他也一定会知道我很想他的对吧？"

"……"

没人能回应，唯有谷雨微弱的叫声，似乎在肯定着曲歆苒的答案。

曲歆苒笑了笑："乖谷雨。"

这天之后，曲歆苒便整理好自己的情绪，耐心地等连昀鹤回来。她基本回归了正常的生活，每天会拍照发给连昀鹤。

有时候是谷雨的照片，有时候是美食，有时候是晚霞，但不管是什么，照片里都有她的身影。

曲歆苒其实不是一个特别爱拍照的人，可她怕等连昀鹤回来时，自己会记不得这些天干了什么，于是每天都拍下几张照片，方便到时候跟他分享。

除夕，连楚凝带着连宇远一大早便来浅水湾接曲歆苒。

曲歆苒原本想提一些礼物过去，但被连楚凝拦住了。路上有些堵车，连宇远乖乖地坐在后排玩着玩具，握住方向盘的连楚凝透过后视镜看了一眼，然后看向副驾驶的曲歆苒。

"苒苒，你大年初一有什么安排吗？"

曲歆苒想了想，如实答道："没有。"

连楚凝偏头看了曲歆苒一眼，笑着说："那你大年初一跟我们一起走亲戚吧，去我伯父那儿。"

听到这句话，曲歆苒不由得一愣，她下意识拒绝道："凝姐，这不太好，我还是不去了。"

"有什么不好的。"连楚凝道，"这事还是连昀鹤提议的，他早就认定要娶你了，提前跟我们回趟家见见长辈也没什么。"

曲歆苒眨了眨眼，正想说些什么，却听见连楚凝接着说："不然连昀鹤为什么把房子买在浅水湾，那小区离他基地又不近。"

曲歆苒眼神一怔，她被连楚凝说得喉间一哽，答不上话来。

前方有交警疏通，拥堵没那么严重了，车子再次开动起来。连楚凝偏头看了曲歆苒一眼，又匆匆直视正前方。

刚到门口，曲歆苒便看到蒋青云踩着凳子在贴对联。她主动上前帮忙，忙活了十几分钟，两人才把对联贴好。

对联一贴上，家里一下子喜庆了不少，过年的氛围也逐渐浓了起来。

下午，曲歆苒跟着蒋青云还有连楚凝准备晚上年夜饭的食材。连宇远坐在沙发上看电视，她们三人则边聊边捏着手上的饺子。

"苒苒你这手艺可要比凝凝好多了，一教就会。我第一次教凝凝的时候，她怎么也学不会。"

"妈。"连楚凝动作一顿，哀怨地望着蒋青云，"您夸苒苒就夸苒苒，不带这么揭人家短的。"

"急眼啦？"蒋青云笑着看向连楚凝，"行行行，我的错。"

连楚凝哼了一声："您这道歉一点儿诚意都没有。"

"这还没有诚意？"

"是啊。"

曲歆苒看着有说有笑的母女俩，心情也跟着好了起来。她多幸运，不仅能被连昀鹤喜欢，还能被他的家人接纳。

晚上的年夜饭，曲歆苒也是跟蒋青云他们一起吃的。

零点一过，窗外逐渐响起沉闷的烟花声，绚烂的烟花在漆黑的天空绽放。连宇远趴在窗台上，眼睛乌黑又明亮，他回过头，小脸上满是期待："妈妈，我可以下去跟我的朋友一起放烟花吗？"

"可以。"连楚凝没拒绝，"但是你要注意安全，不要受伤，也不要让别人受伤。保证能做到这两点，你就可以穿好外套下去。"

闻言，连宇远立马站直了身子。他学着连昀鹤，蹩脚地敬了个礼："是！保证完成任务！"说完，便迫不及待地套上外套跑了。

玄关处，连宇远穿好了鞋子，他的手刚碰上门把手，突然又想起了什么，转身曲歆苒喊道："舅妈，你要跟我一起去放烟花吗？"

曲歆苒愣了愣，随后笑着答道："不用啦，你跟你的朋友玩得开心。"

连楚凝抬头看向连宇远，"你们小孩儿放烟花，叫你舅妈去干吗？"

连宇远撇了撇嘴，理直气壮道："舅舅说，舅妈在他那儿永远都是小孩儿，舅舅给舅妈的备注也是小朋友呢……"

曲歆苒表情一愣，脸瞬间红了。

蒋青云笑着看了曲歆苒一眼，而后对着连宇远说："你这小鬼，每天都跟你舅舅学了些什么？好的不学学坏的。"

见状，连宇远立马开溜："哎呀，我得下去放烟花了，要不然来不及啦，妈妈、奶奶、舅妈拜拜！"

门被连宇远关上，连楚凝无奈地摇了摇头："苒苒你别在意，远远他没大没小的，我等会儿叫他上来给你道歉。"

曲歆苒笑了笑："没关系。"

晚上十二点四十分，春节联欢晚会进入尾声，曲歆苒没回浅水湾，在这边睡下了。

大年初一早上，他们吃完早餐，曲歆苒便跟着蒋青云他们走亲戚，连着见了好几天的家长，直到初六才闲下来。

这会儿距离连昀鹤失联，已经过去快二十天了，曲歆苒依旧没有他的任何消息，她也不知道这算好事还是坏事。

二月中下旬，育才小学开学。

郑佳意在学校里见到曲歆苒的第一件事，便是和她分享这段时间的生活。

没聊到高瑾词时，她脸上还洋溢着笑容，一谈到关于高瑾词的事情，郑佳意的小脸瞬间垮了下来。

她撑着下巴，叹了口气："苒姐，你说高瑾词他们什么时候能回来啊？"

曲歆苒写字的动作一顿："不清楚。"

"说实话，"郑佳意又叹了口气，"他才工作没多久，我挺担心他的。就算我自私好了，我其实很不希望他去执行一些危险的任务。"

"……"曲歆苒抿了抿唇，没说话。

"有时候我甚至还在想，他要是没那么正直，不去当警察就好了。"郑佳意垂下眼，"可是怎么办，我总不能拦着他。更何况当初喜欢上他也是因为这一点。"

听到这句话，曲歆苒停下了笔，看向郑佳意："跟我说说你们以前的故事？"

郑佳意抬头，她看着脸上带着笑容的曲歆苒，答应下来："好啊，但我跟高瑾词之间其实没什么，一点儿也不轰轰烈烈。"

　　曲歆苒挑了挑眉，不置可否。

　　郑佳意接着说："我跟他从小一块儿长大，但以前我对高瑾词完全没有感觉。我那个时候甚至觉得他不解风情，性格跟块木头一样无趣，他太正经了，我有时候说一些笑话，他完全听不懂。"

　　曲歆苒看见郑佳意耸了耸肩，嘴上满是嫌弃，眼底却是藏不住的爱意。

　　"要不是我当初交友不慎被人污蔑，他站出来帮我说话，可能我跟他这辈子都不可能在一起。"

　　曲歆苒好奇地问道："帮你说了什么话？"

　　"嗯……"郑佳意想了想，说，"记不太清了，我只记得那句：'我跟郑佳意认识这么多年，很清楚她的为人，不需要从你们口中了解她是什么样的人。'"

　　曲歆苒"哇哦"了一声，笑着调侃道："这还不轰轰烈烈？简直就像小说里的男女主角啊。"

　　"是吗？"郑佳意捧着脸蛋，傻笑了几声，"现在这么一想，我脾气还挺差劲的，好像每次都是高瑾词在让着我。"

　　曲歆苒笑了笑，她看见郑佳意放下手重重地拍了拍桌子："我决定了，等高瑾词回来，我肯定好好对他。"

　　曲歆苒没回话，却在心里悄悄补充——嗯，我也要加倍地对连昀鹤好。

　　三月底，距离连昀鹤失去联系已经两个月。

　　曲歆苒中午照常下班，在掏出钥匙开门时，发现门没有上锁。她脑袋蒙了一下，反复确认自己早上出来锁好门后，然后高兴地打开了门。

　　"苒苒。"熟悉的声音传入耳中，曲歆苒抬头望去。

　　"你下班啦？"蒋青云脸上带着笑，解释道，"之前凝凝帮连昀鹤装修房子的时候，留有一把钥匙，我也不知道你什么时候下班，就开门先进来了。"

　　不是想象中的人，曲歆苒的笑容顿时淡了下来。很快她便意识到自己这样不太好，于是又笑着说道："没关系，阿姨，这本来也是连昀鹤的家。"

　　蒋青云看了曲歆苒一眼，察觉到她有些失落，叹了口气，问："苒苒，你下午有时间吗，我有事跟你说。"

　　曲歆苒点了点头，说道："有的，只是下午第六节课有课，可能时间不是太多。"

　　"两个小时就够了，我带你去见一见连昀鹤的爸爸。"

　　听到蒋青云这句话，曲歆苒表情微微一愣。

　　下午一点多，曲歆苒跟着蒋青云驱车到达了墓地。她看着眼前的无字碑，再看了看认真倒酒的蒋青云，轻轻抿了下唇。

墓地里寂静无比，过了很久，蒋青云的声音才响起："连昀鹤跟你说过他爸的事情吗？"

曲歆苒摇了摇头："只提过一句。"

"正常，是那臭小子的性格。"蒋青云脸上没有半点儿惊讶，"连昀鹤的爸爸也是一名警察，但是在连昀鹤升高一那年，去世了。像连昀鹤现在这种失联的情况，我遇到过的次数，多得数不过来。"

蒋青云接着说："他爸每次什么交代都没有，就直接跟我失去了联系。少则一个星期，多则一两个月，也因为工作性质特殊，时常晚上回不了家。当初不管是生凝凝还是生连昀鹤，都是我一个人去的医院，基本上跟丧夫没什么区别。"

曲歆苒看着蒋青云淡淡的表情，一下竟不知该说些什么。这么多年过去了，安慰的话对于蒋青云来说，也早已经失去了作用。

"苒苒，其实我也很不想跟你说这些。"蒋青云顿了顿，垂下脑袋，"但你必须提前知道这些，我作为连昀鹤的妈妈也必须提前跟你说清楚。像他们这种工作，以后你吃苦的日子只会多，不会少。毕竟他们在当我们的丈夫、男朋友之前，始终都有个前缀，那就是人民警察。"

"前段时间苒苒你因为连昀鹤的事情，受到了不小的影响，我都知道，包括凝凝跟你提的房子的事情。"

曲歆苒眨了眨眼，下意识地看向蒋青云。恰好蒋青云也在这个时候看向了自己，她的眼里满是笑意，嗓音轻柔。

"所以，你要是以后有一天，或者说现在受不了连昀鹤不能陪伴在你的身边，那你离开就是，哪怕连昀鹤对你再好。他对你好，是他心甘情愿的事情，这些都不需要你来考虑，你只需要考虑你开不开心、快不快乐。"

蒋青云站了起来，她拉住曲歆苒的手，表情真诚："你不需要牺牲自我，也不需要那么伟大。你只需要简简单单，每天开开心心就好，这是我，同样也是连昀鹤所希望的。"

"苒苒，连昀鹤从年少初遇你时起，他的心愿便只剩下两个了。"

面前的蒋青云顿了顿，随后坚定地说出了答案——

"国家，和你。"

这话一出，曲歆苒立马想到了那张纸条。

纸条上的字迹恣意洒脱，在十八岁的青春里似乎是一句不切实际的话，但连昀鹤把这句话贯彻落实了。

曲歆苒看着眼前的蒋青云，笑着回道："我知道了，妈。"

蒋青云一愣。

曲歆苒笑意盈盈地问："我可以这么叫您吗？"

看着彻底愣住的蒋青云，曲歆苒自顾自地说："其实刚开始连昀鹤不在的时候，我确实有点儿不适应。可这种不适应里只有思念，妈，我很想连昀鹤，我想见他，我想抱抱他，就像您跟爸一样。我找不到放弃连昀鹤的理由，我爱他，胜过这些小委屈，所以我也会等他。"

听到曲歆苒坚定的回答，蒋青云眼底满是欣喜。她主动伸出手抱住了曲歆苒，激动得不知道该说些什么，只好嘴上一直重复着："好苒苒，好苒苒……"

刚才还烈日当头，暴雨却突然倾泻而下。

连昀鹤抬起头，他看着坑洼不平的地面，转过身看向身后的一众队友："找个地方避雨休息。"

"是，连队。"

雨水模糊了视线，连昀鹤看见他们零零散散地跑到树下避雨。他在原地环顾一圈，没有发现高瑾词，于是朝陈卓羽走去。

"连队。"陈卓羽一看到连昀鹤走了过来，立马站直了身子。

"嗯。"连昀鹤点了点头，声音淡淡的，"高瑾词呢？"

"高瑾词？"

陈卓羽跟着望了一圈："我没注意。"

连昀鹤皱起眉，正想说些什么，魏凌洲跳了出来，说："我知道！连队你上午不是让他和王睿寒去找野果野菜吗？他们俩上午没找到，这会儿应该跑去找了。"

闻言，连昀鹤皱起了眉。他冷着一张脸，声音瞬间严厉了不少："下着大雨去找野果？高瑾词前段时间才适应了这边的气候，现在好了伤疤忘了疼？"

"这……"魏凌洲跟陈卓羽面面相觑，谁也不敢说话。

"把他俩找……"

话还没说完，连昀鹤的肩头便被人拍了一下，他微微侧头，看到了笑嘻嘻的邹向毅："连队，什么事发这么大的火啊？"

连昀鹤睨了他一眼，没说话。

"接着。"

视线里，连昀鹤看见邹向毅扔了个什么东西过来，他下意识地伸手接住，仔细一看，这才发现是个野果。

邹向毅拍了拍连昀鹤的肩，语重心长道："连昀鹤，你太紧张了，放松点儿。高瑾词他们虽然年纪轻，没有那么多经验，但肯定也有自己的分寸，不会跑太远的，你放宽心啊。"

连昀鹤抿了抿唇，没回话。

"我知道你是担心他们的安全。"邹向毅看向表情严肃的连昀鹤，叹了口气，"但有些事情由不得我们，当了警察，我们的职责使命就是这样。"

两个月前，刚接到这个任务的时候，连昀鹤便知道这个任务的凶险程度，像这样的涉及四个国家的大案子，他和邹向毅之前也没遇到过。

甚至可以说，他们大部分人可能这辈子都遇不到。

为了尽量避免惊动这个犯罪集团，并了解他们的动向以及藏身之地，连昀鹤他们只能靠着自己的双脚，徒步在原始森林里穿行了两个月。运送食物的车辆和人员都是能减就减，到最后吃完了口粮，他们便只能找寻野果、野菜充饥。

这样的日子一长，对他们来说更是一种考验。

连昀鹤沉默了半刻，他用袖口擦了擦野果，咬下一口，朝邹向毅挑了挑眉："突然这么矫情，怕了？"

邹向毅笑了一下，坦然道："我是怕啊。"

雨水砸在地上，发出噼里啪啦的响声，邹向毅的声音轻了下来，几乎要被这些响声掩盖过去。

"我怕我们这么多人辛辛苦苦那么久，最后却不能把这个犯罪集团一网打尽，没办法给遇害的十几名同胞的家属一个交代。"

连昀鹤再次沉默下来，就在邹向毅以为他不会再开口说话时，旁边传来连昀鹤的声音："确实。"

"不是，"邹向毅偏头瞪着连昀鹤，"你这是什么脾气，我一个在这儿感性地叭叭叭说了这么多，你就给我回个'确实'？"

连昀鹤得逞地笑了一下："赞同你还不行？"

邹向毅睨视着他："我还得谢谢你？"

连昀鹤："不客气。"

邹向毅："你以为我夸你呢？"

站在两人身后的魏凌洲听见两人斗嘴，乐得不行，他凑上前："连队、邹队，我们大概什么时候能完成任务回家啊？"

邹向毅看了连昀鹤一眼，回过头问："你想家了啊？"

"确实。"魏凌洲笑着点了点头，"确实想祖国的食物了。"

陈卓羽嫌弃地看了魏凌洲一眼，说："瞧你这点儿出息，回家给你吃个够好吧？"

"你请我吃啊？"

"凭什么我请你？"陈卓羽睨着魏凌洲，"你自己没工资啊？"

"能吃白食为啥要出钱。"

"不是，你吃白食为啥找我？"

"你钱多呗。"

"你再骂？"

"事实还不让人说了？"

听着身后魏凌洲和陈卓羽打闹的声音，邹向毅笑着看向连昀鹤："你们队这两个小伙子还挺有意思。"

连昀鹤点点头，也不谦虚："毕竟是我带出来的。"

邹向毅哼了一声，懒得理他了。

雨势渐小，太阳又重新从云层后面爬了出来。邹向毅低头拧着衣服里的水，头也不抬道："再往前走一段，我们两队是不是就要分头行动了？"

连昀鹤："嗯。"

拧干衣服，邹向毅拍了两下皱褶，他站直身子看向露出一半的太阳。

"好事。我们应该很快就能找到犯罪集团的藏身之地，把他们一锅端了，然后回家。"

"嗯。"连昀鹤顿了顿，补充着，"肯定能一锅端。"

炽热的阳光照了下来，身上淋湿的衣服贴着皮肤，又湿又闷，邹向毅叹了一口气："行了，我带队先走。"

连昀鹤点头算作回应，他看着邹向毅走出几步，然后又突然回过头。

"连昀鹤，你好好完成任务，记得苒苒还在家等你，一等功就属于我了。"

连昀鹤笑了一下："嫂子也在家等你，另外，一等功是我的。"

"嘁。"邹向毅的脸上带着笑，眉梢微扬，"你做个梦，去梦里领吧。"

说完，邹向毅便转身走了，他背着身子，朝连昀鹤挥了挥手，声音明朗："潭州见，到时候我拿到奖金请你吃饭啊。"

面对邹向毅这一系列的幼稚行为，连昀鹤哭笑不得。没等邹向毅的队伍走更远，他也整理好衣服，带着队员跟了上去。

四月中旬。

我国警方费尽心思，终于找到了犯罪集团的藏身之处。这些日子以来，他们四处奔波，查获了大量毒品毒资，抓捕了好几名武装犯罪集团的成员。现在便只剩下最后决定性的一战——抓捕主犯扎波卡。

上级制订了严谨的计划，这次行动分为两队，一队围剿扎波卡，一队在他们撤退的路上埋伏，随时待命。恰好连昀鹤跟邹向毅不在一个队，所以在正式执行抓捕任务前，他并没有机会跟邹向毅见面。

连昀鹤他们带好装备，来到扎波卡的藏身之地。

考虑到扎波卡和他手下五六十人携带着枪支、刀斧，上级为了减少人员伤亡，首先尝试劝降。

"里面的人听着，我们是警察，你们已经被包围了！请放下武器立即投降。再重复一遍，我们是警察……"

这样喊了三遍，里头却丝毫没有动静。

连昀鹤握住枪的手紧了紧，他死死地盯着前方，不敢分心。

"里面的人听着，我们是警察，你们已经……"

没等这句话说完，枪声突然响起，一排人从里面冲出来，他们手上持着步枪，对着连昀鹤他们便是一阵扫射，反应很快的连昀鹤找了棵树做掩护，他眯了眯眼睛，手上握紧了枪。

看来，一场恶战注定避免不了了。

子弹划破树干，狙击枪声也混在里面，不远处的犯罪团伙成员倒下几个。连昀鹤靠在树干后，耐心地等待着时机。

眼看着犯罪团伙成员枪里的子弹快要用完，趁着他们换弹匣的时间，连昀鹤他们也开枪了。

子弹无情，四处飞窜，空气中弥漫着浓重的血腥味。

在一场恶战后，冲出来的两排人基本上被连昀鹤他们制伏了，警方队伍里也有受伤的人，但好在穿了防弹衣，伤势都不重。

唯一可惜的是，扎波卡已不见了踪影。

"二队注意，扎波卡已经逃走了，正朝你们的方向跑去。"

"是。"

耳麦里传来上级的说话声，他冷静地指挥着："一队跟上去支援。"

"是。"

树林中泥路多坑洼，不好走。

扎波卡他们常年活跃在这些地段，相比于警方要灵活许多。这也就导致连昀鹤他们追上去的速度慢了许多，等他们赶到时，二队的邹向毅他们已经在跟扎波卡一伙交火了。

枪林弹雨，场面十分混乱。

连昀鹤匆匆扫了一眼，发现了邹向毅所在的位置，他才拿起枪，后头却突然传来一阵惨叫声。

连昀鹤还没来得及转身，率先听到了旁边的魏凌洲和陈卓羽的声音。

两人嗓音急切，大喊着："连队小心！"

潭州，四月多雨。

曲歆苒坐在办公室里，看着窗外的绵绵细雨，叹了口气。不知道为什么，从前天开始她就一直心绪不宁，感到十分不安。

这种感觉十分不舒服，似乎有什么不好的事情即将发生一样……

下午五点放学回到家，吃完晚饭后曲歆莯又拿起了手机，却依旧没有连昀鹤的任何消息。

心底的不安越发强烈，甚至压得她有些喘不过气来。

曲歆莯反复刷新着，想要收到连昀鹤的消息，然而一条也没有。

她抿了抿唇，把手机息屏，拿起笔写起教案来。

这天晚上，曲歆莯反反复复做了好几个梦，梦彼此没有关联，但几乎都是关于连昀鹤的。

有不好的，也有好的。

半梦半醒间，现实与梦境交织在一起，让曲歆莯在凌晨四点多惊醒了，惊醒之后，就再也睡不着了。

她忍着眼睛的酸痛，给自己泡了杯热牛奶。

客厅里的谷雨睡得正熟，曲歆莯走过去摸了摸它的头，然后裹了一条毯子，坐在主卧阳台的吊椅上，开始发呆。

直到夜色退去，太阳缓慢地升起，楼下人群熙攘流动时，曲歆莯才站了起来，开始洗漱，吃早餐，去学校。

今天她只有上午的第四节课，以及下午的两节课，但因为昨天晚上没睡好，早上又醒得早，她有些头痛。

曲歆莯收拾好后便直接来了学校，坐在办公室里，她揉着阵阵发痛的额头，开始备课。

没过几分钟，便有电话进来了，曲歆莯垂下眸，看着屏幕显示"郑佳意"这三个字，接了起来。

"歆姐，连队跟高瑾词他们好像前几天就回潭州了！"

闻言，曲歆莯不由得愣了一下。

不过很快，郑佳意欣喜的语气却淡了下来："只是歆姐，有一个不好的消息，连队他……"

曲歆莯的心瞬间提到了嗓子眼……

坐上网约车好几分钟后，曲歆莯都没缓过神来，她的耳边一直回响着郑佳意的那句："连队他在队里玩得最好的朋友，邹向毅，邹队，他……牺牲了。"

街头的树影和人群不断往后退，喜悦的情绪被邹向毅牺牲的消息冲刷得一干二净，曲歆莯难受得说不出话。

那一幕幕的场景似乎还在昨天，那么鲜活的一个人，出了趟任务，失联近九十天之后，牺牲了。

曲歆莯无法想象，也不敢想象邹向毅的妻子会有多难过，甚至连她从听到这个消息直到现在，都无法接受。

车内寂静无比，只有前排的电台在放着新闻，是关于一月初十几个国人在国外遇害的事情："根据最新报道，四月十九日，警方在 M 国将主犯扎波卡成功抓获……该武装犯罪集团，也随着扎波卡的被捕彻底瓦解。

"据悉，早在今年一月份，我国便派遣精英警察潜伏破案。在费时八十九天之后，任务取得圆满成功……"

"唉！"前方的司机叹了口气，"一月的时候动静闹得那么大，沸沸扬扬的。十几条人命啊！真是辛苦警察同志们了，听说这次还有牺牲的……家里人要伤心死了，真是造孽哟……"

接下来的话曲歆苒没有再听下去，她心乱如麻，想起连昀鹤之前跟自己提到邹向毅最小的小孩儿才三岁时，心情就更沉重了。

曲歆苒记得，她第一次见到邹向毅，是那次在远恒路。

那会儿，邹向毅从车里下来，先跟连昀鹤说了些什么。曲歆苒记得连昀鹤当时心情不是很好，然后那个比连昀鹤黑一点儿、更强壮一点儿的邹队便走到她面前，他脸上带着笑，介绍着："你好，我是潭州市特警支队第一大队中队指导员邹向毅。"

就如郑佳意所说，连昀鹤真的跟邹向毅玩得很好。

曲歆苒时常能看见他们俩勾肩搭背，笑着聊天。除了于朝和程砚南，邹向毅大概是连昀鹤最好的朋友，可是现在……

曲歆苒叹了口气，握紧了手机。

几十分钟后，车子在殡仪馆门前停下，确定扣完费用后，司机多看了曲歆苒一眼，便开车离去了。

曲歆苒在原地站了会儿，这才迈开脚步走进去。

来到追悼会大厅的门口，哭喊声传了出来。隔着人群，曲歆苒看见了坐在地上放声大哭的女人，而她双手揪着一截儿警服，曲歆苒顺着警服往上看，看到了连昀鹤。

他下巴上有一圈青色的胡楂，眼睛下带着乌青，身姿也不像以前一般笔直，而是驼着背。

连昀鹤嘴巴一张一合的，似乎在说些什么，但曲歆苒什么也听不清楚，她的目光集中在连昀鹤的脸上。

这么久不见，连昀鹤明显瘦了很多，也黑了很多，他脸上没了笑容，没了往日般的张扬活力，眼神麻木。

只这么一眼，曲歆苒的眼眶便红了，她所有酝酿好的情绪，在真正见到连昀鹤的一刻，悉数瓦解。

此时，曲歆苒的脑子里只有一个想法，那就是——走到连昀鹤身边去。

而曲歆苒也真的这么做了，但在离连昀鹤几步远的时候，她听见连昀鹤说：“对不起，嫂子，真的对不起……”

　　简简单单的一句话，让曲歆苒停下了脚步。她把目光移到大厅中央，看见邹向毅身上盖着国旗，他的脸色跟平时一样，没什么差别。

　　唯一有差别的是，邹向毅一动不动，就那么静静地躺着。

　　“连昀鹤，你以前跟我说过什么？”

　　坐在地上的女人哭得上气不接下气，其实她前几天刚得知这个消息时，就已经大哭过一次。她努力控制着情绪，却还是在开追悼会前崩溃了。就在前段时间，她还在生邹向毅的气，气邹向毅几个月没个消息，还想着等他回来要臭骂他一顿。

　　可现在什么都没了，什么都没了，邹向毅再也不会惹她生气了……

　　“你不是答应过我，你们俩会一起回来的，你明明答应过我……”

　　曲歆苒喉间一哽。她偏过头，强忍住眼泪，走了出去。

　　天空又下起了淅淅沥沥的小雨，夹杂着凉风，凄凉又萧瑟，曲歆苒回过头，看见魏凌洲和高瑾词都在偷偷擦眼泪。

　　曲歆苒也不禁红了眼眶。

　　一个半小时后，追悼会结束，接下来便是火化环节，前来哀悼的人陆陆续续地离去，留下的只剩邹向毅的家人以及连昀鹤。

　　曲歆苒看见蒋青云和连楚凝默默站在连昀鹤的身后，陪伴着他。

　　邹向毅的尸体送去火化时，连昀鹤没再跟去，他一个人站在空落落的大厅，低着脑袋，背一直驼着。

　　曲歆苒往前走了一步，实在没忍住，出声喊道：“连昀鹤。”

　　连昀鹤没动，过了好几秒，他才木讷地抬起头，朝曲歆苒看了过来。

　　曲歆苒看见连昀鹤的眼尾似乎更红了，他又在原地站了会儿，然后便大步朝她走了过来。

　　腰间一紧，曲歆苒感受到连昀鹤把下巴埋在了她的肩胛骨处，他的声音有些颤抖，喊了句：“苒苒。”

　　曲歆苒回抱住连昀鹤，应道：“嗯，我在。”

　　连昀鹤又叫了一声：“苒苒。”

　　曲歆苒还没来得及回应，便感受到一滴温热的泪水滴落在脖间。曲歆苒心头一紧，手掌轻轻拍打着连昀鹤的背，语气轻柔。

　　“嗯，我在。”

　　连昀鹤有太多的话想对曲歆苒说，可到了嘴边，全都化成了“苒苒”两个字。

　　他想对曲歆苒说邹向毅的事情，他想跟曲歆苒聊聊这八十九天发生的事情，他想亲亲曲歆苒，对曲歆苒说“我好想你”，可邹向毅的牺牲给他造成的冲击太大，大到他见到曲歆苒时，除了叫"苒苒"，什么也说不出口。

"苒苒，他这次回来就能升职的……"

听到连昀鹤这句话，曲歆苒安抚的动作一顿，眼眶瞬间湿润了。她不知道该说些什么才能安慰连昀鹤，在这一刻好像说什么都没有用了。

身后的蒋青云看着紧紧抱住曲歆苒的连昀鹤，长叹了口气。

从前几天回来开始，连昀鹤除了自责并跟邹向毅的妻子不断道歉外，没有在外人面前展露出一丝脆弱，也没有掉过一滴眼泪，就跟当初连国耀去世的时候如出一辙，他主动挑起大任，默默承受一切，独自消化那些负面情绪。

蒋青云原本以为，连昀鹤的性格就是这样。

可他屡屡在曲歆苒面前破例，无论是以前，还是现在，他的所有冲动、温柔、脆弱，无一例外，都给了曲歆苒一个人。

连昀鹤好像从始至终，都格外偏爱曲歆苒。

之前，蒋青云不太懂连昀鹤的这份执着和专一，为什么他能暗恋苒苒这么多年，非苒苒不可，而现在她懂了。

或者说，从上次苒苒在墓地里说了那番话后，蒋青云便懂了。

不只是连昀鹤把他所有的温柔和偏爱给了曲歆苒，曲歆苒也把所有的温柔和爱给予了连昀鹤。

他们两人之间，从来都是双向奔赴的爱情，苒苒永远值得连昀鹤的这份深情与专一。

蒋青云吐出一口气："走吧。"

"走？"身旁的连楚凝表情有些疑惑，"不管连昀鹤了？"

蒋青云无奈地笑了笑："苒苒会管的。"

那天回去之后，连昀鹤跟曲歆苒聊到了天亮，关于邹向毅是怎么牺牲的，她也大概了解到了。

根据连昀鹤所说，他们一队刚到现场支援后，突然从身后跳出了几个人，他们手持刀斧，砍伤了好几名警员。

连昀鹤反应很快，躲过了一劫，没伤到。

但二队邹向毅那边情况就没这么好了，扎波卡的手下觉得反正被捕，他们那么多罪行加在一起也是难逃一死，还不如拼一把，看看能不能逃走，于是都跟不要命了似的，打算来个鱼死网破。

邹向毅便是在阻拦扎波卡逃走的枪林弹雨中，牺牲的。

具体的细节连昀鹤不愿再提起，曲歆苒也就没再多问。

这天晚上，连昀鹤还跟曲歆苒提到了扎波卡武装犯罪集团的恶行。那些黑暗的事情，是曲歆苒想都不敢想的，却真真实实地发生在这个世界上，这让她不禁想起了一句话：

我们不是生活在一个和平的年代，我们只是生活在一个和平的国家。

而这些和平，是先烈们和现在一个个像邹向毅的警察，用自己的生命换来的。

曲歆苒眨了眨发酸的眼睛，她微微偏头，看着抱着自己安稳睡着了的连昀鹤。

"连昀鹤，我是不是从来没跟你说过我爱你？"

耳边传来连昀鹤绵长轻浅的呼吸声，曲歆苒靠近了些，她仰头亲了亲连昀鹤的嘴唇，嗓音温柔。

"我爱你。"

只爱你。

永远爱你。

追悼会结束后，局里给整个突击队放了两个星期的长假，连昀鹤却始终兴致不太高，闷闷不乐的，似乎还没有从邹向毅牺牲的事情里走出来。

曲歆苒使出浑身解数，平时下班带连昀鹤去吃好吃的，周末跟连昀鹤出去玩，却依旧起不到半点儿作用。

直到五一劳动节，曲歆苒带着正在休假的连昀鹤去了游乐场。

假期人流量大，排队都要排很久。尽管心情不好，连昀鹤还是给足了曲歆苒耐心，总是曲歆苒说要玩什么就玩什么，说要买什么就买什么。

连昀鹤就负责依着她，十分配合。

中午吃饭的时候，曲歆苒找了个上厕所的借口，在商城里给连昀鹤买了一个会发光的兔子头饰。

等到再回去时，发现连昀鹤面前站了两个女孩子，其中一个举着手机，似乎是在要微信。

曲歆苒脸上的笑容瞬间淡了下来，她不高兴地撇了撇唇。看见连昀鹤表情淡淡地说了一句什么，两个女生遗憾地走开后，她才又高兴了起来，小跑到连昀鹤面前。

"看我买了什么？"

看到曲歆苒眼里的兴奋，连昀鹤笑了笑："很可爱，我帮你戴上吧。"

连昀鹤刚伸出手想去拿，谁知曲歆苒猛地一缩手："不要，这是给你买的。"

连昀鹤一愣，不确定地问："给我买的？"

"嗯，对啊。"曲歆苒笑盈盈的，再次重复，"给你买的。"

"小朋友才戴这些东西。"

话虽是这么说，但连昀鹤还是顺从地弯下了腰。

曲歆苒看着百般依着自己的连昀鹤，笑得更开心了。

她边帮连昀鹤戴上兔子耳朵，说："小朋友好啊，小朋友无忧无虑。"

连昀鹤又是一愣，还没来得及做出反应，曲歆苒便接着说："所以我希望连昀鹤你也无忧无虑的，永远开心健康呀。"

眼前的曲歆苒笑得眉眼弯弯，连昀鹤清楚地察觉到，她比以前活泼快乐多了，就好像因为他的到来，苒苒真的变成了一个小朋友。

连昀鹤笑了一下，他伸手揉了揉曲歆苒的头发："不许学我。"

看见连昀鹤这么久以来，再次露出发自内心的笑容，曲歆苒总算松了口气，她顺势抱住连昀鹤的腰，朝他笑着。

"已经学完啦。"

"既然这样，就罚你请我吃火锅。"

"没问题。"曲歆苒拍了拍胸脯，"包在我身上。"

连昀鹤挑挑眉："这么爽快？"

"当然啦。"曲歆苒脸上满是得意，"反正你的工资也在我手里，用你的你也不知道呀。"

连昀鹤无奈地笑了笑："苒苒小气鬼。"

"谁说的，我明明很大方。"

"小气。"

"大方。"

…………

那天从游乐场回去后，连昀鹤脸上的笑容也逐渐多了起来，到了五月中下旬，连昀鹤结束休假，恢复了工作，他慢慢从邹向毅牺牲的悲伤里走了出来，所有的一切似乎都回到正轨上。

只是每到节假日，连昀鹤就会带着曲歆苒去看望邹向毅的妻子。

邹向毅的妻子从最开始的崩溃，到现在提及邹向毅时也能很好地控制自己的情绪了，就如她自己所说一般：事情已经发生，而活着的人总归要调整好心态，活下去。

六一儿童节这天，曲歆苒结束工作后，走出办公室，看到了倚在走廊上的连昀鹤。他穿着简单的白色短袖，露出半截儿手臂，眉眼低敛着，不知道在看什么。

背着书包的连宇远站在他的身侧，一脸期待地说："舅舅！舅舅！今天是六一儿童节哎。"

连昀鹤"嗯"了一声："我知道。"

见自家舅舅没什么表示，连宇远只好直白地说道："你没有什么礼物要送给我吗？”

一直在看手机的连昀鹤终于有了反应。他低下眼，表情淡淡的，看向连宇远：“你长大了，要学会自己买礼物。”

连宇远无语了，这说的什么话？

“舅舅你有必要这么小气吗？”连宇远板着一张脸，“我要的礼物又不贵，只是一台笔记本电脑而已。”

连昀鹤气笑了：“只是一台笔记本电脑而已？”

连宇远一本正经地道：“我买来是有用的，又不是拿来玩的！”

“叫你妈给你买去。”连昀鹤不为所动。

“我妈要是肯给我买，我会来找你吗？”

连昀鹤点了点头：“好有道理。”

“是吧？”连宇远小脸上满是得意之色。

站在一旁的曲歆苒无奈地笑了笑，紧跟着，她看见连昀鹤收好手机，微微弯腰，嗓音低沉，说出来的话却极其恶劣。

“要不然这样，你叫我一千声‘好舅舅’，我就给你买。”

连宇远：“……”

连昀鹤眉梢微扬：“怎么样，划算吧？”

“……”

曲歆苒看着黑着一张脸、被气得说不出话的连宇远，没忍住笑出了声，这一笑，连昀鹤立马站直身子看了过来。

一看到是曲歆苒，他脸上瞬间带上了笑：“下班了？”

曲歆苒点点头：“嗯。”

“那走吧。”

说完，连昀鹤立马拦住了迈开脚步的连宇远，对他说：“你在这儿等你妈，要不自己坐车回去。”

连宇远彻底怒了：“你都来接舅妈了，我就不能跟着你们一起回去吗？”

“不能。”连昀鹤没有半点儿犹豫，“我们不回去，要出去过儿童节，你就别跟着瞎掺和了。”

连宇远完全蒙了，到底谁才是儿童？

不给连宇远反驳的机会，连昀鹤直接拉着曲歆苒走了。

临走前，曲歆苒还试图劝说连昀鹤，带上连宇远一起。谁知道连昀鹤看都没看连宇远一眼，直接回道：“他都这么大了还不能自己坐车回家，他不如去巨婴国当国王。”

被抛在身后的连宇远：“……”

两人牵着手并肩走下教学楼，曲歆苒挠了挠连昀鹤的掌心，偏头问他：“真的不管远远了吗？”

"不管。"

连昀鹤的回答斩钉截铁，末了，又加了句："苒苒，远远是男孩子，不需要那么娇气地养着。他需要清楚他爷爷、他太爷爷是干什么的，这样才好成长为一个正直的人。"

曲歆苒笑了笑，很难不赞同这句话。

毕竟连昀鹤的爸爸是缉毒警察，他的爷爷是一名军人，连家的男孩子向来正直，连宇远也不能例外。

"那如果你以后有女儿也这么养吗？"

听到曲歆苒的问题，连昀鹤皱起眉，显然犹豫了。过了好半天，他才含含糊糊说了一句："到时候再看。"

曲歆苒笑了笑，没说话。

在距离车几步远的时候，连昀鹤突然加快了脚步，他打开了后备箱，然后朝曲歆苒招手。

曲歆苒不明所以地眨了眨眼，走了过去。

一走过去，曲歆苒便看到里面满是巧克力、糖果和鲜花，周围还绕了一圈彩灯，精致又绚丽，一看就知道连昀鹤花了不少心思。

曲歆苒微微一愣，惊讶地看向连昀鹤："这是给我的吗？"

"嗯，给你的儿童节礼物。"连昀鹤唇边带着笑，"苒苒，节日快乐。"

听到这句话，曲歆苒脸上满是笑容，她主动踮起脚，搂住连昀鹤的脖子，亲了亲他的嘴唇。

连昀鹤也搂住曲歆苒的腰，回应了一个浅吻。

曲歆苒看着近在咫尺的连昀鹤，傻笑了两声。她目光错开，落到连昀鹤背后美丽的落日上。此时天色还明亮着，晚霞飘浮在天边，一片片金色，晕染在天空尽头，点缀人间，美得一发不可收拾。

在重逢之前，曲歆苒从来没有想过，有一天她会和连昀鹤在落日下亲吻。

遇到连昀鹤之后，似乎以前的那些日子都只是在将就，连昀鹤注重仪式感，会包容她的自卑和敏感，给足了她耐心，也倾尽了温柔。

在这纷乱的世界，连昀鹤对她的爱意清澈而又纯粹。

而在这难挨的人生里，曲歆苒在想，其实她原可以忍受生活的枯燥无味，如果连昀鹤没有朝她走来。

但很荣幸，她能在这灰暗荒芜的世界里，抓住她唯一的光。

"在想什么？"

听到连昀鹤的声音，曲歆苒回过了神。她眨了眨眼，坦然道："在想怎么样才能跟连昀鹤结婚。"

说完，曲歆苒顿了顿，她的笑容明媚又动人，问他："连昀鹤，你能娶我吗？"

　　似乎是没想到曲歆苒会说这句话，连昀鹤不由得一愣。他很快反应过来，眼底的笑意愈浓，恣意又张扬。

　　一如当初那个耀眼夺目的少年，一字一句坚定地回答道——"当然，我的荣幸。"

番外一
结婚

　　这天晚上，两人在第一次约会的乌德堂吃完饭后，连昀鹤便带着曲歆苒来到江边散步消食。他把车停在路边的停车位上，然后牵着曲歆苒的手，沿着江边的街道，两人悠闲地往前走。

　　六月的晚风也带着丝丝燥热，风吹动树梢，街头繁华熙攘。

　　"连昀鹤。"

　　曲歆苒的声音在他耳边响起。

　　连昀鹤下意识偏头看去，他看见曲歆苒眉眼弯弯，朝他笑着："明年要是有机会的话，我们一起去西藏吧。"

　　连昀鹤笑她："今年不行吗？"

　　曲歆苒愣了一下，然后解释道："我这不是怕你工作太忙嘛，反正我是有暑假的。"

　　"但我有婚假。"连昀鹤看着曲歆苒，"而且，我属于晚婚，婚假有十五天。"

　　"这么久？"曲歆苒一脸惊讶，"你七月才生日，还没满二十八岁就属于晚婚了吗？"

　　连昀鹤"嗯"了一声："二十五岁之后就属于晚婚了，所以都是你的错。"

　　曲歆苒眨了眨眼，眼底满是不解："为什么是我的错？"

　　"你要是高中毕业的时候就对我说……"连昀鹤顿了下，然后故意学着曲歆苒的语气说话，"'连昀鹤，你能娶我吗？'说不定我们大学就已经去西藏了。"

"怎么可能。"曲歆苒笑了起来，"我就算那会儿表白也不会直接让你娶我呀。"

连昀鹤思考了会儿："也对，那怪我，应该早点儿跟你表白。"

曲歆苒看着眉梢微抬，眼底带笑的连昀鹤，也跟着笑了笑。

"所以苒苒，你能告诉我……"连昀鹤顿住，他很想知道为什么那年曲歆苒会当众澄清那些流言，毕竟当时他连情书都写好了，打算毕业后跟曲歆苒表白的。

"什么？"见连昀鹤没有继续说下去，曲歆苒不禁疑惑地问出了声。

迎上曲歆苒好奇的眼神，连昀鹤想起了之前的事情，突然就明白当时曲歆苒是怎么想的了。

连昀鹤抿唇笑了笑，话锋一转："我们什么时候去领结婚证？"

听到这句话，曲歆苒顿时表情一怔，她反应了几秒，然后笑着答道："随时。"

消完食回到家后，已经是晚上九点半了。

曲歆苒坐在客厅跟谷雨玩了会儿，便抱着衣服打算去洗澡。她洗了个头，花费的时间比较久，而连昀鹤就坐在卧室的阳台上，他听着浴室里传来的哼歌声，低头笑了一下。

苒苒今天好像很开心，脸上一直带着笑容，话也比以前多了不少。

连昀鹤很高兴，也很庆幸苒苒能越来越开朗。

"我洗好啦。"

曲歆苒的声音在门口响起，连昀鹤坐直身子，看了过去。

看到曲歆苒穿着可爱的睡裙，她的头发用干发帽挽着，素着一张脸，眼睛乌黑明亮。

连昀鹤的视线往下，简单地瞥了一眼后，又慌忙收了回来。他站了起来："嗯，我去洗。"

曲歆苒看着从自己身边匆匆路过的连昀鹤，不解地眨了眨眼。

站在原地想了会儿，也没想明白后，曲歆苒放弃了，她坐在床上玩了会手机，刚摘下干发帽，拿起吹风机想要吹头发。

手上的吹风机便被连昀鹤接了过去，他嗓音低低的："我帮你。"

曲歆苒往后看了连昀鹤一眼，没拒绝。她乖乖地坐在床尾，身后响起吹风机的声音。

曲歆苒的视线落在窗外因风拂动的树枝上，她感受着连昀鹤指尖绕过发丝的动作，忽然低头笑了笑。

但想到连昀鹤今天提到结婚的事情，曲歆苒脸上的笑容又收敛了几分，虽然之前杜琳那边说过会帮她之类的话，但曲承文……

曲歆苒垂下眸，唇紧抿着，开始在心中盘算怎么办。

几分钟后，吹风机的声音停了下来。曲歆苒摸着差不多干了的头发，正要回过头，却听见连昀鹤说："在想什么？"

迎上连昀鹤真诚好奇的眼神，曲歆苒沉默了会儿，然后如实回答："想结婚的事情。"

连昀鹤收吹风机的手一顿，很快反应过来曲歆苒在担心什么，于是开口安慰道："苒苒，你什么都不需要做，这些事情交给我解决。"

"可是我不想交给你解决。"

曲歆苒语气坚定，她很清楚自己的父亲是一个什么样的人，她不想，也不愿看到连昀鹤一个人面对。

连昀鹤微微蹙起眉，刚要说什么，曲歆苒却接着说了句："我们可以一起解决。连昀鹤，除了跟你结婚，其他的我什么都可以不要。婚礼盛不盛大无所谓，彩礼也无所谓，重要的并不是这些过程，而是最终的结果。"

曲歆苒知道连昀鹤买了浅水湾的房子后，手上基本没什么闲钱了，其实那些繁缛礼节她本来也不在意，没钱大不了以后补办婚礼。

真心永远比这些仪式要重要。

连昀鹤沉默着，始终没发表意见。

过了好半晌，他突然冒出来一句："苒苒，你明天上午第一节课能跟其他老师调一下吗？"

闻言，曲歆苒不由得愣了一下。她下意识地回头看向连昀鹤，有些疑惑："为什么啊？"

连昀鹤的视线落在曲歆苒粉嫩的唇瓣上，他眼神灼灼，没有回答曲歆苒的问题。

曲歆苒目光一滞，还没来得及反应，炽热的气息便洒了下来，她的腰被搂住，连昀鹤简单地亲了一下她的嘴唇，嗓音有些低哑。

"担心你起不来。"

事实证明，连昀鹤的担心确实是有理由的。

那天晚上，曲歆苒不记得自己究竟几点才睡，只知道早上九点去学校时，眼睛都睁不开，只记得半梦半醒间，听见连昀鹤说："苒苒，过程和结果一样重要，我会娶你，用我最大的诚意。"

六月五日芒种这天，连昀鹤特意请了假，和曲歆苒回了趟北山镇。

按照导航和曲歆苒的提醒，两人开车到了她生活了十几年的地方。路过破旧的工厂，走过昏暗狭窄的楼道，他们最终在一扇铁门前停了下来。

曲歆苒看着眼前老旧的环境，抿了一下唇，抬手敲了敲门。

没过多久，杜琳便出来了。她只是淡淡地看了两人一眼，脸上没什么表情，而曲承文则站在杜琳的身后。

曲歆苒早已经习以为常了，她表情没变，主动喊道："爸妈。"然后牵住身旁的连昀鹤，介绍道，"这是我男朋友，连昀鹤。"

连昀鹤稍稍颔首："叔叔阿姨好，我是苒苒的男朋友连昀鹤。"

听到连昀鹤的自我介绍，杜琳脸上还是没什么表情，她只是侧身，给两人让出一条道，然后说："进来吧。"

相较于杜琳这副冷淡疏离的模样，曲承文倒是热情很多。他笑眯眯的，抬手搭上连昀鹤的肩。

"好好好，快进来。"

连昀鹤点头应了一声，便走了进去，然后站在门口，看着地上堆着的鞋子，有些下不去脚。

杜琳回头看了连昀鹤一眼，语气淡淡道："不用换鞋，直接进来吧。"

"对对对。"曲承文也跟着附和，"不用换鞋，反正家里地板也好几天没拖了。"

连昀鹤轻抿了一下唇，"嗯"了一声，然后跟着曲歆苒走进客厅。

杜琳没招呼连昀鹤，直接回了房间。曲承文没在意，毫不客气地朝曲歆苒喊："去倒茶。"

曲歆苒拧起眉，还没做出反应，身侧连昀鹤牵住她的手又紧了紧："不用了，叔叔，我不爱喝茶，而且我下午还要上班，就不跟您绕弯子，今天来主要是为了苒苒的事情。"

一听这话，曲承文顿时乐了："我就喜欢你这种直入主题的人，痛快！"

连昀鹤礼貌性地弯起唇，回了个笑脸。

"结婚好啊！苒苒她早就该结婚了，女孩子家家的单身到这么晚，大龄剩女，我之前还怕她嫁不出去呢！"

闻言，连昀鹤忍不住皱了皱眉。

曲承文没注意到，还在继续说："那我也就直说了，苒苒是我跟她妈妈含辛茹苦养大的小孩儿，真的是含在嘴里怕化了，捧在手心怕碎了的宝贝。我就想知道你和你们家是什么情况啊？"

连昀鹤："我目前在潭州市第一特警支队工作，我的父亲是警察，前些年去世了，母亲目前还在检察院工作，马上就要退休。还有个姐姐，在文物局工作。"

"一家子好工作啊！好啊！"曲承文意味深长地看了曲歆苒一眼，"没想到苒苒能找到条件这么好的男朋友，不错不错。苒苒，你改天带上我们，跟小连的妈妈吃顿饭，然后商量商量结婚的事情。关于彩礼呢，我和苒苒妈妈想的是八十八万，小连你看……"

听到曲承文这句话，曲歆苒不乐意了，眼神淡淡，道："我的想法是今年先把结婚证领了，暂时不办婚礼，至于彩礼，反正我们家条件也不太好，

· 318 ·

干脆以节约为主，都不要了。"

"那怎么行！"曲承文立马急了，站起来反驳，"不办婚礼、不要彩礼嫁妆像个什么样？必须办，要不然你们俩就别结了。"

料到了曲承文会有什么反应，曲歆苒没有很生气，只是觉得曲承文这副无耻贪婪的表情十分好笑。

家里什么情况，曲承文心里能不清楚？

当初她奶奶刘桂凤生病的时候，曲承文不愿意花钱给刘桂凤治疗，闹得那么难看，街坊邻居皆知，现在还要来这么一出？

八十八万的彩礼，曲承文怎么不去抢钱？

"反正我不同意！"

曲承文彻底不高兴了，他目光不善地看着曲歆苒，贬低的话不断往外冒："曲歆苒，你就非要把自己弄得这么下贱吗？他们全家都这么轻视你，你还贴着脸往上赶？世界上的男人都死绝了是吧！"

关于曲歆苒的家庭，连昀鹤一直都是从她口中听说。

第一次切身感受后，才明白曲歆苒在无意间其实漏掉了很多，有些可能是她不愿意讲得太具体，有些或许已经忘得差不多了。

连昀鹤微微侧头，他看着脸上没什么表情的曲歆苒，心情沉重。

也许对于曲歆苒来说，这样贬低的话她已经从她的父母嘴里听过无数遍，早已麻木了，但对于头一次听到这些话的连昀鹤来说，很刺耳。

"爸。"曲歆苒语气平静，"您不用说这些话来打击我，这件事我不会让步，八十八万的彩礼您想都不要想。您是嫁女儿，不是卖女儿。"

最后这句话彻底激怒了曲承文，他的脸色一下子变得很难看，气得指着曲歆苒大喊："我卖女儿？我这是为了你好！不让他们家小看你，到了你嘴里倒好，变成了卖女儿？曲歆苒，你摸着自己的良心，我跟你妈辛辛苦苦养你到这么大容易吗？你还真被你姨妈说中了，白眼狼！"

坐在沙发上的曲歆苒淡淡地看了曲承文一眼，并不想跟他进行无谓的争吵，但显然，这样的表情落在曲承文眼里，直接变成了一种挑衅。他刚想拿起手边的茶杯朝曲歆苒甩过去，杜琳却走了出来。

"户口本，拿了赶紧走。"

红色破旧的户口本被杜琳扔了过来，曲歆苒下意识地伸手接住。

曲承文脸上一愣，随即重重地拍了一下桌子，质问道："杜琳你什么意思？你也赞成曲歆苒这样做？"

闻言，曲歆苒下意识地看向杜琳。

杜琳低着头，面无表情地喝了口水。

似乎是察觉到曲歆苒的注视，杜琳不禁抬起眼看向了她："傻站着干什么，拿着走啊。"

曲歆苒抿了抿唇，没动。

　　见两人没反应，杜琳干脆直接上手。她赶着两人往外走，嘴上还说："走走走，赶紧走。"

　　站在后面的曲承文一见到杜琳这副反应，立马破口大骂："杜琳，你今天是哪根筋不对劲？你知不知道你现在在干什么，你……"

　　站在门口的杜琳置若罔闻，她只是催促着曲歆苒、连昀鹤两人赶紧走，理都没理曲承文。

　　无奈，曲歆苒只能听从杜琳的话，打开门走了出去。

　　听着曲承文骂人的声音，连昀鹤没有跟上曲歆苒的脚步。他冷静地转过身，直视着曲承文和杜琳，开口说道："叔叔，有件事希望您能知道。"连昀鹤眼神淡淡的，"我跟苒苒是高中同学，今年是我暗恋她的第十二年。高中的时候苒苒的成绩一直稳居第一，甩我一条街，她的口才也很好，经常代表我们班每周一上主席台演讲。高一时，苒苒的作文就拿过全国中学生作文大赛一等奖，后来也陆续在各种书刊上发表过文章，赚过稿费。她漂亮、温柔、有耐心，是我见过的最好的女孩儿。"

　　连昀鹤顿了一下，又接着说："我说这么多其实并不觉得您会反思自己。更何况事情已经发生，您和阿姨对苒苒做过的那些事情，已经对她造成了实质性的伤害，就算现在懊恼、道歉也没什么用了。我只是为了告诉您——您的女儿，远比您想象的要优秀很多。"

　　话说到这里结束。

　　门外的曲歆苒不由得抬头看向连昀鹤，她看着连昀鹤线条分明的侧脸，心里好像被什么东西慢慢填满。

　　这么多年，曲歆苒一直觉得自己的生活贫瘠得像一块旱地，缺少乐趣，也甚是枯燥乏味。

　　可现在，连昀鹤越过重峦、踏过荒芜，在她这片旱地前停下。

　　停下，并种下了一朵花。

　　瘦弱的花枝迎着骄阳恣意生长，然后万物开始复苏，从此春和景明，他成了她全部生活的信仰。

　　牵着曲歆苒走到楼下时，外头骄阳正烈，蝉鸣阵阵。

　　两人回到车上，连昀鹤俯下身，刚想帮曲歆苒系安全带，脸颊便传来浅浅温热的感觉。

　　是曲歆苒偷亲了他一下。

　　连昀鹤不由得停下动作，抬起眼，朝曲歆苒看去。

　　"连昀鹤。"曲歆苒嗓音甜美，笑得眼睛弯了起来，"我能向你要一个法式深吻吗？"

听到曲歆苒这句直白的话，连昀鹤眼神一愣。

没等连昀鹤回答，曲歆苒便主动搂住了他脖子，两人呼吸交织，连昀鹤也伸手抱住了曲歆苒的腰。

直到很久之后，曲歆苒都记得这天，记得连昀鹤的这句——

"您的女儿，远比您想象的要优秀很多。"

曲歆苒想，原来她真的可以什么都不要，只要连昀鹤就好。

拿到户口本后，曲歆苒跟连昀鹤在家度过了一个周末。

周一，她带上所有的资料跟连昀鹤去民政局领了证，当天中午，两人跟蒋青云还有连楚凝他们吃了顿饭。

连昀鹤提前跟蒋青云交代过曲歆苒的家庭情况，最后的结果就是蒋青云更喜欢苒苒了。

"苒苒，连昀鹤要是哪里惹你不高兴，你就告诉我，我一定不会轻饶他。到时候让他滚出去睡大街，不准回家。"蒋青云拍了拍曲歆苒的手背，"唉，我们家苒苒真是个好女孩儿，委屈你了。"

旁边的连昀鹤看着蒋青云心疼曲歆苒的眼神，哭笑不得："妈，您这样很容易让我怀疑自己到底是不是您亲生的。"

蒋青云白了他一眼："不用怀疑，自信点儿。"

连昀鹤无奈地摇了摇头，心底却也乐意见到自家妈妈这样对苒苒。

"好吧，那我委屈当这个'赘婿'。"

曲歆苒被连昀鹤逗笑了："'赘婿'也太夸张了吧。"

蒋青云见曲歆苒高兴，也乐了起来。她拉着曲歆苒笑道："苒苒，你跟妈妈商量一下哪天的日子比较好，别理连昀鹤这个'赘婿'。"

曲歆苒点头应道："好。"

最后，在蒋青云和连楚凝的提议下，曲歆苒和连昀鹤办婚礼的日子定了下来，在下月初九。

还有许多准备工作需要做，首先就是拍婚纱照。

曲歆苒特意找了连昀鹤轮休的时间，挑了家喜欢的婚纱店拍完了婚纱照，照片取回来后，曲歆苒就把它们挂在了客厅以及主卧的墙上。

在初九到来的前一周，两人把宾客名单商定好，然后就是一个个打电话通知。

为了不打扰曲歆苒打电话，连昀鹤只好走出主卧，来到客厅的阳台上。他看着手机上一长串的名单，目光落到邹向毅的电话上。

连昀鹤低下眼，抿了一下唇。

如果没有那场任务，邹向毅已经升职了，他本来应该事业、家庭双丰收的……

连昀鹤叹了口气，调整好自己的情绪，决定先打电话给程砚南他们。

他找到三人经常联系的微信群，打了语音电话。没过几秒，于朝第一个接了起来，紧跟着，程砚南也加入了语音通话。

"不得了。"于朝率先开口，说话阴阳怪气的，"少见啊，连大队长有时间跟我们打电话？"

连昀鹤被于朝逗笑了："通知你们来参加婚礼的时间还是有的。"

"婚礼？什么婚礼？"于朝愣了一下，"不会是你跟莳莳的吧？"

连昀鹤眉梢微扬，反问道："不然呢？"

"不是吧，这么快？"于朝"啧"了一声，"鹤哥你是真厉害啊。"

连昀鹤："还行，一般。"

于朝嗤笑一声："不会吧，你不会真的以为我在夸你吧？鹤哥你还记得自己追了莳莳十几年吗？"

连昀鹤沉默了一下，决定把一直不说话的程砚南也拉下水："谁还不是？你砚哥也追了盛枳十几年。"

程砚南："……"

"啧啧啧，你们俩是真不行啊。"

连昀鹤："你行，你被时眠甩？"

程砚南："时眠甩了你。"

"不是，我……"两人的话把于朝堵得笑不出来，"那是因为时眠想拿金牌，怕我影响她才暂时跟我分手，暂时懂不懂！"

连昀鹤："不懂。"

于朝气笑了，没得聊了。

"行，我现在就买飞机票飞回潭州，我们较量较量到底是谁行谁不行好吧。"于朝炸毛了，末了，又说了一句，"谁也不许尿。"然后就挂断了电话。

连昀鹤看着消失在通话界面的头像，觉得有些好笑："对了，于朝今年多大了？"

程砚南沉默了会儿，配合道："二十七了。"

连昀鹤挑了挑眉："还这么幼稚？"

"你应该习惯。"

连昀鹤笑了笑："也是。"

晚上八点，说到做到的于朝真的飞回了潭州。

出了机场，于朝便看到了穿着短袖的连昀鹤，而连昀鹤身旁则站着曲歆莳。

于朝不乐意地撇了一下唇，然后慢吞吞地朝两人走去。

"砚哥呢？"

连昀鹤挑了挑眉："怎么，你几岁啊，还要四个人来接你。"

于朝盯着连昀鹤，几乎是咬牙切齿道："走吧，决一死战。"

"先吃饭。"连昀鹤笑着拍了拍于朝的肩，"你砚哥订好位置等着我们呢。"

"行吧。"于朝勉为其难地答应了。

坐着连昀鹤的车，他们到达餐厅。

这个时候的于朝还没有发现有什么不对劲。

直到他走进包厢，看到程砚南跟盛枳挨着坐在一起，再看了看身边牵着手的连昀鹤和曲歆苒，无奈了。

怎么就他一个人是单身？

"坐啊，于朝。"

跟于朝还算熟的盛枳率先开口，她不怀好意地看了于朝一眼，然后说："别客气，你坐中间吧。"

于朝看了一眼程砚南和连昀鹤中间的位置，气笑了："我坐你们中间吃当'灯泡'？"

"也不是不行啊。"盛枳笑他，"谁叫你不带女朋友回来。"

于朝扯了扯唇，把面前的椅子拉开，坐了下来："眠眠在准备比赛，没时间。"

盛枳一听这个就来劲儿了："比赛？我的眠眠又要比赛去拿冠军了呀。"

"那是。"

于朝得意地笑了笑，很快他便反应过来不对劲，于是皱着眉说道："什么叫你的眠眠？时眠又是你的了？"

盛枳拿起面前的红酒，正要抿一口，却被程砚南拦了下来。她垂眸，看着那只白皙且骨节分明的手，然后迎上程砚南淡漠的眼神。

"你生理期还没过。"

盛枳撇了撇唇，妥协了。她拿起摆在一旁的果汁，刚喝一口，就听见于朝喊了一句："你们俩在交头接耳地说些什么呢？"

盛枳满不在乎："我给时眠画过一张跳水的画呀。"

闻言，于朝哼了一声："那你现在给曲歆苒画一张，曲歆苒也成你的了？"

"是啊。"

说着，盛枳越过中间的程砚南和连昀鹤，朝曲歆苒眨了下眼："温柔的美女谁不爱呀。"

曲歆苒不好意思地笑了笑，正想说些什么，连昀鹤的身子就往前倾了倾，挡住了她跟盛枳的眼神交流。

"程砚南。"连昀鹤不满地瞥向程砚南，"管好你家盛枳。"

听到这个称呼，程砚南抿了抿唇，还没来得及说什么，就被于朝抢先了："行了行了，少在我面前秀恩爱。"

话题被岔开，于朝开始数着时眠近两年的成绩。

曲歆苒看着正在炫耀的于朝，无奈地笑了笑，她往盛枳那边看了一眼，最后目光落在身旁的连昀鹤身上。

曲歆苒看着脸上一直带着笑容的连昀鹤，心情也跟着愉快起来。高中时，曲歆苒根本想不到他们三个人私底下会是这样的相处模式。

曲歆苒垂下眸，她看着被连昀鹤牵住的手，笑了起来，真好，连昀鹤什么都有。

"那你呢？"程砚南冷淡的声音在包厢里响起。

曲歆苒下意识地抬头望过去，看见程砚南正盯着于朝。

"我？"于朝愣了一下，然后笑着说，"砚哥，你是不上网还是老了记忆力不好啊？因为前两年那件事，我怎么去比赛？"

包厢内的气氛有些凝固。

连昀鹤皱起眉看向于朝，微微叹了一口气，于朝说的是什么，他们都心知肚明。那件事情太复杂，给职业生涯向来顺利的于朝也造成了不小的打击。

连昀鹤记得那件事发生的时候，他每次打电话过去，都能感受到于朝消极的情绪，毕竟于朝十五岁就进了国家队，十九岁首次参加奥运会就拿到了第一块属于自己的金牌，却因为误食兴奋剂而被取消了成绩。

从天之骄子到令人唏嘘，也不过是短短几天之内，对于朝来说，他承受不起。

饭菜已经全部上齐，十分丰盛，四个人看着率先拿起筷子的于朝，都没动。

"不是。"于朝皱起眉，忍不住说道，"你们一对已经结婚了的，一对马上要结婚了的，齐齐愁着脸对着我一个没结婚的是要干吗？我又不是腿瘸了不能游泳了。"

"你还说呢。"盛枳撇撇唇，"就你这爱哭的德行，不能游泳得哭死。"

听到这话，于朝不乐意了，他瞪着盛枳："什么叫我爱哭？盛枳你说清楚，谁爱哭了？"

"你啊。我敢打赌，你当时肯定在时眠那儿哭过了，说不定还一把鼻涕一把泪的。"

于朝沉默了几秒，冷哼道："我是那种人？"

盛枳笑了笑："求抱肯定有吧？"

被说中的于朝直接沉默下来。

"被我说中了？"盛枳"啧"了一声，给于朝竖了个大拇指，"好，不愧是你。"

于朝撇了撇唇，懒得搭理烦人的盛枳。他夹了块排骨，然后抬头瞥了一眼给盛枳夹菜的程砚南，嫌弃地"啧"了一声。

砚哥真厉害，居然能喜欢盛枳这个烦人精十几年。

想到盛枳刚才的话，于朝冷哼了一声。

在自己喜欢的女孩子面前哭一哭怎么了？人总有心情不好的时候，求安慰要个拥抱怎么了？

吃完饭，于朝提议回趟潭州三中，其他几个人也欣然答应了。

一个半小时后，车子驶入熟悉的街道。

道路两旁树木葱郁，绿意盎然。车速渐慢，曲歆苒看见小卖部的老板躺在外头的凉席上，手中的蒲扇偶尔摇晃着，旁边报亭前站着一个小孩儿，此时正伸着手把钱递给老板。

"苒苒。"

听到连昀鹤叫自己，曲歆苒回过头望去："三中附近这些吃的，你对哪个最有印象？"

曲歆苒想了想："校门口左边有一家粉店，是一对老爷爷老奶奶经营的，我觉得味道很好。"

这么一说，连昀鹤一下子想起来了。

他记得高中的时候，曾看到曲歆苒坐在那家粉店里吃早餐。后来有很长一段时间，连昀鹤都不顾自家老妈的责备，坚持自己坐公交车去学校吃早餐。

不为别的，就想多看苒苒几眼。

想到这里，连昀鹤突然低笑了一下。他好像总是在做这种无用功，连个正经的表白都不敢。

"笑什么？"曲歆苒不解地看着他。

连昀鹤摇了摇头，说："没什么，那我们叫上程砚南他们晚点儿一块儿去吃？"

"不去了，大晚上吃粉不消化。"曲歆苒说，"而且大二那年，粉店的老奶奶因病去世了，然后老爷爷就把店关了。"

不了解情况的连昀鹤抿了一下唇，小心翼翼地往曲歆苒那边看了一眼："你大学回过三中？"

曲歆苒"嗯"了一声："我有时间就回来了。"

其实不是这样。她每年都会回来，但回来并不是因为怀念在潭州三中的日子，而是因为潭州三中曾经有连昀鹤。

曲歆苒记得在去读大学的前一天，她起了个大早来这边吃早餐，那时还没开学，学校外没几个人，店里也是。

曲歆苒坐在最里头的那张桌子边，当粉店的老奶奶端上来一碗馄饨时，她看到了站在老奶奶身后的老爷爷。

老爷爷的眼底满是爱意，视线一直黏在自己妻子身上。

不知怎的，曲歆苒的眼泪直接就掉了下来。她只觉得自己很讨厌，讨厌自己对连昀鹤的喜欢只能藏在心里，不敢说出口。

曲歆苒还记得，当时的自己边哭边吃着馄饨，很是狼狈。脑子里想的都是连昀鹤满眼爱意地看着其他女生的模样，光是这么一想，她就羡慕得不行。

不只如此，她还清晰地认识到，此后一别，她便很少有机会再见到连昀鹤了。

他们的人生会变成两条平行线，那个恣意耀眼、惊艳了时光的少年，最后只能被留在回忆里，而她跟连昀鹤，从来就没有未来。

"到了。"

连昀鹤的声音把曲歆苒的思绪拉了回来，曲歆苒看见停稳车的连昀鹤俯下身，先帮她把安全带解开了。

"在想什么？"连昀鹤嗓音温柔，眼底满是温柔的笑意。

曲歆苒愣了一下，然后笑着回道："在想一些糗事。"

"糗事？"连昀鹤解开安全带，朝她挑了挑眉，"愿意告诉我吗？"

"我才不呢。"

连昀鹤的目光落在曲歆苒唇边的浅浅梨涡上，他只是笑了一下，倒也没在意。

下了车，两人并肩往校门口的方向走去。

离门口还有一段路，曲歆苒便看到盛枳他们三个已经等在那里了，于是她拉起连昀鹤的手，快步走了过去。

校门口的保安大叔是新来的，无论他们怎么说，保安大叔都不让他们进去。

于朝转过身，无奈地摊了摊手："没办法了，不让进。"

曲歆苒抿了下唇，刚想说要不要打个电话给高中的班主任，就听见有人叫了句："程砚南？"

闻声，他们下意识地抬头看去，看到了站在门里面的光头教导主任。

"还真是你啊。"教导主任笑着摸了摸自己的肚子，然后看向其他四人，"曲歆苒也一起回三中了？"

没想到教导主任还对他们有印象。曲歆苒面上一怔，倒是程砚南很快接上，喊了句："主任好。"

其他几个人也迅速跟上："主任晚上好。"

"好。"教导主任笑了笑，开口问，"你们是要进来看看母校吗？"

于朝马上问："对，我们可以进来吗？"

"当然可以啊。"说完，教导主任转头跟保安大叔说了一声。

然后保安大叔就拿着钥匙开门了。

跟着教导主任走上一个小斜坡，曲歆苒听到盛枳说："主任，您记性真好，都这么多年了，还记得程砚南和苒苒。"

教导主任笑了笑："我也记得你啊，只是叫不上名字。你是当时那届唯一一个考上美院的吧？"

听到这话，盛枳立马惊讶地看向教导主任："您记性真好。"

"唉，人老了还谈什么记性好，"教导主任说，"只是你们那届优秀的人多，印象深刻一点儿而已。"

经教导主任这么一提，曲歆苒发现确实如此。她看了程砚南、盛枳还有于朝一眼，最后把目光落在连昀鹤的身上。

深觉那句话果然没错，优秀的人身边也是优秀的人。

没等曲歆苒多想，教导主任又开口说话了，他调侃着于朝："怎么就你一个人来啊？女朋友呢？"

于朝："她在准备比赛。"

闻言，教导主任意味深长地看了于朝一眼，然后开玩笑地问："是真的在准备比赛还是假的啊？"

"是真的！"于朝急了，"跳水运动员时眠您知不知道？就那个跳完水还特别漂亮的女孩子，在奥运会上拿了冠军的。"

"我知道啊。"教导主任眼神有些怀疑，"是你女朋友？"

"是啊。"说着，于朝就从口袋里掏出手机，"我有合照证明。"

"我找到了，主任您看看。"

"还真是。"

"那是，我……"

看着无时无刻不在炫耀女朋友的于朝，曲歆苒无奈地笑了笑。

夏日晚风带着丝丝燥意，曲歆苒抽出被连昀鹤牵住的手，转而搂住了他的手臂。

学校矮坡的左边是一排展示栏，右边则草木葳蕤，借着淡色月光往前看，她能看到不远处的篮球场。

上了矮坡，前头的教导主任转过身对他们说："我就不打扰你们了，慢慢看。"

"好的，谢谢主任。"

得到几人的回答，教导主任心满意足地离开了。

三中的操场和篮球场是一起的。

此时正逢课间休息时间，篮球场上有不少高中生在打篮球。他们几个人在草坪上坐了下来，旁边的于朝坐不住了。

"你们在这儿约会吧，我打球去。"

连昀鹤挑眉："你要混入高中生的队伍？"

"不然呢？"于朝白了连昀鹤一眼，"你们两个有妇之夫乐意陪我？"

"行啊。"连昀鹤似乎心情很好，也没拒绝，他站起来拍了拍程砚南的肩，"一起？"

程砚南点头也答应下来："嗯。"

见两人答应下来，于朝眼睛都亮了："先说好，我不会手下留情的。"

"要你手下留情？"连昀鹤笑道，"你高中输给程砚南多少次心里没点儿数？"

于朝哼了一声："今时不同往日，你们多少年没运动了，老胳膊老腿儿的，能打得过我吗？"

程砚南也来了兴致，他站起来看了于朝一眼，眉梢微抬："别哭鼻子就行。"

于朝无语地扯了扯唇，这俩没一个好东西。

连昀鹤看着率先走出去的程砚南，再看了看黑着一张脸的于朝，弯唇笑了起来。

"争点儿气，别哭鼻子。"

于朝忍无可忍了："不是，你们……"

曲歆苒看着走到篮球场上的三人，也跟着笑了笑。

没等盛枳站起来，她便主动坐到了盛枳的旁边。

对于曲歆苒的主动，盛枳是感到有些意外，但她很快想到了连昀鹤，于是揶揄道："苒苒，我看你比以前开朗了许多，肯定是连昀鹤的功劳吧。"

曲歆苒眼神一愣，不好意思地笑了笑。

知道曲歆苒容易害羞，盛枳也没再继续说，她把视线投到篮球场上，看着身穿简单白色短袖的程砚南，弯了弯唇。

"什么鬼，这么远还能投进？"

"……"

篮球场上传来惊呼声，曲歆苒看向站在三分线外投进球的程砚南，他表情淡淡的，看不出喜怒。

连昀鹤站在程砚南旁边，另一边的于朝主动搭上程砚南的肩膀。曲歆苒依稀还能听见于朝说："这个球厉害啊！砚哥，你最近几年真的没打球？"

恍惚间，曲歆苒好像又看到了当初他们在球场上，打得对手节节败退的样子。那会儿头顶骄阳正烈，少年肆意又张扬，一切都刚刚好。

　　曲歆苒低下头，唇边含着笑。

　　还好，她跟连昀鹤有未来。

番外二
礼物

在家休息一天后，连昀鹤趁着婚假带着曲歆苒去了西藏。

他们打算先坐高铁到上海。早在半个月前，连昀鹤就提早买到了上海出发去拉萨的火车票。这辆火车途经祖国大半的城市，尤其是进藏后，一路风景秀丽。

唯一煎熬的是要坐四十多个小时。

连昀鹤当时跟曲歆苒商量时，她没什么异议，反倒期待得不行，他也只得笑笑，顺着她的心意来。

出发去上海前，两人在家收拾行李，曲歆苒把自己的衣物都叠好放在床上后，便跑进了书房。

连昀鹤不知道曲歆苒干什么去了，好一会儿都没回来，于是顺手帮她把所有的东西都整理好，放进了行李箱。

等他做完这一切，走到书房伸手去开门，发现门反锁了。

连昀鹤眉梢一挑，抬手敲了敲门，喊道："苒苒？"

"等等。"屋里的曲歆苒声音明亮，略带点儿着急。

仔细一听还能听到东西搬动的声音，连昀鹤抿唇笑了起来，倒也没急，斜倚靠在门上。

没过多久，曲歆苒就来开门了。

她把书房门开了一条小缝，抬头看着连昀鹤，神色紧张，磕磕巴巴道："你能出去帮我买瓶酸奶吗？"

连昀鹤眼底带笑："家里有。"

"家里没有。"曲欹苒说，"我想喝那款草莓味的。"

头一次见曲欹苒这样无措，连昀鹤的视线往书房里瞥了一眼，曲欹苒连忙侧身挡住。他眼神微愣，没拆穿她，站直身子笑着回道："好，我去买。"

半个小时后，连昀鹤手上提着一袋子水果和零食，慢悠悠地回来了，他特意给足了曲欹苒准备惊喜的时间。

等回到家，打开书房门的那一瞬间，连昀鹤看见地上、空中都堆满了气球。屋内的灯被关了，只剩下昏暗的氛围灯。

从连昀鹤脚下开始，礼物盒子沿着气球和花瓣一路往里头延伸，书房的窗帘上挂着"生日快乐"，桌上还有个蛋糕，而曲欹苒穿着长及脚踝的粉色碎花裙子，气质温柔恬静。她手上捧着一束洋桔梗，白色的花瓣纯洁干净，亦如曲欹苒脸上的笑容。

"连先生，提前祝你生日快乐。"

闻言，连昀鹤眼神一顿，他的视线不自觉地被曲欹苒吸引，心头一动，正抬起脚要走过去，却被曲欹苒拦住了。

"你先拆礼物。"

"不要。"连昀鹤拒绝了。他径直走到曲欹苒面前，抱住她，俯下身亲吻她的嘴唇。

亲了一会儿，连昀鹤松开了她，笑道："这就是你藏着掖着好几天给我准备的惊喜？"

曲欹苒点了点头，羞得脸都红了："我想着到时候去西藏没办法给你准备生日礼物，就提前准备了。"

"我很喜欢。"

连昀鹤亲了亲曲欹苒的唇角。他弯下腰凑近了些，放在腰间的手慢慢移动了位置，紧跟着一字一句地补充道："谢谢老婆。"

听到这个称呼，曲欹苒的心跳陡然漏了一拍。她羞愧地趴在连昀鹤宽大的肩上，拦住他不安分的行为，小声说道："你先拆礼物，里面有很重要的东西。"

"不急。"连昀鹤的嗓音低沉暗哑，带着笑意，听得曲欹苒耳郭一麻，"先办正事。"

曲欹苒神色一惊，脸顿时红了，她声音细小如蚊："那去卧室。"

耳边连昀鹤的呼吸声沉了沉，他的手抱住曲欹苒的腰，把她放在书房的桌上："在这儿……"

容不得曲欹苒拒绝，连昀鹤便扣住她的后颈，低头又吻了起来。

后来的一切顺理成章，只是破坏了曲欹苒精心摆设的环境，书房被连昀鹤弄得一团糟，他甚至还踩破了好几个气球。

等曲歆苒洗完澡累得睡着后，连昀鹤也冲了个凉，把空调风口调上去后才来到书房。他看着被自己搅得一团乱的书房，心虚地摸了摸鼻子。

连昀鹤把所有的礼物盒子捡到了桌上，数了一下才发现一共有二十八个。

看来是他一岁到二十八岁的所有礼物。

连昀鹤弯唇笑了笑，抬手拿起"一岁"那个拆了起来，里面用盒子装了一份年代报，是他出生那年的，上面还有当日的社会新闻。

连昀鹤的视线扫过报纸上的日期，眼底藏不住的笑意，放回去时才看见压在底下的那封信，信的内容比较简短，只有一行字——

欢迎连昀鹤小朋友来到这个美丽的世界。

连昀鹤看着后头撒花瓣的小表情，无奈地摇了摇头。

"十七岁"的那个是一封信，信纸发黄，上面的字迹明显稚嫩青涩很多，连昀鹤才察觉到有些不对劲。

他站直身子，一字字地认真看完，然后激动地去拆"十八岁"的礼物和信，果然不出所料，从"十七岁"开始后的信全都不一样了。

字迹越往后越成熟，信里充满喜怒哀乐的情绪，那是他和曲歆苒分别的日子里，她给他写的信。

连昀鹤抿着唇，一片动容，他把所有的礼物和信都一一收好，然后回了卧室。

卧室的床上，曲歆苒正睡得酣甜，连昀鹤小心翼翼地掀开被子，摸了摸曲歆苒的头，抱着她睡着了。

这天晚上，连昀鹤做了个梦。

梦里的他在高考结束的那个下午，把告白信交给了曲歆苒，而后的十几年里，他都在曲歆苒身边，从未移开过一刻。

遗憾在梦里被补全，连昀鹤早上起来时心情格外好。

这种美好的心情一直持续到他们坐上去西藏的火车，在火车开过西宁后，曲歆苒不适应环境，有点儿高原反应了，大多数时候她都在昏昏沉沉地睡觉，看起来十分没有精神。

一路经过的雪山、草原和湖泊，曲歆苒都错过了。

不过好在连昀鹤都用相机拍了下来，之后在西藏的几天，有连昀鹤督促着吃药和喝葡萄糖，曲歆苒的高原反应也没那么严重了。

他们先在拉萨适应了一两天，去了布达拉宫，后来才去的纳木措和羊卓雍措。

由于曲歆苒有高原反应，最后在连昀鹤的坚持下，他们并没有去爬珠穆朗玛峰，看不到日照金山和漫天星河，曲歆苒是遗憾的。

　　毕竟来都来了，她没去就算了，害得连昀鹤也不能去。

　　两人在西藏待了一个多星期，拍了很多合照。

　　最后在连昀鹤婚假结束的前两天回到了潭州，回到家后连昀鹤先去洗澡，而曲歆苒则把拍的照片一张张贴在冰箱上。

　　贴好后，她看着最中间那张在布达拉宫的二人合照，抿唇笑了起来。

　　或许，一切都是最好的安排。

番外三
岁岁

　　一眨眼，连云舒就三岁了，她完美地继承了连昀鹤跟曲歆苒的优点，不仅乖巧可爱，还听话懂事，说是人见人爱都不夸张。

　　她嘴甜，每次都能哄得大人开心得合不拢嘴，像个小太阳似的，但她有个特点，只夸美女，不夸帅哥。

　　比如平时曲歆苒随便穿了一条碎花裙，连云舒就把她夸得好似天仙，而连昀鹤升职穿警服这天，连云舒只是淡定地看了自家老爸一眼，然后回过头对曲歆苒说："妈妈，你为什么喜欢爸爸呀？我觉得他长得一般呀。"

　　曲歆苒看着五官硬朗的连昀鹤，笑着抱住连云舒。

　　"岁岁，你确定你爸爸长得一般吗？"

　　连云舒点了点头："嗯，我确定。我都不知道为什么每次爸爸工作的时候有那么多阿姨喜欢他，明明妈妈你更漂亮呀，是爸爸捡了个大便宜。"

　　曲歆苒被连云舒逗笑了，她刚想说些什么，身后却传来连昀鹤略带疑惑的声音："什么大便宜？"

　　"没什么，就是岁岁说……"

　　见自家妈妈要说出来，连云舒赶忙伸出小手捂住了她的嘴，着急地说道："嘘！妈妈别告诉爸爸，这是我跟你的秘密。"

　　"好。"曲歆苒笑了笑，然后朝连昀鹤说，"我跟岁岁的秘密。"

　　连昀鹤弯了弯唇，倒也没在意，他一把抱起只到自己膝盖的连云舒，另外一只手牵着曲歆苒。

　　"晚饭想吃什么？"

　　一提起吃的连云舒就来了精神，她眼睛亮亮的，大声说道："我想吃炸鸡！"

连昀鹤"嗯"了一声，嗓音淡淡的："妈妈决定。"

"啊……"连云舒瞬间拉下了脸，她瘪了瘪嘴，妈妈肯定不会让她吃炸鸡的。

曲歆苒看着小脸上满是遗憾的连云舒，伸手捏了捏她肉肉的脸蛋："岁岁小宝贝，今天是爸爸升职，当然是爸爸决定吃什么。"

听到这句话，连云舒立马期待地看向连昀鹤。

连昀鹤眉梢微扬："炸鸡确实是不能吃。"

连云舒瘪了瘪嘴："好吧……"

"但是，"连昀鹤话锋一转，"下不为例。"

连云舒傻愣愣地眨了眨眼，还不懂下不为例是什么意思。

曲歆苒笑了笑："下不为例就是可以吃的意思。"

"好啊。"连云舒高兴地笑出了声，她声音稚嫩，却字字清晰，"我爱妈妈。"

连昀鹤疑惑地抬起眼："臭岁岁，明明是我答应你吃炸鸡的，你为什么说你爱妈妈？"

"本来就是呀。"连云舒说，"妈妈这么漂亮，我当然爱妈妈。"

"不行。"连昀鹤反驳，"妈妈是我的。"

连云舒："不对，妈妈是我的。"

连昀鹤睨了连云舒一眼："我的。"

"不行。"连云舒急了，"妈妈是我的！"

"不行也没用，是我的。"

…………

夕阳下，三人的影子被拉长。

曲歆苒看着笼罩在连昀鹤和连云舒身上的橘色晚霞，弯唇笑了笑，真好，她也什么都有。

郑佳意和高瑾词结婚这天，因为连昀鹤早上有工作，曲歆苒便带着连云舒去了，但很不凑巧，这天连云舒恰好感冒了。

因为喉咙发炎加上晕车，连云舒没了平时那股活泼劲儿，看起来怪可怜的。

郑佳意看着乖乖趴在曲歆苒肩头的连云舒，心都软了，她伸出手摸了摸连云舒的头发，皱着眉问道："歆姐，你要不要带岁岁去医院看看呀？我感觉她好没精神。"

曲歆苒回过头，她看着可怜巴巴的连云舒，抿了一下唇，解释道："去医院看过了，是喉咙发炎，可能因为嗓子疼岁岁才不愿意说话。"

郑佳意心疼地看着脸蛋白嫩的连云舒，又忍不住摸了摸她的脸蛋。

没聊几句，郑佳意就被化妆师抓回去补妆了，临走前，还搬了条凳子放在曲歆苒腿边。

抱着岁岁不方便，曲歆苒低头看了凳子一眼，然后揉了揉发酸的手腕，但又怕连云舒感冒闹别扭，曲歆苒只好用商量的语气跟她说："岁岁，我们坐凳子上好不好？"

没想到连云舒答应得很快："好。"

刚抱着岁岁一起坐下来，曲歆苒又想起自己还要给她泡药，于是她把岁岁放在凳子上，拿出包里的药，嘱咐道："岁岁，妈妈帮你去泡药，你不要乱跑，有事找佳意阿姨好吗？"

连云舒乖乖地点了点头。

曲歆苒又跟郑佳意提了一句，这才安心去泡药。

补完妆的郑佳意回过头，便看到连云舒睁着圆溜溜的大眼睛，乖乖地坐在凳子上。

她的腿很短，够不着地，所以在空中一晃一晃的。引得郑佳意母性暴发，提着厚重的婚纱就走到了连云舒面前。

"我们岁岁真的好可爱。"

连云舒任由郑佳意抱住，没挣扎。她闻了闻空气中的香味，然后张嘴就说："佳意阿姨，你今天好漂亮啊，身上也香香的。"

迎上连云舒真诚的小眼神，郑佳意乐得合不拢嘴，于是逗她："那瑾词叔叔帅不帅？"

连云舒拧着眉，憋了很久，才极其勉强地说了一句："帅。"

看到连云舒这些小表情，郑佳意更高兴了，她伸手揉了揉连云舒的小脑袋："我们岁岁还真是只夸漂亮姐姐呀，那你爸爸在你眼里是不是也很一般啊？"

连云舒点了点头。

郑佳意乐了，她拿出手机上自己偶像的照片，然后指着问："岁岁，你看这个人是不是很帅？"

连云舒看了眼手机上的照片，如实答道："他没有我爸爸帅。"

没想到会是这个回答，郑佳意惊讶地挑了挑眉。很快，她似乎想到了什么，于是在网上随便找了一堆明星的照片。

最后得到的答案都是：没我爸爸帅。

郑佳意懂了，合着岁岁这小家伙嘴上没少嫌弃她爸，心里却觉得她爸是全世界最帅的。

郑佳意笑了笑，接着逗她："岁岁，你上次不是还说你觉得你爸爸长得一般吗？"

"是啊。"连云舒点了点头，"可是妈妈说了，爸爸帅是帅在他的工作。"

郑佳意看见连云舒顿了顿，然后接着说："妈妈说爸爸在她心里就是大英雄，要我也多夸夸爸爸。"

"可是，佳意阿姨……"

连云舒小脸上满是苦恼，她拧着眉，眼里满是不解："我觉得爸爸妈妈好奇怪，爸爸说妈妈是因为爱我才辛辛苦苦生下我的，要我每天多夸夸妈妈，多爱妈妈，少给她添麻烦。可是妈妈也说过这样的话，妈妈说爸爸每天工作都好辛苦，要我多爱爸爸，那我到底应该听谁的呀？"

迎上连云舒疑惑的小眼神，郑佳意心都软了。

岁岁是什么小天使，怎么会有这么可爱听话的小孩儿，她也想要一个！

"岁岁。"郑佳意牵住连云舒的小手，笑着说，"爸爸妈妈的话并不冲突呀，你可以都听。你只需要知道，你的爸爸妈妈是因为爱你才生下你的，你是他们爱情的结晶，是独一无二的岁岁。"

连云舒听不太明白，只好似懂非懂地点了点头。

恰好此时，曲歆苒也泡完药回来了。

连云舒目光触及曲歆苒手中黑色的中药，小脸立马拉了下来，但她什么也没说，不哭不闹地就把药喝光了，然后接过曲歆苒递过来的糖。

郑佳意看着乖巧的连云舒，忍不住对曲歆苒说："歆姐，你们家岁岁真的好听话啊，好让人省心啊！"

曲歆苒笑了笑："是的，岁岁确实让我很省心。"似乎是想到了什么，她又说了一句，"是连昀鹤的功劳。"

郑佳意疑惑地看向曲歆苒："怎么说？"

"因为之前冲奶粉、半夜起来换尿布都是连昀鹤在做。"曲歆苒不好意思地笑了笑，"他不让我插手，因为觉得我怀岁岁的时候他没帮上什么忙。"

"哇，真好。"郑佳意一把抱住曲歆苒，语气羡慕，"歆姐，你这算不算是苦尽甘来？"

曲歆苒愣了一下，还没来得及说什么，身后响起熟悉的声音："苒苒。"

曲歆苒转过身，看到匆匆赶来的连昀鹤，笑了一下。

紧跟着，连云舒抱怨的声音也响了起来："爸爸，你总算来了，妈妈今天一个人照顾我好累。"

连昀鹤弯唇笑着："是吗？"

连云舒用力地点了下头："是呀。"

"那你有没有乖乖听话？"连昀鹤问。

"我听了。"连云舒笑得眼睛弯成了一道月牙儿，"你问妈妈。"

说完，连昀鹤就抬起眼看向了曲歆苒。

曲歆苒笑着点头："嗯，岁岁一直都很听话。"

连云舒得意地笑了起来："你看吧爸爸。"

十二点半，郑佳意和高瑾词的婚礼正式开始。

舒缓温馨的音乐响起，曲歆苒坐在台下，看着身穿华丽婚纱的郑佳意一步步走向高瑾词，欣慰地笑了一下。

正想转过头跟连昀鹤说些什么，手腕却传来一阵温热的感觉。

曲歆苒垂下眸，她看见连昀鹤的手指在自己手腕处轻轻按摩，他的嗓音一如既往地温柔："苒苒，下次抱累了就让岁岁自己走。"

曲歆苒无奈地弯起唇："连昀鹤，你这样会让我越来越娇气的。"

"娇气好啊。"连昀鹤眼底带着笑，"女孩子娇气点儿好。"

曲歆苒笑他："你教育岁岁的时候可不是这样说的。"

连昀鹤抬起眼，他看着在灯光下笑容灿烂的曲歆苒，忍不住亲了亲她："当然，岁岁现在有这么多人爱她，可是苒苒，这些你以前没有。"

曲歆苒眼神一愣，她听见连昀鹤接着说："所以我一直教导她，爱妈妈要永远胜过爱爸爸。"

看着眼里装满爱意的连昀鹤，曲歆苒心跳陡然漏掉一拍。

"我也要亲妈妈。"

旁边传来连云舒着急的声音，她的小手扒拉着连昀鹤的衣袖，不高兴地瘪着嘴："这样一点儿也不公平，我都没亲妈妈。"

曲歆苒笑了起来，她心想，这大概就是幸福吧。

高一上学期，秋分。

潭州的天气已经凉了下来，空气都变得清爽了不少，教室里的窗户半开着，时不时有凉风吹进来。

讲台上的历史老师在兴致昂扬地讲课，他讲课生动有趣，总是引得底下的同学哈哈大笑。

临近下课的最后几分钟，历史老师也讲完了本堂课的内容。他岔开话题，开始聊其他的事情。

"我其实以前有过一个特别喜欢的女生，也是在你们这么大的时候，高中认识的。"

"哇！"同学们意味深长道，"师娘知道吗？"

历史老师笑了笑，没回答，而是接着说："她那会儿是学霸，我是学渣。我是名副其实的学渣啊，全校倒数几名的那种，我那会儿就在想，我这样的人怎么可能吸引到她的注意力，虽然我长得不赖啊。"

下面的同学发出一阵唏嘘声。

更有甚者直接打趣道："老师自信点儿，你就是最帅的！"

历史老师摆了摆手："哎，看破不说破啊。"

班级欢快的氛围愈浓，同学们一改往日上课的死气沉沉，活跃得不行。

连昀鹤忍不住往右边看，看向跟自己隔了几排的曲歆苒，她及肩的头发被挽到耳后，露出一张白净的侧脸。

此时她坐姿笔直，认真地听历史老师讲话，只不过比起班上其他脸上带着笑容的同学，她神情淡淡的，脸上没什么表情。

跟军训那会儿，安慰他讲冷笑话时的样子差不多。

不知道为什么，曲歆苒总是比大部分女生要安静内敛得多，她不太爱说话，大多数时候都坐在座位上学习，十分刻苦。

连昀鹤抿了抿唇，收回了视线。

台上的历史老师还在继续说："我以前玩心很重，总是吊儿郎当的，那会儿她说她喜欢脑子好使的、聪明的人。我一听炸毛了，觉得她在侮辱我，她可以说我长得丑，但不能说我脑子不聪明。"

听到这里，班上哄堂大笑。

"我那会儿骄傲得很，觉得她不喜欢我，我也不喜欢她就行了。这世上歪脖子树那么多，我干吗非要吊死在她这一棵上？直到后来我看到她在跟别人聊及自己的梦想时，眼里是带着光的，从这一刻开始，我意识到了自己跟她的差距。在她对自己的人生有很清楚的规划时，我在虚度光阴，在她成绩挤进年级前三时，我在末尾徘徊。"

历史老师顿了顿，然后叹了口气："你们说可笑不可笑。我明明知道她一直是这么优秀的人，但我却觉得她肯定也会喜欢我。凭什么啊？"

连昀鹤看见班上同学们的笑容收敛了点儿，站在讲台上的历史老师又重复一遍。

"你们说，凭什么啊？她凭什么会喜欢上我啊？"

短暂的沉默后，历史老师又接着说："我那会儿什么也不是，什么也没有。就凭着我这一身傲气？谁没有傲气，谁没有年轻过呢？而我口口声声说喜欢她，但同时我的喜欢又这么廉价，连向她靠近的勇气都没有。"

"后来呢？"有人问。

历史老师想了想："后来啊，后来我就努力学习，高考考了个还不错的成绩，但跟她差远了。所以大学之后，我基本上只能通过班级群了解她的生活。我知道她谈过一次恋爱，但结果不太好，分手了。"

"我本来以为，我们就这样了。结果在大四那年，我无意间得知她想考研，考的是国外某名校。我心想，我的机会来了，然后我跟打了鸡血一样，每天吃饭都捧着书，就想跟她考一个学校。"

历史老师得意地笑了一下："后来，我真的跟她考上了同一所学校，我们在学校里重新相遇，我重新追她，现在，她成了我的妻子。"

"不是吧？"教室后排传来男生愤怒的声音，"老师，你这波恩爱秀的，属实是让我们没想到啊。"

有人附和："就是就是，太过分了。"

"通过这个故事，我想告诉你们什么？告诉你们要好好学习，免得以后遇到自己特别喜欢的人，都不敢站在她面前跟她正经地表个白。"

晚自习第一节下课铃声响起，历史老师夹着书本走了出去，教室瞬间热闹起来，三三两两的人站在一起，有聊天的，也有写作业的。

连昀鹤也站起来走了出去，他来到走廊，靠着栏杆站着。

晚风清凉，树叶簌簌。

透过玻璃窗，连昀鹤的视线又不自觉地看向曲歆苒，不出意外，她正坐在座位上写作业。

看了没几秒，视线突然被一件蓝白色的校服阻挡，连昀鹤抬起眼看去，看到了于朝，于朝笑着问他："鹤哥，下周我们高一跟高二的篮球赛，你来不来？"

连昀鹤扯了扯唇，把视线收了回来，果断拒绝："不去，我要学习。"

于朝疑惑地抬起眼："你这是抽什么风？"

连昀鹤睨着他："刚才没听课？"

于朝："我听了啊。"

"是啊。"连昀鹤对着于朝假笑了一下，"所以我要好好学习。"

于朝眨了眨眼，仔细想了一下历史老师最后那句话，好像是——

"你们要好好学习，免得以后遇到特别喜欢的人，都不敢站在她面前跟她表白。"

于朝笑着撞了撞连昀鹤，揶揄道："你有喜欢的人了？"

连昀鹤动作一顿，直接否认："没有。"

"真的假的？"于朝不信，"那你干吗无缘无故说要好好学习？"

连昀鹤抬眼看他："想努力学习考个好大学，对得起自己，对得起我妈，行不行？"

于朝弯起唇，意味深长地看了连昀鹤一眼，他急了。

迎上于朝的眼神，连昀鹤懒洋洋地瞥着他："眼睛不好上医院去。"

于朝"啧"一声："你别急啊，鹤哥。我告诉你一个方法，你去跟我一起参加篮球赛，表现得好了，人家女生说不定就喜欢上你了。"

连昀鹤盯着他说："你是觉得自己太聪明，还是我脑子不好使？"

"说不定呢，"于朝撇了撇唇，"你又不知道她喜欢什么类型的男生对吧，万一人家就喜欢那种阳光开朗、篮球打得好的呢？也不是不可能。"

连昀鹤盯着于朝看了好半晌，扔下一句："你要是能说服程砚南去，我就去。"

于朝笑了："你说的啊，不能反悔。"

连昀鹤看着于朝急忙跑去找程砚南的身影，弯唇笑了笑。

程砚南那么难说话，于朝怎么敢呢？

果然没过多久，于朝就垂着头沮丧地回来了，哀怨地看了连昀鹤一眼。

"你们两个懂不懂什么叫德智体美劳全面发展？成天就知道学习，怎么没读成书呆子？"

连昀鹤挑了挑眉，没说话。

于朝叹了口气："那我找谁去呀……"

闻言，连昀鹤抬头看了于朝一眼："真想参加？"

"不然呢？"于朝说，"除了游泳，我最爱的就是打篮球了。"

连昀鹤无奈地摇了摇头："那参加吧，把程砚南叫上。"

于朝愣了一下，忍不住提醒："砚哥说他不来。"

"他说了没用。"连昀鹤笑了笑，"你找盛枳去。"

于朝疑惑道："盛枳？砚哥那个青梅竹马的小伙伴？"

连昀鹤"嗯"了一声："你跟她提一下，剩下的事情就不用管了。"

"这能行吗？"于朝眼里满是怀疑，"盛枳能左右这'老古董'的决定？"

听到"老古董"三个字，连昀鹤笑出了声，但仔细一想，这个称呼确实还挺适合程砚南的。

连昀鹤郑重地拍了拍于朝的肩："盛枳能不能我不知道，但你和我肯定不行。"

于朝挣扎了几秒，接受了这个事实，然后老老实实地去找盛枳帮忙。

简单地跟盛枳提了这件事后，于朝又回来找连昀鹤了，他侧着身，也靠着栏杆站着，然后问："鹤哥，你觉得砚哥会答应吗？"

闻言，连昀鹤下意识看向教室，从他们这个角度，能看见盛枳正站在程砚南面前说些什么。

连昀鹤眉梢微抬，表情有些散漫："当然。"

"这么肯定？"

连昀鹤没看他，只是懒懒地"嗯"了一声。

见此，于朝也偏过头朝教室里望去。

他看见程砚南坐在座位上，表情冷淡，什么反应也没有，跟刚才拒绝自己时的样子简直是如出一辙。

于朝皱起眉，不禁怀疑起来，这能成功吗？不能吧。

还没等于朝多想，下一秒，程砚南就从座位上站了起来，他往两人这边看了一眼，然后走了出来。

于朝脸上一喜："不是吧，这也行？"

连昀鹤扬了扬唇，没说话。

穿着蓝白校服的程砚南在两人跟前停下，他盯着连昀鹤："是你的主意？"

"冤枉。"连昀鹤摊了摊手，"这次是于朝。"

程砚南偏头看了于朝一眼，淡淡道："不可能。"

连昀鹤拉上校服拉链："怎么不可能？"

程砚南："他不知道。"

"什么不知道？我知道啊！"于朝突然有些听不懂了。

"你知道什么？"程砚南问。

于朝无言以对："我，我知道……"

连昀鹤低头笑了笑，然后转过身看向对面。他们所在的这栋教学楼是口字形，能直接看到对面那层楼的班级。他垂眸，看着扶栏边茂密生长的藤蔓，听见于朝问："知道什么，你们倒是告诉我啊？"

连昀鹤转头看向程砚南："你自己说还是我说？"

程砚南蹙起眉，淡声道："喜欢的人。"

"喜欢的人？谁啊？"想起刚才的事情，于朝突然反应过来了，"不会是你那个……"

"嗯。"

在于朝说出答案之前，程砚南提前打断了他。

"你厉害啊，我还以为你滴水不进呢。"于朝连连啧声，"这还真是'老古董'开窍了。"

程砚南盯着于朝，没说话。

连昀鹤站在一旁幸灾乐祸地看着程砚南，谁知程砚南看了他一眼，说了句："我们差不多。"

连昀鹤沉默了下，反驳道："差远了。"

程砚南看着他，不咸不淡地反问："是吗？"

连昀鹤："……"

于朝看了他们两人一眼，"啧"了一声："别说了，我都替你们丢脸。好好的大男人，都不敢承认，婆婆妈妈的。"

闻言，连昀鹤和程砚南一齐望向于朝。

察觉到两人不善的眼神，于朝心虚了几秒，然后梗着脖子说道："怎么了，我说错了？"

连昀鹤冷哼了一声："话说这么满，我希望你以后遇上喜欢的女生别婆婆妈妈的。"

于朝摇了摇头，不在意道："不可能，我是不可能对任何一个女生这样的，她们只会影响我拿金牌的速度。"

连昀鹤扯了扯唇，没说话。

于朝还在继续说："我忙得很，我将来可是要成为刷新世界纪录的男人，是不会被这些情情爱爱绊倒的。"

两人都没搭理他，于朝也有些兴致阑珊。

耳边除了细细碎碎的聊天声，便只剩下了风声，头顶的夜空黑沉，星光稀疏，月色也极淡。

不知道过了多久，连昀鹤又听见于朝问："鹤哥、砚哥，你们以后打算干什么啊？"

连昀鹤想了想，率先回答："当警察。"

于朝好奇地看向连昀鹤："哪个警种？刑警吗？"

"还不清楚，在考虑。"

"当刑警呗，刑警多帅。"

连昀鹤盯着他："你自己去啊。"

"我不去。"于朝笑了一下，"站领奖台上代表国家拿金牌也挺帅的。"

连昀鹤无奈地摇了摇头。

"砚哥你呢？你以后想做什么？"

听到于朝的话，连昀鹤下意识地看向程砚南。

"牙医。"程砚南说。

"为什么啊？"于朝眼底满是疑惑，"你这脑袋这么聪明，家里又有钱，为什么要去当牙医？"

程砚南沉默着，没说话。他的目光掠过教室里的盛枳，她正在低着头画画。画稿上线条流畅，大多都是一笔勾成，能看出来盛枳很有画画天赋。

程砚南嗓音淡淡的："我喜欢。"

两人聊天的时候，连昀鹤的视线一直集中在曲歆苒身上。当他看到曲歆苒抬起头往自己这边看过来时，瞬间心虚地别开了眼。

"鹤哥，你有什么愿望吗？"

听到于朝的问题，连昀鹤抬头看他："愿望？"

"是啊。"于朝点头，"或者说梦想也行。"

连昀鹤回过头，他的手肘重新搭上栏杆，目光再次落到曲歆苒的身上。

她低着头，正在跟同桌交流着什么，也不知道对方说了什么，突然曲歆苒抿唇轻笑了一下。

连昀鹤盯了好一会儿，然后笑着答："有啊。"

当然有，曲歆苒就是他的梦想。

那会儿，什么是爱情，他其实并不清楚，他也不知道自己对曲歆苒的这份感情算不算爱。

可他知道，在抬眼朝曲歆苒看去的无数个瞬间，他也无比期望曲歆苒在看向自己。

关于这些，或许时间会给出答案。

但他希望最后的答案是：在这白驹过隙的岁月里，只有你是我日复一日追逐的梦想。

  我喜欢你，同样也期盼——
  你能喜欢我。